*Como conduzir
(um romance)*

Como conduzir (um romance)

ALEXIS DARIA

TRADUÇÃO
ISADORA PROSPERO

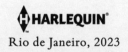

Rio de Janeiro, 2023

Copyright © 2017 by Alexis Daria. All rights reserved.
Título original: Take The Lead

Todos os personagens neste livro são fictícios. Qualquer semelhança com pessoas vivas ou mortas é mera coincidência.

Direitos de edição da obra em língua portuguesa no Brasil adquiridos pela Editora HR LTDA. Todos os direitos reservados. Nenhuma parte desta obra pode ser apropriada e estocada em sistema de banco de dados ou processo similar, em qualquer forma ou meio, seja eletrônico, de fotocópia, gravação etc., sem a permissão do detentor do copyright.

Direitos exclusivos de publicação em língua portuguesa cedidos pela Harlequin Enterprises II B.V./ S.À.R.L para Editora HR Ltda.

A Harlequin é um selo da HarperCollins Brasil.

Contatos: Rua da Quitanda, 86, sala 218 — Centro — 20091-005
Rio de Janeiro — RJ
Tel.: (21) 3175-1030

Edição: *Julia Barreto*

Copidesque: *Giovana Bomentre*

Revisão: *Daniela Georgeto*

Ilustração de capa: *Chloe Friedlein*

Adaptação de capa: *Maria Cecilia Lobo*

Diagramação: *Abreu's System*

Publisher: *Samuel Coto*

Editora-executiva: *Alice Mello*

CIP-Brasil. Catalogação na Publicação
Sindicato Nacional dos Editores de Livros, RJ

D233c

Daria, Aexis
  Como conduzir : (um romance) / Alexis Daria ; tradução Isadora Prospero. – 1. ed. – Rio de Janeiro : Harlequin, 2023.
  400 p.

  Tradução de: Take the lead
  ISBN 978-65-5970-305-0

  1. Romance americano. I. Prospero, Isadora. II. Título.

23-85907   CDD: 813
                 CDU: 82-31(73)

Meri Gleice Rodrigues de Souza – Bibliotecária – CRB-7/6439

Para Mike.
Este primeiro é para você.

Querido leitor,

Como conduzir (um romance) foi meu primeiro romance, o livro que começou minha jornada como autora. Originalmente publicado como e-book em 2017, recebeu uma vida nova em brochura com uma linda capa ilustrada, o texto revisado e material extra. Quer você tenha lido o original ou esteja descobrindo a história pela primeira vez, fico muito grata por este livro ter chegado às suas mãos.

Em sua essência, este é um romance em que opostos se atraem e que trata de viver a vida seguindo as suas próprias regras. A história começa quando a dançarina profissional Gina Morales se junta a Stone Nielson, um especialista em sobrevivência da TV, para uma competição de dança de celebridades. Embora eu mesma não seja uma dançarina, admiro a habilidade e a dedicação que a atividade requer, e sempre fui fascinada pelo que ocorre por trás das cenas nos filmes e na televisão. Eu queria explorar como uma pessoa ambiciosa poderia equilibrar sucesso e amor, e como uma pessoa reservada lidaria com expectativas familiares e com os holofotes da fama. E, é claro, como os dois poderiam encontrar seu felizes para sempre no final.

Obrigada por escolher este livro e dar uma chance a esses personagens. Minha esperança é que Stone e Gina façam você rir, se encantar e — ouso dizer — entrem dançando no seu coração.

Desejo tudo de bom para você,

ALEXIS DARIA

Estrelas da dança

Elenco da 14ª temporada

Bem-vindos ao *ESTRELAS DA DANÇA*!

A 14ª temporada reúne uma coleção estrelada de celebridades para uma competição emocionante na pista de dança, incluindo atletas de elite, personalidades da TV, astros do cinema e mais. Conheça o nosso elenco e seus parceiros de dança, bem como os juízes e apresentadores de *Estrelas da dança*. E se prepare para votar em seus casais preferidos!

OS DANÇARINOS

Alan & Rhianne
Alan Thomas
Famoso como: atleta paraolímpico medalhista de ouro
Alan é um atleta paraolímpico do time dos EUA e conta com três medalhas de ouro em modalidades de atletismo. Quando não está treinando, trabalha com veteranos de guerra.
Parceira de dança: Rhianne Davis

Beto & Jess
Norberto "Beto" Velasquez
Famoso como: astro de realities e atleta
O milionário Beto Velasquez é o astro mais recente do reality de namoro *Seu futuro noivo*. Antes disso, ele teve

uma carreira de sucesso no futebol, e agora lançou um império na moda masculina de luxo.

Parceira de dança: Jess Davenport

Dwayne & Natasha

Dwayne Alonzo

Famoso como: atleta

Recém-saído de uma vitória no Super Bowl, o astro do futebol americano Dwayne Alonzo é conhecido por sua ousadia e energia, além de algumas participações especiais memoráveis em sitcoms. Será que suas dancinhas da vitória na *end zone* vão funcionar no salão de baile?

Parceira de dança: Natasha Díaz

Farrah & Danny

Farrah Zane

Famosa como: atriz e cantora

A mais nova do elenco com 19 anos, Farrah estrelou no filme infantil para TV *Uma estrela espiã*, no qual interpretou uma espiã infiltrada como cantora pop. Seu primeiro álbum será lançado em breve.

Parceiro de dança: Danny Johnson

Jackson & Lori

Jackson García

Famoso como: ator

Jackson é um astro em ascensão, tendo recebido elogios da crítica por sua interpretação de um lobisomem vampírico no sensual drama televisivo *Me morda*. O que os fãs talvez não saibam é que Jackson também é um cantor talentoso.

Parceira de dança: Lori Kim

Keiko & Joel

Keiko Sousa

Famosa como: modelo

Das passarelas de Paris e Nova York às capas das revistas, a modelo Keiko está emergindo como o novo rosto da moda. Seus pais, o magnata da tecnologia Terry Sousa e a supermodelo Miaka Kano, devem estar muito orgulhosos.
Parceiro de dança: Joel Clarke

Lauren & Kevin
Lauren D'Angelo
Famosa como: patinadora artística olímpica
Duas vezes patinadora olímpica pelo time dos EUA, Lauren D'Angelo é conhecida por sua ousadia no gelo e sua sinceridade com a imprensa. Lauren nunca ganhou uma medalha olímpica, mas será que vai ganhar o troféu do *Estrelas da dança*?
Parceiro de dança: Kevin Ray

Rick & Mila
Rick Carruthers
Famoso como: cantor
Rick tem uma carreira musical há décadas como o vocalista da banda de rock dos anos 1980 Carruthers & Co, que ganhou vários discos de platina. Ele ainda sai em turnê e é o presidente de uma organização sem fins lucrativos que apoia programas de artes e música em escolas públicas.
Parceira de dança: Mila Ivanova

Rose & Matteo
Rose Jeffers
Famosa como: atriz
Rose atuou em *O laboratório*, uma série de TV de sucesso dos anos 1990 com muitas temporadas, sobre cientistas adolescentes. Ela não atuou muito desde então, mas os fãs ainda guardam lembranças afetuosas da química glamurosa que ela interpretou.
Parceiro de dança: Matteo Ricci

Stone & Gina
Stone Nielson
Famoso como: astro de reality
Stone é um dos astros do popular reality show *Vida selvagem*, que segue o dia a dia da família Nielson em seu isolamento nos ermos do Alasca. Entre os seis irmãos, Stone é conhecido como o irmão forte e calado.
Parceira de dança: Gina Morales

Twyla & Roman
Twyla Rhodes
Famosa como: atriz e ativista
Mais conhecida por seu papel como a rainha Seraphina dos Elfos nos blockbusters *Crônicas Élficas* dos anos 1980, Twyla também foi ativista dos direitos LGBTQIAPN+. Talvez ela confirme os boatos de um novo filme das *Crônicas...*
Parceiro de dança: Roman Shvernik

OS JURADOS

Chad Silver
Ex-dançarino, coreógrafo de videoclipes e drag queen internacionalmente conhecida, Chad mantém-se ocupado como apresentador e jurado em muitos programas de competição. Atualmente é o jurado principal de *Estrelas da dança*.

Mariah Valentino
Mariah é uma cantora pop e bailarina clássica que agora canaliza sua musicalidade para coreografias. A cantora de "Love You Always" dedica sua natureza generosa aos participantes do *Estrelas da dança*, assim como a instituições beneficentes de segurança dos animais.

Dimitri Kovalenko

Conhecido por participações em filmes como *Aliens não dançam* e por coreografar vários espetáculos teatrais, Dimitri traz um olhar crítico e padrões altos para a mesa de jurados de *Estrelas da dança*.

Melissa "Meli" Mendez

Estrelas da dança tem a sorte de ter a superestrela internacional e cantora/atriz/magnata Meli como jurada neste ano.

OS APRESENTADORES

Juan Carlos Perez

Ex-galã adolescente

Reggie Kong

Estilista das celebridades

A EQUIPE

Donna Alvarez

Produtora

Jordy Cohen

Produtor de campo

Aaliyah Williams

Assistente de direção

Capítulo 1

Gina Morales apertou a beirada do assento com tanta força que os nós dos dedos ficaram brancos e lançou um olhar duro ao seu produtor de campo enquanto ele e a equipe mexiam nos equipamentos.

Um hidroavião. Eles a tinham metido em um maldito hidroavião.

A aeronave tinha tons fortes de amarelo e azul, e uma pequena hélice colada no nariz, além de asinhas fofas e pontões posicionados na parte de baixo. Parecia um brinquedo, não algo em que seres humanos racionais que valorizavam a própria vida deveriam viajar.

Porém, lá estava ela, voando em uma lata de metal sobre um grande rio em algum ponto do sudeste do Alasca, enquanto o motor zumbia como um mosquito monstruoso e o leve odor de combustível pairava no ar.

Agora Gina entendia por que a mãe dela levava um terço em aviões: era para manter as mãos ocupadas e não roer todas as unhas de terror e nervoso. Anotado. Da próxima vez que estivesse num hidroavião, ela traria um terço.

No meio-tempo, Gina rezou aos deuses dos realities.

Por favor, por favor, que ele seja um atleta olímpico de inverno.

Um esquiador seria bom, ou um *snowboarder*, ou, melhor ainda, um patinador do gelo. Atletas olímpicos eram o cálice sagrado dos parceiros famosos de dança. Se um deles a esperasse quando pousassem, todo aquele trajeto angustiante teria valido a pena. Afinal, que outro tipo de celebridade estaria curtindo os ermos inexplorados do Alasca?

Quando Gina finalmente arriscou dar uma espiada lá fora, teve que admitir que a vista era pitoresca. Uma faixa ondulante de água se desdobrava sob a aeronave. Pinheiros altos perfuravam um céu azul brilhante repleto de nuvens brancas fofas. Uma lufada de vento agitou a copa das árvores, fazendo o hidroavião sacudir no ar.

Gina cerrou a mandíbula e olhou para longe. Nem o cenário bonito a distraiu das sacudidelas. Aonde caralhos eles estavam indo? E, se iam encontrar um esquiador ou *snowboarder*, não deveria ter mais neve?

Uma batidinha no braço afastou sua atenção da janela para Jordy Cohen, seu produtor de campo. Ele era um homem magro com pele marrom-clara e um sorriso fácil, cujo cabelo castanho cada vez mais fino estava escondido em um boné velho da Universidade da Califórnia. Jordy apontou para a câmera e sua voz soou no headset que ela usava.

— Certo, Gina. Pronta pra começar?

Respirando fundo, ela assentiu e sacudiu os ombros rapidamente para relaxá-los. Apesar dos nervos, tinha um trabalho a fazer. Quando Jordy deu o sinal, ela acenou para a câmera.

— Eu sou Gina Morales, dançarina profissional. Estou indo conhecer a celebridade que será meu parceiro na décima quarta temporada de *Estrelas da dança*. — Ela fez a introdução em uma voz alta e nítida.

Pelo menos, achou que tinha feito, mas o cara do som ergueu os olhos de um aparelho que estava segurando e balançou a cabeça.

Depois de ajustar o microfone no headset, Gina repetiu as frases em um volume mais próximo de um grito. Quando recebeu um sinal de joinha, continuou:

— Estamos em um hidroavião sobrevoando um rio no Alasca, e estou levemente preocupada, achando que meus produtores estão tentando me matar.

Ao lado dela, Jordy abafou uma risada e gesticulou para ela prosseguir.

— Eu já entrei em três aviões, cada um menor que o anterior. — Ela deu de ombros de um jeito exagerado e fez uma careta que não era fingida. — O que falta, um balão de ar quente?

Jordy bateu a mão na testa como se devesse ter pensado nisso. Gina resistiu ao impulso de mostrar o dedo do meio.

O piloto a interrompeu.

— Estamos prontos para a aterrisagem.

O avião baixou de altitude. Gina virou-se para a janela de novo, os batimentos cardíacos acelerados conforme a água se aproximava. Será que iam pousar na água? Parecia que sim. Apesar de ter embarcado em uma marina, ela não se permitira imaginar a aterrissagem. A cada segundo, a superfície cintilante da enseada se aproximava veloz, mas Gina manteve os olhos abertos. Ela ia conseguir. Era forte.

E, se morresse, pelo menos veria o que estava acontecendo.

Os flutuadores atingiram a água, deslizando e erguendo uma onda sob as asas do avião. Gina sentiu o estômago se embrulhar, mas ela tinha se preparado para um pouso mais brusco. Enquanto o avião ia encostando em uma pequena doca feita de barris, Gina soltou as unhas da almofada do assento e se focou em controlar a respiração durante o desembarque. Uma vez fora do avião, eles entraram em um esquife motorizado à espera e seguiram até a margem. O ar trazia o aroma de sal e solo úmido, com um frescor afiado que ela podia sentir no fundo da língua.

Ar fresco. Que esquisito.

Quando chegaram em terra, Gina e a equipe se reuniram em uma praia pedregosa que se projetava na água a partir de uma clareira. À frente se via a linha de árvores que o piloto do hidroavião chamara de espruce-marítimo, a árvore oficial do estado do Alasca. Atrás dela, a água. E mais nada, fora o hidroavião, o esquife e uma segunda equipe de filmagem que ela não reconheceu. Não havia lojas. Casas. Carros. Só árvores, água e terra. E céu. Muito, mas muito céu.

Natureza demais. Civilização insuficiente. Era possível sentir-se claustrofóbica em um grande espaço aberto?

Gina se encolheu dentro do casaco.

— Onde estamos?

Jordy não afastou os olhos do tablet que examinava com um dos outros produtores.

— Alasca.

— Eu sei, mas...

A busca por um logo nas roupas da equipe desconhecida não revelou nada. Gina pegou o próprio celular. Sem sinal. Claro. Por que haveria sinal no meio de merda nenhuma?

Melhor não pensar em quão longe eles estavam do resto do mundo — exceto que, agora, era só nisso que conseguia pensar. E se acontecesse uma emergência?

Espiando as árvores com cautela, ela se aproximou devagarzinho do barco. Crescer em Nova York tinha lhe gerado uma desconfiança saudável de florestas. Florestas tinham animais e assassinos em série escondendo-se atrás de cada árvore. Aquelas pessoas não assistiam a filmes?

Antes que pudesse se segurar, ela soltou:

— Você sabe que eu sou do Bronx, né? Não sou boa com natureza. Nunca nem acampei.

Droga. Gina mordeu a língua quando uma das câmeras virou para ela. Era uma declaração perfeita e sem dúvida seria transmitida durante a estreia do programa. Aquilo era exatamente o que eles esperavam: arrastá-la para um lugar ermo, filmar o surto dela e então jogá-la de encontro com o seu parceiro antes que pudesse se recompor. Os produtores fariam tudo ao seu alcance para desequilibrá-la em nome da boa televisão.

Gina respirou fundo, uma, duas vezes. O ar congelava seus pulmões. Estava mais frio ali do que em Juneau, a capital do estado, mas era tão fresco que ela não conseguia parar de puxar sorvos profundos e gélidos. Ajudou a recuperar o foco, mas também a deixava meio atordoada.

— Você está bem? — Jordy parecia preocupado de verdade.

— Tudo certo. — *Só tendo uma crise existencial devido ao completo isolamento desse local. Nada de mais.* Ela enfiou as mãos nos bolsos e cerrou os punhos. — Vamos conhecer o cara.

A equipe checou o microfone preso à sua roupa e lhe deu um minuto para ajeitar o cabelo e a maquiagem. Depois que ela disse mais algumas coisas para a câmera sobre como estava animada para conhecer seu parceiro, eles se embrenharam nas árvores.

— Não quebre o tornozelo — alertou Jordy.

Gina apertou os lábios e não respondeu. Se tivessem avisado aonde estavam indo, ela teria usado sapatos diferentes. As solas de suas botas pretas lustrosas eram mais adequadas em calçadas do que em docas molhadas ou trilhas de terra. Já estavam cobertas de lama e areia, que eram trituradas sob seus pés a cada passo.

Mas Jordy tinha razão. Seria péssimo se machucar logo antes da nova temporada. Com os olhos na trilha, a curiosidade sobre o homem que estava prestes a conhecer dominou seus pensamentos. Que tipo de celebridade seria? Ele saberia dançar? E, mais importante, seria popular o suficiente para conseguir muitos votos?

Na primeira temporada de Gina, seu parceiro era um jovem cantor que começara a carreira musical nas mídias sociais. Embora fosse um ótimo dançarino — ainda que meio enérgico demais — e tivesse uma base engajada de fãs, ele não tinha o fator de reconhecimento necessário para conquistar a audiência mais velha do *Estrelas da dança*. Eles só conseguiram chegar até a metade da temporada. A nostalgia também podia ajudar, mas a parceria de Gina com um ator mais velho de uma franquia popular de filmes de ação terminara depois de três episódios devido à artrite dele.

Apesar de estar entrando em sua quinta temporada, Gina não tinha uma base de fãs como a de alguns dos outros dançarinos profissionais. Kevin Ray estava no programa desde a primeira temporada, e *Estrelas da dança* estava prestes a começar a décima quarta. Kevin tinha vencido quatro vezes. Com seu charme natural e habilidades incríveis de coreografia, as pessoas votavam nele independentemente de quem fosse sua parceira.

O que fazia Gina querer arrancar os cabelos. Kevin tinha chegado à final, na temporada anterior, com uma maquiadora da internet de 16 anos, enquanto Gina e seu parceiro — um jogador de futebol americano popular que demonstrara uma melhora nítida com o tempo — foram eliminados na semifinal.

Pelo menos ela não era mais a novata — essa honra ficava com Joel Clarke, um dançarino jamaicano que entrara para o elenco um mês antes.

Como mal não faria, ela lançou outra prece silenciosa para que seu parceiro estivesse à altura do desafio. Se ele tivesse um mínimo de habilidade de dança e apelo com a audiência, Gina faria o que fosse preciso para chegar à final e ter uma chance de ganhar o troféu dourado e brega do *Estrelas da dança*.

A trilha terminava em uma clareira grande com uma casa de dois andares feita de tábuas de madeira clara. Uma casa menor, de madeira escura e desgastada, ficava de um lado, e uma cabana feita de… galhos, talvez… ficava do outro. Uma casa na árvore, pintada com um padrão de camuflagem, estava empoleirada em uma das árvores altas.

Gina encarou a cena, absorvendo tudo aquilo. *Que… caralh…*

Aquelas… bem, ela não sabia *o que* eram, exatamente, mas de jeito nenhum aquela coleção de casas improvisadas era a base de treinamento para um atleta olímpico.

Enquanto seus planos para uma primeira dança com temática olímpica se transformavam em pó, a raiva começou a arder nas cinzas.

Os produtores dela eram uns desgraçados. Podiam tê-la avisado. Quando Jordy disse que eles iam ao Alasca, Gina tinha se vestido para um encontro em uma estação de esqui ou um rinque de patinação, no mínimo um lugar *coberto*. E disseram a ela para fazer o cabelo e a maquiagem completos. Ela ia parecer ridícula usando cílios falsos em uma casa rústica no Alasca.

Adeus, troféu.

— Reação, Gina.

Óbvio que não podia dizer como estava decepcionada. Em vez disso, respirou fundo e foi atacada por uma mistura de odores ricos e terrosos que nem conseguia começar a classificar. De alguma forma, o aroma natural a acalmou e ela encontrou palavras.

— Uau. — Foi a primeira palavra que surgiu na mente. — É como entrar em outra época. Quer dizer, olha essas estruturas. Aquilo é uma casa na árvore?

Pronto. Os editores podiam combinar suas palavras com tomadas das construções, se quisessem. Era o melhor que ela podia fazer, sob aquelas circunstâncias.

Uma batida alta e rítmica veio de trás da casa maior. Gina nem se deu ao trabalho de perguntar o que era, uma vez que o produtor da outra equipe de filmagem já a guiava em direção ao barulho.

Anos de treino em atuação tomaram o controle, dispersando sua raiva. Ela sorriu para a câmera, deixando a voz animada.

— Estou ouvindo alguma coisa lá atrás. Acho que é ele.

Quando ela fez a curva para o quintal e teve o primeiro vislumbre do seu novo parceiro, o coração martelou na garganta e roubou seu fôlego. Ela piscou e falou sem pensar.

— Ele... ele é meu?

Meu. Ela não pretendia dizer isso, e não quis examinar as emoções conflitantes que a palavra despertou.

— É — disse Jordy atrás dela. — É o seu parceiro.

Caralho.

O homem de peito nu que estava cortando lenha atrás da casa principal tinha no mínimo um metro e noventa, e era coberto de músculos ondulantes e salientes, com a pele lisa e bronzeada. Oblíquos e deltoides se flexionavam e relaxavam a cada golpe, destacando sua força pura e forma perfeita. O machado rústico funcionava como uma extensão do seu belo corpo e atingia o alvo todas as vezes.

Ele era o tipo de homem que pareceria impressionante fazendo qualquer atividade, mas pertencia àquela cena, como se tivesse surgido da terra inteiramente formado — e conjurado pelas fantasias mais loucas de Gina — para cumprir o propósito de cortar lenha.

Ela queria lambê-lo só para ver se era real mesmo.

Jordy fez um gesto para ela seguir em frente e confrontar o magnífico espécime de lenhador. As equipes de filmagem se espalharam ao redor deles. Os batimentos de Gina ainda não tinham voltado ao normal, e ela parecia ter engolido a própria língua, mas deu um passo obediente.

Um galho quebrou sob sua bota.

O pequeno *crack* fez o homem interromper o giro do machado. Ele virou a cabeça na direção de Gina. Quando se endireitou, a mão segurando o machado caiu ao lado do corpo e ele afastou o longo cabelo loiro-escuro da testa com a outra. Os olhares deles se encontraram, o azul-claro dos olhos dele visível do outro lado da clareira.

Com o peito subindo e descendo, ele girou o machado contra o toco de madeira, deixando-o preso e estremecendo lá.

Se Gina não tomasse cuidado, começaria a tremer também.

Uma barba castanho-clara cobria a metade inferior do rosto, amplificando sua intensa masculinidade a um grau de arrepiar e fazendo-o parecer selvagem, imprevisível e... delicioso. Os músculos definidos daquele torso a deixaram com água na boca. Gina engoliu em seco.

Trabalho. Câmeras. *Emprego*.

Ignorando as batidas intensas do coração e as bochechas quentes, Gina marchou em direção a ele. Ao redor, os operadores de câmera se remexeram para capturar cada nuance do seu primeiro encontro — cada palavra, cada reação, cada sinal de nervosismo.

Apesar de sua expressão calma, a mente de Gina trabalhava furiosamente, ligando os pontos enquanto se aproximava do seu novo parceiro.

Primeiro, os produtores tinham se certificado de que ela estivesse perfeitamente arrumada e em sua melhor aparência.

Em seguida, haviam a deixado desnorteada com uma viagem angustiante de hidroavião.

E, agora, a surpreendiam com um lenhador seminu que tinha tantos músculos que chegava a ser rude.

Ela titubeou quando a verdade a atingiu. *Merda*. Devia ter visto de cara, e teria visto se o primeiro vislumbre do lenhador não tivesse dado um curto-circuito em seus neurônios.

Aquele homem seria o cara mais gostoso do elenco, e Gina era jovem e solteira. Só podia significar uma coisa.

Eles tinham sido escolhidos para ser o showmance da temporada.

Capítulo 2

*B*em, Stone estava esperando uma garota da cidade. E foi o que encontrou.

Com o machado preso no toco, ele recuperou o fôlego, sem conseguir tirar os olhos de sua parceira de dança enquanto ela se aproximava. A moça tinha aparecido na clareira como se tivesse virado numa esquina errada em Los Angeles e acabado no Alasca. Embrulhada em um casaco de lã rosa-claro e com botas pretas de cano alto, o cabelo castanho longo escapando de um chapéu de tricô da mesma cor, ela parecia refinada, profissional e *pequena*. Perto dela, ele era um brutamontes. Como iam dançar juntos? Stone a esmagaria.

Ela era bonita, claro. Os olhos eram escuros e cercados por linhas grossas de delineador, cílios longos, pele dourada lembrando as pinhas de um espruce-marítimo depois de maturarem. Os lábios cheios estavam pintados da cor do azevinho e captaram a atenção dele mais do que deveriam.

É, definitivamente bonita, mas não pertencia àquele lugar. Por que caralhos a produção tinha arrastado aquela diva hollywoodiana delicada até o Alasca para conhecê-lo? Stone precisaria voar até Los Angeles para os ensaios de toda forma. Poderiam ter facilmente filmado o primeiro encontro deles lá.

Mas, se alguns anos num reality show lhe tinham ensinado uma coisa, era que produtores de TV não se importavam com a conveniência. Encontrar-se num lugar remoto, em vez de uma sala de ensaios limpa e bem iluminada, renderia takes melhores. O contraste entre a aparência deles era proposital, uma jogada deliberada da parte dos produtores, e Stone os odiou por isso.

E se odiou por participar daquela loucura. Um programa de dança, de todas as coisas.

Sua parceira parou a alguns passos dele. Se estava nervosa, escondia bem. Um sorriso aberto iluminou o rosto dela, transformando sua beleza em algo mais acessível e real.

— E aí, parceiro? — A voz dela tinha uma qualidade musical que Stone não esperara, e um leve sotaque que não conseguiu identificar. — Meu nome é Gina Morales.

— Stone Nielson.

Ele estendeu a mão, então congelou quando ela abriu os braços. Ela queria um abraço? Era para as câmeras? Ele tinha três vezes o tamanho dela, estava suado e imundo, e não abraçava as pessoas com frequência. Mas Gina estava esperando, então ele abaixou e a abraçou sem jeito. Ela deu um beijinho na bochecha dele antes de se afastar, deixando para trás o aroma de flores tropicais e uma sensação de formigamento onde seus lábios o tocaram.

Ele ergueu as sobrancelhas de surpresa, e ela fez um aceno casual.

— Eu sou porto-riquenha. A gente beija pra dar oi e tchau. — O olhar dela desviou-se para os membros da equipe de filmagem dele, misturados com os dela. — Então, vocês estão filmando um programa aqui?

Alívio o inundou. Ótimo — Gina não fazia ideia de quem ele era. A coisa toda já era constrangedora o suficiente sem que ela o tivesse visto na TV, interpretando histórias bobas que o pai dele e o time da produção bolavam em suas reuniões semanais.

Como ele estava sem camisa e não tinha um microfone preso ao cós da calça, Stone ergueu a voz para o microfone direcional poder captar sua resposta.

— Estamos filmando a quarta temporada de *Vida selvagem*. Minha família e eu vivemos isolados de tudo aqui no quartel-general dos Nielson, onde construímos nossas próprias casas, caçamos e vivemos da terra.

A premissa parecia ridícula e afetada até para ele, e Stone nunca conseguia explicá-la sem soar como um robô. Quão pior devia soar para ela? A mulher provavelmente achava que eles eram todos uns doidos que viviam na floresta.

Mas Gina só assentiu enquanto examinava o complexo de casas feitas à mão.

— Você é um especialista em sobrevivência ou algo assim?

Stone deu de ombros.

— Ou algo assim.

A mulher deu uma piscadela provocadora para ele.

— Bem, logo vai ser um especialista em dança. Pronto para aprender uns passinhos?

— Eu topo — disse ele, porque era o esperado. A última coisa que queria fazer na vida era aprender a dançar. — Você provavelmente nunca ensinou ninguém a dançar na floresta antes.

Ela deu outro olhar ao redor, examinando as árvores.

— Não, mas tem uma primeira vez para tudo.

— Nervosa?

— Um pouco. — Ela abaixou a cabeça como se estivesse envergonhada. — Fico mais confortável em cidades grandes.

— Imagino.

Ela se destacava ali como uma palmeira no meio da tundra.

— Tem algum lugar aqui com uma superfície plana?

— Podemos usar a varanda. É a coisa mais próxima que temos de uma pista de dança.

Stone a conduziu até lá, apontando os lugares em que Gina devia tomar cuidado ao pisar, enquanto as câmeras os cercavam como planetas em órbita ao redor de sóis gêmeos.

A clareira atrás da casa era uma verdadeira corrida de obstáculos de coisas relacionadas à vida na natureza, graças aos irmãos dele e sua infinidade de projetos inacabados. Os produtores acreditavam que elas tornavam o set "visualmente interessante". Stone só achava que ficava uma bagunça.

O produtor de Gina uniu as mãos ao redor da boca e gritou:

— Conte a ela por que está se juntando ao programa, Stone.

Ah, certo. Que porra ele devia dizer mesmo? Tinham falado para não mencionar o dinheiro, mas era o único motivo pelo qual tinha concordado com aquilo. Se sua mãe não tivesse uma dívida exorbitante em contas médicas, ele teria recusado. A família ganhava uma boa renda graças ao *Vida selvagem*, mas os pais já estavam endividados antes da cirurgia da mãe. Stone se sentiria melhor se pudesse ajudá-los a atingir a estabilidade financeira e pagar os próprios empréstimos estudantis no caminho.

— Resolvi participar do *Estrelas da dança* pela minha mãe. — Ele limpou a garganta e recitou as frases que seus produtores tinham pensado. — Ela fez uma cirurgia de substituição de quadril ano passado. Foi assustador pra todos nós, e ela ficaria feliz de me ver dançando e tendo uma experiência totalmente diferente de tudo que conhecemos.

Ele fez uma careta com a artificialidade das frases. Não era bom em dar respostas ensaiadas.

Mas Gina apertou seu braço.

— Sinto muito. Ela está melhor agora?

A expressão preocupada dela parecia genuína, mas era impossível ter certeza no mundo dos realities shows. Stone assentiu, sem saber como responder.

— Foi ótimo — gritou o produtor de Gina. — Continuem.

Deus, aquilo era esquisito. Depois de quatro anos, Stone devia ter se acostumado com interações humanas normais ditadas por um comitê, mas não estava. E fazia tanto tempo que ele estava fora do jogo, escondido no seu cantinho do Alasca, que mal sabia como ter uma conversa casual com uma mulher.

Na varanda, Gina abriu e tirou o casaco, revelando uma calça jeans e um suéter cinza felpudo que acentuava seu físico. Ela tinha mais curvas do que Stone esperava, com um corpo forte e sólido. Talvez ele não a quebrasse, no fim das contas.

O pensamento levou a mente dele por um caminho que não tinha nada a ver com danças. Stone se podou de imediato. Gina era sua parceira de dança — mais nada. Uma mulher da terra da poluição, do trânsito e de pessoas falsas. Eles eram de mundos diferentes, e ele não podia pensar nela como algo além de um meio para um fim. Eles dançariam e então ele receberia seu pagamento e voltaria para o Alasca. Fim de história.

Gina estremeceu enquanto apoiava o casaco na balaustrada da varanda. Stone imaginou que seria mais fácil dançar sem o casaco, mas ela não parecia o tipo de mulher que gostava de ficar desconfortável.

— Você não vai ficar com frio?

Ela esfregou as mãos para aquecê-las.

— Não tem problema.

Stone encaixou os dedos nos passadores da calça. Se ela vestisse o casaco de novo, ele poderia parar de se preocupar.

— É um pouco mais frio aqui do que em Los Angeles.

— Verdade. Mas eu sou de Nova York, que tem quatro estações.

Nova York. Isso explicava o leve sotaque.

Quando ela se virou, conferiu demoradamente o peito nu dele.

— E olha quem está falando. *Você* não está com frio?

Ele deu de ombros. Estava, mas sobreviveria. Além disso, tinha uma jaqueta com enchimento de plumas escondida na casa para usar quando ela fosse embora.

— Então tá. — Gina colocou as mãos na cintura. — Você já dançou antes?

— Não muito.

Seus irmãos Reed e Wolf eram os festeiros, os barulhentos. Stone era o cara forte. O cara calado. O cara sério. Era o que dizia o site do *Vida selvagem*, sob a foto dele: "Stone é forte, calado e sério".

Em uma família de sete filhos, a ordem de nascimento importava. Stone, aos 30 anos, era o segundo mais velho, e ele e os irmãos já estavam consolidados em seus papéis bem antes que o programa passasse na TV. Talvez, se seu irmão Reed fosse diferente, Stone poderia ter relaxado um pouco, em vez de assumir todas as responsabilidades do mais velho sem receber a atenção parental. Porém, como sempre, ele colocou a família em primeiro lugar. No momento, isso envolvia passar vergonha na frente de uma linda mulher.

— Hã, mas posso aprender — acrescentou. — A dançar.

— Não se preocupe, sou uma boa professora. — Gina lhe deu de novo aquele sorriso, largo e cheio de dentes, que quase o fez esquecer as câmeras. *Quase.* — Além disso, todo mundo já dançou de um jeito ou de outro.

— Só se você contar aplaudir e bater os pés enquanto meu irmão Winter toca rabeca.

— Rabeca? — Gina riu pelo nariz, cobrindo a boca com a mão.

Pelo menos ela estava rindo da rabeca e não do nome de Winter, *inverno*, como a maioria das pessoas. E ela não tinha nem hesitado quando ele disse que seu nome era Stone, *pedra*, o que era um ponto a favor dela.

Gina se recuperou sem mais comentários sobre a rabeca.

— Sim, eu diria que aplaudir e bater os pés *conta*, porque exigem uma conexão com a música.

— A gente não precisa de música agora?

Quando Stone cruzou os braços, o olhar de Gina seguiu o movimento. Ele precisou se esforçar muito para não dizer: *Ei, meus olhos estão aqui em cima.* Os produtores iam amar, o que por si só era um motivo para ele se conter. Além disso, provocações sugeriam intimidade, e os dois ainda eram desconhecidos.

Ela se aproximou, invadindo o espaço pessoal dele sem nem um "Você se importa?". Mas ele não se importava. Ela tinha um cheiro gostoso. Doce e floral.

— Ainda não — disse ela. — Vou te dar umas dicas de *frame* e conexão primeiro.

Ele já estava perdido, e eles nem tinham começado.

— O que isso significa?

— Na dança de salão, o homem, ou a pessoa dançando nesse papel, conduz. Ele cria um *frame*, uma moldura, com o corpo para a pessoa no outro papel dançar dentro dela.

Gina cutucou e ajeitou os ombros, a coluna e a mandíbula de Stone, posicionando-o como um manequim. Aquilo o lembrou de ensaios fotográficos de que participara e quando os assistentes o preparavam para as filmagens. Trabalhar na televisão envolvia ser tocado por desconhecidos com mais frequência do que ele tinha esperado, mas era diferente com Gina. O toque dela era forte e confiante, e seus dedos frios deixaram um rastro de fogo e arrepios em seu encalço.

Ela ergueu o cotovelo dele, então pressionou o ombro para baixo quando ele o tensionou demais. Enquanto andava ao redor dele, todos os operadores de câmera — dela e dele — se aproximaram pelos cantos da varanda. Aquelas tomadas apareceriam nos dois programas.

— Se você é a profissional — perguntou Stone, fazendo seu melhor para manter-se na posição em que ela o colocara —, como eu vou conduzir?

Gina abaixou a cabeça sob o braço dele, constrangedoramente próxima da axila, e ergueu os olhos com um sorriso travesso.

— Eu vou te ensinar.

A palma dela repousou na lombar dele, a pele de Stone ficando mais quente onde se tocavam. Era melhor focar no potencial de constrangimento e não na proximidade dela, no seu cheiro ou no jeito como seu cabelo lustroso caía por cima do ombro. Definitivamente não nas mãos dela ou em como eles ainda precisariam se tocar muito antes que tudo aquilo acabasse.

— A gente tem que ter a primeira dança pronta em três semanas? — Ele soava cético até aos seus próprios ouvidos.

— Vamos estar prontos.

— Presumindo que eu não quebre seus dedos primeiro.

Ela conteve uma risada.

— Não vai.

— E, depois da estreia, só vamos ter uma semana para cada ensaio.

— Aham.

Agora ele não precisou se distrair. O pânico ameaçou tomá--lo, e Stone soltou o ar devagar. Aquilo era uma estupidez. Ele devia ficar no Alasca e cancelar aquela história toda. Só que não era uma opção. Os contratos tinham sido assinados. Exceto no caso de uma lesão, ele não tinha escapatória.

Recuando um pouco, Gina o olhou dos pés à cabeça e assentiu.

— Está bom.

Antes que ele pudesse se preparar, ela entrou no círculo dos braços dele.

Ela tinha razão. Embora fosse 30 centímetros mais baixa, quando apoiou o braço esquerdo no dele e tomou sua outra mão, encaixou-se perfeitamente na moldura que Stone tinha criado.

Entrando na posição, os ombros de Gina caíram, seu pescoço se alongou e ela inclinou a cabeça em um ângulo preciso. Pela primeira vez desde que entrara na clareira, ficou óbvio que era uma dançarina.

O coração de Stone martelou no peito. De repente, ele não se sentia mais tão frio. Pela subida e descida do seu peito, ela também estava respirando rápido.

— Essa é a posição que usamos para a valsa. — Apesar da elegância da pose, o tom direto e autoritário não mudou. — Você sabe alguma coisa sobre a valsa?

O que era aquilo, uma prova surpresa?

— Hã, é velha?

Ela deu um sorrisinho.

— Bem, sim. É a mais velha das atuais danças de salão. É uma dança romântica, mais lenta e mais emocional do que, digamos, um samba, que é uma dança latina rápida.

O terror escorreu pela coluna dele só de pensar.

— A gente vai ter que fazer isso também?

— Não na primeira semana.

Em que caralhos ele estava se metendo? Seus músculos se tensionaram, com medo de sair da posição, com medo de que ela o fizesse se mover de alguma forma. Sua mente forneceu a imagem de ele caindo, esmagando-a, e os dois rolando pelos degraus.

Ele engoliu em seco. Por que tinha concordado com aquilo? Um reality show não era suficiente?

Ah, certo. O dinheiro.

— Relaxe. — Gina deu uma batidinha forte no ombro dele. — Você já está na posição certa. Só precisa pisar e virar. — Ela o empurrou de um jeito que o levou a se mover. Contando os passos, Gina o conduziu em um círculo, depois parou.

Stone esperou que fizesse mais alguma coisa. Ela não fez.

— É só isso?

— É só isso. — Ela sorriu. — Bom trabalho.

Stone estreitou os olhos.

— Não pode ser tão fácil.

— Não é, mas este é o passo básico. A valsa vienense é uma série de rotações, intercalada com passos para a frente ou para trás e alguns outros.

— Se é tão simples, como fazemos a nossa valsa parecer diferente da dos outros?

Gina jogou a cabeça para trás e deu uma gargalhada. Por baixo de toda a maquiagem e do cabelo perfeito, o brilho em seu olhar e a exuberância de sua risada o atingiram como um chute na barriga. Apesar do frio, suor escorreu pela nuca dele.

Quando recuperou o fôlego, ela apertou a mão dele.

— Deixe isso comigo, homem da montanha. Vamos, mais uma vez.

Os operadores de câmera saíram às pressas do caminho enquanto ela o conduzia por outro giro. O microfone direcional balançava sobre a cabeça deles.

— A valsa marcou um grande *ponto de virada* na dança. Trocadilho intencional.

Ela interrompeu o giro e inclinou-se para trás com uma perna estendida, a ponta da bota alongada.

— Por quê?

Pegando o jeito da coisa, Stone a conduziu em uma rotação até o outro lado da varanda.

Gina deu um aceno aprovador.

— Na Europa, antes da valsa, as pessoas nas festas dançavam em grupos e não se tocavam muito. Elas também olhavam para fora durante parte da dança.

— Parece estranho agora.

Eles giraram de novo, os olhos fixos um no outro.

— Né? As pessoas achavam que era ou escandaloso, *corpos se tocando*, ou entediante, porque só encaravam seus parceiros.

Quando eles pararam, Gina deu um passo para longe. O ar frio preencheu depressa o espaço em que ela estivera. Stone deixou os braços caírem antes que fizesse algo idiota, como puxá-la de volta.

Era a vez dele de dizer alguma coisa.

— Hã, você sabe muito sobre a valsa.

— Eu sei muito sobre dança, ponto. — Ela se recostou na balaustrada. — Essa vai ser minha quinta temporada com o programa, e eu danço desde os 3 anos. — Ela gesticulou para a natureza selvagem ao redor deles. — Tenho certeza de que você é um especialista em tudo isso.

— Você aprende uma coisinha ou duas quando sua sobrevivência depende disso.

— Eu não saberia por onde começar.

Miguel, o produtor de *Vida selvagem*, deu o sinal. Era a deixa perfeita. Ignorando seu desconforto, Stone perguntou:

— Ei, quer tentar cortar lenha?

*G*ina hesitou. Seria rude recusar a oferta, mas ela tinha sido clara com seu agente e os produtores de *Estrelas da dança* quanto a sua aversão a showmances. Por mais que quisesse Stone confortável ao trabalhar com ela e um bom relacionamento entre eles, fornecer material para os editores cortarem e editarem em um romance fabricado *não* estava nos planos. Sua carreira era sua principal prioridade, e ela não a arriscaria ao obter uma reputação por se envolver com colegas de trabalho.

Stone estava esperando. A educação venceu, temperada por uma determinação de manter distância.

— Hã, claro.

Gina o seguiu pelos degraus da varanda. Os operadores de câmera no chão espalharam-se ao redor deles, e os que estavam na varanda se esgueiraram silenciosamente pelas escadas.

No toco, Stone arrancou o machado e o segurou na horizontal com as duas mãos.

— Você já viu um machado?

— Ah, claro. Na TV. — Gina apontou para a lâmina. — Essa é a parte em que você bate na madeira.

Ele soltou um barulho que era metade risada, metade suspiro.

— Justo. O machado tem um design particular, e os nomes das partes são fáceis de lembrar porque muitas correspondem a partes do corpo humano.

Partes do corpo? Ótimo.

— Certo.

Ele correu a mão grande pelo cabo do machado enquanto falava, atraindo a atenção dela para as cicatrizes e a sujeira marcando sua pele. Eram as mãos de um homem que trabalhava duro e forçava o corpo e as próprias forças ao limite; porém, ele a segurara com cuidado e respeito na varanda. Na sua segunda temporada no programa, o parceiro de Gina fora um comediante que tinha dado em cima dela no primeiro encontro deles — na frente das câmeras. Já era um avanço, pelo menos.

Mesmo que ele não fosse um atleta olímpico.

Stone ajustou o aperto no instrumento e apontou para a parte de metal.

— Essa parte da face é chamada de fio. — Ele bateu na parte mais afiada da lâmina. — Ou, como você disse, "a parte em que você bate na madeira".

— Rá! — Ela estalou os dedos. — Eu sabia. Viu só, a gente da cidade sabe alguma coisa sobre a vida no interior.

Pela primeira vez desde que se encontraram, ele riu. Os lábios se esticaram num sorriso, mostrando dentes brancos e retos, e seus olhos azuis se enrugaram nos cantos.

Merda, ele era bonito.

— Garota da cidade, já estamos muito além da vida no interior — disse ele, a voz arrastada. — Estamos… na vida selvagem.

Era uma fala *super* boba, dita só para mencionar o nome do programa na conversa. Gina sabia disso. Ainda assim… as palavras, pronunciadas naquela voz grave e rouca, a lembraram de que ela estava tão longe da zona de conforto que era melhor dizer adeus. Um fio de desejo ondulou e vibrou dentro dela. Ficou difícil respirar, o ar repleto do aroma de lenha recém--cortada e de homem sexy.

Ela limpou a garganta.

— E o que mais?

Stone descreveu as diferentes partes do machado, e não estava brincando sobre a correspondência com partes do corpo. Ouvi-lo falar sobre face ou olhal não tinha problema. Mas aí ele mencionou pescoço e pega, e poderia muito bem estar falando sobre si mesmo, porque seu corpo era tudo em que ela conseguia se concentrar.

— Está pronta pra tentar um corte?

Gina encarou o machado. Ela tinha viajado um pouco enquanto ele fazia a demonstração, distraída pelo torso nu.

— Aham…

Tum.

Com o coração na garganta, Gina virou a cabeça para as árvores.

O peito largo de Stone subiu enquanto ele puxava o ar com os dentes cerrados.

— Não se mova. Acho que vi alguma coisa.

A urgência na voz dele atravessou a névoa de excitação. Ele girou o machado e o fincou no toco com um baque surdo, estendendo um braço a fim de puxá-la para trás de si.

As batidas continuaram. Galhos quebraram e estalaram, e as folhas farfalharam como se algo grande estivesse se movendo pela floresta.

— O que foi? — O medo apertou sua garganta, esganiçando sua voz. Ela espiou as árvores na margem da clareira, procurando a ameaça. Como Stone não estava usando camisa, Gina agarrou a cintura dos jeans dele como se fosse uma corda salva-vidas. — O que você viu?

— Fique atrás de mim. — A voz dele, grave e autoritária, também estava firme. Aquele era o seu mundo. Ele sabia o que fazer. Ela chegou mais perto enquanto um senso de horror crescente fazia um calafrio descer pela sua coluna. Stone apontou o queixo para a linha de árvores no lado oposto da clareira e falou em uma voz baixa: — Gina, não quero te alarmar, mas tem um urso ali no bosque.

O terror a inundou.

— *Um urso?*

— Sim. Nessa área do Alasca, há mais ursos do que pessoas. Esse é o território deles.

Gina arfou. Ela sabia. Caralho, ela sabia. Era *isso* o que acontecia com pessoas que entravam em florestas. Elas eram comidas por *ursos*.

— O que a gente faz? Sai correndo? Eles não são rápidos?

— Eu te protejo.

Stone esticou o braço para trás da pilha de lenha e pegou uma arma. *A porra de uma arma.* Gina soltou um gritinho estrangulado, depois apertou as mãos sobre a boca.

Ela só tinha visto armas na posse de policiais e não sabia porra nenhuma sobre marcas e modelos. Essa era algum tipo de escopeta, com uma alça e um cano longo. Stone a segurava confortavelmente, mais do que quando segurara Gina durante a valsa. A peça combinava com suas mãos grandes com cicatrizes, combinava com seu cabelo comprido e o torso despido e musculoso. Era como um herói de filme de ação pronto para salvar o dia contra algum vilão.

Exceto que eles estavam filmando um reality show, não um filme de ação.

— Você vai *atirar nele*?

Puta merda. Ela não queria ser atacada por um urso, mas também não queria ver um animal ser morto.

Mas, se tivesse que escolher…

Stone engatilhou a espingarda, o *ca-click* soando alto no silêncio ao redor deles.

— Não, só assustá-lo. Mas preciso que cubra os ouvidos.

Gina apertou as mãos com força nos ouvidos e se encolheu atrás das costas largas de Stone. Enquanto fechava os olhos, a imagem dele erguendo o cano da arma em direção ao céu foi fixada na sua memória. O disparo ecoou pelo ar gelado do Alasca, impossivelmente alto mesmo através das suas mãos.

Muito depois que o eco do tiro morreu, ela ficou com o queixo escondido no peito, as mãos sobre os ouvidos e os olhos fechados, até que as mãos grandes e quentes de Stone se curvaram ao redor dos seus ombros.

— Gina. Gina, está tudo bem. — A voz dele estava próxima ao seu ouvido, próxima o bastante para ela sentir o hálito dele na bochecha e captar o aroma fresco de pinheiro que emanava da sua pele. — Você está segura. Eu assustei o bicho. Por favor, abra os olhos.

— Ele foi embora? Tem certeza?

Ela abriu as pálpebras devagar e encontrou o rosto dele a meros centímetros do seu, os olhos tão límpidos e azuis quanto o céu acima.

— Tenho certeza.

Gina não disse nada quando ele a puxou para os próprios braços e a segurou ali.

Só então percebeu que estava tremendo.

Capítulo 3

Stone passou um dos braços ao redor de Gina.

— Desculpe. Está tudo bem agora. Estamos seguros.

Ela relaxou contra ele, aconchegando-se no seu peito, o corpo trêmulo. O aroma de flores tropicais encheu as narinas de Stone.

— Gina? Você tá bem? Fala com a gente.

O produtor dela pelo menos teve a decência de parecer preocupado, embora tivesse deixado as câmeras gravando. Stone queria dar um soco no cara. E nos seus próprios produtores, que tinham criado aquele estratagema idiota.

Como Gina continuava a tremer e encarar as árvores com um medo evidente nos olhos, Stone segurou seu rosto e esperou até que ela olhasse para ele.

— Gina? Vou te erguer e te levar pra dentro, okay?

Assim que ela deu um aceno trêmulo, ele a ergueu e a carregou até a casa central. Se ele tinha achado a valsa íntima, não se comparava a segurá-la nos braços enquanto ela apertava o rosto em seu peito nu.

A equipe entrou em ação imediatamente, correndo na frente deles para manter o rosto de Stone em vista. Ele manteve a expressão impassível, só para atrapalhar. Por dentro, estava furioso, ardendo com a vontade de mandar todos à merda.

Na sala de estar, Stone acomodou Gina na poltrona da mãe enquanto os operadores de câmeras os rodeavam. Quando ele se levantou, ela segurou seus braços e encontrou o olhar dele com uma expressão aterrorizada.

A culpa o rasgou. Ele tinha feito aquilo. Quando Miguel sugeriu a ideia do "urso", ele tinha dado de ombros e dito tudo bem, como fazia com todos os outros planos idiotas da produção. Nunca tinha imaginado que Gina responderia desse jeito. Mas fazia sentido. Ela era uma garota da cidade, da cabeça aos pés. Assustá-la dessa maneira era simplesmente cruel.

— Me dá esse cobertor — disse ele a um dos assistentes, apontando para a manta feita à mão pela avó dele, jogada sobre as costas do sofá estreito. — E pega uma garrafa d'água pra ela.

Stone caiu de joelhos ao lado de Gina e encaixou a manta ao redor das pernas dela. Esfregou seus ombros e afastou seu cabelo do rosto enquanto ela bebia a água em goles trêmulos. Talvez fosse estranho tocá-la com tanta familiaridade, mas, pelo jeito como ela segurava o pulso dele sobre a manta, ela não parecia se importar.

— Tá melhor agora? — perguntou ele em voz baixa, ignorando as duas equipes de filmagem ao redor deles.

Ela mordeu o lábio e assentiu, mas ele não acreditou. Seus olhos ainda estavam arregalados demais, vidrados demais. Se ele pudesse fazê-la sorrir de novo, como fizera na varanda, ele saberia que ela estava bem. Mas Stone não sabia como.

O produtor dela se aproximou.

— Pronta para ir, Gina?

Espere, ela estava indo embora? Já?

Stone queria pedir que ela ficasse para refazerem a coisa toda do zero. Ele não agiria com um robô dessa vez, e cortariam a parte com a interrupção do urso. Dançariam na varanda e ririam como se não estivessem cercados por outras pessoas. Como se não estivessem sendo pagos para falar um com o outro.

Mas de que adiantaria? Ele logo estaria em Los Angeles. O encontro inicial tinha acabado e as equipes conseguiram as gravações que queriam. Melhor que ela partisse logo, antes que a equipe de *Vida selvagem* encontrasse outro jeito de traumatizá-la.

Stone vestiu uma jaqueta acolchoada xadrez e seguiu a equipe do *Estrelas da dança* pela floresta até a praia. Um dos helicópteros de *Vida selvagem* os esperava na faixa de areia. Eles conduziram Gina até lá e decolaram, afastando-se da água.

Depois que o helicóptero e o hidroavião partiram, Miguel manteve Stone na praia para uma entrevista de reação.

— O que achou de Gina? — perguntou Miguel.

Stone enfiou as mãos nos bolsos da jaqueta. Merda. O que ele tinha achado dela? No mundo dos realities, era difícil saber o que era real e o que não era, e ela o deixara com uma bagunça contraditória de impressões.

A mais forte delas: sentia-se um cretino por tê-la assustado.

Mas Miguel estava esperando, então Stone escolheu algo neutro.

— Gina é legal. Para uma garota da cidade.

Os olhos de Miguel se iluminaram.

— Explique.

Stone deu de ombros.

— A maioria das pessoas não está acostumada ao modo como vivemos no QG Nielson. As coisas aqui são rústicas. Não tem Hollywood nem Disney. Não temos manicures nem salões de cabeleireiro.

Stone ergueu as mãos para mostrar suas unhas sujas, lembrando de como Gina tinha encarado suas mãos quando ele mostrara o machado. O que devia ter pensado dele?

Entrando no ritmo, ele continuou:

— A vida no Alasca é difícil para o pessoal dos quarenta e oito estados de baixo. Eles não sabem lidar.

— Acha que Gina vai querer voltar para uma visita?

Stone precisou de todo seu esforço para esconder uma nota de acusação na voz.

— Não imagino que Gina vá querer voltar depois da história do urso.

— Está animado pra se mudar para Los Angeles e ensaiar muito?

Stone conteve uma careta. Estar no *Estrelas da dança* exigiria que ele vivesse em Los Angeles enquanto durasse na competição. Isso podia ser *meses*.

— Vou sentir saudade da minha família, com certeza — disse ele, já que não podia admitir o quanto temia a mudança. — E de tudo isso. — Ele abriu os braços para englobar a beleza e a natureza que os cercavam. — Quem não sentiria? É lindo.

— Está preocupado com aprender a dançar?

Como se ele fosse responder a isso. Com as mãos na cintura, Stone deu um sorrisinho, fazendo pose para a câmera.

— Eu assustei um urso hoje. Acha que tem algo em Los Angeles que pode me assustar?

Miguel suspirou.

— Esse é o melhor que você pode fazer?

Stone jogou as mãos para o alto.

— O que você quer que eu diga? Que estou feliz por a minha parceira ter pavor de mim? Tenho certeza de que isso vai facilitar minha experiência em Los Angeles, obrigado.

— Relaxa. Foi uma cena ótima. Você foi perfeito. — Miguel consultou o resto da equipe em busca de respostas melhores para Stone.

A pausa deu um tempo para ele conter a raiva. Era inútil, no fim das contas. Ele tinha se disposto a fazer aquela merda. Sabia no que estava se metendo.

Não é para sempre. Era o que Stone dizia a si mesmo quando a pressão, as câmeras e a manipulação o afetavam. *Não é para sempre.*

Quando Miguel voltou, Stone maneirou no sarcasmo, ouviu as observações dele e obedientemente recitou as frases para a câmera. Após mais algumas perguntas, recebeu o sinal de que sua família estava voltando em breve.

De volta ao QG Nielson, Stone desabou em um dos bancos ao redor da fogueira no chão e esfregou o rosto com a mão.

Essa história inteira era a porra de um desastre. Tinha que haver outros programas de competição de que ele pudesse participar e levantar o dinheiro para pagar as contas médicas da mãe. O que tinha acontecido com aquele programa que fazia as pessoas comerem insetos? Ele conseguiria comer insetos.

Como as câmeras ainda estavam rodando, ele acendeu o fogo e se sentou de novo para amolar uma de suas facas de caça. Era o tipo de filmagem suplementar que eles podiam enfiar em qualquer episódio ou comercial.

Stone ouviu a família chegando antes de vê-los. Reed e Raven tinham vozes altas e ressonantes, e Wolf tinha a tendência de uivar. Não era só para as câmeras — era só Wolf, fazendo jus ao seu nome.

Vida selvagem tinha contratado os nove Nielson como um pacote. Jimmy e Pepper Nielson tinham sete filhos com nomes inspirados no mundo natural. Quatro meninos, seguidos por três meninas: Reed, Stone, Wolf, Winter, Raven, Violet e Lark. Junco, Pedra, Lobo, Inverno, Corvo, Violeta e Cotovia. A cor de seus cabelos ia do loiro-claro de Pepper ao castanho--acobreado de Jimmy, exceto por Lark, a caçula da família, que tinha o cabelo naturalmente ruivo. A maioria tinha os olhos azuis-claros de Pepper, exceto por Reed e Raven, com olhos castanhos. Quando Jimmy abordou a emissora com sua ideia de programa, tinha sido bom demais para os produtores recusarem.

Os ombros de Stone se tensionaram quando a família entrou na clareira. As câmeras estavam a postos para registrar a enxurrada de perguntas.

Wolf se aproximou primeiro, dando um tapa nas costas de Stone.

— Mano, com quem você ficou?

Stone manteve sua atenção na faca.

— Gina.

Assovios e provocações se seguiram, e teriam acontecido independentemente de qual dançarina lhe tivesse sido designada.

A mãe, Pepper, sentou-se ao lado dele no banco rústico.

— Como ela era? Simpática?

— É, ela era simpática. — Antes de ele puxar uma arma e apavorá-la. — Mas é da cidade grande. Um urso apareceu e ela foi embora.

Reed bufou.

— Pessoas que nem ela são isca de urso.

Eles o provocaram mais um pouco, mas Stone abstraiu a maior parte, como sempre. Quando as câmeras se afastaram para seguir as palhaçadas de Reed e Wolf, Jimmy sentou-se do outro lado de Stone e falou no ouvido dele, embora o microfone preso à gola captasse tudo. Os editores cortariam o que quer que não combinasse com a narrativa de *Vida selvagem*.

— Não se aproxime demais dessa dançarina — disse Jimmy. — E fique de boca fechada. Você mente muito mal. Se deixar algo escapar, toda essa casa de papel vai desabar. Eu mandaria Reed se pudesse, mas eles queriam você.

O estômago de Stone virou gelo às palavras do pai. Mesmo assim, gelo era melhor do que fúria escaldante, que tinha ficado mais difícil de ignorar ultimamente. Ele fizera tudo que pediram para *Vida selvagem*, incluindo deixar para trás a vida que construíra em Juneau. E desde quando mentir mal era algo a ser criticado? Tudo bem, Reed atuava melhor no papel do especialista em sobrevivência descolado morando longe de tudo, mas também enfrentava um vício. Mandá-lo para Los Angeles seria um desastre.

Stone manteve seu tom brando.

— Gina e eu não temos nada em comum. Não vamos ter nada para discutir, fora as nossas danças.

— Que seja assim. Arranjamos um bom negócio. Não precisamos de você estragando tudo. — Jimmy se ergueu com dificuldade e foi roubar os holofotes.

Pepper deu uma batidinha no joelho de Stone.

— Só fique calado, querido. Você é bom nisso.

— É. Claro. — Ele era "o calado", afinal.

Miguel gesticulou para que ele se levantasse.

— Vamos filmar você praticando aqueles passos de valsa com as meninas. E tente parecer empolgado, okay? Vamos fazer muita promoção nos dois programas para aumentar a audiência.

Enquanto os operadores de câmera zuniam na periferia como mosquitos oniscientes e onipresentes, Stone conjurou um sorriso falso e girou as irmãs ao redor da fogueira enquanto caía o crepúsculo.

Em poucos dias, ele estaria em Los Angeles, dando voltas com Gina. Só tinha que encontrar um jeito de se desculpar pelo urso sem deixá-la saber da verdade.

Gina aproveitou o trajeto de helicóptero para se recompor. Pelo menos não era um balão de ar quente, como ela tinha brincado antes. Quando a equipe chegou na Pousada Geleira do Vale, anunciada como um hotel de posse e administração de nativos do Alasca, Gina estava pronta para filmar sua entrevista no deque de madeira do hotel. Ele se abria para água cintilante e uma ilha cheia de pinheiros enormes. Eles se erguiam altos e retos, seus topos pontudos estendendo-se para o céu pitoresco.

Atrás dela, o sol se punha sobre a enseada, pintando o céu acima das montanhas em faixas vívidas de laranja, rosa e roxo-escuro. Era sem dúvida o pôr do sol mais lindo que ela já presenciara, mas, depois do encontro com Stone, tudo que ela queria era se enfiar no seu quarto e relaxar.

O homem devia achar que ela era uma garota fresca da cidade. *Não* era a imagem que ela queria projetar em qualquer lugar, na frente das câmeras ou longe delas, e especialmente não com seu parceiro novo. Seu parceiro novo e *gostoso*.

Quando a equipe finalmente a liberou — e removeu seu microfone —, Gina se retirou para o seu quarto. Queria ligar para a família, mas ficaria tentada demais a contar sobre a experiência e não tinha permissão de divulgar a identidade do parceiro até a revelação do elenco dali a algumas semanas.

Ainda assim, tinha uma pessoa a quem podia contar. Depois de lavar o rosto e vestir um pijama, Gina iniciou uma chamada de vídeo com Natasha Díaz, sua colega de quarto e outra dançarina profissional do *Estrelas da dança*. Apoiando o telefone nos travesseiros, ela se esticou na cama e esperou Natasha atender.

Depois de alguns segundos, o rosto sorridente de Tash preencheu a tela.

— Ei, Gina G. — O longo cabelo encaracolado de Natasha estava preso num coque alto e ela estava de óculos, o que significava que não ia mais sair. — *Cuéntame*. Com quem você ficou?

Gina esfregou as têmporas.

— Gata, você não vai *acreditar* no que aconteceu comigo hoje.

Quando ela terminou de contar seu primeiro encontro com Stone, os olhos escuros de Natasha estavam arregalados atrás dos óculos e ela estava com o rosto colado na câmera.

— Um *urso*? Você tá me zoando, né?

— A porra de um urso.

— Caralho, onde você tá?

— Em algum lugar do Alasca. Perto de Juneau.

— Onde é isso?

Gina deu de ombros.

— Sei lá eu.

— Tá bom, chega do urso e do Alasca. Vamos ao que interessa. Ele é gostoso?

Com um grunhido, Gina caiu de lado na cama.

— Demais. Tipo, no ar frio vapor se ergue dos seus músculos ridiculamente grandes. Ainda não estou convencida de que seja uma pessoa real.

— Hm. — Natasha lambeu os lábios. — Não vejo a hora de conhecê-lo. Especialmente porque você não vai dar em cima dele. Não depois do fiasco com o babaca do Ruben.

— Nem me lembre. Acho que estão tramando pra me meter em um showmance. E a gente acabou de dar um monte de takes bons pra eles.

— Merda, eles deviam ter *me* colocado com ele, se era isso que queriam.

Gina apertou a ponte do nariz.

— Parte de mim não consegue acreditar que os produtores me enganaram desse jeito, mas a outra parte totalmente acredita. Aposto qualquer coisa que foi ideia de Donna.

— Maldita Donna. — Natasha estalou a língua. — Mesmo assim, qual é a pior coisa que pode acontecer se você for na deles?

— A pior? — Gina soltou o ar com força. — A pior seria legitimar o estereótipo da "latina sexy", dar um mau exemplo para as minhas sobrinhas e perder trabalhos futuros porque as pessoas acham que eu não sou profissional.

Natasha revirou os olhos.

— Gina, você *é* uma latina sexy. E todo mundo nessa indústria dorme com todo mundo. Caralho, eu faço isso toda hora.

— É diferente quando é privado — protestou Gina. — Um showmance na tela seria a coisa mais interessante sobre nós. Stone e eu somos capazes de criar histórias empolgantes sem um romance. Ele está acostumado com realities shows. Sabe como tudo isso funciona.

Sem contar que um showmance tinha um potencial enorme de ser um tiro no pé. Ela já vira isso antes, quando fãs, irritados com a dinâmica "será que eles vão ficar juntos?", paravam de votar no casal em questão. A cada passo de sua carreira, Gina tinha obtido sucesso por meio de talento e habilidade vindos de muito esforço, e faria o mesmo com Stone.

E faria o seu melhor para esquecer como ele era sexy cortando lenha, ou como tinha cuidado dela com carinho depois do incidente do urso.

Natasha ergueu as sobrancelhas.

— Talvez você mude de ideia quando ouvir quem Kevin ganhou.

Gina resmungou.

— Isso vai me deixar brava?

— Aham.

— Me conta mesmo assim.

— Uma patinadora olímpica.

Gina esfregou as têmporas. *Claro* que Kevin tinha ficado com uma patinadora.

— Esse cara tem a maior sorte. Eu ganhei um especialista em sobrevivência na natureza que fica mais confortável perto de ursos do que dançando com alguém.

— Não se preocupe tanto com isso. Quando estiverem os dois em Los Angeles, você vai estar no seu próprio território. E pelo menos você já o conheceu. Eu só vou descobrir quem é meu parceiro em alguns dias. Não vejo a hora de começar.

— Eu também.

Por mais bonito que fosse o quadragésimo nono estado, Gina estava pronta a dizer adeus ao Alasca e voltar para Los Angeles, onde enfrentaria o desafio único de transformar um homem das montanhas em um dançarino de salão.

Moleza.

Capítulo 4

Borboletas dançavam o *quickstep* na barriga de Gina enquanto ela esperava Stone chegar para o primeiro ensaio. Surtada por causa de um urso *não* era o tipo de primeira impressão que quisera deixar, e ela esperava que não deixasse as coisas esquisitas entre eles. Porém, Natasha tinha razão: estavam no território dela agora, e Gina estava determinada a parecer profissional e serena.

Ela praticou alguns passos na frente dos espelhos na sala de ensaios que usariam pelo resto da temporada. Alguns dos outros dançarinos profissionais já tinham começado a ensaiar. Natasha conhecera o seu parceiro — o astro do futebol americano Dwayne Alonzo, recém-saído do Super Bowl — na manhã anterior para um breve ensaio. De acordo com Tash, Dwayne era bonito, mas sem graça.

Talvez Stone também se provasse sem graça. Isso com certeza tornaria as coisas mais fáceis no nível pessoal, embora não fosse ajudar na química como parceiros. Enquanto fazia alguns passos de foxtrote, Gina estreitou os olhos para os pés, imaginando as pernas muito mais longas de Stone. Ela teria um belo trabalho pela frente.

Em um canto da sala, Aaliyah Williams, uma jovem negra com longas tranças *box* e óculos estilosos, estava sentada em uma cadeira dobrável. Como assistente de direção, seu trabalho era fazer um registro ao vivo do ensaio pelo laptop e enviar suas observações aos editores.

Jordy entrou bem nesse momento, uma câmera apoiada no ombro enquanto se virava para a porta fechada.

— Lá vem ele.

A porta se abriu, revelando Stone em toda sua glória de Adônis rústico. Seu cabelo comprido estava preso em um coque — um estilo que Gina nunca achara sexy até aquele instante — e ele usava um short de basquete azul-escuro e uma camiseta branca com decote em V.

Gina conteve um suspiro sonhador. Era uma grande inconveniência ter um parceiro tão atraente. Encontrá-lo no meio da floresta o fizera parecer quase sobrenatural, porém alguns dias em Los Angeles a tinham convencido de que ele não podia ser tão bonito e musculoso quanto ela se lembrava. Vê-lo ali, no cenário e nas roupas mais mundanas possíveis, mas ainda imponente e estupidamente bonito, era um tapa na cara da sua libido.

Haha, o corpo dele parecia dizer. *Eu sou mesmo sexy assim. Lide com isso, otária.*

Que fosse. Ela já tinha dançado com muitos homens bonitos. Tudo bem que a maioria deles tinha o físico esguio de dançarinos, mas e daí? Ela poderia agir como adulta em relação àquilo — mesmo que quisesse dar uma risadinha como uma garota de 13 anos conhecendo sua boy band preferida.

Ai. Ela precisava se controlar. Entre Aaliyah e Jordy, tudo que acontecesse na sala de ensaios seria registrado e estava sujeito a entrar no programa. A ameaça de showmance pairando sobre ela significava que Gina precisava controlar sua reação a Stone.

— Oie.

Tentando parecer casual, ela foi até ele e lhe deu um beijo na bochecha, como fazia com todos os amigos. Como se o aroma dele, de pinheiro e ar fresco e homem, não a fizesse querer fechar os olhos e respirar fundo. Ela recuou, ignorando a vontade de rolar no calor dele como em um grande cobertor felpudo.

Encarando os olhos do mesmo azul límpido dos céus do Alasca, ela levou um momento para encontrar as palavras.

— Minha nossa, você é grande. Qual é a sua altura, exatamente?

Ele esfregou a nuca.

— Dois metros e quatro.

— Droga. — Gina se encolheu. — Desculpe. É só que... você é ainda mais alto que minha estimativa inicial. Eu tenho um e setenta, e é um desafio coreografar uma dança a dois quando os parceiros têm uma diferença tão grande de altura. — Ela deu um sorriso para deixá-lo à vontade, como se fosse normal balbuciar nervosa desse jeito. — Não se preocupe. Sou uma excelente coreógrafa e não teria chegado tão longe se tivesse medo de sapatos de salto.

Ele espiou os pés dela e franziu o cenho.

— Isso são... tênis com salto?

Ela ergueu um pé para mostrar a visão lateral.

— Com plataforma.

— Você consegue dançar nessas coisas?

— Cara, eu consigo dançar em qualquer coisa.

— Não sei se *eu* consigo. — Ele deu um olhar cético para seus próprios pés, usando sapatos de dança preto lustrosos.

Gina mordeu o lábio, procurando uma resposta que não poderia ser manipulada na edição. A dança de salão exigia intimidade, e eles não tinham muito tempo para estabelecer uma conexão como parceiros. Por mais que seu encontro inicial a tivesse perturbado, era ela a especialista ali. Era seu dever garantir que Stone ficasse confortável, mesmo que só olhar para ele já lhe desse borboletas no estômago.

A porra das borboletas. *Droga.*

— O que está achando de Los Angeles? — perguntou ela finalmente. — O voo foi bom?

Ele deu de ombros, o tecido da camiseta se esticando muito sobre os músculos.

— O voo foi normal. O hotel é bom. Diferente do que estou acostumado.

Ela deu um sorriso bem-humorado.

— Não imagino que um urso vá surgir de trás da máquina de gelo.

Em vez de rir, ele apertou os lábios em uma linha firme e desviou o olhar. Suas sobrancelhas se uniram como se estivesse bravo.

Como se pressentisse emoções profundas, Jordy se aproximou com a câmera.

Gina ignorou o produtor de campo e apoiou uma mão no braço do parceiro.

— Stone? Tá tudo bem?

— *Você* está bem? — disparou ele, surpreendendo-a.

— Claro. — As borboletas aumentaram o ritmo, dançando uma salsa. — Por que não estaria?

Ele tamborilou um ritmo nervoso com os dedos contra a coxa.

— A última vez que eu te vi...

Gina esfregou as mãos no rosto.

— É, sobre isso. Olha, sinto muito pelo modo como reagi. Primeiro foi o hidroavião, depois toda a natureza, aí o urso... Foi um choque, pra dizer o mínimo, e não era nada do que eu estava esperando.

Stone arqueou uma sobrancelha.

— *O que* você estava esperando? Não um urso, imagino. Nem eu.

Será que ela devia responder? Gina não queria que ele pensasse que estava decepcionada por tê-lo como parceiro.

— Não sei, uma estação de esqui ou algo assim.

Os cantos dos olhos dele se enrugaram como se estivesse entretido.

— Você acha que as pessoas no Alasca só ficam esquiando?

— Como eu ia saber? Eu não sou o que chamaríamos de "entusiasta da natureza".

O olhar de Stone desviou da câmera antes que ele se inclinasse e abaixasse a voz a um murmúrio grave.

— Desculpe por ter te assustado, Gina. Não quero que você tenha medo de mim.

Ah, que homem fofo. Aquele tempo todo, ela estava com medo de ter arruinado sua credibilidade como professora enquanto Stone estivera preocupado sobre o que *ela* achava *dele*. Se fosse qualquer outro parceiro, se fosse qualquer outra ocasião e não o primeiro ensaio deles, ela teria lhe dado um abraço. Ele parecia precisar do conforto e ela acreditava em distribuição livre de afeto.

Exceto que a câmera estava próxima demais. Os olhos de Jordy tinham um brilho de antecipação. O que quer que ela fizesse — um abraço, uma batidinha no ombro, um aperto na mão — seria deturpado para criar uma história onde não existia história nenhuma.

Gina cutucou o braço de Stone com o ombro e sussurrou:

— Eu não fiquei com medo de você. — Teria que ser suficiente. — A gente devia começar logo a aprender a dança, mas primeiro vamos discutir estratégia.

Ela o virou para que o perfil dele ficasse refletido na parede de espelhos. Por mais forte e robusto que fosse, ele a deixou empurrá-lo para onde queria. Era um bom sinal, já que ela talvez tivesse que arrastá-lo pela pista de dança enquanto fazia parecer que era ele quem conduzia.

Ela olhou para cima, observando sua altura e seu físico. Pensando bem, não iria arrastar aquele homem para lugar nenhum.

— Você tem uma postura perfeita — disse ela, deslizando uma mão pela coluna dele. As saliências das vértebras, sob fibras grossas de músculo, convidavam seus dedos a se demorar e explorar. Ela afastou a mão. — Isso vai ser útil. Quando estiver dançando em par, mantenha a coluna reta e os ombros para trás e abaixados. Não perto dos ouvidos. — Ela demonstrou, encolhendo os próprios ombros de forma exagerada. — Não há nada gracioso nisso.

Stone soltou uma gargalhada e, para a surpresa dela, imitou o gesto bobo.

— Não é exatamente o epítome de charme e elegância.

Ele abriu um sorriso arrasador e Gina respirou fundo de forma deliberada. Será que o mataria ser um tiquinho mais feio? Ela abriu mão da ideia e continuou.

— Em vez disso, ficamos assim. — Como tinha feito na varanda dele, ela manuseou seu corpo na postura que ele usaria para o foxtrote, mantendo um toque professional e impessoal. — Nossa primeira dança é o foxtrote. É uma dança de salão animada e fluida, que exige que combinemos nossos passos enquanto estamos nos segurando.

— É parecido com a valsa que você me mostrou?

— Gosto de pensar no foxtrote como uma valsa temperada. Um quê a mais. É uma boa primeira dança porque nossos corpos não se tocam.

Stone franziu o cenho quando ela entrou na moldura gerada pelos braços dele.

— Como assim? Estamos nos tocando.

Ela deu um risinho.

— Isso não é nada. Parceiros de dança ficam muito à vontade com o corpo um do outro. Não tem como evitar. Se você se segurar, estraga a dança.

Stone pressionou os lábios e não disse nada. Seu olhar passou da cabeça dela para o reflexo deles nos espelhos.

Ela bateu no pé esquerdo dele com o seu direito.

— Agora, os passos básicos. Sempre comece com o pé esquerdo. Eu vou fazer o oposto do que você estiver fazendo. O foxtrote envolve passos suaves e deslizantes e um *frame* perfeito.

Depois de ensinar algumas sequências de *lento-lento-rápido-rápido*, ela disse:

— Nós vamos destacar sua postura e formato e contrastá-los com sua virilidade e suas origens humildes.

Ele tossiu e seus passos vacilaram. Acima da barba, as bochechas estavam adoravelmente coradas.

— Com os meus o quê?

— Você é um homem da montanha grandão — disse ela.

— Eu nem moro numa montanha. É uma enseada. No nível do mar.

— Não importa. Vamos fazer emergir esse lado nas danças latinas e no jazz. Com os estilos mais clássicos, como o foxtrote e a valsa, vamos mostrar um contraste: o lado elegante e refinado do viking.

— *Viking*?

Stone parecia prestes a engasgar. Ela saiu da posição para pegar uma garrafa d'água de uma pequena caixa térmica para ele.

— Não me diga que nunca se viu no espelho — disse ela, apontando para o reflexo dele. — Nós vamos usar esses músculos e essa barba a nosso favor.

Ele deu um longo gole de água, tomando mais de metade da garrafa de uma vez.

— Eu não sabia que essa competição envolvia tanta tática.

— O que, achou que podia só aparecer aqui e dançar? — Ela bufou. — Pense de novo, colega. Isso é uma competição e envolve muita estratégia. Vamos. Temos trabalho a fazer.

Pelas duas horas seguintes Gina o arrastou pela sala, corrigindo os passos e a postura dele. Se ele não aprendesse a conduzir, ela ia acabar fazendo todo o trabalho durante as danças, e Stone era grande demais para ajustá-lo durante os movimentos. E enquanto Stone seguia instruções, também suspirava, espiava o reflexo deles com um olhar cético e piscava um pouco demais, como se quisesse revirar os olhos.

Exausta, Gina pediu uma pausa para hidratação. Sem dizer nada, Stone a soltou e desabou na beirada do pequeno palco com uma exalação exagerada. Gina chupou o lábio inferior. Se ele suspirasse mais uma vez...

A porta da sala de ensaios se abriu e Donna Alvarez entrou.

Perfeito. Agora foi Gina quem conteve um revirar de olhos. Ela não tinha energia para lidar com Donna naquele momento.

Donna era provavelmente a produtora que decidira pôr Gina com Stone. Ela era manipuladora e tinha influência com os chefões que tomavam decisões do tipo. Uma segunda equipe de filmagem a seguiu: um operador de câmera e uma assistente magrinha que abraçava um tablet contra o peito como um escudo.

— Oi, Donna — disse Gina, tentando parecer simpática. Não havia por que começar com o pé esquerdo.

— Gina. — O sorriso de Donna era largo, mas afiado. Seus olhos castanhos eram como os de um tubarão, impassíveis e mortais. — Bom te ver.

Gina chamou Stone.

— Stone, essa é Donna, minha produtora.

Stone estendeu uma mão para Donna.

— Prazer.

— O homem selvagem tem belos modos.

Donna sorriu de novo enquanto apertava a mão dele. O rosto de Stone ficou vermelho.

— Donna supervisiona algumas das duplas — explicou Gina para deixar Stone a par, além de cortar a tensão. — Já o Jordy é todo nosso.

Jordy se juntou a eles, e os dois se separaram para entrevistas individuais. Gina foi a um canto da sala com Donna e a nova equipe, enquanto Jody e Aaliyah levaram Stone ao canto oposto.

— Como está indo seu primeiro ensaio? — perguntou Donna.

Gina abriu um sorrisão para a câmera.

— Nosso primeiro ensaio está indo muito bem. — Falso. — Mesmo que nunca tenha dançado antes, Stone está disposto a aprender e pega os passos depressa. — Também falso. — É o melhor que você pode esperar de um parceiro sem nenhuma experiência de dança.

— O que você tem em mente para a primeira dança?

— Eu nunca dancei com alguém tão alto antes. — Gina ergueu a mão sobre a cabeça para indicar a altura de Stone. O jogador de futebol americano na temporada anterior era um *quarterback* mais baixo. — Vamos fazer algo para destacar o físico, a força e a habilidade dele, com um elemento de diversão. Eu quero mostrar aos espectadores um lado de Stone que nunca viram antes.

O olhar de tubarão de Donna se intensificou.

— E o que você acha da aparência dele?

Gina sorriu, embora a vontade fosse ranger os dentes. O que ela podia responder? *É claro que ele é bonito, droga!*

— Não se preocupe, os espectadores definitivamente vão ver Stone sem camisa, embora não na primeira dança. Não seria apropriado para o foxtrote. Mas continuem votando em nós e podem ter certeza de que vamos mostrar o que vocês querem. — Ela deu uma piscadela para a câmera.

Donna cruzou os braços.

— Parece que vocês têm muita química.

Parecia? Merda. Gina tentou responder de forma casual.

— Ainda estamos encontrando nossa dinâmica. Tenho certeza de que nossa conexão como parceiros de dança vai crescer quanto mais trabalharmos juntos.

Os lábios de Donna se torceram como se ela estivesse decepcionada com a resposta, mas ela deixou Gina voltar ao trabalho.

Gina encontrou Stone no meio da sala. Sua testa estava franzida e ele parecia tão irritado quanto ela. Jordy provavelmente tinha pressionado para saber se ele a achava bonita ou não. Ela precisaria avisá-lo de que as perguntas só ficaram mais invasivas com o passar das semanas.

Ela inclinou a cabeça para indicar a equipe.

— Você está bem? — sussurrou ela, embora o microfone fosse captar de toda forma.

Naquele momento ele revirou mesmo os olhos.

— Essas entrevistas são realmente necessárias?

— Canalize para a dança. Tudo que estiver acontecendo, em qualquer aspecto da sua vida, canalize para a dança e deixe que seja transformado. — Ela deu de ombros. — Pelo menos é o que eu faço.

Stone sustentou o olhar dela por um longo momento, sua expressão se desanuviando. Quando assentiu, ela cutucou seus cotovelos. Ele imediatamente entrou em posição, sua forma perfeita. Ela deu um aceno aprovador.

— Bom. Agora vamos nos focar nos pés. Pronto?

Ele suspirou.

— Pronto.

Ela fez a contagem e eles deslizaram pela sala.

Capítulo 5

Gina tinha dito que o foxtrote era como caminhar — um pé na frente do outro. Não era. Horas aprendendo passos como *promenade, ad lib* e *Park Avenue* fizeram Stone repensar mais uma vez sua decisão de se juntar àquele programa idiota.

Dançar era *difícil*. Os passos básicos eram uma coisa, mas aprender a coreografia era uma história totalmente diferente. Seus músculos doíam de ficar tanto tempo na posição correta, os pés ficaram machucados por conta dos sapatos pretos lustrosos, e ele estava faminto. Quando reclamou da fome, Gina jogou uma barrinha proteica para ele e disse para "recomeçar do primeiro passo".

E estava tudo sendo filmado. Cada tropeço e passo em falso, os xingamentos de Stone quando ele escorregava, os toques inócuos de Gina.

Como ele podia se concentrar em aprender a dança com o toque leve e capaz de Gina como fonte constante de distração? Eram toques rápidos, que mal se faziam presentes e então sumiam. A ponta de um dedo no queixo dele para mudar o ângulo. Um cutucão com o pulso para erguer o cotovelo dele. Até os pezinhos dela chutando os dele para mostrar como deveriam estar se movendo.

Todas as dançarinas eram assim? Quem tinha tido a brilhante ideia de colocá-lo com alguém que falava e tocava tanto? *Ou tão bonita*. Não era àquilo que ele tinha se proposto.

E, apesar das garantias de Gina, ele ainda se sentia mal por assustá-la no Alasca. Não tinha sido certo. Fingir ver um urso no bosque era uma ideia cretina e ele não deveria ter aceitado.

Pior de tudo, os produtores os interrompiam para pedir entrevistas a cada momento. Em *Vida selvagem*, a família e a equipe sabiam que ele era péssimo mentindo, então Stone participava de menos entrevistas individuais do que os irmãos. *Estrelas da dança* supostamente era um programa sobre dança. Por que queriam que ele falasse tanto?

Stone pisou errado de novo, quase perdendo o equilíbrio.

— Desculpe.

Os cantos da boca de Gina se curvaram para baixo e ela jogou as mãos para o alto.

— Não se desculpe. Leve isso a sério.

Ele estreitou os olhos.

— Do que você está falando?

Ela foi até o cooler e pegou uma garrafa d'água.

— Você não está vendo a coreografia com seriedade.

A acusação queimou em seu estômago e as palavras escaparam antes que ele pudesse pensar melhor.

— Quão mais a sério você quer que eu leve? — Ele a seguiu e pegou outra barrinha proteica da caixa ao lado da caixa térmica. — Estou aqui, usando esses sapatos ridículos... — Ele ergueu um pé e fez uma careta de nojo. — E fazendo tudo que você pediu de mim.

— Tudo — disse ela, em um tom enganadoramente brando —, *exceto* levar isso a sério.

A frustração fez sua voz sair mais afiada do que ele pretendia.

— Eu levo uma vida de sobrevivência. Em perspectiva, dançar sempre esteve baixo na lista de prioridades. Estou fazendo o melhor que posso.

Gina não se abalou.

— Não é uma sorte não ter que caçar e cortar lenha em Los Angeles? Agora a dança pode ser sua prioridade número um. Melhore.

Antes que Stone pudesse pensar numa resposta, alguém bateu na porta. Ele rasgou a embalagem da barrinha e deu uma grande mordida.

Uma mulher loira com pele muito bronzeada enfiou a cabeça na sala.

— Oie — disse ela. — Quem vai primeiro?

— Ah, os magos do bronzeamento a jato estão aqui. — Jordy se virou para Stone. — Hora de tirar a roupa.

Stone engasgou.

— Espera, aqui?

A mulher entrou na sala com uma equipe de assistentes jovens e atraentes e começou a construir algo que parecia metade de uma tenda de nylon preto com uma grande abertura em formato de ovo.

Perdendo a fome, Stone jogou o resto da barrinha no lixo.

— Achei que o bronzeamento seria em algum lugar mais... privado.

Uma lista de instruções aguardava Stone quando ele se instalara em seu quarto de hotel no dia anterior. Técnicas de exfoliação, dicas sobre manutenção do bronzeado e orientações para vestir cuecas escuras e usar os lençóis e toalhas escuros que eles forneceram. O que a lista *não* tinha mencionado era que ele faria o bronzeamento com uma plateia. A sala estava cheia de pessoas. Jordy e Aaliyah discutiam algo olhando para um laptop, enquanto a bronzeadora e seus assistentes conferiam o equipamento.

E também havia Gina. Ela se sentou nos degraus que levavam ao palco baixo. Reclinando-se numa mão, mordeu a própria barra proteica e lançou um olhar pensativo para ele.

— Não seja modesto. — Ela fez um aceno casual. — Eu já vi a maioria do que tem para ver, e vou ver o resto antes disso tudo terminar.

As palavras — e a atitude indiferente — não o reconfortaram. Tudo bem, Gina já o tinha visto nu da cintura para cima, mas isso significava que ele estava pronto para abaixar as calças na segunda vez que se encontravam. Ou na frente de outras pessoas.

Stone apoiou as mãos na cintura.

— Isso é realmente necessário?

Gina deu de ombros.

— É uma parte da vida por aqui. Você vai se acostumar.

Ela ainda estava inteiramente vestida e não parecia estar com pressa de refazer o bronzeado. Sua pele já tinha uma linda tonalidade dourada, então talvez ela estivesse isenta daquele tipo de tortura. Ele tentou outra tática.

— Eu já estou bronzeado.

Vida selvagem o fazia usar uma loção bronzeadora já que ele passava tanto tempo sem camisa, mas ele nunca admitiria aquilo em voz alta.

A bronzeadora deu uma gargalhada.

— Não o suficiente. Entra aqui. — Ela ligou o pulverizador com um zumbido baixo.

Stone amaldiçoou sua tendência a corar quando sentiu as faces ficarem quentes. A acusação de Gina o irritava, e a necessidade de provar seu comprometimento o instou à ação. Ele tirou os sapatos e pegou as costas da camiseta, puxando-a por sobre a cabeça. Pelo canto do olho, viu o modo como os lábios de Gina se abriram, o leve arregalar dos olhos.

Uma descarga de satisfação o percorreu. Então ela não era completamente imune. Pelo menos isso.

Deixando a irritação por ter que se despir de lado, ele se curvou para tirar as meias. Quando se endireitou por completo, flexionou os músculos abdominais e abaixou as mãos ao cós do short. Os olhos de Gina seguiram seus movimentos. Mesmo com todos os outros na sala, o momento era só para ela. Ele manteve a atenção na parceira enquanto abaixava o short e saía dele. Parado no meio do espaço de ensaios sem usar nada além de uma cueca azul-escura, ele encontrou o olhar dela diretamente.

Os olhos de Gina se estreitaram, então ela ergueu uma sobrancelha e sussurrou "touché". Depois desviou os olhos. Satisfeito, Stone foi até a tenda.

Ele perdeu Gina de vista quando a bronzeadora parou na frente dele.

— Eu sou Martina. Você já fez bronzeamento a jato antes? Stone balançou a cabeça.

Martina explicou o procedimento enquanto trabalhava, cobrindo-o em camadas de solução bronzeadora. Aparentemente, o bronzeamento fazia o corpo de todo mundo parecer mais idealizado no palco, acrescentando definição e brilho. No *Estrelas da dança*, quanto mais bronzeado, melhor.

O processo todo foi mais rápido do que Stone esperava. Cada camada levou cerca de cinco minutos, e ele recebeu quatro camadas.

— Você tem uma ótima definição nos músculos — disse Martina enquanto delineava os peitorais. — O bronzeado vai destacar isso e te deixar ainda mais incrível.

Stone abaixou a cabeça, murmurando um agradecimento. Ele se virou para o interior da tenda em formado de ovo enquanto ela cobria os músculos das costas. Quando se virou de novo, a porta se abriu e Gina entrou usando apenas um biquíni roxo sem alça.

Stone quase engoliu a própria língua.

Quando Stone tinha entrado no espaço de ensaios naquela manhã, a Gina à sua espera podia muito bem ter sido uma pessoa completamente diferente da que ele conhecera no bosque. A Gina professora usava o cabelo preso em um rabo de cavalo alto e nenhuma maquiagem no rosto. Seus olhos ainda brilhavam. Seu sorriso ainda o atraía. Mas ela parecia mais acessível, mais palpável. Mais real.

Pensamentos perigosos para um homem que se convencera de que as garotas de Hollywood eram uma má ideia.

O biquíni roxo estava inspirando todo tipo de pensamentos perigosos no momento. *Particularmente* perigosos, considerando que ele estava só de cueca, e a fada do bronzeamento tinha puxado o elástico para cima do quadril.

Para piorar a situação, Gina parou ali perto, as mãos apoiadas na cintura, observando-o com interesse aberto.

— Viu? — disse ela. — O bronzeamento não é tão ruim, é?

Stone grunhiu algo. Se olhasse para ela, arriscaria constranger a todos.

— Prontinho — disse Martina. — Gina, sua vez.

Stone seguiu direto para o próprio short.

— Espere!

O grito estridente o fez congelar. Ele se virou, e Martina lhe deu um olhar irritado.

— O que está fazendo? Você não pode se vestir ainda. Fique parado até ficar seco.

Tortura. Aquilo era tortura. Talvez Stone tivesse feito algo numa vida passada para merecer a dor deliciosa de assistir à Gina entrar no ovo e virar em círculos lentos enquanto era coberta com a solução bronzeadora. Quando ela se virou para o interior do ovo, o olhar de Stone caiu para a sua bunda, firme e redonda, precariamente coberta pelo elastano roxo do biquíni. Quando ela abaixou o tecido um centímetro para Martina borrifar por baixo, Stone cerrou os dentes contra a nova onda de desejo que o golpeou, o sangue pulsando quente pelas veias. Sua mente forneceu imagens dos dedos esguios de Gina puxando o tecido ainda mais para baixo, cada centímetro tentador.

Não. Ele não podia pensar assim. Ela era sua parceira, sua professora. Eles tinham semanas de trabalho pela frente, um trabalho que exigiria contato próximo e toques íntimos. Stone nunca sobreviveria se aceitasse tais pensamentos.

Nunca sobreviveria se ficasse duro no meio do seu primeiro ensaio — *na frente das câmeras.*

Em vez de Gina, ele se focou em como aquele circo dos realities todo era horrendo. Pensava que *Vida selvagem* era ruim — tipo, cortar lenha sem camisa! —, mas aquilo era dez vezes pior. A manipulação, a total falta de privacidade e os esforços óbvios para abalar os dançarinos. Pelo menos, no Alasca, os produtores dele eram francos sobre as maquinações.

— Stone!

Ele ergueu a cabeça bruscamente. Gina o chamava.

— Vem cá. Vamos tirar uma selfie.

Suspirando, ele seguiu descalço e se inclinou para dentro do ovo, como ela orientou. Gina esticou a mão, segurando o celular na horizontal. O rosto deles apareceu na câmera.

— Sorria! — disse Gina.

Stone mostrou os dentes em um quase sorriso. A proximidade de Gina — a doçura do seu aroma, seu calor pairando perto dele — fez seus músculos tensionarem. Ele saiu de lá o mais rápido que pôde, mas Gina o seguiu.

— Quer comer alguma coisa? — perguntou ela, sacudindo os braços enquanto a equipe de bronzeamento guardava suas ferramentas. — Depois que eu estiver seca, claro.

Tudo que ele pôde fazer foi encarar enquanto as palavras entravam por um ouvido e saíam pelo outro. Os movimentos dos braços faziam os seios dela balançarem sob o tecido roxo que os envolvia. Ele queria substituir o tecido com as próprias mãos.

Caralho. Ele tinha que parar de pensar nos peitos dela.

— Não, eu, hã… — Ele pegou o short e o puxou por cima das pernas. — Eu tenho que malhar.

Foi a primeira desculpa que veio à mente, mas era boa. Ele tinha que se livrar um pouco daquela tensão ou ia explodir durante o próximo ensaio.

— Ah, não, não vai. — Martina parou na porta da sala e sacudiu um dedo para ele. — Nada de suar, nadar ou tomar banho pelas próximas seis a oito horas. Senão o bronzeamento vai escorrer antes que tenha tempo de se fixar. — Ela deu um olhar apreciativo para ele. — Acho que você pode pular um treino. E não vista a camiseta, se puder evitar. — E então ela saiu.

Merdaaaaa. Resignado, Stone enfiou a camiseta na sua bolsa de academia.

— Então... comida? — perguntou Gina, aparecendo ao lado dele naquele maldito biquíni roxo.

Ele balançou a cabeça.

— Não, obrigado. Te vejo amanhã.

Stone saiu correndo antes que ela pudesse dizer outra palavra, e amaldiçoou internamente o *Estrelas da dança* e tudo associado ao programa. Ele estava pegando fogo e não tinha nem como abafar as chamas.

*D*epois que Stone saiu, Gina esperou seu bronzeado secar, e então vestiu uma saída de praia leve para não criar linhas de tecido na pele.

Talvez ela não devesse ter acusado Stone de fazer as coisas de má vontade, pelo menos não no primeiro dia. Mas, se eles iam continuar do jeito que começaram, ela não podia deixá-lo se safar com nada menos que cem por cento de dedicação. Ele estava fazendo o necessário e obedecendo ao que ela dizia, mas sua falta de entusiasmo era óbvia. Acontecia com algumas celebridades homens quando pediam que se movessem de jeitos que eram desconfortáveis para elas. Se eles se sentiam bobos, não tentavam. O suprassumo da masculinidade tóxica.

Para ela e Stone vencerem, ele tinha de fazer mais do que tentar. Também tinha que querer vencer. O truque era encontrar a chave para o seu espírito competitivo.

Enquanto Gina estava arrumando sua bolsa, Jordy a abordou.

— Donna quer falar com você no escritório dela.

Temendo o que quer que a produtora tivesse a dizer, Gina seguiu para o andar de baixo e o corredor de escritórios. Donna a chamou para entrar logo e a convidou a se sentar na salinha escura e apertada, só um nível acima de um closet.

Ela estava usando seu sorriso puxa-saco, o que significava que Gina ia odiar aquela conversa.

— Você está se dando bem com Stone? — Donna agitou as sobrancelhas. — Tem que admitir que ele é bonito.

Argh. Gina respirou fundo.

— Como você viu, estamos nos focando na dança e em encontrar uma estratégia. Eu acho que…

— É, vimos isso. — Donna franziu o cenho. — Mas achei que você está se contendo. Geralmente é mais simpática com os seus astros. E Stone pareceu frustrado. Tem alguma tensão entre vocês?

Gina balançou a cabeça e sorriu largo.

— Não. Não tem problema algum.

Exceto pela distração que eram os gigantes músculos de Stone e pela relutância dele em fazer mais do que os passos básicos. Ela tinha perdido a conta da quantidade de vezes que ele tinha perguntado "Isso é mesmo necessário?", e era só o primeiro dia.

Donna se inclinou para a frente com um sorriso conspiratório.

— Talvez você possa esquentar um pouco as coisas. Tenho certeza de que isso o faria se sentir mais confortável.

Mas que porra…? Com os lábios apertados com força, Gina puxou o ar pelo nariz. Contou até cinco enquanto o soltava, então falou com calma e clareza.

— Como já discutimos no passado com a minha agente, eu me recuso terminantemente a participar de uma narrativa de romance falso.

Donna revirou os olhos.

— Ora, vamos, Gina. Olha, a gente sabe que você sente atração por homens…

— *Como é que é?* — Gina arregalou os olhos, os pulmões inflando como um balão enquanto a descrença a inundava.

— Então não entendo qual é o problema — prosseguiu Donna, ignorando a objeção indignada. — Stone é gostoso. Só flerte um pouco mais, nos dê algumas declarações para insinuarmos que tem algo entre vocês. Os espectadores adoram tensão sexual. Vai te render muitos votos e possivelmente até o troféu.

Golpe baixo. Donna sabia o quanto Gina queria vencer, mas também sabia que ela se opunha categoricamente a fingir que estava ficando com o seu astro.

Gina se ergueu.

— Não se preocupe. Vamos ter muitos votos e eles vão vir do jeito tradicional: com uma coreografia incrível e uma técnica forte.

— Mas vai ser suficiente? — insistiu Donna.

— Vai ter que ser, porque não vou fingir que estou transando com Stone.

Donna deu de ombros, sem se ofender.

— Deveria. Eu transaria com ele.

Gina abriu a boca para retrucar algo de que provavelmente se arrependeria depois, mas o que Donna disse em seguida a deixou sem palavras.

— Só estou cuidando dos seus interesses, Gina. A verdade é que, se você não chegar na final, não tenho certeza se teremos um lugar para você na próxima temporada.

Gina fechou a boca bruscamente. Sua pele formigava como se ela tivesse pulado em uma banheira de gelo.

— Como assim? — Sua voz saiu rouca.

Dona abaixou a voz.

— Eu gosto de você, Gina. Você é esperta e sabe jogar, mesmo que se recuse a fazer a única coisa que praticamente te garantiria a vitória. Mas tem que chegar na final se quiser ficar por mais tempo.

— Donna, minhas sobrinhas assistem ao programa.

Dando de ombros de novo, Donna abriu o laptop.

— Dê um jeito, Gina. E faça as fotos promocionais serem bem sexy.

Gina saiu da sala.

Ela se remoeu de raiva até o carro, usando um par de óculos escuros gigantes para protegê-la da multidão de paparazzi esperando do outro lado do estacionamento. Quando entrou, apertou o volante com força. Queria gritar, mas os cretinos das câmeras a ouviriam.

Por anos, ela tinha se matado de trabalhar para construir um nome para si mesma em uma indústria que era implacável e inclemente. Conseguira com talento, habilidade e determinação. Continuou a fazer aulas de danças, assim como de canto e atuação, para se apresentar como uma ameaça tripla.

Doía ver tudo isso reduzido à força do seu sex appeal. Como se fosse a única coisa de valor nela, o único motivo pelo qual os espectadores poderiam votar nela e em Stone. Não porque Gina era uma professora qualificada e uma coreógrafa de talento com uma boa personalidade. A declaração de Donna insinuava que tudo que interessava aos espectadores — tudo que interessava aos produtores — era com quem ela dormia. Era exatamente por isso que Gina tinha insistido para que sua agente dissesse ao *Estrelas da dança* logo de cara que não estava disposta a ser usada em narrativas românticas.

Ela pegou o telefone e ligou para a irmã. O expediente já tinha acabado fazia tempo em Nova York, então Araceli estaria em casa, provavelmente preparando o jantar para as crianças.

Ela atendeu no segundo toque.

— Oi, Gigi.

— Querem que eu transe com ele.

— *Com quem?!* — A indignação e a descrença de Celi explodiram pelo celular.

— Meu parceiro. — Gina esfregou os olhos por baixo dos óculos.

Houve uma longa pausa.

— Você quer dizer que querem que você *finja* estar envolvida com o seu parceiro?

— Qual é a diferença? Eu não vou dormir com ele e também não vou agir como se estivesse.

— Isso aí. Não deixa esses figurões de Hollywood te forçarem a qualquer coisa que você não queira fazer.

Gina sentiu o apoio incondicional da irmã mais velha pelo telefone, o que a fez sorrir. Se o sorriso estava um pouco trêmulo, quem ligava? Ela tinha direito de sentir saudade da família.

— Obrigada. Eu me esforcei demais para estragar tudo agora.

— Hoje foi seu primeiro dia?

— É.

— Você vai ter que ligar pra mamãe. Ela vai querer saber tudo. Como foi?

— Bem, até. Ele não é um mau dançarino, só está relutante. — Gina parou, então expressou a esperança que vinha crescendo constantemente durante o dia todo. — Acho… acho que, se eu conseguir fazer ele levar isso a sério… inflamar seu espírito competitivo, por assim dizer… a gente conseguiria ir longe.

Celi bufou.

— Para a sorte dele, você tem espírito competitivo para dar e vender.

— Não há nada de errado em ser ambiciosa. Isso é só um passo de muitos.

— Você vai chegar lá. Não tem pressa.

Mas *havia* pressa. Dançarinos não tinham carreiras longas. Eles forçavam os corpos, e lesões eram uma preocupação constante. No show business, a idade e a aparência também importavam. Gina queria construir uma carreira que sobrevivesse ao teste do tempo, que lhe permitisse continuar aprimorando suas habilidades e que não dependesse completamente da suavidade da sua pele ou de como ela administrava seu peso.

— Eu não quero ser uma dançarina na TV para sempre. Mesmo se quisesse, não poderia. Já estou com 27 anos.

Celi bufou.

— Caraca, você diz isso como se fosse velha. Eu tenho cinco anos a mais *e* três filhas. — O som de algo se estilhaçando ao fundo pontuou as palavras, seguido pela acusação indignada de "Você *quebrou*!".

Gina riu enquanto a irmã soltava um suspiro sofredor.

— É melhor você checar o que aconteceu.

— É, mas realmente não quero. — Araceli mexeu em algo, provavelmente a caminho de ver como estavam as meninas. — Não se preocupe. Você vai superar isso como sempre fez: sendo uma dançarina incrível e esforçada. Continue assim.

— Valeu, Celi.

Quando Araceli arquejou e gritou "Que bagunça é essa?", Gina desligou.

A ligação tinha funcionado. A irmã mais velha acreditava nela. Do que mais Gina precisava? Ligou o carro e foi para casa.

Capítulo 6

Stone foi ao departamento de figurinos no dia seguinte para ver seu traje promocional com visões de lantejoulas e franjas cruzando a mente, então foi um alívio receber uma calça social preta — mais flexível do que parecia — e uma camisa preta. É claro, eles o instruíram a deixar os botões de cima abertos até o esterno. A equipe de figurino pairou ao redor dele, conferindo a forma e o caimento, e alguém o fez vestir um colete preto mais escuro que a camisa. Quando se virou para o espelho, brilhos ocultos se acenderam por toda a roupa. Pequenos strass pretos desciam pela costura externa das calças e enfileiravam-se de modo elegante nas lapelas do colete, se é que algo assim podia ser chamado de elegante.

Um dos assistentes o conduziu até a cortina de fundo do ensaio fotográfico.

— Gina deve chegar em breve — disse ele, e Stone sentou-se em uma cadeira dobrável para esperar. Embora já tivesse passado por cabelo e maquiagem, uma mulher com pincéis enfiados num meio-avental de plástico aplicou outra camada de pó no seu rosto. Pelo menos ele já fizera ensaios promocionais suficientes para *Vida selvagem* para ficar mais confortável com aquela parte.

Alguns minutos depois, Gina veio toda animada até ele, usando um maiô prateado brilhoso e nada mais. Bom, isso não era inteiramente verdade. Nos pés ela tinha sandálias gladiadoras de salto alto.

Stone se levantou, observando-a. O traje prateado cobria as partes importantes, mas os braços, as pernas e as costas estavam nuas, assim como as laterais do seu torso esguio e muito bronzeado, dando uma boa vista dos vincos da sua cintura. O tecido prateado cintilava, e pedrinhas brilhantes penduradas tremiam e refletiam a luz conforme ela se movia. Pingentes mais longos pendiam da bainha do maiô, fazendo um péssimo trabalho em cobrir a parte superior das coxas.

— Pronto para posar? — Ela o puxou até a cortina branca montada ali perto.

Pronto? Rapaz, como estava.

Merda, ele realmente precisava abandonar aquela linha de pensamento. Estava interessado em Gina? Claro que sim. Ia fazer algo em relação a isso? Não. Tudo aquilo era falso — caralho, eles estavam cobertos de brilho para apresentar uma imagem de beleza e empolgação, mesmo cercados por andaimes, equipamentos de filmagem e pessoas de jeans e camiseta correndo para todos os lados. Era tudo que ele odiava em *Vida selvagem*, mas ainda pior, porque ele estava preso em Los Angeles. Sim, Gina era sexy, gentil e engraçada, mas eles vinham de mundos diferentes. Ele não se encaixava no dela, e a viagem dela ao QG Nielson deixou abundantemente claro que ela nunca se encaixaria no dele. E se ela descobrisse que o urso tinha sido um assistente correndo pelos arbustos só para extrair uma reação dela, nunca o perdoaria.

Alheia ao seu dilema interior, Gina discutiu potenciais poses com Jordy. Quando se virou para Stone, seu tom era estritamente profissional, assim como fora durante o ensaio.

— Vamos filmar nossa apresentação primeiro, já que conseguiram uma abertura no outro set. — Ela abaixou a voz. — Parece que uma das celebridades deu um chilique por causa do figurino.

— Você sabe quem? — perguntou ele, curioso contra a própria vontade.

Ela balançou a cabeça.

— Essa gravação vai passar durante comerciais e antes das nossas danças em todo episódio, então é importante filmarmos algo bom.

Ele foi atrás enquanto Gina seguia pelo corredor em um ritmo veloz.

— Tipo o quê?

— Tem que parecer que você está se divertindo, como se quisesse estar aqui. — Ela deu um olhar de soslaio para ele. — Os espectadores respondem bem ao entusiasmo. Se tiverem a impressão de que você acha que é bom demais para *Estrelas da dança*, vão te mandar para casa.

— Espera um segundo.

Stone parou e a segurou pelo cotovelo. Pela primeira vez, eles estavam sem microfones e não havia produtores nem câmeras ao redor.

— Olha — começou ele, sem saber exatamente o que ia dizer. — Eu me sinto bobo com tudo isso? Sim. — Ele apontou para o cabelo, que fora arrumado em ondas suaves, e para o colete brilhante. — Mas eu tenho um bom motivo para estar aqui e posso ver que é importante para você, então não vou estragar tudo.

Ela apertou os lábios e cruzou os braços.

— Isso é o melhor que pode oferecer?

Ele deu de ombros.

— Por enquanto? É.

Ela chupou os lábios e começou a andar de novo.

— Acho que vai ter que servir. Vamos lá.

Soltando o ar com força, Stone correu atrás dela. Ele poderia ter lidado bem melhor com a situação. Pretendera transmitir que estava disposto a fazer o seu melhor, mas tinha saído tudo errado. Agora ele teria que simplesmente mostrar a ela — e, ao fazê-lo, revelar um pouco mais sobre si mesmo do que tinha intenção de fazer.

— Sabe, eu não fui completamente sincero antes — disse ele quando se aproximaram do set.

Câmeras, luzes e pessoas cercavam uma miniversão de uma pista de dança e palco. Outro casal de figurino estava parado no meio dele, conversando.

Gina se virou para ele.

— Não?

— Eu tenho alguma experiência com dança.

— Ah, é? — Interesse brilhou nos olhos de Gina, e ela reduziu o passo. — De que tipo?

— *Breakdance*.

— Não! — O queixo dela caiu. — Tá de brincadeira? Me mostra.

— O quê, aqui?

Stone ergueu uma mão para correr pelo cabelo, mas a deixou cair antes que arruinasse o penteado cuidadoso.

— É. Eu quero ver seus movimentos. — Uma nota brincalhona tinha voltado à voz dela, o que deixou Stone grato.

Ele colocou as mãos na cintura e analisou o espaço ao redor deles, avaliando se haveria o suficiente para se mover. Ele se sentiria péssimo se derrubasse as câmeras ou desligasse as luzes.

Gina deu um sorriso provocador.

— Você precisa que eu faça *beat box* ou algo assim?

Ele ergueu as sobrancelhas, mais relaxado agora que ela voltara ao normal.

— Você sabe fazer?

Ela deu de ombros, encabulada.

— Não. Minhas aulas de canto não cobrem essa habilidade específica. — Ele queria perguntar mais sobre isso, mas ela saiu do caminho e disse: — Vamos, me mostra o que você sabe fazer.

— Faz um tempo. Eu dançava no ensino médio e era bem mais magro na época.

Ela torceu o nariz de confusão.

— Achei que você morava no meio do nada ou algo assim. Droga.

— Quando tinha a idade de ensino médio, quer dizer.

— Desculpa, desculpa. — Ela assentiu para o espaço aberto diante deles e começou a bater palmas para criar um ritmo. — Vai.

Um fogo se acendeu nele com as palavras. Não era a hora para examinar o impulso, mas ele queria impressioná-la. Começando com um *toprock* básico, Stone cruzou os braços e se moveu de um lado ao outro antes de cair num *six-step*. Quem tinha feito aquela roupa era a porra de um gênio, porque era flexível na medida perfeita para seus movimentos.

Outras pessoas se reuniram para assistir, então Stone congelou parado em uma mão — sem cair de cara no chão, aleluia — e seguiu com um giro de corpo inteiro no ar até parar de pé.

Um pequeno grupo tinha se formado ao redor dele. As pessoas irromperam em aplausos e gritos quando Stone concluiu, mas Gina atraiu toda sua atenção. Ela saltitava, batendo palmas e rindo abertamente. A alegria pura no rosto dela o atingiu como um golpe. Ele teve dificuldade para recuperar o fôlego quando ela correu para a frente e jogou os braços ao redor da cintura dele num abraço.

— Isso foi *incrível*, Stone.

Droga, era gostoso sentir o corpo coberto de lantejoulas dela pressionado contra ele. Como ela estava próxima e ele ainda estava ofegando, ele só acariciou o braço de Gina em resposta.

Ela se tensionou e abruptamente se afastou.

Ceeeeerto. As reações dela eram difíceis de acompanhar, mas seria melhor manter as coisas profissionais.

Gina se pôs de lado e outras pessoas vieram elogiá-lo, incluindo… ah, merda, aquele era *Rick Carruthers*.

Stone piscou, deslumbrado, quando Rick Carruthers lhe deu um tapinha no ombro.

— Belos movimentos — disse o homem. — Eu não conseguia fazer isso nem quando tinha a sua idade.

A cabeleira farta de Rick tinha ficado grisalha, mas ele ainda tinha o mesmo sorriso charmoso e olhos azuis que estampavam as capas dos CDs que Stone e os irmãos ouviam quando eram mais jovens.

— Hã, obrigado — balbuciou Stone.

O homem mais velho estendeu a mão.

— Eu sou Rick.

— Stone Nielson. — Suor brotou na testa de Stone. Ele estava apertando a mão de *Rick Carruthers*. Os irmãos dele iam surtar. — Eu, hã, meio que sou seu fã.

— É mesmo? — Rick sorriu. — Fico feliz de saber. Embora eu possa ver que você vai ser um competidor forte. Qual é a sua primeira dança?

— Fox… alguma coisa.

Rick deu uma risadinha.

— Legal, legal. A gente vai fazer o jive. Vai ser interessante ver como esses velhos joelhos vão aguentar. — Ele bateu no ombro de Stone outra vez. — Te vejo na pista de dança, Stone.

Quando Rick se afastou e as pessoas se dispersaram, outra pessoa se aproximou. Stone sabia que era Gina antes mesmo de olhar para ela.

— Bem-vindo ao *Estrelas da dança* — disse ela em voz baixa. — É bem surreal, né?

Stone balançou a cabeça, maravilhado, vendo Rick se juntar a sua parceira antes de deixar o set. Ao lado, uma mulher baixa estava parada, o cabelo castanho em um chanel de bico, o rosto enrugado tão familiar a ele quanto o da própria mãe.

— Ai, meu Deus. Aquela é Twyla Rhodes?

Gina se inclinou contra ele para observar a atriz de meia-idade, provocando os sentidos de Stone com seu calor e aroma.

— É, é ela.

— Meus irmãos e eu assistíamos aos filmes das *Crônicas Élficas* o tempo todo quando a gente era criança.

Gina o puxou para sussurrar em seu ouvido.

— Ouvi dizer que foi ela que deu um chilique sobre o figurino. Aparentemente, achou modesto demais e queria mostrar mais pele.

O corpo dele se tensionou com a proximidade.

— A gente se acostuma com isso?

— Com o quê?

— Estar perto de celebridades.

Um sorriso brincou nos lábios dela quando olhou para ele.

— Preciso te lembrar que você também é uma celebridade?

O rosto dele ficou quente.

— Não me sinto assim.

Ele não era famoso por ser talentoso, como Rick ou mesmo Gina. Olhando para Twyla, que era icônica por sua interpretação de uma rainha elfa mais de trinta anos antes, ele não podia deixar de se perguntar o que caralhos estava fazendo ali. Era um cara normal. Caçava e construía coisas com as próprias mãos, e alguém tinha aparecido querendo filmá-lo fazendo essas coisas. Por isso ele estava ali, com a oportunidade de ganhar muito dinheiro e atenção.

O dinheiro. Ele tinha que se lembrar por que tinha se envolvido com tudo aquilo. Dinheiro para a mãe e a família dele, que o esperavam de volta no Alasca. Nada mais. Nada de fama, nada de conhecer pessoas e, definitivamente, nada de se envolver com sua parceira.

— Pessoas são só pessoas. — Gina deu de ombros, afastando-o dos seus pensamentos. — Logo você vai ver. Nos bastidores, é difícil manter a fachada de celebridade. — Ela tocou o braço dele de leve. — Vamos. É nossa vez de filmar.

Quando assumiram seus lugares no set, Donna entrou no espaço e sussurrou algo para o diretor.

Uma vez, fazendo uma trilha no Canadá, Stone tinha ficado cara a cara com um puma. Seus olhos verde-dourados tinham se fixado nele com uma intensidade que fez um calafrio descer por sua coluna e que gritava *predador*. Seu bigode estremeceu enquanto o avaliava, e ele nunca se esqueceu das curvas esguias da coluna e do rabo do felino nem da velocidade com que recuou quando ele gritou e deu um tiro para assustá-lo.

Donna o lembrava daquela puma. Apesar do sorriso largo, ela tinha um olhar duro. Quando o entrevistara durante o ensaio, sua atitude e as perguntas afiadas o deixaram ansioso para escapar.

Ele olhou para Gina a tempo de ver os lábios dela se apertarem nos cantos. Então Donna também a aborrecia.

Com um suspiro suave, Gina apertou o braço dele.

— Vamos acabar logo com isso e voltar à dança, certo?

Ele assentiu.

— Certo.

Pelas duas horas seguintes, Stone ficou no meio do set com Gina enquanto Donna, o diretor e o fotógrafo o instruíram a erguê-la, carregá-la e agarrá-la. Ele finalmente entendia o comentário de Gina sobre como o programa os deixava intimamente familiarizados com os corpos um do outro. Comparado àquilo, o foxtrote deles era recatado.

Não que ele tivesse um problema em ter Gina pendurada nele. Pelo contrário, gostava demais daquilo. Encher as mãos com seu corpo quente e firme enquanto ela curvava os membros fortes ao redor dele não era o pior jeito de passar uma tarde. Se não estivessem cercados pelo pessoal da produção, ele poderia ter se divertido.

Exceto que os olhos famintos de Donna o mantinham tenso, e pareciam ter o mesmo efeito em Gina.

Gina portou-se como uma perfeita profissional, claro, completamente impassível diante de qualquer coisa que Donna lhe pedisse para fazer. Sentar nos ombros de Stone? Claro. Envolver as pernas na cintura dele? Sem problemas. Esfregar-se nele enquanto jogava o cabelo para trás? Pode deixar.

Mas havia uma tensão no corpo dela que não estivera lá durante o ensaio — e certa falsidade em seu sorriso. Ele também teve a sensação de que Donna estava forçando Gina a fazer movimentos mais sensuais. Mesmo assim, Gina lidou com tudo com elegância.

Ele, por outro lado, suou ao longo de todo o processo e precisou ter a maquiagem retocada múltiplas vezes.

No final de tudo, Gina tomou grandes goles de uma garrafa d'água e deu um sorriso irônico para ele.

— Aguentando firme?

— Acho que sim. — Ele mal conseguia fitá-la nos olhos, sentindo que tinham acabado de transar na frente de uma plateia. Como ia dançar com ela num salão de baile cheio de pessoas e para todo o país na TV? — É sempre assim?

Gina ficou quieta por um longo momento.

— Não — respondeu em voz baixa. — Não exatamente.

Antes que Stone pudesse perguntar por que ela achava que Donna os estava pressionando tanto — ele perdeu a conta das vezes que a produtora tinha gritado "Mais sexy!" —, Gina perguntou:

— Quanto você quer apostar que eles vão usar a gravação de você fazendo *breakdance*?

— Nem fodendo. — Ele mordeu uma barrinha. — Sério? Depois de obrigarem a gente a fazer tudo isso?

Ela deu de ombros, como se o que eles tinham feito não fosse nada de mais.

— Eles tentam obter o máximo de opções possível. Mas, a não ser que Jackson García também saiba fazer *breakdance*, eu apostaria que vão usar aqueles takes para a nossa apresentação todo episódio.

— Quem é Jackson García?

— Um dos outros astros dessa temporada. Ator de TV. Também jovem e em boa forma. — Ela deu uma olhada em Stone. — Mais jovem que você, mas não em tão boa forma, tenho que dizer.

O rosto dele esquentou.

— Não sei se isso foi um elogio ou não.

— Algo do gênero. — Ela deu um sorriso travesso. — Vamos, é melhor a gente se trocar e continuar trabalhando nos seus movimentos de pé. Estão atrozes.

— Isso definitivamente não foi um elogio.

— Não, mas é verdade.

Enquanto deixavam o estúdio, as palavras de Rick voltaram a ele. Aquilo *era* uma competição — e Gina era a única pessoa ali inteiramente comprometida com o sucesso dele. Apesar de suas emoções conflitantes em relação a ela, os dois eram um time. Pelo menos durante o próximo mês, eram parceiros.

Era bom Stone se acostumar com aquilo.

Capítulo 7

—Ei, Gina! Um segundinho.

Gina parou fora da porta da sala de ensaios quando Lori Kim, uma das outras dançarinas profissionais, veio correndo até ela. Lori era pequena e tinha ascendência coreana e uma personalidade enérgica, além de uma vasta coleção de bonés. Hoje ela usava um preto com a palavra HYPE escrita com brilhos prateados.

Gina se inclinou e beijou a bochecha dela.

— E aí?

Um sorriso enorme iluminou o rosto de Lori.

— Vamos sair hoje à noite.

Gina levou a mão à testa e relaxou exageradamente contra a parede.

— Ai, graças a Deus. Preciso de uma folga.

Depois de uma semana de ensaios, ninguém aguentava mais ficar nos estúdios. As celebridades estavam sentindo o desgaste de ensaiar em período integral, e os profissionais estavam arrancando os cabelos tentando ensinar dança de salão a um bando de novatos com personalidades fortes. Até os produtores tinham praticamente desistido de tentar extrair boas declarações do elenco.

Lori assentiu enfaticamente.

— Todos precisamos. É por isso que botei todo o elenco da temporada na lista de convidados do Club Picante.

— Sua ex-namorada ainda trabalha lá?

— Aham. Conseguimos um espaço VIP no final do bar. Diz que vai!

— Vai aonde?

Um arrepio percorreu a coluna de Gina ao ouvir a voz rouca de Stone atrás dela. Para um cara grande, ele tinha pés leves.

— Vamos num clube de salsa hoje à noite — informou Lori. — Quer vir? Você também está na lista.

— Stone, essa é Lori. Ela ganhou *duas vezes*. — Gina deu um empurrão com o quadril em Lori, que lhe devolveu uma cotovelada brincalhona.

— Ei, logo você chega lá. Eu só estou no programa há mais tempo.

— Um clube de salsa? — repetiu Stone, o ceticismo pesado na voz. Ele virou o olhar azul-céu para Gina, que prendeu a respiração. — Eu já aprendi a dançar salsa?

Lori bufou e empurrou o braço dele.

— Você não vai ser julgado e vai ter que aprender uma hora, se sobreviver até lá. Melhor pegar o básico num clube.

— É só por diversão — disse Gina. — Todos precisamos de um descanso e você não precisa dançar, se não quiser.

Stone estreitou os olhos, examinando o rosto dela. A expressão era tão sexy que fez o coração dela acelerar.

— Eu não acredito nem um pouquinho — disse ele, a voz beirando um rosnado. Gina não achava que ele tinha consciência disso, mas o tom toda vez a deixava com borboletas fazendo o chá-chá-chá na barriga. — Ir a um clube de salsa com um monte de dançarinos profissionais vai acabar em dança, eu querendo ou não.

Lori deu de ombros.

— Não podemos te obrigar. Você é grande demais. Todo mundo precisaria te arrastar até a pista.

Gina se imaginou dançando com Stone no espaço estreito do Club Picante. Lotado, quente, barulhento, escuro…

Espere aí. Era uma ideia terrível.

— Você não tem que ir se...

— Tudo bem — disse ele. — Eu vou.

Quê? Não.

— Sério?

— Por que não? — Ele ergueu um ombro. — Vai ser uma boa chance de conhecer o resto do elenco, certo?

— Legal. Vai ser divertido. — Lori se afastou pelo corredor. — Vejo vocês lá!

— Pronta para o ensaio? — perguntou Stone para Gina, que estava parada lá, encarando Lori.

— Ah, claro.

Eles entraram na sala e prenderam os microfones na roupa. Quando ela se aproximou, ele jogou o braço ao seu redor em uma posição perfeita, envolvendo-a com sua força, seu calor e o cheiro fresco de pinheiro que uma semana em Los Angeles não tinha diminuído.

O coração dela bateu mais rápido. Suor pinicou sua testa. Levar Stone ao clube de salsa era uma péssima ideia, mas talvez ela conseguisse não dançar com ele durante a noite.

Ela gesticulou para Jordy sair do caminho ou arriscar um atropelamento.

— Vamos treinar o *grapevine* de novo.

No fim do dia, eles se despediram no estacionamento.

— Te vejo no clube? — perguntou Stone.

Ainda se xingando por dar o endereço do local a ele, um *não* ou uma desculpa qualquer estava na ponta da língua dela. Como se ela precisasse passar mais tempo perto daquele homem. Já estava à beira da combustão espontânea. Será que as pessoas podiam explodir de tesão? Gina estava prestes a testar a teoria.

Mas ela queria sair. Parte dela queria a chance de descarregar a tensão com os colegas, e outra parte não queria deixar Stone lidando sozinho com todos os outros dançarinos.

E uma terceira parte realmente queria dançar salsa com ele longe dos olhos atentos de Donna e Jordy. Isso fez a balança pender.

— Sim. Te vejo lá.

Ela correu para casa para tomar um banho — um banho frio — e talvez vestir algo mais sexy.

*S*tone abriu caminho entre a multidão no Club Picante em direção à seção VIP, nos fundos. O clube escuro era iluminado com luzes vermelhas e roxas e estava lotado de pessoas dançando no espaço entre um palco e o longo e reluzente bar. O ar-condicionado gélido não ajudava a dissipar os aromas de suor, bebida e perfume. A música alta vibrava através dos seus pés. Ele recebeu uma série de olhares apreciativos, mas a multidão se abriu e lá estava Gina, encostada numa mesa alta. Ela o viu e ergueu a mão num aceno.

Todo mundo desapareceu. Stone não era idiota o bastante para se convencer de que era atraído por ela por ser o único rosto conhecido. Era só porque ela era ela.

Não era inteligente estar ali, mas, depois de uma semana dançando ao redor um do outro — literalmente —, Stone queria ver Gina longe das câmeras. Até o momento, só tivera vislumbres contraditórios — a Gina refinada no Alasca, a Gina professora nos ensaios e a Gina superestrela no ensaio fotográfico. Às vezes calorosa e provocadora, às vezes fria e profissional. Talvez ele finalmente conhecesse a mulher por trás da dançarina.

Quando se aproximou da sua mesa, ela abriu espaço para ele e ergueu a bochecha para um beijo, como sempre fazia. Por baixo do "cheiro de boate" permeando o ar, o aroma característico dela atiçou os sentidos de Stone. Ele estava perto de decifrá-lo — algo floral, com uma nota terrosa, além de gengibre das balas que ela gostava de chupar durante os ensaios. Ela tinha passado uma maquiagem leve, soltado o cabelo e colocado um vestido vermelho que abraçava seu corpo e atraía os olhos dele para suas curvas bem torneadas.

A mão dela se esgueirou para a dobra do braço dele e exerceu uma leve pressão, indicando que ele deveria se abaixar. Na frente dela, uma mulher bonita com pálpebras pesadas e um sorrisinho nos lábios de batom vermelho apoiou os cotovelos na mesa.

Gina ergueu a voz acima da música.

— Stone, essa é a colega com quem divido o apartamento, Natasha Díaz. Ela também está no *Estrelas da dança*, mas esteve ensaiando em um dos outros estúdios.

— Prazer em te conhecer — disse ele, os bons modos arraigados parecendo deslocados e desnecessários naquele ambiente barulhento e desagradável.

— O prazer é meu. — Natasha abriu um sorriso felino e sedutor. Era alguns centímetros mais alta que Gina, com o físico esguio de uma bailarina e pele marrom-dourada. Seus olhos se voltaram para Gina. — Vou pegar uma bebida.

Ela saiu rebolando, deixando-os sozinhos.

Sozinhos, exceto pelas centenas de outras pessoas na boate. Ainda assim, era a primeira vez que ficavam juntos sem produtores ou câmeras.

Gina o encarou sob os cílios.

— Não precisa ficar ansioso.

Ele sentiu um aperto no estômago.

— Não estou.

— Tá, sim. Posso ver.

Ela esfregou a lombar dele, algo que começara a fazer nos últimos dias quando pensava que ele precisava de conforto. A verdade é que aquilo só o deixava ainda mais tenso, o toque casual soprando as chamas do desejo.

Caralho. Tinha sido um erro vir. Ele podia ter ficado no hotel e ido à academia, em vez de vir àquele clube com a ideia equivocada de que precisava fazer amigos ou de que podia conhecer Gina melhor sem desejá-la ainda mais.

Nunca funcionaria. Não havia por que tentar.

Ela deixou a mão cair.

— Ah, olha só. Natasha achou um lugar pra gente no bar.

De fato, Natasha estava acenando uma mão para eles, o outro braço sobre o encosto de duas banquetas.

Kevin Ray estava parado no bar ao lado de Natasha, facilmente reconhecível com seu cabelo castanho-claro e a pele pálida e sarapintada pelo sol californiano. De acordo com Gina, Kevin tinha vencido mais vezes do que qualquer um na história do *Estrelas da dança*, e suas fotos estavam penduradas por todos os corredores do estúdio de ensaios.

Stone apontou para o copo de líquido âmbar de Kevin.

— O que você está bebendo?

— Isso? — Kevin ergueu o copo. — Lagavulin.

— Serve. — Stone indicou ao bartender que queria o mesmo de Kevin.

— Nunca pensei que um cara do Cafundó do Judas, Alasca, beberia uísque.

Stone tentou dar um sorriso amigável. Como Reed responderia?

— Eu vou pra cidade de vez em quando. Não tem muito o que fazer no inverno além de se embebedar.

Uma mulher pequena se esgueirou entre eles — Lori, a dançarina que o convidara. Atrás dela veio um cara que os cumprimentou com um sorriso largo.

Gina fez as apresentações.

— Essa é Lori, que você já conheceu, e o parceiro dela, Jackson García.

Stone abaixou a cabeça e a voz de modo que só Gina pudesse ouvir.

— O que é supostamente mais jovem que eu, mas não está em tão boa forma?

Ela bateu a mão na própria boca para conter uma risada. Seus olhos brilhavam de divertimento.

— O próprio.

Stone bebericou sua bebida, rolando o sabor forte e enfumaçado na língua. Olhou de volta para as mãos vazias de Gina.

— Você vai beber?

Uma troca breve e silenciosa ocorreu entre Gina e Natasha.

— Aham — disse Gina. — Eu quero…

— Vamos tomar tequila! — Lori bateu um punho no bar para pontuar as palavras. — Topa?

Depois de um curto momento de hesitação, Gina assentiu.

Stone fingiu estar interessado no uísque enquanto Natasha segurou o cotovelo de Gina.

— Você nunca bebe durante a temporada — sibilou Natasha.

Gina deu de ombros.

— Eu sei. Não tem problema.

A colega de quarto recuou, erguendo as mãos.

— *Mira, no soy tu mamá.* Só estou lembrando suas próprias regras.

— Eu sei.

Stone se inclinou para baixo.

— O que ela disse?

Bufando, Gina traduziu as palavras de Natasha.

— Ela disse que não é minha mãe. Olha, chegou.

Ela pegou uma dose da fileira que a bartender dispôs. Stone pegou um copo para si e, quando Lori contou até três, todos viraram a bebida.

A tequila desceu queimando, nem de longe tão boa quanto o uísque. E quando fora a última vez que ele tinha bebido tequila num bar? Na faculdade? Não era algo que ele e os irmãos faziam. Reed não sabia quando parar, Wolf tinha pouca tolerância e Winter dizia que seu corpo era um templo e não queria envenená-lo com álcool.

Gina chupou as bochechas ao devolver seu copo ao bar. Seus olhos marejavam um pouco.

Stone apoiou uma mão na pele exposta das costas dela e acariciou de leve com o dedão.

— Tudo bem?

— Tudo ótimo.

A pele dele contava outra história.

— Você está arrepiada.

Ela segurou o olhar dele por um longo momento, com uma expressão ilegível.

Kevin apareceu do outro lado dela e segurou seu braço.

— Ei, Gina, vamos dançar.

Por um segundo, Stone achou que ela fosse ficar. Porém, quando ela assentiu para Kevin, ele deixou a mão cair das costas de Gina.

Ela não era dele. Era estúpido sentir mesmo que um grau mínimo de possessividade em relação a ela. Mesmo assim, manteve os olhos fixos enquanto ela seguia Kevin até a pista de dança. A música tinha passado de uma batida do DJ para uma banda de salsa ao vivo, e parecia que todos os dançarinos conheciam os passos certos. Como ele não sabia, Stone pegou seu uísque e observou Kevin conduzi-la ao redor da pista em círculos estreitos.

Jackson se juntou a ele no bar, segurando um gim-tônica.

— Você é o cara do *breakdance*, né? Foi difícil ir depois de você.

— Achei que eu era o "cara do Alasca". — Stone abriu um sorrisinho e se obrigou a desviar os olhos da pista. — Não se preocupe, não tem *breakdance* no nosso foxtrote.

— Isso nos deixa mais em pé de igualdade.

— Você é um ator, certo?

Como eram competidores, Stone o avaliou. Jackson era um cara atraente, objetivamente falando. Se vestia bem, tinha ombros largos, o cabelo preto estava raspado dos lados, tinha pele marrom-clara e olhos castanhos. Mas saberia dançar?

— É, minha série está na segunda temporada.

— Qual é o nome dela?

Para a surpresa de Stone, Jackson curvou a cabeça como se estivesse envergonhado.

— Me morda — murmurou ele para o copo antes de virá-lo.

Stone estreitou os olhos.

— Como é que é?

Com um suspiro, Jackson abaixou o copo vazio e pegou o próximo que a bartender tinha deixado esperando por ele.

— É o nome da série — esclareceu ele. — Chama *Me morda*. Eu interpreto um lobisomem vampiro.

Stone não conseguiu evitar; irrompeu em uma gargalhada. Era a coisa mais engraçada que ele ouvia desde que tinha chegado em Los Angeles, e ele estava aliviado demais por outra pessoa ter uma descrição mais constrangedora que a dele. Abaixou a bebida antes que a derrubasse e não viu Gina voltar até ela estar parada bem na frente dele.

Aquele maldito vestido vermelho zombava dele. Seus dedos formigavam para segurá-la como ele fizera a semana toda.

Não, não assim. Ele queria segurá-la mais apertado do que o foxtrote justificaria.

Ela inclinou a cabeça.

— O que é tão engraçado?

Do outro lado de Stone, Jackson revirou os olhos.

— Ele está rindo do meu emprego. Você fique sabendo que eu sou um ator sério.

Os outros voltaram da pista e Lori pediu outra rodada de tequila para sua ex, Mimi, que foi servida imediatamente. Conhecer a bartender tinha suas vantagens.

Stone aceitou seu segundo copo de uísque, bebericando e ouvindo com um ouvido enquanto Gina e Kevin falavam de trabalho, tentando entender a natureza do seu relacionamento. Não houvera nada sexual no modo como eles se moviam durante a dança, e não era como se Stone tivesse intenções com ela, mas mesmo assim. Ele só queria saber.

— Como foi em Nova York? — perguntou ela a Kevin. — Você acabou um musical, né?

— Frio. E eu só fiquei no papel por algumas semanas. Tive que voltar pro *Estrelas da dança*.

— Deus, eu quero tanto estar na Broadway. — O tom de Gina era sonhador. — Primeiro alguns trabalhos como apresentadora, aí Broadway. Depois quero minha própria série de TV. Ah, e filmes.

Kevin sorriu.

— Como você vai encaixar filmes nessa agenda?

— Dou um jeito. — Gina soltou o ar. — O trabalho sempre vem primeiro.

Kevin lançou um olhar demorado para Gina, então pediu a Mimi que trouxesse um copo d'água para ela.

Stone fez uma careta para o seu uísque. As palavras confirmavam o que ele já sabia sobre ela — que estava determinada a ter sucesso na indústria. Porém, parecia que ela e Kevin eram só amigos. Pelo menos isso.

Mimi serviu outra rodada de tequila e todos estenderam a mão para pegar um copo. Lori e Jackson se aproximaram dos dois lados de Stone. Quando Gina pegou uma dose, Stone suspirou e fez o mesmo.

Que porra ele estava fazendo ali, afinal? Ele curtia um bar e se divertir, mas um clube daquele tamanho, com pessoas ligadas ao coração da indústria de entretenimento... aquilo não tinha nada a ver com ele. Ele não pertencia àquele lugar.

Talvez fosse hora de voltar para casa. Bem, para o hotel, pelo menos. Mas aí Jackson convidou Gina para dançar, então Stone ficou para observá-los.

Natasha ocupou o espaço vazio ao lado dele.

— Ele quer vencer.

— Quem? Kevin?

Ela balançou a cabeça e apontou para Jackson.

— Olha. Ele está pedindo dicas para Gina. Fez o mesmo comigo antes.

De fato, os lábios de Gina se moviam em um fluxo constante de comentários enquanto ela dançava com Jackson. Ela até chutou os pés dele como fazia com Stone durante os ensaios.

Natasha deu de ombros outra vez.

— Ele é um ator jovem e bonito no começo da carreira. Se vencer, vai virar um nome conhecido, e isso abre todo tipo de porta para ele.

— Hum.

Então, mesmo numa saída social, Jackson estava competindo. E Stone estava de escanteio, vendo sua parceira ajudar outra pessoa.

Ele não se importava. Só precisava sobreviver a alguns episódios para ganhar o dinheiro para cobrir as contas da mãe. Só que, merda, se ficasse mais tempo poderia quitar seus empréstimos estudantis também. Quanto o vencedor levava?

Não importava. Ele não ia vencer.

— O que você está bebendo? — perguntou ele, já que as mãos de Natasha estavam vazias.

— Coca.

— Coca e…

Ela apontou o queixo na direção de Gina.

— Só Coca. Parece que eu sou a motorista de hoje.

Gina estava bêbada? Não parecia, pelo jeito que dançava. Ela se movia com a elegância de sempre.

— Quer que eu fique de olho nela?

Natasha sorriu e deu um tapinha no braço dele.

— Agradeço, *guapo*. Mas eu cuido disso.

Kevin se aproximou do outro lado de Natasha. O copo dele estava quase vazio, e seu sorriso característico, embora ainda no lugar, começava a parecer meio torto.

— Do que estão falando? Ah, olha, é a minha parceira. — Ele ergueu uma mão e gritou: — Ei, Lauren! Vem cá!

Uma loira bonita usando um vestido preto curto se aproximou. Ela deu um sorriso atrevido para Stone.

— Ahh, olha só você — ronronou ela. — É um dos profissionais?

— Não, ele é um dos astros. Um especialista em sobrevivência na natureza. — Kevin virou sua bebida e pediu outra antes de terminar as apresentações. — Essa é Lauren D'Angelo, patinadora olímpica do gelo.

Lauren passou um braço ao redor da cintura de Stone e deu uma piscadinha para ele.

— Caraca, você tem até mais músculos que eu.

— Eu... acho que sim.

Ela estava flertando, o que não teria problema, em geral, exceto por estar sendo meio atirada demais, e Gina estar a poucos metros de distância, girando na pista de dança com Jackson. Ainda que fossem só parceiros de dança, parecia errado flertar com outra mulher.

O olhar de Lauren se estreitou.

— Você sabe dançar?

Kevin interveio.

— Dizem os boatos que Stone sabe uns belos passos de *breakdance*.

Revirando os olhos, Lauren soltou Stone para aceitar a cerveja que Kevin estendeu para ela.

— Tá, mas sabe *dançar*? Dança de salão?

— É isso que viemos aprender, não é? — Stone tomou um gole do uísque só para interromper o contato visual com ela.

— Isso significa que não sabe. — Lauren deu de ombros. — Sem ofensas. Só estou analisando a competição. Sabe como é.

Stone bebeu de novo para evitar responder.

— Já que não tenho que me preocupar com você como competição...

A voz de Lauren ficou sedosa de novo, e ela deixou a cerveja de lado para envolvê-lo com os braços.

Ela tinha passado do flerte à análise da competição e de volta em menos de cinco minutos. Será que todos os atletas olímpicos eram intensos assim?

A mão de Lauren deslizou até a bunda dele e Stone quase engasgou com seu uísque. Sem saber como proceder, ele mandou uma súplica silenciosa para Jackson, com os olhos arregalados, quando viu o ator voltando da pista de dança com Gina.

Para a eterna gratidão de Stone, Jackson veio ajudar, sorrindo largo e estendendo uma mão para Lauren.

— Oi, eu sou o Jackson. Você é a Lauren, né?

Ela deu um olhar frio e avaliador para ele.

— Isso mesmo.

— Quer dançar? Gina e Natasha estão me dando dicas de salsa. Se for para vencer, preciso de todo o tempo de ensaio que conseguir.

Foi a coisa perfeita a dizer. Os olhos de Lauren faiscaram com o desafio e ela largou Stone.

— Tá bem. Mas você não vai vencer.

Gina tomou um gole da água que Mimi lhe estendeu e virou para Stone.

— Vocês estavam bem aconchegados, né?

Ele não sabia como interpretar o tom dela. Antes que Stone pudesse explicar, uma comoção à esquerda atraiu sua atenção. Um homem de barba com uma cara fechada e um boné dos Knicks se juntou ao grupo, cumprimentando todo mundo em voz alta e beijando as mulheres na bochecha. O cara avistou Stone e foi até ele, estendendo uma mão.

— Como vai? — perguntou ele numa voz grave com sotaque. — Eu sou Dimitri. Você deve ser Stone.

Stone assentiu, apertando a mão dele, e finalmente ligou os pontos. Dimitri Kovalenko, um dos juízes do *Estrelas da dança*.

— Como você sabia?

As sobrancelhas escuras de Dimitri se ergueram por baixo do boné.

— Tá de brincadeira? Você deve ser a celebridade mais alta que já tivemos no programa, incluindo os jogadores de futebol americano. O departamento de figurino está se borrando nas calças.

Mimi dispôs outra fileira de copos quando os dançarinos voltaram da pista. Quando Gina foi pegar uma, Stone quase disse alguma coisa, mas captou o olhar de Natasha.

Gina tinha uma amiga ali. Muitos amigos. Ela não precisava que ele cuidasse dela e não havia motivo para se sentir obrigado a isso. Ela era só sua parceira de dança. Nada mais.

— Gina, querida, venha dançar comigo. — Dimitri passou um braço ao redor dela assim que o copo de tequila deixou sua mão.

— Tudo bem. — Ela deu risadinhas enquanto ele a arrastava de volta à pista.

Stone precisou de todo seu autocontrole para não marchar atrás deles e entrar no meio dos dois. Mas e depois? Não tinha qualquer direito sobre ela. E não sabia dançar salsa.

Em vez disso, ele assistiu. Sua bebida acabou antes que ele notasse e outra já estava na mão, graças ao olhar atento de Mimi. Enquanto a bebericava, notou uma coisa.

Dimitri e Gina dominavam a pista de dança. Embora Kevin tivesse sido igualmente veloz e habilidoso, havia uma diferença no modo como Dimitri dançava com Gina. Todos os olhos estavam neles enquanto Dimitri a girava, os braços correndo ao longo dos dela, a mão apoiada nas costas dela. E tocando, constantemente tocando — o ombro, o braço, as costas de Gina.

Ele estava *conduzindo*.

Então era assim quando um homem conduzia na dança. Quando Gina dançava com ele e com Jackson, ela tinha que conduzir, porque era a professora. Stone finalmente entendeu como o trabalho de sua parceira era difícil. Não só tinha que lhe ensinar a dançar, mas precisava parecer que era ele quem estava conduzindo, quando, na verdade, o controle era todo dela. Mesmo quando dançou com Kevin, eles pareciam estar em pé de igualdade, mais como uma parceria. Mas com Dimitri? Dimitri estava claramente no controle, a todo momento.

Talvez Stone estivesse ficando bêbado, porque não gostou nada disso. Era para ele conduzir? Então ele ia conduzir, porra.

Como se tivesse ouvido seus pensamentos, Natasha surgiu ao lado dele e o cutucou em direção à pista de dança.

— Acho que é hora de você aprender a dançar salsa, *guapo*.

Capítulo 8

A próxima vez que Dimitri girou Gina, ela parou cara a cara com Natasha e Stone.

— Dimitri, preciso de Gina de volta. — Natasha se enfiou entre eles e agarrou o braço dela. — Vá dançar com Lauren.

Dimitri lançou um olhar demorado para Tash, mas então deu de ombros e foi até o bar.

— Stone, você vai dançar?

Os pensamentos de Gina estavam turvos e confusos. Merda, quantas doses ela tinha bebido? Três? Quatro? Não conseguia lembrar.

— Vamos ensiná-lo a dançar salsa — disse Natasha. — Vem cá. Você vai ser a parceira e eu vou manuseá-lo.

— Boa sorte. — Gina se aproximou para Natasha colocar a mão direita de Stone nas costas dela. — Ele pesa uma tonelada.

— Eu consigo te ouvir — disse ele com aquele rosnado delicioso.

Ela estremeceu, então se estapeou mentalmente quando percebeu que o arrepio fora visível.

É. Ela estava bêbada.

Não importava. Ela era uma profissional e era porto-rique-nha. Podia ensinar salsa dormindo.

Seus pensamentos vagaram para Stone na cama, e ela sacudiu a cabeça para afastá-los.

— Ei, você tá bem? — Ele se abaixou para que ela ouvisse por cima da música.

Perto demais. Ele estava perto demais. E era bonito demais. E tinha um cheiro delicioso demais.

— Ótima. — Ela tinha que se controlar. Apoiou a mão esquerda no ombro dele e apertou a mão esquerda dele com sua direita. — Escute a percussão. Stone, você vai dar um passo para a frente no dois, na segunda batida da música.

— Essa é a posição fechada — disse Natasha atrás de Stone, chutando os pés dele para fazê-lo pisar onde ela queria. — Você faz isso quando quiserem dançar pertinho, olhando um para o outro, como no estilo de Nova York.

— Estilo de Nova York? — repetiu ele. — Eu não sabia que existia mais de um.

Natasha segurou os quadris dele para fazê-lo trocar o peso de pés enquanto Gina o puxava com as mãos. Natasha explicou:

— Nos clubes de salsa, a não ser que você esteja realmente tentando se exibir, como Dimitri sempre está, o estilo de Nova York é a melhor escolha. Os dançarinos usam o ímpeto para criar um movimento elegante. Requer precisão e controle.

— E o homem conduz — disse Stone, as palavras de Natasha parecendo fazer sentido para ele. Seu olhar clareou e ele assentiu.

Gina parou de puxá-lo, e ele usou as mãos para dirigir os movimentos dela.

Natasha ficou fazendo observações constantes, ajudando Stone a aprender os passos, enquanto Gina se entregava à dança. Dançar nos braços de alguém que sabia conduzir era emocionante e sensual. Ela podia desligar a mente e só se *mover*. Estar no momento desse jeito, completamente em seu corpo, a encheu com um senso de beleza e empolgação.

Stone soltou suas costas, passando a mão grande e calejada pelo seu braço nu para apertar seus dedos. As mãos dele eram gigantes perto das de Gina, e ela seguiu a condução dele para fazerem um giro.

Era incrivelmente sexy.

Gina se perdeu na música, nos movimentos, no calor do corpo de Stone e no calor dos próprios músculos graças ao esforço físico. Manteve os olhos fixos nos dele, o azul-claro refletindo o roxo da iluminação do clube. Ele a prendeu com o seu olhar, com um fogo baixo e controlado que fez o coração dela bater erraticamente no peito. O aroma fresco e já familiar do Alasca a fez esquecer tudo ao redor deles, e ela levou um tempo para perceber que Natasha tinha desaparecido.

Eles dançaram; as mãos dele fortes, mas gentis. O ritmo e os passos não eram perfeitos, mas sua masculinidade e domínio na dança a deixaram toda arrepiada. Ela se aproximou aos pouquinhos enquanto seguia os passos que conhecia de cor, sentindo-o apertá-la em resposta.

Isso — era isso que ela amava na dança. Dançar assim com um homem tão bonito e envolvente quanto Stone, estar tão próxima e íntima sem usar palavras, deixar o corpo falar por eles… era a coisa mais perfeita do mundo.

O tempo perdeu o sentido. O ritmo mudou, e ela usou o próprio corpo para comunicar a mudança para ele. Depois de uma semana dançando juntos, ele entendeu sem que ela precisasse dizer nada.

Deus, ela amava aquilo.

A cada música, eles se aproximavam mais. Os corpos se tocavam e esfregavam, a pele quente e úmida de suor, o seu vestido vermelho vibrante sob a iluminação dinâmica, a camiseta branca dele ficando vermelha, depois roxa, depois azul e vermelha outra vez.

Ela arqueou as costas e girou, ciente de cada centímetro da própria pele — e da dele. Queria escalá-lo como uma árvore e envolver as pernas ao redor da cintura do homem. Ele apertaria sua bunda com aquelas mãos enormes — algo que estava evitando fazer com muito cuidado, embora naquela noite eles tivessem chegado um pouquinho mais perto do que jamais chegaram durante os ensaios.

Stone era tão respeitoso com ela. Ele sabia que era grande e musculoso e, desde o primeiro encontro, fizera tudo ao seu alcance para não a assustar de novo. Fofo, fofo demais.

Ela só queria as mãos dele por toda parte.

A música mudou de novo. Eles mal estavam dançando salsa agora. Seus corpos estavam próximos demais, como se Stone também estivesse relutante em pôr espaço entre eles. O peito dele subia e descia com a respiração pesada e, Deus, ela só queria fincar os dedos naqueles peitorais impressionantes, e não... não pararia por aí. O homem tinha músculos abdominais que não acabavam nunca e levavam àqueles vincos fundos e sensuais nos quadris...

Ter ficado para o bronzeamento, no começo da semana, tinha sido uma péssima ideia. Ela sabia tudo que havia sob as roupas dele — bem, quase tudo — e a visão tinha inspirado devaneios a semana toda.

Mas eles não estavam no trabalho agora. Não havia câmeras nem produtores intrometidos. Gina se deixou levar pela dança e afundou os dedos no ombro dele, deslizando-os para sentir os músculos do seu bíceps. Ele os tensionou e ela fechou os olhos.

Ele só a segurava agora, não estavam se movendo. Um dos braços envolvia a cintura dela, apertando-a contra ele. Em algum momento, ela tinha erguido um braço e o passado por trás do pescoço dele, a diferença de altura a forçando a arquear as costas. Seus peitos estavam espremidos contra o peitoral dele, e a perna dela... *que merda?* Um dos seus pés estava no chão, que era o seu lugar, mas a outra perna estava dobrada e puxada junto ao quadril dele, apoiada pela mão que apertava a pele nua da coxa dela.

Gina abriu os olhos. O rosto de Stone estava próximo, seu nariz tocando a bochecha dela, a boca aberta bem ao lado da dela. O corpo dela tremia nos braços dele, instando-a a eliminar a distância remanescente. Ela inclinou o queixo uma fração de centímetro, fazendo os lábios deles se aproximarem ainda mais. O lábio inferior dele roçou o canto de sua boca. Ela inspirou profundamente e soltou o ar com um gemido.

A música terminou. No instante de silêncio, os olhos de Stone encontraram os dela e eles se encararam, ofegantes. Ele estava tão próximo — próximo o bastante para um beijo.

Exceto que Gina não se envolvia com seus parceiros de dança.

— Preciso ir pra casa. — As palavras saíram de uma só vez, sua voz baixa e arquejante.

Ele assentiu e a soltou imediatamente. Ela se desvencilhou, o corpo já entrando em choque pela perda: suor frio, pernas bambas, nervos estremecidos.

Quanto ela tinha bebido? Muito. Demais.

Ela saiu da pista de dança aos tropeços e encontrou Natasha no bar.

Tash deu uma única olhada nela e pegou as bolsas das duas. Sem nem se despedir de ninguém, elas saíram rapidamente do clube e foram ao estacionamento, até o carro de Gina. Natasha pescou as chaves da bolsa da amiga e entrou no assento do motorista. Gina afundou no lado do passageiro e piscou devagar.

— Você tá bem pra isso? — Gina apontou para o volante.

Natasha lhe deu um olhar inexpressivo.

— Assim que você tomou a primeira dose, eu sabia que o papel de motorista tinha sido trocado. Kevin estava bebendo minhas doses. — Ela deu um sorriso maléfico enquanto ligava o carro. — Ele vai ter uma ressaca horrorosa amanhã.

— Ótimo. — Gina fechou os olhos. — É o que ele merece, por ter vencido tantas vezes.

Natasha riu baixo e saiu da vaga.

— Você provavelmente também vai ter uma ressaca horrorosa amanhã. Quer me contar o que aconteceu lá atrás?

Gina encostou a testa quente na janela fria. Seus ouvidos ainda pulsavam com a música, apesar do silêncio no carro. O aroma de Stone se agarrava a ela.

— Não.

Ela não tinha uma resposta, de toda forma.

Quando chegou em casa, a primeira coisa que fez foi tirar o vestido vermelho sexy que Natasha tinha emprestado. Ela nunca deixaria Tash vesti-la de novo. Enquanto se trocava, Natasha gritou da cozinha:

— Aliás, estou brava com você.

O coração de Gina despencou.

— Hã. Por quê?

— Vem cá e eu te conto. Estou fazendo guacamole.

De fato, quando Gina entrou na cozinha, Tash estava amassando abacates em uma tigela prateada.

— Por que você está cozinhando? — Gina espiou o relógio. — À uma da manhã?

Natasha lançou um olhar para ela.

— Você está pronta para dormir?

— Acho que não.

Gina estava empolgada da dança e ainda bêbada das malditas doses de tequila.

— A verdadeira pergunta é por que estou brava com você.

Gina suspirou.

— Tá bom. Por que está brava comigo?

Natasha jogou o pilão na massa de abacate e girou com as mãos na cintura.

— *Coño*, você não me disse que ele era *assim*.

— Ah, meu Deus. — Gina puxou uma cadeira do balcão da cozinha e sentou. — Eu te disse que ele era gostoso logo que o conheci.

— Nananinanão, garota. — Tash agitou um dedo para Gina antes de se voltar para a preparação. — Ei, pega o coentro e as outras coisas na geladeira.

Resmungando, Gina pegou os ingredientes necessários e começou a fatiar.

— Aquele homem é mais do que gostoso — disse Natasha, acrescentando tomates fatiados à tigela assim que Gina os passou para ela. — Acho que podemos tranquilamente dizer que ele é *supercaliente*. Tipo, sério.

— É por isso que você está brava comigo? Por que eu não falei mais sobre como ele é gostoso?

— Não. Sim. Isso é parte.

— Tá, e qual é a outra parte?

Gina jogou um punhado de coentro e respirou fundo. O cheiro a lembrava da cozinha da mãe.

— Você disse que ele participa de um reality, né?

— Aham. Chama *Vida selvagem*.

Tash soltou um suspiro frustrado.

— Você já *assistiu* ao reality?

— Não. — Gina fez um muxoxo enquanto esmagava um dente de alho com a lateral da faca. — Estive ocupada demais ensinando ele a dançar.

— *Coño*. — Natasha balançou a cabeça. — Eu não acredito. Isso tem que ser remediado imediatamente.

— É uma da manhã!

— *No me importa*. Vamos ver esse programa *agora*. E aí eu paro de ficar brava com você.

Quando o guacamole ficou pronto, elas deixaram o balcão e as banquetas e se sentaram no sofá com uma tigela de chips de tortilla. Havia algumas temporadas de *Vida selvagem* disponíveis, então escolheram um episódio do meio da segunda temporada, acomodando-se para assistir.

Gina sentiu-se como um voyeur assistindo a Stone na TV, quase como se o estivesse espionando, mas não conseguia desviar os olhos. Por mais fabricado que devesse ser, os dramas e os contratempos a cativaram. Durante o episódio, Stone carregou lenha com os irmãos — com resultados desastrosos —, construiu uma estufa com as irmãs e cuidou da pata ferida do seu cachorro. Ao redor dele, o resto da família Nielson cuidava de outras tarefas consideradas necessárias à "vida selvagem". E, acima disso tudo, pairava a ameaça constante da aproximação do inverno.

Não devia ter sido uma surpresa que Stone fosse o irmão "gostoso" — provavelmente o motivo de ter sido escolhido para *Estrelas da dança* em vez de Reed, Wolf e Winter. Todos eram caras bonitos, altos e em boa forma graças ao trabalho manual, mas Stone se destacava. Ele também era o cara calado, o cara sério — como o chamavam. Seu olhar de concentração intensa enquanto construía a estufa era uma expressão que ela vira algumas vezes durante os ensaios.

Gina ficou impressionada contra a própria vontade. Stone tinha habilidades, habilidades *reais* que significavam a diferença entre vida e morte na natureza selvagem do Alasca — o "bush", como eles chamavam as áreas mais isoladas do estado sem conexão às redes de transportes.

Ela e Natasha tinham crescido no mesmo bairro no Bronx e se mudado juntas para Los Angeles assim que conseguiram. Elas riram e ficaram de olhos esbugalhados o episódio todo, pasmas com o que era necessário para viver como os Nielson.

No final do episódio, Natasha clicou "play" no próximo.

— Quantos vamos ver? — perguntou Gina, terminando o restinho do guacamole.

— Eu quero ver se vão conseguir construir aquela casa na árvore ou não.

— Spoiler: conseguem. Eu vi a casa.

— *Pendeja*. Vou assistir mesmo assim. A descrição diz que eles fazem algo com um barco.

Na metade do episódio seguinte, Tash estava se derretendo com o irmão mais novo de Stone, Wolf.

Gina deu um olhar de soslaio para ela.

— Sério? Wolf?

Tash deu de ombros.

— Ele é esquisitão. Eu gostei dele.

— Não conheci ninguém da família quando estava lá. Eles estavam filmando em outro lugar.

Como seria ter tantos irmãos? Gina sentia saudades do irmão e da irmã, então só podia imaginar como Stone devia se sentir. Pelo menos ela tinha Natasha.

No momento, Tash estava lhe dando um olhar irritado.

— Não acredito que você não vai dar em cima de Stone.

Gina bufou e se recostou nas almofadas enquanto o dito-cujo aparecia na TV. Sem camisa, claro.

— Não estou interessada.

— Está, sim.

— Não. — Gina cruzou os braços. — Eu não vou me envolver com ninguém na indústria. Já fiz isso antes e me ferrei. Não tenho a menor vontade de repetir a experiência, por mais gostoso que ele seja.

— Ou o quanto ele te queira?

— Stone também não deu em cima de mim.

Ela não ia contar o que quer que acontecera na pista do Club Picante. Tinha sido só uma dança. E tequila.

— Ah, vá. — Natasha revirou os olhos. — Não vai me dizer que não notou a reação dele a você. Dwayne mal tem qualquer interesse em mim como pessoa e ainda fica semiduro toda vez que a gente se aproxima demais.

— Jesus, Tash.

— Que foi? Acontece. Eles são novos nisso. Você vai me dizer que Stone nunca… sabe, é fácil demais fazer uma piadinha com um nome desses. Nem quero. Ele nunca teve uma ereção enquanto dançavam?

Gina suspirou.

— Em geral, não.

— Mas já aconteceu?

— Bom... ele ficou meio duro durante a nossa sessão foto-gráfica, mas acho que foi porque Donna estava lá e mandou os diretores exigirem poses extremamente sexy.

Tash deu um sorrisinho.

— Vocês com certeza estavam próximos hoje.

Gina cobriu o rosto e grunhiu.

— Espero não ter passado a ideia errada pra ele.

— De que você quer o corpo dele?

Gina bateu nela com uma almofada.

— É, basicamente. Eu estava meio bêbada. E envolvida na dança. Foi só isso. Enfim, nossas vidas são diferentes demais.

— Vocês dois participam de realities shows — disse Natasha. — Não parece tão diferente pra mim.

— É diferente o bastante para que nunca funcione. Sem contar que ele vai embora daqui a alguns meses.

Natasha ergueu as mãos em derrota.

— Se você diz, *nena*.

*A*pesar da cautela de Stone para não revelar acidentalmente alguma coisa sobre sua família, ele não podia negar que estava cansado de passar todo seu tempo livre treinando, fazendo tri-lha ou sentado no quarto vendo filmes. Então, quando Jackson García o convidou para beber antes do voo noturno deles para a revelação do elenco, Stone aceitou.

Ele estava preocupado em acabarem no bar chique e temático da década de 1920 na rua do hotel, e ficou feliz ao ver que, em vez disso, se encontraram em um bar sem frescuras com uma extensa seleção de cervejas, grandes pizzas gordurosas e uma vibe descontraída.

Jackson já estava lá quando Stone chegou. Ele acenou de uma mesa quadrada, onde estava sentado com Alan Thomas, outro dos astros convidados pelo programa. Stone ainda não tinha conhecido Alan, mas sabia que era um atleta. Foi até eles e Jackson fez as apresentações.

— Alan, esse é Stone Nielson — disse Jackson. — Ele tem um programa de sobrevivência chamado *Vida selvagem*. Stone, esse é Alan Thomas, medalhista de ouro do atletismo nas paraolimpíadas.

— Impressionante.

Stone ergueu as sobrancelhas enquanto apertava a mão de Alan. O outro homem tinha cabelo castanho, olhos azuis e compleição rosada. Suas feições eram um pouco sem graça até ele sorrir.

— É um prazer, cara. — O aperto de Alan era firme e ele tinha um leve sotaque do Texas. Algo na sua atitude amistosa fez Stone se sentir confortável. — Eu te vi na academia do hotel algumas vezes.

— Você também está ficando lá? — perguntou Stone, tomando a cadeira vazia diante de Alan.

— Estou, sim.

Stone olhou para Jackson, sentado à direita dele.

— E você?

Jackson balançou a cabeça.

— Não, eu moro aqui perto. Vocês deviam ir lá em casa uma hora dessas. Eu torrei uma grana numa mesa de sinuca quando *Me morda* foi renovada para mais duas temporadas.

— Bom saber que você ainda não levou uma estaca no coração — brincou Stone. — Ou uma bala de prata.

Jackson bufou com indignação exagerada.

— Para a sua informação, seria preciso uma estaca revestida de prata para matar meu personagem. Precisa de todos os requisitos.

Stone e Alan riram, e Stone se sentiu relaxar pela primeira vez desde que saíra do Alasca. Ou talvez ainda mais tempo. Ele não provocava muito os irmãos — Reed ficava cruel demais e Winter era sensível a qualquer coisa que visse como crítica — e fazia tempo que não morava perto o suficiente dos seus velhos amigos para se encontrar e beber assim.

Era... gostoso.

Stone pediu uma cerveja IPA e uma porção de asinhas de frango para dividir. Tinha percebido que o melhor jeito de evitar dizer algo que não devia era manter os outros falando sobre si mesmos, então encheu Alan de perguntas sobre seu treinamento e perguntou a Jackson quantas aulas de dança ele já fizera como ator.

— Não tantas quanto seria de imaginar — admitiu Jackson. — A não ser que tenhamos uma semana de sapateado ou mãos de jazz. Dança de salão é uma história completamente diferente.

— E você? — perguntou Stone, virando-se para Alan. — Alguma experiência de dança?

Alan balançou a cabeça.

— Correr é minha vida. Achei que o treinamento teria me preparado, mas, porra, dançar é *difícil*.

Stone riu.

— Te entendo. Fico exausto todo dia.

— Não sei como esses dançarinos fazem isso — comentou Jackson. — Mover-se sem parar por horas, almejando a perfeição toda vez.

— A parte da perfeição eu entendo — disse Alan. — Senão, por que sequer tentar?

— Certo, sr. Três Medalhas de Ouro, já captamos a ideia — disse Jackson com um sorriso. — Como é a sua parceira?

— Rhianne? — Alan deu de ombros. — Parece uma instrutora de recrutas do exército. Não são todos assim?

Jackson assentiu.

— Lori me destrói e eu adoro. Não me esforço tanto assim desde que cursava a escola de teatro durante o dia e servia mesas à noite.

— E você? — perguntou Alan a Stone. — Como está se dando com Gina?

Antes que Stone pudesse responder, Jackson bateu o copo vazio na mesa e olhou boquiaberto para ele.

— Você está *corando*?

— Não. Claro que não.

Stone abaixou a cabeça e tomou um gole profundo da cerveja, torcendo para que esfriasse o rosto.

Não adiantou.

Jackson se inclinou para a frente, apertando os olhos.

— Tá, sim.

Stone tentou afastá-lo do assunto de Gina.

— É só que… vocês não acham essa coisa toda de dançar meio constrangedora?

Para a surpresa dele, os caras balançaram a cabeça.

— Dançar é um esporte — disse Alan. — Tanto quanto atletismo ou futebol.

— E esse programa vai nos deixar famosos. — Stone nunca ouvira a voz de Jackson tão séria. — *Estrelas da dança* tem dez vezes a audiência de *Me morda* e *Vida selvagem* juntos.

Alan apontou uma asinha de frango para Stone.

— Mas não acho que é por isso que você ficou vermelho.

— Concordo. — Jackson chamou um garçom. — Eu vi vocês dois no clube de salsa. Não me pareceu um ensaio de dança.

— Nós…

Stone se interrompeu, sem saber bem o que ia dizer. Desde aquela noite, Gina tinha se comportado de forma estritamente profissional, como se o quase beijo deles no Club Picante nunca tivesse acontecido. As câmeras provavelmente não iam captar, mas ele percebia a diferença. E, embora sentisse falta do seu jeito caloroso e brincalhão, era melhor assim. Ele não precisava daquela distração.

— Ela é uma boa professora — disse ele por fim.

— Lori e Rhianne também — apontou Jackson. — Mas você não viu a gente ficar vermelho quando elas foram mencionadas.

108

— Vamos deixar ele em paz — disse Alan. — A competição já é difícil o bastante sem *isso*.

— *Isso* o quê? — perguntou Jackson, num tom malicioso.

— O que quer que ele não queira dizer. — Alan deu de ombros e terminou sua cerveja.

— Tá bom. — Jackson bateu no ombro de Stone. — Mas, se quiser conversar uma hora dessas, estamos aqui.

— Obrigado. — Mas Stone sabia que não ia querer. Eles não precisavam saber como ele achava Gina atraente ou intrigante.

— Algum de vocês já esteve em Nova York? — perguntou ele, mudando de assunto.

— Eu morei lá um tempo enquanto tentava ser um astro da Broadway. — Jackson deu de ombros. — Acabei como bartender no Village e cantando em boates de merda no Lower East Side. Era horrível no inverno, então me mudei para Los Angeles e logo comecei a conseguir participações na TV.

Stone deu um sorrisinho.

— Tenho certeza de que os invernos não eram tão ruins.

Os outros dois riram.

— Provavelmente não para você — concordou Jackson.

Eles bateram um papo tranquilo por cerca de uma hora. Stone contornou perguntas sobre o trabalho que fazia antes de *Vida selvagem* — engenharia — e sua infância — em Seattle —, mas pelo menos pôde compartilhar anedotas sobre sua experiência trabalhando com uma equipe de um reality show antes de vir para *Estrelas da dança*.

De modo geral, ele se divertiu, mais do que achou que se divertiria. Eles tinham que ir embora cedo — iam todos embarcar para Nova York mais tarde naquela noite — e Jackson fez os dois prometerem que eles sairiam juntos de novo.

Stone e Alan voltaram a pé para o hotel, onde o concierge chamou Stone.

— Tenho que fazer minha mala — disse Stone a Alan. — Te vejo em algumas horas.

Alan deu um aceno e se dirigiu aos elevadores.

— O senhor é o sr. Nielson? — perguntou o homem na recepção e, quando Stone assentiu, continuou: — Chegou uma mensagem para o senhor.

Stone espiou a etiqueta do homem.

— Obrigado, Omar. Minha mãe?

Omar sorriu.

— Sim, senhor.

— Vou ligar para ela.

Stone acreditava que se mantinha disponível o suficiente ao ficar na frente das câmeras a maior parte do dia e não precisava que ninguém o aborrecesse no seu tempo livre também. Como resultado, muitas vezes largava o celular no quarto do hotel ou deixava a bateria morrer. Além disso, combinava com sua imagem criada no *Vida selvagem*.

Porém, a mãe não era fã dos seus métodos e tinha começado a deixar mensagens na recepção.

Subindo para o quarto, encontrou o celular na bolsa da academia — morto, claro. Com um suspiro, pegou o laptop e abriu uma chamada de vídeo com a mãe. Seu rosto surgiu na tela imediatamente, e ela sorriu ao vê-lo.

— Oi, filho. Como estão as coisas aí?

— Ah... bem. Está tudo certo.

Não havia por que contar a ela sobre a tensão subjacente a seus ensaios com Gina.

— Ouvi dizer que você vai pra Nova York fazer aquele programa de notícias matinal.

Stone não perguntou como Pepper sabia. Ela era capaz de fazer qualquer pessoa revelar qualquer coisa.

— É, vou. Falta uma semana para a estreia. Não posso conversar muito, tenho que ir para o aeroporto em breve. Vamos pegar um voo noturno no jatinho do *Estrelas da dança* para a revelação do elenco.

— É disso que eu queria falar com você.

Ele conteve um suspiro. *Lá vem.*

— Seu pai e eu só queríamos te lembrar como é importante que não diga nada que possa prejudicar nosso programa. Estamos dependendo disso e todos trabalhamos duro para construir a nossa imagem.

— Eu sei, mãe. Não vou.

— Então tudo bem. Divirta-se muito em Nova York. Boa viagem.

Quando a imagem dela desapareceu, Stone esfregou o rosto. Aquilo era um pesadelo. Ele não fazia ideia do que esperar no dia seguinte e a família toda estava confiando que não arruinaria tudo.

Ele olhou para o relógio. Merda, ainda tinha que arrumar suas coisas. Pegou a mala e pôs mãos à obra.

Capítulo 9

Ser enfiado num avião particular com mais de uma dúzia de dançarinos, dez outras celebridades e os dois apresentadores do programa — Juan Carlos Perez, um antigo ídolo adolescente afro--dominicano, e Reggie Kong, a estilista estadunidense-taiwanesa das estrelas — lembrou Stone de se espremer em espaços pequenos com a família. Todo mundo estava fazendo piadas e se provocava com uma camaradagem tranquila, e grupinhos se dividiram para conversas privadas. Como Gina e Natasha estavam encolhidas nos seus assentos, uma ao lado da outra, com máscaras de dormir e tampões de ouvido, Stone foi ficar com Alan e Jackson.

As pessoas gravavam vídeos com o celular e tiravam selfies sem parar, mas ninguém tinha microfones presos nas roupas. Um time de produtores e diretores de palco os encontraria em Nova York.

— É como estar no ônibus escolar sem o professor — disse Jackson, olhando ao redor do avião.

Lauren veio até eles.

— E aí, rapazes?

Ela se curvou sobre o assento de Stone e enroscou os dedos no cabelo dele. Stone conteve um suspiro, desejando ter pensado em fazer um coque.

— Vocês dois já se conhecem? — perguntou Jackson, apontando para Lauren e Alan. — Ambos são atletas olímpicos.

Alan balançou a cabeça.

— Inverno e verão. Há uma grande diferença.

— E tecnicamente são eventos separados, com comitês separados. — Lauren lançou um olhar significativo para a prótese de perna de Alan, visível sob o short cargo.

O sangue de Stone ferveu com a insinuação, mas Alan só deu de ombros e disse:

— Por enquanto.

— Bem, no salão de baile estamos no mesmo patamar — disse Jackson, atraindo a atenção de Lauren.

Ela bufou.

— Você que acha. Só uma de nós passou a vida toda aprendendo a dançar em patins de gelo. Esse programa vai ser moleza.

Jackson abriu um sorriso afiado para ela.

— Não se trata só de dançar, querida.

— Eu sei, *querido* — disparou Lauren de volta. — É a porra de uma competição de popularidade, e eu já sou um nome conhecido.

— Porque você é medalhista de ouro, certo? — Jackson bateu um dedo no queixo, aí estalou os dedos e apontou para Alan. — Não, espera. Ele que é.

Com um rosnado, Lauren se virou e foi para a outra ponta do avião.

— Ela tem a reputação de ser desagradável — disse Alan em voz baixa quando ela não podia mais ouvi-los. — Tome cuidado.

— Quero só ver — disse Jackson. Ele assentiu para Stone.
— Talvez você que tenha que tomar cuidado. A mulher tá de olho em você.

Stone suspirou.

— E o que eu posso fazer quanto a isso?

Jackson deu de ombros.

— Só estou dizendo. Eu não tocaria nela nem que me pagassem. Já o parceiro dela… — Ele girou no assento e deu um aceno para Kevin, que estava tirando fotos com Rick Carruthers.
— Eu faria qualquer coisa com esse cara.

Stone tirou Lauren da cabeça e dormiu por algumas horas antes de aterrissarem em Nova York. Todos colocaram bonés e óculos escuros, como se fosse uma espécie de uniforme de "anônimos", o que Stone teria achado engraçado se não estivesse tão cansado. Um ônibus os aguardava para levá-los aos estúdios do *Encontro matinal* em Midtown Manhattan. Como *Encontro matinal* e *Estrelas da dança* eram programas da mesma emissora, o animado noticiário matinal sempre conseguia a exclusiva do anúncio do elenco.

As duas horas seguintes foram um furacão de atividade. O trajeto até Manhattan ofereceu um breve vislumbre do Empire State Building das janelas do carro, reluzindo à luz da aurora. Do ônibus, eles foram empurrados para o prédio do estúdio para uma sessão frenética de cabelo e maquiagem, antes de receberem instruções ríspidas de como deveriam entrar no set.

Stone aguardou nos bastidores com Gina, que conseguia parecer descansada apesar da hora. Já os olhos dele estavam pesados pela falta de sono e suas costas doíam por ter ficado espremido num assento de avião por seis horas.

Gina esfregou círculos pequenos na lombar dele. Ela não fazia nada do tipo desde o clube.

— Está pronto?

— Não, nem um pouco.

Ela franziu a testa com preocupação.

— Por que não?

Ele se esforçou para colocar o sentimento em palavras.

— Não sou bom em entrevistas. Promete que vai falar por nós dois?

— Eu… tudo bem. — Ela sorriu e tocou o braço dele. — Eu lido com as perguntas. Você é ótimo na vibe forte e calado.

Claro que sim. Era o seu papel, e Stone aprendera a interpretá-lo bem, mesmo quando estava desconfortável.

Os apresentadores de *Estrelas da dança*, Juan Carlos e Reggie, saíram primeiro para conversar com os apresentadores de

Encontro matinal sobre a próxima temporada. Juan Carlos tinha participado de uma série de novelas e sitcoms quando era adolescente e, embora estivesse mais velho, sua pele marrom não ganhara rugas e ele ainda tinha o sorriso e as covinhas que o tornaram famoso. Reggie era pequena e bonita, com pele dourada e faixas azuis características no cabelo escuro. Finalmente, as duplas começaram a ser chamadas uma a uma.

— Nós vamos em ordem de fama — sussurrou Gina. — Da menor para a maior. Estamos em algum ponto no meio, acho, porque você está num programa da TV a cabo.

Keiko Sousa, uma modelo nipo-brasileira com pais famosos, foi a primeira com seu parceiro Joel Clarke. Eles foram seguidos por Rose Jeffers, uma atriz negra de quarenta e poucos anos, e seu parceiro, Matteo Ricci. A fama de Rose vinha de ser uma das protagonistas de *O laboratório*, uma série de TV de sucesso nos anos 1990 sobre cientistas adolescentes. O irmão mais novo de Stone, Winter, amava a série, mas Stone não podia contar isso para ela.

Alan foi o terceiro com sua parceira Rhianne Davis. Stone teria pensado que um medalhista de ouro seria considerado mais famoso que um especialista em sobrevivência da TV a cabo, mas quem entendia como essas coisas funcionavam?

A próxima foi Farrah Zane, uma adolescente de ascendência libanesa que tinha estrelado o popular filme de TV infantil *Uma estrela espiã*, sobre uma espiã que fingia ser uma cantora pop. Stone nunca tinha ouvido falar dela. O parceiro de Farrah era um dançarino profissional chamado Danny Johnson.

— Parece que ela é muito boa — disse Gina em voz baixa. — Vamos ter que tomar cuidado.

Stone não gostava da ideia de ser rival de uma garota de 19 anos, mas não respondeu. Eles eram os próximos.

Gina encaixou a mão no cotovelo dele e fixou um sorriso largo no rosto. O diretor de palco acenou freneticamente para eles, e então eles entraram no set.

A plateia que abarrotava as arquibancadas gritou, e Gina acenou para as pessoas enquanto Stone os conduzia até os assentos, que estavam dispostos como em um estádio, em três níveis. Como Stone era muito alto, os dois ficaram no fundo. Ele ajudou Gina, que usava saltos monstruosamente altos, a subir na plataforma, depois tomou o seu lugar.

Eles foram seguidos por Norberto "Beto" Velasquez, um milionário argentino e o mais recente "astro" de *Seu futuro noivo*, e a parceira dele, Jess Davenport.

As outras celebridades seguiram com seus parceiros de dança — Jackson e Lori, Dwayne e Natasha, Twyla e seu parceiro Roman Shvernik, Rick e a dançarina Mila Ivanova, e Kevin e Lauren.

Stone teria escolhido Twyla Rhodes ou Rick Carruthers como os mais famosos, mas ele não era imparcial.

O resto da manhã se passou em um borrão frenético. Os apresentadores fizeram só duas perguntas para ele, que Stone até que respondeu. Foi Gina quem falou mais, sorrindo ao longo de toda a experiência. Era a quinta vez dela participando do circo midiático de uma nova temporada, então provavelmente estava acostumada. Mais do que acostumada — ela *brilhava*. Stone de repente percebeu que ela amava aquilo. Estar sob os holofotes, energizar-se com os aplausos da plateia — ela tinha praticamente dito isso na outra noite, conversando com Kevin. Queria mais daquilo. Era a vida dela.

Enquanto isso, Stone estava doido para escapar. A plateia ao vivo, as luzes ofuscantes e o espaço restrito num palco com o elenco o fizeram se sentir claustrofóbico e distraído. Eles não podiam estar no set há mais de cinco minutos, mas pareciam horas. Finalmente, os apresentadores anunciaram uma pausa comercial.

Gina soltou o ar devagar e sorriu.

— Não é emocionante? — Ela devia ter visto a resposta no rosto dele, porque o sorriso foi morrendo. — Stone, você tá bem?

Ciente de que havia microfones em todo lugar, ele só deu um sorriso tenso e assentiu, com um tapinha na mão de Gina.

— Cansado.

Ele podia ver pela preocupação em seus olhos que não a convenceu, mas ela não insistiu. Os comerciais acabaram, os hosts fizeram perguntas aos outros dançarinos, e no intervalo comercial todos foram levados às pressas para fora do set.

— É só isso? — perguntou Stone, aliviado por ter sobrevivido sem se envergonhar.

Lori ouviu e riu.

— Nem fodendo. Ainda temos que superar as entrevistas. Coloque seu sorriso de volta no rosto.

Ela tinha razão. Cada par sentou-se em uma salinha enquanto uma série de repórteres passava fazendo as mesmas perguntas inúteis sem parar. Novamente, Gina falou pelos dois, em especial sobre como estava empolgada para a nova temporada e para a plateia ver Stone dançar. Eles tinham se sentado próximos o bastante para ela o cutucar quando ele devia responder, e ele achou que conseguiu não soar como um completo idiota.

Donna apareceu algumas vezes entre as entrevistas.

— Deixe-os querendo mais, Gina — disse ela, o sorriso afiado como uma lâmina.

— Sempre — respondeu Gina, agora também com um sorriso falso que fez Stone querer massagear a tensão do seu pescoço.

E então, milagre dos milagres, acabou. Um assistente entrou na sala para remover os microfones e distribuir novas garrafas de água antes de desejar um bom dia a todos.

Quando estavam sozinhos na sala, Gina esticou as pernas e apertou a ponte do nariz.

— Graças a Deus acabou — murmurou ela. — Eu amo tudo isso e não mudaria nada, mas é cansativo pra caralho.

— Você lidou bem com eles. — A cada entrevista insípida, ela tinha respondido com resiliência e entusiasmo.

Ela deu de ombros e se levantou.

— É parte do trabalho. Vamos, temos o resto do dia livre. Quero te mostrar minha cidade.

— Ouvi dizer que se caminha bastante em Nova York.

Ele olhou para as sandálias sexy que faziam as pernas dela parecer quilométricas.

Ela seguiu o olhar dele e riu.

— Não se preocupe. Vou pôr um tênis.

— E precisamos dos nossos disfarces também, imagino. — Ele sorriu diante do olhar confuso dela. — Óculos de sol e bonés.

Ela tomou o braço dele.

— Olha só você. Já é profissional nesse negócio de "ser famoso".

— Deus me livre. — Stone estremeceu dramaticamente para fazê-la rir, só porque gostava do som.

Ele estava envolvido demais, mas cansado demais para se importar. Era mais fácil gostar dela, mais fácil desfrutar da sua companhia e se focar em agradá-la.

Quando ela sorriu, ele esqueceu por que vinha resistindo tanto.

Lá fora, o tempo estava fresco e ensolarado, o dia de primavera perfeito. O ar estava mais límpido do que o usual para Manhattan, mas não se comparava ao Alasca. Ter ido lá alterou os padrões de Gina para sempre.

Eles ainda estavam bem no meio do território de Times Square, o que significava hordas de turistas e pessoas tentando tirar dinheiro deles — vendedores ambulantes de shows da Broadway, camelôs com mesas ocupando as calçadas, personagens fantasiados macabros que posavam para fotos por cinco dólares cada. Ou era dez agora?

— Aonde estamos indo? — perguntou Stone.

— Vamos de metrô até o Central Park — disse ela. — Você chama atenção demais, e as pessoas por aqui ficam de olhos abertos para celebridades.

Eles tinham perdido o boné dele em algum lugar do prédio do *Encontro matinal* e tiveram que comprar um de beisebol para ele em uma das muitas lojas de souvenires. Ainda assim, os óculos escuros e o boné não ajudavam em nada a disfarçá-lo. Ele era enorme e tinha um rabo de cavalo loiro e uma barba cheia. Era como tentar esconder um viajante do tempo viking em uma sala de jardim de infância.

Ele deu de ombros.

— Você que sabe.

Eles estavam perto do Bryant Park, que estaria um pouco mais populado por executivos do que turistas, então Gina os levou depressa até a estação de metrô e o conduziu pelo subterrâneo.

Na estação, comprou um MetroCard em uma das máquinas e passou os dois com ele. O trem B esperava na plataforma, e ela empurrou Stone para dentro antes que as portas se fechassem.

— Segura firme — avisou ela.

Ele tinha bom equilíbrio, mas ela não queria que ele caísse de bunda no metrô. O vagão estava cheio, e na parada seguinte eles seguiram mais para dentro para abrir espaço entre as pessoas que entravam e saíam.

Stone tirou os óculos e os enfiou no bolso de trás.

— Está escuro demais aqui — murmurou ele. Deu um olhar cauteloso ao redor e curvou os ombros para a frente, como se tentasse ocupar menos espaço. — E lotado.

A parada em Fifty-Ninth Street-Columbus Circle chegou mais rápido do que Gina esperava. Ela se dirigiu à porta, abrindo espaço com os ombros até que a multidão a cuspiu na plataforma, então saiu do caminho do fluxo de pessoas.

— O parque fica logo em cima da estação — disse ela.

Não houve resposta.

Quando se virou, Stone não estava lá. Ela tirou os óculos de sol e ficou na ponta dos pés, procurando-o por cima da cabeça de todos os outros na plataforma.

Merda. Ele ainda estava no vagão.

Ela voltou correndo para a porta, gritando o nome dele, mas ficou presa entre as correntes de pessoas saindo e entrando. Dentro do vagão, ele ergueu a cabeça bruscamente. Fizeram contato visual e Stone começou a se espremer entre a multidão.

Não adiantava. O cara tinha o físico da porra de um *linebacker,* mas se preocupava tanto em machucar as pessoas que não empurrava ninguém. Antes que Gina pudesse embarcar de novo, as portas se fecharam bem entre eles.

— Não! — Ela bateu um punho no vidro e ergueu a voz para dar instruções urgentes enquanto o trem se preparava para avançar. — Saia na próxima estação e me espere lá!

Ele assentiu enquanto o trem acelerava e saía da estação.

— Que droga — comentou a mulher parada ao lado dela. — Você devia ligar pra ele, só pra garantir.

— É, eu… obrigada. — Gina parou junto a uma coluna de aço e tentou recuperar o fôlego.

Merda. Ela tinha acabado de perder seu parceiro de dança no metrô, um cara que nunca esteve em Nova York e que *não saía com o celular.*

Ela já o tinha provocado sobre como ele deixava o aparelho jogado em qualquer lugar ou não o recarregava, mas nunca fora um problema porque ele estava sempre no hotel ou ensaiando com ela. Agora, parecia perigoso. Como alguém andava por aí sem um celular? Em Nova York, de todos os lugares?

Seu próprio celular vibrou no bolso com uma mensagem de texto. Por um breve e exultante segundo, ela pensou que poderia ser Stone. Mas uma olhada para a tela mostrou que era a mãe dela, Benita, querendo saber quando Gina iria ao Bronx visitá-la e se traria o "Rock" para jantar. Claro que a família tinha assistido à revelação no *Encontro matinal.*

Ela responderia à mãe depois. Por enquanto, tentou ligar para o celular de Stone, só para garantir.

Foi direto para a caixa postal.

O coração dela saltou quando a típica lufada de ar varreu seu lado da plataforma, junto do guincho do trem que se aproximava. Excelente, outro B. Ela estaria na próxima estação em menos de dois minutos. Correu para ficar ao lado das portas quando o trem parasse. Lá dentro, se espremeu em um canto junto à cabine vazia do condutor e abanou o rosto enquanto um anúncio levemente chiado explodia do alto-falante acima.

Mais pessoas entraram. Gina bateu o pé no chão. O trem começou a se mover. *Finalmente*.

Presumindo que Stone seguisse suas instruções, eles estariam juntos em...

O trem passou direto pela Seventy-Second Street.

— Quê? — Ela olhou ao redor. Mais ninguém parecia surpreso. — O que está acontecendo? Este não é um trem local?

Um homem de meia-idade usando terno deu um olhar desdenhoso para ela.

— Se estivesse prestando atenção, teria ouvido anunciarem que este trem é um expresso indo para a...

— 125th Street. — Com o estômago despencando, Gina se jogou contra a porta de metal e considerou suas opções.

Não havia nenhuma, no momento. O metrô de Nova York era notoriamente imprevisível, e às vezes trens locais se tornavam expressos sem motivo algum e vice-versa. Ela ficou presa vendo todas as paradas locais passarem, cada uma a lembrando da distância crescente entre Stone e ela.

Seu medidor de estresse estava em onze quando o trem parou na 125th Street. Ela saiu correndo, subiu as escadas para a estação e desceu outro lance até a plataforma para Downtown.

Um expresso para Downtown estava se aproximando. Ela hesitou. A Seventy-Second Street não era uma parada do trem expresso, mas, quando uma voz automatizada anunciou atrasos nos trilhos locais, ela tomou sua decisão. Pulou para dentro e dirigiu-se à Fifty-Ninth Street, dessa vez encontrando um assento.

Gina passou o trajeto inteiro preocupada com a possibilidade de Stone não estar lá quando ela chegasse. O que ia fazer se não o encontrasse? Ele sabia em que hotel estavam hospedados? Como o encontrariam?

Lágrimas ameaçaram transbordar, queimando seus olhos e formando um nó no fundo de sua garganta. Ela mordeu o lábio para contê-las. Não ia chorar no metrô. A última vez que fizera isso tinha 17 anos e era uma idiota chorando porque um rapaz tinha partido seu coração.

Lembranças daquela época reforçaram todas as suas metas e regras. Almeje o topo e não deixe nenhum homem entrar no seu caminho.

Mesmo assim, aquilo era culpa dela. Gina devia ter dito a Stone onde eles iam descer ou o segurado para garantir que ele a seguisse para fora do trem. Teria feito isso se não estivesse ativamente tentando manter alguma distância entre eles.

Quando o trem parou na Fifty-Ninth Street, ela estava vibrando de ansiedade. Lançou-se na plataforma, subiu correndo as escadas até a plataforma que ia a Uptown de novo e ficou retorcendo as mãos e respirando fundo enquanto esperava um trem local.

Quando o trem chegou, um minuto depois, ela prestou muita atenção ao embarcar. Dessa vez, não havia anúncios. O trem tomou velocidade, dirigindo-se à Seventy-Second, e o coração de Gina quase explodiu do peito.

Nos segundos que se passaram entre as estações, seu cérebro traidor e ansioso forneceu todo tipo de imagens improváveis do que ela encontraria. Uma plataforma vazia. Stone morto nos trilhos. Uma multidão enorme pela qual teria que abrir caminho, gritando o nome dele a plenos pulmões.

Quando o trem parou na Seventy-Second Street, ela esperou na frente das portas, mastigando todo seu batom. Cada segundo parecia se arrastar, até que finalmente as portas se abriram.

Gina saiu aos tropeços, olhando para os dois lados da plataforma com movimentos frenéticos. Ainda não o via. As pessoas estavam desembarcando e ela procurou por Stone assomando-se sobre elas, mas ele não estava lá. Ela puxou uma inspiração funda e trêmula para chamar o nome dele, mas então a multidão se dispersou e ela o viu.

Stone estava sentado em um banco com o tornozelo apoiado em um joelho, lendo um dos jornais livres distribuídos todo dia no metrô.

Quando ela soltou o fôlego que tinha prendido, ele ergueu os olhos. Eles se iluminaram e um sorriso curvou os lábios dele.

— Aí está você.

Stone dobrou o jornal, mas, antes que pudesse se erguer, ela correu até ele. Seus joelhos bambearam e ela caiu no colo dele, jogando os braços ao redor do seu pescoço.

— Você está aqui — sussurrou ela no pescoço dele, inalando o aroma que tinha se tornado tão familiar e reconfortante.

— Claro que estou.

A voz dele tinha uma nota de surpresa. Os braços dele a apertaram pela primeira vez em… ela não sabia quanto tempo fazia… mas, pela primeira vez desde que o perdera, ela se sentia bem.

E se recusava a examinar o sentimento mais a fundo.

— Você me disse pra descer aqui e te esperar, então foi isso que fiz.

Ele tinha ouvido. Gina não sabia o que teria feito se ele não tivesse.

— Sinto muito, Stone.

— Gina. — Ele a fez recuar um pouco e ergueu o queixo dela para poder encontrar seus olhos. — Estou bem. Está tudo bem.

Ela soltou uma exalação trêmula, o estresse do dia cobrando seu preço. As palavras saíram tropeçando umas nas outras.

— Eu te perdi, e era pra ser responsável por você, e você nem tem celular, e…

— Ei. — Ele segurou o rosto dela e se inclinou. — Você não me perdeu. Eu devia estar prestando atenção. E não é responsável por mim. Sou um homem adulto, e já me perdi em lugares piores que este. — Ele ergueu um canto da boca. — Além disso, acho que só fiquei sentado aqui uns vinte minutos.

Gina o encarou, ignorando como seu estômago deu uma cambalhota ao toque dele.

— Só isso? Pareceram horas.

— Sinto muito por ter causado preocupação.

— Sinto muito por ter feito você esperar.

Ele balançou a cabeça.

— Não sinta. Foi um acidente. Eu sabia que você ia voltar.

— É claro. Mas eu preciso que você prometa que vai recarregar seu celular da próxima vez que estivermos aqui.

— Tudo bem. Eu prometo. — Então ele se remexeu e ergueu o jornal. — Você tem uma caneta? Estava fazendo as palavras-cruzadas na cabeça e está ficando confuso.

Ela riu alto e o abraçou, adorando o modo como ele a abraçou de volta.

— Eu não vou te soltar de novo — murmurou no ombro dele.

— Acho que não tenho objeções. — A voz dele era suave, e ela teve que se esforçar para ouvir as palavras.

Hora de quebrar a tensão.

— Minha mãe te convidou para jantar.

Stone soltou o ar e ela sentiu o movimento por todo o corpo.

— Sério? Porque eu faria praticamente qualquer coisa por um bife caseiro.

Ela bufou.

— Acho que *bistec encebollado* pode ser arranjado. Mas talvez ela te chame de Rock.

— Por um bife, ela pode me chamar do que quiser.

Capítulo 10

—Cá estamos. Central Park.

Stone piscou para o sol brilhante enquanto seguia Gina pelas escadas que levavam à saída da estação. Abril em Nova York era bem mais quente do que abril no Alasca, e o dia estava ensolarado. Sobre o parque, o céu se estendia límpido e azul sobre a copa das árvores florescentes. Era um mau substituto para o Alasca, mas pelo menos era melhor do que as palmeiras e a poluição de Los Angeles.

Enquanto atravessavam a rua até a entrada do parque, Gina pegou a mão dele e deu um sorriso brincalhão debaixo da aba do seu boné dos Yankees.

— Não vou arriscar perder você de novo.

Stone estava usando um boné dos Mariners. Quando o escolhera do display na loja de souvenires, Gina tinha franzido a testa em confusão e perguntado:

— Você acompanha beisebol?

A pergunta tinha disparado um pânico nele, fazendo-o balbuciar uma resposta.

— É, quer dizer, quando posso. Estamos isolados, mas não, tipo, em outro planeta. Às vezes vamos para a cidade. Mas não… não muito.

Na verdade, ele torcia pelos Mariners porque tinha nascido nos arredores de Seattle, mas esse fato não combinava com sua persona do Alasca, então ele não devia mencioná-lo. Gina era perceptiva demais e ele, um péssimo mentiroso. Teria que fazer um trabalho melhor em manter a boca fechada.

Caminhos de terra e asfalto serpenteavam o parque, e segurar a mão de Gina enquanto enveredavam por um deles era agradável. Muito. Ele não deveria se aproximar ainda mais dela, mas queria, acima de tudo, a distração de uma conexão humana.

O caminho passou a ser de tijolos alaranjados. À frente, um parapeito de pedra ornamentado dava vista para uma grande fonte redonda com um anjo majestoso erguendo-se do centro com os braços esticados. Uma pomba estava sentada na cabeça do anjo.

— A fonte de Bethesda. Meu lugar preferido do parque inteiro. — Enfiando os óculos de sol no bolso da jaqueta, Gina se ergueu para sentar na beirada do parapeito.

Stone encarou a estátua na fonte. Já a vira antes. Em filmes, não pessoalmente. Mas não podia pedir mais informações porque ela lhe dava um olhar desconfiado toda vez que ele comentava algo sobre cultura pop.

— Legal.

— Minha foto de formatura da escola foi tirada aqui.

— Ah, é?

Ele não podia contar onde tinha cursado o ensino médio. A história oficial de *Vida selvagem* era que ele e os irmãos foram educados em casa pela mãe, mas não era totalmente verdade. Ele e Reed tinham estudado em uma escola pública normal no Alasca.

Gina apontou para um ponto à direita da fonte.

— Foi ali que fiquei com os meus amigos. Imagine quinhentos adolescentes espremidos lá embaixo e o fotógrafo parado bem ali.

Stone se aproximou e passou um braço ao redor da cintura dela. Tudo bem que Gina tinha ótimo equilíbrio, mas era uma longa queda. Com a proximidade, ele encheu os pulmões com o aroma doce e tropical dela. Quando ela se virou para encará-lo, os lábios se entreabriram e suas faces coraram.

De vez em quando, Stone a pegava olhando para ele assim, mas normalmente ela virava o rosto. Porém não fez isso naquele momento. Dessa vez, Gina abaixou o olhar até a boca dele e umedeceu os lábios. O coração dele bateu pesado na garganta.

Estavam próximos, como na estação de metrô, onde ela se jogara no colo dele. Mas não havia a sensação de perigo agora — só desejo.

Ela colocou os óculos de sol de novo e deslizou do parapeito, interrompendo o momento.

— Vamos descer pra ver o terraço. — Ela tomou a mão dele e o levou escada abaixo.

Então andar de mãos dadas era aceitável, mas beijar não. Fazia sentido, de um jeito esquisito. Depois de dias dançando juntos, algo casual como segurar a mão um do outro não era nada. Um toque amigável, só isso. Mas beijar? Isso complicaria as coisas, e, por mais que Stone quisesse sentir o gosto da boca sensual dela, as ações de Gina deixavam perfeitamente claro que aquilo estava fora de questão.

Quando chegaram lá embaixo, andaram ao redor da fonte enquanto Gina contava histórias engraçadas da época de ensino médio, como a vez em que Natasha tinha caído na água.

— Acho que a empurrei — acrescentou ela. — Mas foi um acidente, juro.

Ele riu baixinho.

— Eu empurrei meus irmãos em muitos corpos d'água. Não por acidente.

— Minha mãe teria ficado tão brava se meus irmãos e eu fizéssemos coisas assim. A gente tentava não fazer nada que gerasse mais trabalho para ela. Ela já trabalhava demais.

Ele queria perguntar o que aquilo significava, mas não disse nada. Ela tinha direito aos próprios segredos.

Deus sabia que Stone tinha segredos demais.

Ela o levou para a parte inferior do terraço, onde era fresco e sombreado. Um teto de ladrilhos belamente pintados se estendia acima deles, apoiado por colunas ornamentadas.

Ela começou a dizer alguma coisa, então ergueu uma mão para conter um bocejo de estalar a mandíbula.

Stone quase riu, mas aí pegou o bocejo e os dois terminaram cobrindo a boca e dando sorrisos encabulados.

— Você estava dizendo? — brincou ele.

— Acho que não dormimos muito ontem à noite.

— Difícil dormir num avião cheio de celebridades.

Ela pôs a mão na curva do braço dele.

— Vamos. Eu sei aonde podemos ir.

Eles subiram a escada de pedra para voltar ao caminho principal. Gina o guiou, mas não falou mais nada. Um olhar rápido para o céu disse a Stone que estavam seguindo para o sul. Passaram por um grande arco cinza de calcário. Algumas pessoas de patins vinham zunindo pelo espaço aberto. Babás empurravam carrinhos de bebê. Velhos se curvavam em bancos de parque. Acima, as árvores dos dois lados formavam uma copa de verde recente.

Os odores da primavera estavam por toda parte, uma combinação de terra e água e vegetação que sugeria crescimento e renascimento. E o parque em si era uma mistura estranha de cidade e natureza; conseguia manter uma atmosfera relaxada mesmo com ciclistas disparando pelas ruas principais e carros o atravessando para cruzar a cidade. Era um refúgio de paz na cidade que nunca dormia, um jeito de testemunhar a beleza da mudança das estações sem abrir mão das amenidades da vida moderna.

— Sempre tento visitar, quando posso. — Gina ergueu a cabeça para as árvores florescentes. — O parque é lindo o ano todo. Para passeios na primavera, shows ao ar livre no verão, folhas caídas no outono e guerras de bolas de neve no inverno.

Ele a imaginou naquele parque em todas as estações.

— Você ama este lugar.

— Sim. Esta é a minha cidade. Eu não queria ir embora.

— Não?

— Não pareça tão surpreso. Minha família está aqui. Todas as minhas lembranças estão aqui. Tenho certeza de que você entende não querer deixar a família em casa.

Stone deu um grunhido em resposta. Esse conceito estava ficando mais complicado quanto mais ele ficava longe de *Vida selvagem*. Claro, ele sentia falta do Alasca, mas do resto? Não tanto.

— Mas as oportunidades estão em Los Angeles, então Natasha e eu fizemos as malas e nos mudamos. Meu sonho é ter uma casa, e trabalho, tanto em Los Angeles como em Nova York.

Ela tinha viajado quase 5 mil quilômetros e se mudado para o outro lado do país pela ambição, pela carreira. Para entrar na indústria do entretenimento na base de operações. Stone podia admirar quão longe ela fora para seguir seus sonhos, mesmo que não entendesse o impulso.

Ele olhou para o céu, estendendo-se claro e infinito e rodeado por prédios altos, e suspirou.

— Eu só quero voltar para o Alasca e viver uma vida tranquila.

Ela passou um braço ao redor da cintura dele e apertou, seu corpo quente aconchegado ao seu lado.

— Você vai.

Ele queria contar sobre a vida no Alasca, sobre o quanto amava o lugar mas odiava filmar o programa, mas por enquanto era suficiente só caminhar.

Em pouco tempo, eles se aproximaram de um campo gigante.

— Ta-dá! — Gina ergueu o braço em um floreio. — Eu lhe apresento... o Pasto das Ovelhas.

— Hm. — Stone olhou ao redor de forma exagerada. — Não vejo ovelha nenhuma.

Ela balançou a cabeça.

— Elas não estão mais aqui, bobo. É só um lugar pra relaxar.

O campo era enorme — tinha que ter mais de doze acres — e cercado por árvores, com prédios assomando-se mais além. Porém, era um lugar sereno. As pessoas sentavam-se na grama nova ou relaxavam, como Gina tinha dito. Stone a seguiu até um ponto no meio, sob a luz direta do sol.

Depois de estender as jaquetas dos dois no chão, ela se sentou em uma e bateu na outra para ele fazer o mesmo.

— Gina, não me incomodo em sentar na grama.

— Ah, é. — Ela deu uma risadinha. — Estou delirante pela falta de sono. Releve.

Porém, quando ele sentou ao lado dela, ela balançou a cabeça e bateu no colo.

— Deite aqui. E tire o boné. Quero brincar com todo esse seu cabelo glorioso.

Ele seria idiota de protestar. Com a cabeça apoiada no colo dela, o corpo cansado relaxou em meio ao aroma de grama fresca de primavera e a doçura típica de Gina. Stone fechou os olhos, absorvendo o sol quente e o toque suave e sensual de Gina em seu cabelo. Os dedos dela corriam pelos fios com puxões gentis, estimulando os nervos no seu couro cabeludo e enviando pontadas de prazer. Estar tão próximo dela era uma tortura requintada, mas Stone não queria que acabasse.

Quando os dedos fortes dela começaram a massagear sua cabeça, ele soltou um gemido.

— Gostou? — perguntou ela, soando sem fôlego.

— Hm.

Ele não confiava em si mesmo para responder. Gostava um pouco *demais*.

No entanto, as atividades da semana enfim cobraram seu preço e ele começou a cair no sono.

— Stone. — A voz de Gina estava bem ao lado do seu ouvido.

Ele limpou a garganta e abriu os olhos.

— Oi?

— Vamos tirar um cochilo.

Ele se mexeu para abrir espaço para ela sobre as jaquetas e apoiou a cabeça nos próprios braços. Ela se esticou ao lado dele e se aconchegou, uma presença quente e suave.

— Eu coloquei um alarme no celular — disse ela. — Quando tocar, vou te levar para comer uma pizza típica de Nova York, depois subimos para Uptown, para a casa da minha mãe.

— Parece um dia perfeito.

Ele fechou os olhos. Adormeceu. E acordou quando o telefone dela tocou.

Gina sentou-se para tirá-lo do bolso. Ele queria puxá-la de volta para si.

— Hein? Estão ligando. — Ela apertou o celular ao ouvido. — Alô? Ah, claro, ele está aqui. — Ela passou o celular para Stone com uma expressão sonolenta e confusa. — É pra você.

Stone encarou o céu enquanto o cara no outro lado da linha cuspia um nome que soava vagamente familiar, junto com uma série de instruções. Ele grunhiu em resposta algumas vezes, depois terminou com:

— Tá bom, estarei lá.

Ele desligou e devolveu o telefone a Gina.

— O que foi? — perguntou ela.

— Jantar. Com uns executivos de *Vida selvagem*. No hotel. — Ele soltou o ar. — Desculpe. Sua mãe…

— Não tem problema. — Ela o cortou antes que Stone encontrasse as palavras para explicar o quanto preferiria ter uma refeição caseira com a família dela. — O trabalho vem primeiro.

Ele cerrou os dentes. O trabalho *não vinha* primeiro, não para ele. A família vinha. Stone sempre largava tudo para ajudá-los. Era por isso que estava ali para começo de conversa.

No momento, o apelo de uma *família* — uma família real, espremida ao redor da mesa de jantar para rir e brigar — lutava contra o compromisso que ele fizera à própria família no Alasca, de se esforçar ao máximo para manter os segredos deles a salvo e tornar *Vida selvagem* um sucesso. Quando fora a última vez que eles jantaram em família sem filmagens?

Ele também simplesmente não queria deixar Gina. Não queria que o dia acabasse.

— Eu não quero ir — disse enfim. — Mas preciso.

— Eu entendo, Stone. — A compreensão estava estampada no rosto dela.

Gina o levou até a esquina do parque e ao Columbus Circle. Depois de dar orientações detalhadas para o caminho a pé, se despediu dele.

Provavelmente era melhor que ele não fosse visitar a família dela. Se o bife da mãe dela fosse bom, era provável que Stone fizesse algo idiota, como pedi-la em casamento na hora. E, se aquele dia tinha lhe mostrado algo, era que Gina nunca seria feliz com o tipo de vida que ele sonhava em ter.

Capítulo 11

A estreia do programa chegou antes que Stone se desse conta. Um dia eles estavam ensaiando, no outro faltavam meras horas antes da transmissão ao vivo. As pessoas ficavam perguntando se ele estava ansioso e ele se sentia estranho por *não* estar ansioso.

Ele vagou pelos bastidores enquanto Gina estava com o pessoal dos figurinos, fazendo um ajuste de última hora. Não era algo para que precisasse estar presente, a não ser que quisesse ver Gina sendo costurada no sensual vestido roxo de lantejoulas. Aquele com a fenda entre os peitos dela e que abraçava todas as suas curvas.

Não, ele não precisava estar presente para aquilo.

Encontrou Jackson nos bastidores, na área onde o elenco se reunia durante o programa. Eles chamavam a sala de "Salão do Clarão". Parecia que um unicórnio bêbado tinha vomitado glitter em todas as paredes, mas era tão apropriado à estética do programa que Stone nem conseguia se irritar.

Jackson andava de um lado para o outro diante de uma TV de tela plana grande com o logo do *Estrelas da dança* flutuando. Ele abria e fechava a boca, esticando os lábios e proferindo murmúrios estranhos.

Stone se aproximou devagar.

— Tudo bem aí? — Depois de crescer com Wolf, comportamentos estranhos não o surpreendiam.

Jackson virou depressa, e então relaxou os ombros ao ver Stone.

— Você me pegou. Estou fazendo exercícios vocais.

— Planejando cantar em vez de dançar?

Jackson deu uma risada alta.

— Vai sonhando. — Ele esfregou o pescoço. — Eu aqueço a voz antes de subir no palco mesmo se não for cantar. Me acalma.

— Então vou te deixar em paz.

Stone voltou para o corredor, passando por incontáveis membros da equipe correndo com walkie-talkies e outros aparelhos eletrônicos variados.

Sentindo o cheiro de fumaça, ele seguiu outro corredor até uma doca de carga, onde encontrou Twyla Rhodes fumando atrás de uma lixeira de metal gigante. Ela já estava usando seu figurino para o programa, um vestido preto cintilante que deixava os ombros à mostra.

Twyla olhou de relance para ele.

— Ah, oi, bonitão. Quer um? — Ela ofereceu o maço de cigarros.

— Não, obrigado.

— Boa escolha. É um hábito horrendo. — Ela deu um trago profundo e soltou a fumaça em um fio fino. — Você é o cara que mora na floresta, né?

Ele conteve um suspiro.

— Sou.

— Imagino que não saiba quem eu sou?

— Ah, eu sei. Mesmo na floresta, a gente tinha um videocassete e todos os filmes das *Crônicas Élficas* em VHS.

Na época eles não viviam no Alasca, mas ele omitiu essa parte.

Twyla parou com o cigarro a um centímetro dos lábios e deu um sorriso largo para ele.

— É sempre bom conhecer um fã, mesmo depois de tantos anos. Essa parte nunca cansa.

— Ouvi dizer que vão fazer outra continuação.

— Você ouve muitas coisas naquela floresta.

— Ouço muita coisa cercado por uma equipe de produção cheia de nerds — respondeu ele tranquilamente.

— Imagino. — Ela riu baixo. — E... talvez haja uma continuação. Mas você não ficou sabendo por mim. — Twyla deu uma piscadela.

Outro filme das *Crônicas Élficas* praticamente confirmado pela própria Twyla Rhodes? A família dele ia surtar.

Twyla terminou o cigarro e o usou para acender outro.

— Não me julgue — disse ela, em um tom brando. — É o único vício que me resta, e houve um tempo em que eu fazia de tudo, e quero dizer *tudo mesmo*.

— Não julgo.

Ele tinha ouvido os boatos. Anos de drogas e álcool tinham cobrado um preço, fazendo-a parecer mais velha do que era. Atingir o fundo do poço e escalar penosamente sua volta ao topo tinha lhe dado um ar afiado e quebradiço que emergia na forma de humor sombrio e uma tendência a militar sem papas na língua.

Quando garoto, Stone pensava que ela era a mulher mais linda do mundo. Sua personagem, a rainha Seraphina dos Elfos, usava vestes prateadas e douradas que deixavam os braços nus e ofereciam vislumbres sedutores das pernas. Ela devia ter sido muito jovem na época, sua pele de alabastro era lisa e sem rugas, os olhos cintilantes e determinados, a voz nítida e doce. Ela era uma desconhecida antes do primeiro filme, e então, de repente, se tornou uma estrela.

— Meus irmãos e eu entalhamos nossas próprias espadas — contou ele. — Não sei dizer quantas vezes reencenamos a batalha final de *Destino da rainha*. Minhas irmãs brigavam para ver quem interpretava sua personagem.

Twyla deu uma risadinha.

— Ah, fale mais.

— Meu irmão mais velho jurava que ia se casar com você.

Ela lhe deu um olhar de soslaio.

— Se ele for mesmo um pouquinho parecido com você, avise que aceito a proposta. Ele seria um ótimo marido número três.

— Seria uma honra tê-la como cunhada.

Twyla tragou o cigarro e olhou Stone demoradamente, apertando os olhos através da fumaça.

— Você é um amor de garoto, então vou te dar um conselho: saia dessa indústria enquanto pode, antes que ela te mastigue e cuspa como um pedaço de chiclete que perdeu o sabor.

As palavras causaram um calafrio.

— Vou manter isso em mente.

— Desculpe, garoto. — Ela fez um aceno. — A perspectiva de dançar na frente de uma plateia ao vivo hoje à noite me deixou em um humor melancólico. Vá encontrar sua linda parceira. Aquela garota tem animação suficiente por todos nós.

— Você vai ser ótima — disse ele, sentindo que ela precisava ouvir. — As pessoas vão amar te ver no palco de novo. Confia.

Dando tapinhas no braço dele com uma mão, ela acendeu outro cigarro com a outra.

— Como eu disse, você é um amor. Agora vá. Deixe esta velha com seus pensamentos.

Ele a deixou e voltou para a rede principal de corredores. Passou por Farrah Zane na área de alimentação, onde ela filmava um vídeo para os fãs sobre como estava nervosa e o quanto precisava dos votos deles. Ouviu o som de beijos estalados vindos de uma porta entreaberta à esquerda e avistou Beto Velasquez e uma das maquiadoras pelo canto do olho enquanto passava depressa. Junto à mesa vazia dos juízes, os apresentadores do programa, Juan Carlos Perez e Reggie Kong, contavam piadas sujas, enquanto o astro do futebol Dwayne Alonzo se alongava ali perto. Parecia que todo mundo estava procurando modos de gastar a energia nervosa.

Stone só queria acabar logo com aquilo. Era só uma dança, afinal.

Ele viu Gina falando concentrada com um dos caras da iluminação, e teve o bom senso de manter seus pensamentos para si antes que ela o acusasse de não levar a competição a sério de novo.

Encontrando o olhar dela, ele apontou para a galeria, que logo ficaria lotada com a plateia. Ela assentiu e ele se dirigiu às escadas que o levariam para cima. Queria uma visão aérea do "salão de baile". Na verdade, parecia mais um teatro, com o palco em uma ponta, uma pista de dança circular no centro e a mesa dos juízes posicionada do outro lado do palco. Assentos VIPs cercavam a pista de dança, como em um clube noturno, com cadeiras aveludadas e pequenas mesas redondas. Suportes e luzes escondiam-se nas sombras do teto alto, e a plateia comum era relegada às galerias altas.

Quanto Gina chegou, Stone estava descansando em uma cadeira dobrável acolchoada, examinando a cena abaixo como se fosse da plateia. Ela estava deslumbrante no seu vestido roxo e ele queria elogiá-la, mas só bateu na cadeira ao seu lado. Gina sentou, soltando um suspiro suave enquanto seus ombros caíam. Eles observaram Jackson e Lori analisar a posição das câmeras lá embaixo, enquanto os assistentes de palco montavam uma plataforma brilhante e iluminada em menos de dois minutos.

— É impressionante — disse ele. — Nunca acharia possível construir algo tão rápido.

— Só tem que resistir por trinta segundos — apontou Gina. — E eles fazem essas coisas toda semana: construir sets, criar rotinas de iluminação e sincronizar com a música ao vivo. Sem mencionar a magia feita pelo pessoal dos figurinos e da maquiagem.

— Uau. — Ele viu Jackson sair do palco com um salto mortal. — Para ser justo, meus produtores vivem querendo que a gente passe o máximo de tempo possível construindo coisas para poderem esticar a história. E a gente sempre tem de fingir que algo deu errado.

Ela conteve um sorriso.

— Estou chocada.

— Deus me livre de a gente construir algo direito pela primeira vez.

Ele suspirou e tentou afastar os pensamentos sobre *Vida selvagem*.

— Seremos a oitava dupla a se apresentar, o quarto de trás para a frente — informou ela, voltando ao assunto da estreia.

— É uma boa posição. As pessoas em geral votam mais para o final do programa, então dançar no fim é melhor.

— Quem vem depois da gente?

— Farrah Zane, Rick Carruthers e Lauren D'Angelo.

Stone apontou o queixo para a pista de dança.

— Jackson é muito bom.

— Ele é um ator. Há altas chances de que tenha tido um treinamento de dança.

Jackson tinha admitido que sim.

— Isso não é trapaça? Achei que o objetivo era escolher celebridades que não são dançarinas.

— Não. *Estrelas da dança* recruta celebridades com todos os níveis de experiência e em geral tem alguém que é o favorito para ganhar. Mas não é Jackson.

— Farrah? Aquele filme que ela fez tem uma coreografia.

— Não. Não é ela.

— Se não é Farrah nem Jackson, que são ótimos dançarinos pelo que posso ver, quem é? Com certeza não sou eu.

Gina colocou as mãos sobre a boca, algo que Stone notou que ela fazia para conter uma risada pelo nariz. Ele gostava do gesto.

— Desculpe, cara, definitivamente não é você, embora esteja indo bem. — Ela deu um sorriso reconfortante para ele e um tapinha no seu joelho. — Nesse caso, é Lauren D'Angelo.

Stone seguiu o olhar de Gina até a loira que falava alto em um canto do salão de baile com Kevin.

Gina contou nos dedos.

— Lauren é uma atleta olímpica, o que significa que controla cada centímetro do corpo e está acostumada a horas de trabalho extenuantes. E é patinadora do gelo, o que significa que é flexível, forte e basicamente dança sobre patins.

Eles observaram Lauren e Kevin executarem um giro perfeito. Gina tinha razão. Lauren era fantástica.

— E não é só isso.

— Merda, tem mais?

— Rá, pode apostar. Ao contrário do Alan, ela nunca venceu uma medalha olímpica, então está motivada a provar que pode vencer alguma coisa. Já está entrando na competição com várias vantagens e, para completar, ela tem Kevin Ray. As pessoas votam no Kevin só porque ele é o Kevin. Então, sim, Lauren é nossa maior adversária.

Stone soltou o ar, pensando em suas interações com Lauren. Se a patinadora estava levando a competição tão a sério quanto levara as Olimpíadas, ele precisava se esforçar ainda mais.

— Acho que é melhor a gente derrotá-la, então.

Gina sorriu para ele, um sorriso pequeno e doce que o deixou em chamas.

— Acho que sim.

— O que precisamos fazer?

— Me escute e faça o que eu digo. Foque nos passos, na posição e na técnica. Deixe o público ver sua personalidade e vulnerabilidade. Você tem uma chance, Stone. Se cativar os espectadores, mostrar crescimento pessoal e apresentar boas danças, a gente pode vencer. — Ela abriu a boca como se fosse dizer mais, então a fechou.

— Você realmente quer ganhar, né? — Era uma pergunta estúpida. Ele sabia que sim.

— Muito, muito mesmo. — Gina mordeu o lábio e franziu a testa, como se estivesse incerta sobre algo. — Tem outro fator também. Mas eu não queria te contar.

— Agora vai ter que contar.

Ela se recostou na cadeira como se o ar tivesse sido arrancado dos seus pulmões.

— Eu não quero que isso afete sua performance ou coloque mais pressão em você. É um problema todo meu.

— Não é verdade. Somos parceiros, lembra?

— É, somos. — Ela disse as palavras seguintes de uma só vez. — Se eu não chegar na final, não vou mais ter um emprego.

Ele cerrou a mandíbula.

— Você quer dizer, se *nós* não chegarmos à final?

Ela fechou os olhos.

— É, acho que sim. Mas você não vai perder o emprego.

Ele tomou as mãos dela. Em algum ponto no caminho, aquele tipo de toque casual tinha se tornado natural. Pelo menos, era natural com ela.

— Tudo bem, Gina. Vamos vencer este negócio.

O jeito como os olhos dela se iluminaram e o sorriso largo no seu rosto — tudo aquilo valeria a pena se ele pudesse ver aquela expressão no final. Gina apertou as mãos dele e se inclinou, envolvendo-o no seu típico aroma doce e tropical.

— Time Stone Cold*, à vitória!

Teria sido o momento perfeito para beijá-la, mas ela se levantou, puxando as mãos dele, e a oportunidade passou.

— Vamos lá, parceiro. Vamos treinar nosso posicionamento para as câmeras. Esta é a grande noite.

Ele a seguiu escada abaixo, sem pensar mais em beijá-la. Estava ali para dançar e então voltaria para o Alasca. *Foque no dinheiro.*

As horas seguintes passaram depressa. Stone esperou nos bastidores enquanto os juízes e dançarinos de apoio completavam o número de abertura, juntando-se a Gina para acenar às câmeras antes que todos se enfileirassem para que Juan Carlos anunciasse um por um. Stone assistiu à dança dos outros casais dos bastidores, aplaudindo e brincando com Alan e Jackson, que entregaram performances respeitáveis. Conforme o tempo passava e ninguém caía de cara no chão, Stone se preocupou com ser ele o azarado.

Quando foi sua vez de ir ao palco, um assistente apareceu para levá-lo ao seu lugar na pista de dança. Ele ficou parado com

---

* O trocadilho com o nome de Stone quer dizer "muito frio", "congelante" ou até "sem hesitação". [N.E.]

Gina no escuro, esperando enquanto o vídeo de apresentação deles passava no telão gigante acima de sua cabeça. Fechou os olhos, morrendo de vergonha enquanto escutava o primeiro encontro constrangedor com Gina.

— Não escute — disse Gina em uma voz baixa.

— Como não escutar? É constrangedor pra caralho.

Ela deu um apertãozinho na mão dele.

— Você já viveu aquele momento. Agora respire. Esteja presente. Tudo que tem que fazer é dançar por trinta segundos.

Ele respirou fundo como ela instruiu, soltando o ar devagar.

— Parece mais tempo.

Na tela, Gina surtava por causa do "urso".

Ela sorriu para ele.

— É para sempre e um só instante, tudo ao mesmo tempo. Não há nada parecido.

Stone relaxou os ombros, alongando os músculos do pescoço enquanto o vídeo mostrava ele tropeçando nos passos do foxtro-te. Ao redor deles, os assistentes de palco corriam de um lado para o outro, arrumando os objetos que o par precisaria para a dança.

— Eu estou… nervoso.

— Não tem problema.

— Não quero te decepcionar.

— Ah, Stone. — Gina apertou a mão dele de novo. — Você não vai. Só faça o seu melhor, certo? Não se preocupe comigo.

Antes que ele pudesse responder — antes que soubesse o que dizer —, eles receberam o sinal e assumiram seus lugares. Gina deitou-se sobre um piano e Stone sentou-se numa mesa pequena com dois outros dançarinos, Joel e Roman. Ele pegou algumas cartas de baralho e as encarou atentamente. Uma musiquinha indicou que os comerciais haviam acabado.

A voz de Juan Carlos soou.

— Dançando o foxtrote, Stone Nielson e Gina Morales!

As luzes se acenderam. A música começou. Três semanas de treinamento intenso tomaram controle.

Não havia tempo para pensar. Não havia tempo para se preocupar. Quando Gina se aproximou, Stone saiu do assento com ímpeto, interpretando seu papel de gângster tomado pelo amor — ou pela luxúria — e fascinado pela cantora sexy de cabaré. Seguindo Gina pela pista de dança, ele exagerou o personagem para a câmera. O que parecera bobo nos ensaios agora era feito sem pensar duas vezes.

Stone fingiu estar assoviando, então jogou seu chapéu fedora de lado e tomou Gina nos braços para conduzi-la pela pista.

Um passo depois do outro. Esquerda, direita, esquerda de novo. Inclinar-se para a frente, um passo para trás, giro. Gina contava os movimentos em voz alta, mas Stone fez a dança toda sem errar um passo. A música guiava seus pés. A letra os conectava, envolvendo seus corpos e ancorando-os no momento.

Gina tinha razão, claro. Não havia mais o que fazer exceto dançar.

Acabou antes que ele se desse conta. Ofegante, Stone segurou Gina nos braços enquanto a música se concluía. A adrenalina pulsava através dele, seu corpo em chamas com empolgação e a sensação do corpo de Gina contra o dele. Meio segundo depois, a plateia no estúdio irrompeu em aplausos e vivas.

— Você conseguiu. — O sorriso iluminou o rosto de Gina, que saiu da posição para jogar os braços ao redor do pescoço dele, cercando-o com seu aroma. — Você conseguiu!

Ele se endireitou, puxando-a para um abraço que ergueu os sapatos de dança dela do chão.

— *Nós* conseguimos.

Tinha sido emocionante, mais do que ele esperava, quase como caçar e saltar de penhascos. Para a surpresa dele, Stone queria fazer de novo.

Quando a devolveu ao chão, Gina apertou os lábios, a emoção brilhando nos olhos.

— Tem razão. Nós conseguimos.

Juan Carlos surgiu atrás deles, dizendo em uma voz animada:

— Agora vamos ver a sua nota!

Capítulo 12

Na manhã seguinte, Gina entrou animada na sala de ensaios, sustentada por uma onda de positividade. Stone tinha arrasado no foxtrote, recebendo uma média respeitável para o primeiro episódio. Melhor ainda, os fãs estavam falando sem parar sobre eles nas redes sociais. O homem era um sucesso.

Jordy a esperava com Aaliyah ao seu lado.

— Bom trabalho ontem à noite. — Ele entregou um pequeno cartão com o logo do *Estrelas da dança* para Gina. — Aqui está sua próxima dança.

— Obrigada. — Ela o virou e resmungou. — Sério? Tão cedo?

A porta se abriu atrás dela e Stone entrou usando uma calça de moletom preta e uma regata branca. Gina engoliu em seco. Ele estivera charmoso na noite anterior, em uma calça social escura e uma camisa branca com uma gravata e suspensórios estilo anos 1930, mas a verdade era o que homem fazia qualquer coisa parecer sexy.

Ele largou sua bolsa de academia ao lado da dela.

— Bom dia.

Ela bateu a palma na dele.

— Você foi *incrível* ontem. Recebemos uma ótima nota.

— Só conseguimos setenta pontos de média — apontou ele enquanto Aaliyah lhes entregava os microfones de lapela. — Lauren conseguiu oitenta e dois.

Bom, já era hora. Aparentemente, ter uma experiência em primeira mão do escopo do programa tinha sido necessário para ativar os instintos competitivos de Stone. Na noite anterior, ele tinha visto quanto trabalho e quantas pessoas contribuíam para a produção e como os outros competidores levavam o programa a sério. Ela tinha avisado que Lauren era sua maior adversária, e agora Stone estava de olho no prêmio.

Isso era bom, mas Gina precisava dele focado na próxima dança. Eles enfrentariam uma dança por vez e fariam seu melhor em cada uma. Ela não podia se deixar abalar pela ameaça de Donna. *Estrelas da dança* era um enorme trampolim para o crescimento da sua carreira, e ela não queria perdê-lo.

Gina cutucou com um dedo o músculo rijo do peito de Stone.

— Não pense em Lauren nem em nenhum dos outros. Seremos só você e eu, dançando juntos.

Stone assentiu, então apontou para o papel que ela ainda segurava.

— O que é isso?

— Nossa dança para a Noite da Fiesta.

Ela passou o cartão para ele, dando uma risadinha quando ele ergueu as sobrancelhas.

— Tango argentino? — Ele a encarou, os olhos parecendo prestes a cair de tão arregalados.

— Já ouviu falar?

— Vi em filmes. Parece... difícil. — Ele virou o cartão algumas vezes, como se pudesse haver outra dança escondida em algum lugar. — E íntimo.

— É. — Não adiantava ficar de rodeios. — É uma dança sensual.

O grande babaca revirou os olhos e gemeu.

Ela o cutucou de novo.

— Ei, que reação é essa?

Os olhos dele se afastaram.

— Isso vai ser tão constrangedor.

— Só se você não dançar direito. Vem cá, vamos começar com o básico.

Como tinha feito com o foxtrote, Gina se moveu ao redor dele, cutucando e manipulando o corpo dele do jeito que queria enquanto explicava a dança.

— No tango, nossa posição é o oposto da maioria das danças de salão. Em vez de inclinar o peito para longe, quando estivermos na posição fechada, nossos peitos e rostos estarão encostados.

Stone suspirou.

— Eu sabia. Já é constrangedor.

De novo com os suspiros?

— Xiu. — Ela chutou os calcanhares dele. — Você não vai levantar muito os pés no passo básico. Mantenha-os rentes ao chão.

Ela moveu o corpo dele, dando instruções e fazendo leves correções enquanto o levava ao redor da sala algumas vezes.

— O tango depende de improvisação — disse ela. — A pessoa no papel do homem conduz, direcionando a outra pessoa e certificando-se de que os dois não batam em mais ninguém na pista. Para a nossa performance, você tem que parecer vigoroso. Essa é uma dança com movimentos mais abruptos que o foxtrote e você tem que acertar os passos e a posição.

— E só tenho uma semana para aprender.

— Um pouco menos. — Gina riu quando ele murmurou um palavrão. — O tango argentino exige uma conexão entre os parceiros e com a música, que é quase como uma terceira parceira para nós. Vamos comunicar a emoção da música um ao outro com nossos corpos.

Stone estreitou os olhos.

— Então tango é sobre sexo?

Podia-se argumentar que sim, mas Gina não queria falar disso.

— Não do jeito que você está pensando. Não precisa ser sensual. Dá para fazer um tango nostálgico entre amantes tragicamente separados, um tango provocador com um ladrão de joias, um tango que evoque uma sensação firme de conexão entre um casal, ou até um tango divertido e alegre. Droga, dá para fazer um tango sombrio como vampiros. Tudo depende da música.

— E a gente vai usar uma música sensual, imagino.

— É o plano. Vamos ver se eles conseguem o direito de reprodução da minha primeira escolha. Para nós, é um passo estratégico, e vamos fazer da forma mais sensual possível na TV aberta. As pessoas vão querer ver esse lado seu e nós vamos entregar tudo já na segunda semana.

Era um risco, com Donna nos bastidores esperando para transformar os takes deles nos ensaios em algo romântico. Mas eles tinham caído em uma dinâmica amistosa e brincalhona, o que, com sorte, apareceria nas gravações de ensaio.

Stone repetiu os passos sozinho.

— Você não acha que é um pouco cedo para isso?

— Eu não vou me conter em nada nesta temporada. Prefiro entregar o máximo já cedo no jogo do que ser eliminada guardando a carta sensual para depois.

E aí perder seu emprego. Merda. Ela não tinha escolha exceto fazer daquela uma dança sensual.

Ele deu uma risada baixa.

— Acho que você está misturando metáforas.

— Sei que estou, mas você entendeu. Vá com tudo ou volte pra casa, Stone. — Ela apertou as mãos na boca, os olhos se arregalando. — Ah. *Aaah*. Já estou vendo. Uma ideia está se formando.

Ela andou pela sala em pequenos círculos, murmurando sozinha e retorcendo as mãos enquanto seu cérebro engrenava. Visualizou mentalmente a coreografia deles, passando por opções para o conceito, os figurinos, a atmosfera.

Ela queria que aquela dança derretesse calcinhas de tão sexy. O foxtrote tinha revelado que Stone era um dançarino competente e estabelecido a dupla como competidores com uma chance de ganhar. A dança seguinte asseguraria o lugar deles na imaginação da audiência. Ela não ia se apoiar num showmance, mas estabeleceria Stone como uma fantasia para os espectadores.

Gina já tinha visto a estratégia funcionar, antes de se juntar ao programa. Hernando Gomez, um ator das novelas, tinha capturado o coração e o tesão da audiência com sua masculinidade e cavalheirismo. Embora não fosse o melhor dançarino naquela temporada, tinha demonstrado um crescimento tremendo e garantido o troféu para Lori.

— Já sei — disse Gina. — Nós vamos contar uma história de desejo nu. Magnetismo carnal.

Ela se inclinou para perto e pressionou as palmas no peito dele, demonstrando os movimentos enquanto falava.

— Nós nos desejamos, mas não é bom para a gente. Eu me afasto de você. — Ela girou para longe dramaticamente e congelou com a cabeça e os ombros jogados para trás. — Você fica me puxando de volta e eu também te quero, então eu fico. — Ela girou de volta para os braços dele. — Por fim, saio correndo para a chuva. — Ela correu para o outro lado da sala, deixando-o boquiaberto.

— *Na chuva?*

Ela saiu do personagem.

— Eles podem fazer chover no palco.

Ele coçou a barba.

— Isso está ficando complicado.

— Não se preocupe, eles conseguem. E você está interrompendo meu fluxo.

— Perdão. Prossiga, mestre da dança.

Ela deu um sorrisinho, mas continuou.

— Eu corro pelo palco, mas você não me segue. Você dança até o meio e então para com os braços abertos, esperando por mim. Antes de sair do palco, eu viro e corro de volta. E aí fazemos o resto da dança na chuva.

Ele franziu a testa.

— Não vai ser perigoso dançar num palco molhado?

— Perigoso *e* desconfortável. Mas não vai nos incomodar, porque quando você quer tanto alguém… — Ela deu um suspiro melancólico. — Você só quer a pessoa. Nada mais importa. Nós vamos apelar aos instintos mais animalescos dos espectadores. Muitas pessoas conseguem se identificar com esse tipo de desejo.

Ela com certeza conseguia. Toda vez que olhava para Stone, havia a tentação de jogar a cautela para o alto e arrastá-lo para algum canto privado. Pensando melhor…

— E no último momento, bem antes da música terminar, eu me liberto e saio correndo do palco.

Stone deu de ombros.

— Você que sabe, chefe.

Imaginando a cena, aquele final destruía o impacto emocional da dança, mas mesmo ao interpretar uma personagem Gina precisava manter certa distância. Certo. Respirações profundas. Chega de pensar em Stone em cantos escuros.

— Passos e posição. Vamos lá.

*T*rês horas depois, os níveis de frustração de Gina estavam altíssimos. Stone estava acertando os passos e a forma, mas havia uma hesitação em seus movimentos que estragava a coreografia. Para a química deles atear fogo à pista, ela precisava demolir as barreiras entre os dois.

Sua mente emitiu um alerta na voz da mãe. *Cuidado. Esto es peligroso.*

É, era perigoso. Mas era o único jeito.

— Vamos fazer uma pausa — disse Gina, após incontáveis passadas pela sala. — Isso não está funcionando.

Ele franziu o cenho e por um segundo pareceu magoado.

— Como assim? Eu não erro um passo há meia hora.

— Eu sei. Você está arrasando nos movimentos. Não é isso.

Ela abriu uma garrafa d'água e bebeu boa parte dela.

— Então o que é? — Stone se aproximou e esperou com as mãos na cintura.

Ela bufou e jogou a garrafa de volta na caixa térmica. Suas próximas palavras iam sem dúvida acabar nas sequências dos bastidores, mas precisavam ser ditas.

— Você não vai me quebrar, Stone.

— Eu… quê? — A voz dele se ergueu em espanto. — Não sei do que você está falando.

Ela fez um aceno impaciente.

— Entre em posição. Vou te mostrar o que quero dizer e por que o tango é uma dança difícil para a segunda semana. — Ela entrou nos braços dele e aí apontou para o jeito que Stone a segurava. — Viu? É isso. Eu não sou feita de vidro. O tango é uma dança enérgica. Você não pode ter medo de me agarrar.

— Eu não tenho…

— Tem, sim. Confia em mim?

Ele estreitou os olhos.

— Sim…

— Então me dê as mãos.

Quando ele as estendeu, ela segurou seus pulsos e puxou os braços dele ao redor dela. Stone não resistiu, mas, quando Gina levou as mãos dele à sua bunda, o corpo todo dele teve um espasmo de surpresa.

— Gina, o que…

— *Aperte*.

Ele sacudiu a cabeça e tentou puxar as mãos de volta.

— Não posso. É rude.

Gina apertou ainda mais os pulsos dele e mal segurou uma risadinha.

— Não se eu disser que você pode. Você fica desconfortável me tocando?

Ela sabia que não, não depois de como ele a segurara no Club Picante — algo que não conseguia esquecer, por mais que tentasse. Ela só precisava que ele trouxesse um pouco daquela paixão para o tango.

Os olhos dele voaram dela para as câmeras.

— Não é isso...

— Então qual é o problema?

O olhar que ele lhe deu era severo e intenso.

— Isso é mesmo necessário?

— Sim.

— Por quê?

A exasperação se infiltrou na voz dela.

— Porque quero que você saiba que não tenho nenhum problema com isso. Que você não precisa ser tão cuidadoso comigo.

Ele falou baixo, com aquele rosnado delicioso que fazia a pulsação dela disparar.

— Eu não quero te machucar.

— Não vai. Mas, Stone, se você tiver medo de me tocar, vai parecer hesitante na dança. Se parecer hesitante, vão achar que eu estou conduzindo. E, se eu estiver conduzindo, nosso tango vai ser uma droga. — A voz dela se ergueu a cada argumento até ela estar praticamente gritando. — Você quer que nosso tango seja uma droga?

— Claro que não.

— Então agarre a minha bunda!

Ela pôde ver nos olhos dele o segundo em que Stone decidiu obedecer. Suas mãos grandes estremeceram e então apertaram, os longos dedos fechando-se nas suas nádegas e cobrindo-as perfeitamente.

Gina puxou o ar bruscamente. Ela foi tomada por uma onda de calor e toda sua atenção centrou-se nas palmas quentes do parceiro e na força dos seus dedos afundando de leve na pele dela.

Ah, Deus. Aquilo era um erro. Um erro gigante. Que caralhos estava pensando?

— Feliz? — perguntou ele, ríspido.

— Sim. — A voz dela estava pastosa, o que era irritante. Ela limpou a garganta. — Agora que tiramos isso do caminho…

Ela recuou um pouco, ajeitando-os na posição correta.

— Vamos tentar de novo. Do começo.

*D*ois dias depois, eles receberam a música e Stone estava com a coreografia na ponta dos pés, mas tinham criado um novo problema.

Ele não a olhava nos olhos.

Quando dançavam, ele a agarrava e girava com uma força tão deliciosa que Gina estava começando a sonhar com aquele toque. A postura dele estava praticamente perfeita. Os aéreos eram fenomenais e ele nunca a derrubara. Os passos estavam melhorando, tirando uma leve tendência a dobrar os joelhos em um ângulo estranho. Mas Stone estava empenhado em melhorar e ela estava confiante de que eles consertariam o problema até o programa. Ele tinha feito um progresso incrível em uma questão de dias.

Porém, embora fizesse tudo que ela pedia, segurando-a mais apertado e conduzindo o corpo dela com firmeza em giros e aéreos, ele não a olhava enquanto fazia nada disso.

Seria melhor deixar a intimidade com um parceiro de dança crescer organicamente, mas eles estavam ficando sem tempo. Gina tinha que o confrontar.

Depois da pausa de almoço — ele sempre era um pouco mais receptivo depois de consumir o que parecia ser um frango inteiro —, ela se sentou ao lado dele na borda do pequeno palco que se estendia num dos lados da sala de ensaio.

Jordy se aproximou deles com uma câmera, como se sentisse que ela estava prestes a fornecer um bom conteúdo. Tudo aquilo seria muito mais fácil sem a equipe por perto. Pior ainda, Donna estava com eles o dia todo.

— Stone. — Gina pôs a mão no joelho dele e deu um apertãozinho. — Por que você não olha pra mim?

Ele virou-se depressa, mas não pareceu surpreso pela questão.

— Eu olho pra você.

Arrepios se ergueram nos braços dela. Ah, aquela voz grave e resmungona fazia coisas deliciosas com ela.

— Olha?

— Estou olhando agora mesmo.

— Você está me fuzilando pelo canto do olho. Tem uma diferença.

Stone deu um suspiro exasperado e se reclinou nos cotovelos.

— Gina.

Só isso. Só o nome dela. Ela sempre tinha pensado que seu nome era delicado — o "g" suave, a preponderância de vogais —, mas amava como soava no tom áspero dele.

— Eu te deixo nervoso? — perguntou ela.

Dessa vez, ele lhe deu um olhar irritado por baixo das sobrancelhas que evidenciava a resposta: *Sim*.

— Stone, não temos como transmitir a emoção que essa dança merece se você não olhar para mim.

Ele suspirou e revirou os olhos para o teto.

Ela puxou o braço dele para fazê-lo se sentar.

— Vire pra mim. Vamos fazer algo do meu treinamento de professora de ioga.

— Você é professora de ioga? — Ele ergueu uma sobrancelha, mas deixou que ela o movesse.

— Ser dançarina profissional nem sempre pagou as contas. — Ela os virou para que se fitassem e tomou as mãos dele nas suas. — Isso se chama "olhar nos olhos".

— O que é? — Ele soava curioso. Pelo menos agora estava olhando para ela.

— Exatamente o que parece. Nós nos olhamos nos olhos. — Ela fixou o olhar no dele, mantendo-se imóvel.

— Como um desafio de encarar?

Ela bufou.

— Não. Bem, mais ou menos? Mas você pode piscar.

— Então, a gente só olha nos olhos um do outro... — Um pouco do típico humor seco dele estava de volta no seu tom.

— Sim.

— E depois?

— Só olhe para mim, Stone.

Enquanto fitava os olhos dele, Gina lutou contra o impulso de engolir em seco. Seria fácil demais se perder naquelas profundezas azuis.

Ou foi o que pensou. Em três segundos, ela sentiu o primeiro puxão na bochecha direita. Meio segundo depois, o outro lado teve um espasmo.

— Você devia estar rindo? — Ele falou pelo canto da boca, fazendo-a se desmanchar em risadinhas.

— Não. Pare.

— Só estou fazendo o que você disse. — Ele controlou suas feições com solenidade, mas então um sorriso irrompeu em seu rosto e ele curvou a cabeça. — Isso é bobo.

— Não é, não. Continue olhando.

Ele voltou a atenção para ela. Dessa vez, Gina conseguiu ficar cerca de cinco segundos antes de seus lábios se repuxarem, e viu uma reação parecida nos dele. Ela se controlou, depois viu a mandíbula dele tremendo. Mordeu o lábio antes que pudesse sorrir.

Quanto mais fitavam os olhos um do outro, porém, mais fácil ficava. O olhar dela oscilou de leve, do olho esquerdo ao direito de Stone, até suavemente perder o foco enquanto encarava a ponte do seu nariz para manter os dois olhos em vista.

Enquanto o observava, notou coisas novas sobre o rosto dele — ele tinha leves rugas no canto dos olhos, os cílios grossos e castanhos, e um nariz forte e sólido. Stone tinha que saber como era bonito. Com certeza tinham espelhos nos ermos do Alasca, não tinham? Os redemoinhos em seus olhos evocavam uma imagem mental tranquilizante de águas límpidas e fiapos de nuvem cruzando um céu brilhante. No entanto, em seu centro, como que negando a tranquilidade, escondia-se uma intensidade mal refreada como o coração azul abrasador de uma chama.

No que ele estaria pensando? O que veria no rosto dela?

Um senso de calma total e profunda recaiu sobre ela. Seus músculos relaxaram e um formigamento suave tomou sua pele. O impulso de rir não a impelia mais a sorrir ou desviar o olhar, e a conexão entre eles se alongou e expandiu.

Gina nunca tinha se sentido tão próxima de alguém. Eles eram iguais. E não tinham nenhum motivo para vergonha ou nervosismo.

Podia confiar nele.

Com isso, ela abaixou o olhar. Aquilo era íntimo demais. Próximo demais. A desconexão abrupta tirou seu fôlego e ela se esforçou para recuperá-lo enquanto aparentava estar tranquila.

A mão dele entrou em seu campo de visão.

— Vamos dançar — disse ele, sua voz grave a abalando até o âmago.

Ela assentiu, sem conseguir falar, e segurou a mão dele. Os dedos quentes de Stone se fecharam ao redor dos dela, e ele a levou para o centro da sala antes de tomá-la nos braços. A posição dele era perfeita e o contato estava firme, assim como ela ensinara. Por hábito, ela ergueu os olhos para os dele. O que viu lá a assustou.

Não se tratava mais apenas de atração. Eram respeito e confiança mútuos. Ela *gostava* dele. Gina podia dizer muito sobre uma pessoa pelo jeito como ela dançava, e tudo que aprendia sobre Stone lhe agradava. Ele era firme e gentil, engraçado, paciente e comprometido em estar ali.

Nenhuma palavra foi emitida entre eles enquanto ele a conduzia no tango. Os olhos dele nunca deixaram os dela, exceto quando a coreografia exigia. Dessa vez, ele a segurou ainda mais perto que antes, mas não havia nada desconcertante nisso.

Parecia tão, tão certo.

Ele ainda fazia coisas estranhas com os joelhos, mas a força da sua conexão compartilhada explodiu dentro dela, fazendo sua pele formigar e sua respiração acelerar. Quando Stone subiu as mãos pelas coxas dela, Gina imaginou como seria estar nos seus braços, na sua cama, sem nada entre a sua pele e as mãos dele.

Ele a apertou na cintura e a girou em círculos, as costas dela arqueadas e suas mãos apertadas nos próprios tornozelos. Então ele a ergueu como se fosse a coisa mais fácil do mundo, girando-a como um catavento sobre os ombros e descendo-a de volta praticamente sem qualquer tranco. Era como se ele não fizesse nenhum esforço, e ela sentiu-se apoiada e segura ao longo de tudo. As pessoas ficariam maravilhadas com o passo aéreo e se derreteriam com o final passional e molhado.

Gina progrediu ao longo dos passos da dança, arqueando o corpo sobre o ombro dele, curvando as pernas ao redor do seu quadril, jogando-se nos seus braços e deixando-o arrastá-la pelo chão. Pressionou a bochecha na dele, inspirando o leve odor do seu suor, e caiu num espacate entre as pernas dele que terminou com ela apertando sua coxa firme.

A dança terminaria no palco com água caindo sobre eles, encharcando-os até a pele enquanto ele a girava nos braços, suas mãos agarrando freneticamente o corpo um do outro até que ele a erguesse e ela fechasse as pernas ao redor da sua cintura.

Ela dançara o tango incontáveis vezes, com incontáveis parceiros. Nunca, nunca tinha sido assim.

Aquilo eram preliminares. Stone estava mostrando a ela sua intensidade, do que era capaz e o que faria a ela — para ela, com ela — se Gina deixasse.

Naquele momento, ela desejava aquilo mais do que o próprio ar. E isso a assustava pra caralho.

Nada tinha permissão de ficar entre ela e seus objetivos. Nada.

Nunca mais ela deixaria um homem comprometer sua carreira. Era por isso que, mesmo no final da dança, ela tinha que fugir.

Capítulo 13

As catacumbas dos bastidores do *Estrelas da dança* ficavam lotadas na noite de transmissão. Dançarinos profissionais, celebridades, operadores de câmera, diretores de palco, assistentes pessoais, maquiadores e produtores, todos disputavam um espaço no Salão do Clarão. A empolgação ansiosa vibrava pelos nervos tensos de Stone. Por mais que ele tentasse bloquear todo mundo, aquilo se provava impossível.

Lauren provocava a competição. Twyla tentava roubar um cigarro de todo mundo que cruzava seu caminho e Beto flertava com todas as mulheres que cruzavam o dele. Farrah e seu parceiro Danny faziam caretas para as câmeras a toda oportunidade.

Depois de uma semana ensaiando o tango com Gina, Stone estava tão nervoso que se sentia pronto para escapar da própria pele ou abrir um buraco a soco numa parede. Talvez os dois. A espera piorava tudo. Ele e Gina só iam dançar no final do episódio, eram os penúltimos. Ele precisou de toda sua força de vontade para forçar um sorriso quando as câmeras viravam para ele.

Porém, Gina ajudava. Quando ele tinha vislumbres dela do outro lado do Salão do Clarão, a mera visão o reconfortava.

Jackson escapou da cadeira de maquiagem e se juntou a Stone contra a parede. À direita deles, Keiko — a modelo — e seu parceiro profissional, Joel, estavam ensaiando seus passos.

Quando o casal saiu pelo corredor, Jackson deu uma cotovelada em Stone.

— Aposto vinte contos que eles estão fugindo pra uma rapidinha.

— Sério? — Stone ergueu as sobrancelhas e enfiou a cabeça pela porta, mas eles já tinham sumido.

Jackson riu.

— Você não faz ideia de quanta sacanagem está rolando por trás das câmeras, né?

— Eu não tinha pensado nisso.

Como poderia, quando todos os seus pensamentos eram consumidos por Gina?

Por mais conectado que se sentisse com ela, ele tinha que lembrar que aquilo não era real. Nos bastidores, todos agiam como se fossem uma grande família feliz, mas, no final, descontariam seus cheques e seguiriam caminhos separados. Aquele não era o mundo dele, e Gina nunca se encaixaria no seu depois que ele fosse embora. Os olhares? A intimidade? Nada daquilo era o motivo para ele estar ali. Era melhor só dançar e esperar ansiosamente pelo dia em que voltaria para casa.

Exceto que o emprego de Gina estava em risco. Ela precisava que Stone estivesse determinado a vencer. E, por mais que estivesse fazendo aquilo pela família, agora também estava fazendo por ela.

E talvez um pouco por si mesmo.

Como não queria examinar demais esse pensamento, virou-se para Jackson e disse:

— Te vejo depois.

Então saiu da sala e foi vagar pela coxia. Não era uma boa companhia para ninguém no momento.

Stone passou o resto do programa evitando Gina — e seus sentimentos por ela — até assumirem seus lugares fora do palco. Porém, quando ela chegou mais perto e passou os braços ao redor de sua cintura, todos os outros pensamentos sumiram.

Alças finas passavam por cima dos ombros dela, segurando um pedaço minúsculo de tecido rendado preto cintilante que se esticava sobre mais da metade do seu torso firme e por uma perna. Cobria as partes importantes, mas seu lado esquerdo e as costas estavam nus, e o "vestido" era preso no quadril com um simples adereço brilhante.

Stone tentou se focar no rosto dela, já que seria rude e óbvio encarar seu corpo, mas os olhos dela — já tão fascinantes — estavam cercados por linhas escuras, que os destacavam ainda mais e o deixaram hipnotizado. Os lábios dela tinham sido pintados de vermelho e também brilhavam. Seu longo cabelo estava dividido e fora puxado em um coque complicado atrás da cabeça.

Ela estava deslumbrante, em todos os sentidos da palavra, e Stone aparentemente não conseguia manter o equilíbrio perto dela.

Gina falou em voz baixa.

— Estou preocupada com você.

O aroma de flores tropicais permeou os sentidos dele e o tornou hiperciente da proximidade. Ele lutou contra a reação do próprio corpo e rosnou:

— Não fique.

Em vez de reconfortá-la, aquelas palavras pareceram deixá--la mais agitada. Gina franziu o cenho e se inclinou ainda mais para perto.

— Por favor, me diga o que está acontecendo.

— Estou bem.

Gina o olhou nos olhos por um longo momento, então bateu um dedo na têmpora dele.

— Não fique preso aqui — disse ela. — Fique comigo. Lembra o que eu te disse? Canalize o que quer que esteja acontecendo na sua cabeça para a dança. Para mim. Me deixe te ajudar a carregar o que quer que esteja te atrapalhando.

158

Ele sentiu uma necessidade súbita e não conseguiu se impedir de apertar os ombros dela, puxando-a um centímetro mais para perto. Ela se moveu com ele, a mão apoiada no peito de Stone.

— Fique comigo — disse ela de novo. — Somos só você e eu, dançando juntos.

Ele bufou.

— E milhões de pessoas assistindo na TV ao vivo.

Ela balançou a cabeça e tomou o rosto do parceiro entre as mãos.

— Você não está dançando com essas pessoas. Só está dançando comigo.

Quando ele assentiu, ela deslizou os dedões suavemente sobre as maçãs do rosto dele.

— Me olha nos olhos, Stone?

Não era nada sábio, mas ele não conseguia recusar nada a Gina. Assentiu.

Foi mais fácil dessa vez. Nenhum dos dois riu. O vídeo de introdução passou no telão e Stone o ignorou, mantendo toda sua atenção em Gina, como ela orientou.

Os olhos dela. Tão profundos e escuros que ele poderia cair lá dentro. Ela o consumiria, corpo e alma, e ele nem se importava.

Um assistente de palco apareceu ao lado deles.

— Prontos? Vocês entram em três, dois...

Com a mente e o coração cheios de Gina, Stone a levou para a pista de dança.

—*V*ocês dançaram um excelente tango ontem à noite — disse Donna no dia seguinte, durante a entrevista de reação de Stone.

Ele se remexeu no assento. Se algum dos produtores ia bisbilhotar seus segredos mais profundos, seria Donna.

— Conseguimos uma média de 75 pontos, então estou bem contente.

Donna se inclinou para a frente com um brilho no olhar.

— Foi uma dança bem sensual.

As faces de Stone queimaram e ele se sentiu um idiota. Não estava nem usando uma maquiagem que cobrisse o rubor, porque era dia de ensaio.

E que caralhos estava acontecendo na vida dele para um pensamento daqueles sequer cruzar sua mente?

— Hã, é, foi meio que uma decisão estratégica. Gina é inteligente. Ela pensa muito sobre as nossas danças, quais histórias estamos contando e o que os nossos maravilhosos apoiadores querem ver.

Gina tinha inculcado nele como precisavam se lembrar dos fãs que votavam, instruindo-o a agradecer a eles a toda oportunidade. Isso o lembrava um pouco das frases feitas para *Vida selvagem*, mas com menos pressão, já que não estava mentindo. Realmente apreciava os votos.

Donna assentiu.

— Foi difícil entrar no seu papel para o tango? Vimos no vídeo de introdução que Gina te incentivou a se sentir mais… confortável.

Aquela mulher e suas perguntas iriam matá-lo.

— Bem, a gente não se conhece há muito tempo. E, apesar de estar na TV, eu não sou um ator.

Donna se agarrou àquela declaração.

— Isso significa que não estava atuando quando você e Gina dançaram ontem à noite?

— Só quero dizer que não estou acostumado com esse tipo de coisa. — Stone esfregou a nuca. — Quero ser respeitoso e jamais deixar Gina desconfortável. Só isso.

— Vamos falar sobre a semana que vem — disse Donna, mudando de assunto. — O tema é História Familiar.

Era um tema para o qual Stone se preparara com seus produtores antes de deixar o Alasca, então ele sabia o que podia e o que não podia dizer. Ele se agarrou às observações cuidadosamente escritas.

— Minha família é tudo para mim. Gina e eu vamos focar a dança na decisão de começar a filmar *Vida selvagem*. Foi uma grande mudança abrir nossas vidas desse jeito e nos tornou mais unidos como família.

Ele esperou que Donna o confrontasse por soar como um robô, como Miguel costumava fazer, mas ela seguiu em frente.

— Você deve sentir muita saudade deles.

Gire mais a faca, Donna.

— Sinto. — Não sentia? — Claro que sinto. Amo minha família e amo o Alasca.

— Como tem sido para você morar em Los Angeles por enquanto?

Ele soltou o ar e jogou as mãos para o alto, impotente.

— É diferente. Claro. É estranho ficar sozinho... Sabe, estou acostumado a ter minha família por perto e estar em meio à natureza. Saio para caminhar quando posso.

— Acha que vai morar aqui um dia?

Ele começou a balançar a cabeça antes que Donna sequer terminasse a pergunta.

— Sem chance.

Stone deixou a entrevista com um gosto amargo na boca. Se Donna estava fazendo perguntas tão diretas para ele, quão pior devia ser para Gina?

Quando entrou na sala de ensaios, Gina, Jordy e Aaliyah estavam esperando por ele.

— Fala, parceiro. — Gina sorriu para ele, sentada na beirada do palco. — E a nossa nota, hein?

Ele bateu a palma na dela.

— E não ficamos entre os últimos três.

Keiko e Joel foram o primeiro casal a ser eliminado. A jovem modelo nunca tinha superado os nervos, o que a atrapalhou no samba. De acordo com Gina, Joel não estava no programa por tempo suficiente para construir uma base de fãs que o manteria ali apesar de notas baixas. Isso enfatizava como o engajamento dos fãs era importante. Como Lauren tinha dito no avião, não dependia só das danças.

— Recebi nossa próxima dança.

Gina entregou um cartão para ele antes de pegar uma tigela de salada de frutas ao seu lado.

Stone virou o cartão e leu em voz alta.

— Jive Rock?

— Já ouviu falar?

Quando ele balançou a cabeça, ela explicou.

— Entre as danças de salão, o jive é considerado uma dança latina. O tipo que a gente vai fazer vem do swing, do jitterbug e de alguns outros estilos. É animada, com uma espécie de pulso e passos rápidos. Muito enérgica e sincopada.

Ela fez alguns movimentos com o torso para demonstrar.

Stone deixou o cartão no palco e sentou-se ao lado dela.

— Onde você aprendeu tudo isso? Na escola de dança?

Ela balançou a cabeça enquanto tirava a tampa de um iogurte grego.

— Tive que aprender para o programa. Ao contrário de muitos dos outros profissionais aqui, eu não comecei na dança de salão competitiva. Alguns deles, como Matteo, Danny e Mila, já foram campeões mundiais.

— Impressionante. Quando você decidiu que queria ser dançarina?

Ela parou com a colher na boca, puxando-a devagar enquanto pensava.

Morrendo. Ele estava morrendo. Usando short justo e uma regata solta com as palavras TIME STONE COLD, segurando uma colher de iogurte, ela acabaria com ele.

— Não lembro — respondeu ela finalmente.

— Não? Me parece que seria uma grande decisão.

Ela balançou a cabeça e deixou o iogurte de lado, graças a Deus.

— Não. Quer dizer, eu era tão nova que não lembro da época. Sempre quis ser dançarina. Minha vida toda.

As palavras soavam verdadeiras e a determinação no olhar dela ameaçava derrubá-lo. Será que Stone já tinha desejado tanto alguma coisa? Tido tanta clareza sobre algo que queria?

Alasca. Ele queria voltar àquele lugar de regras mais simples, ar fresco, natureza e céu para onde quer que se olhasse. Seu coração estava em casa lá. Mesmo agora, com Gina preenchendo seus sentidos, o Alasca o chamava.

Só que, quando ele examinava o sentimento, não era tanto sua família que o chamava de volta quanto o lugar e o modo como o fazia se sentir, a paz e a tranquilidade que evocava nele.

— Espere um segundo. — Ele retornou a algo que Gina dissera, já que não gostava de ruminar sobre os próprios sentimentos. — Se você não começou com dança de salão, que tipo de dança foi?

— Balé, como muitas outras garotas. — Gina se reclinou nas mãos. — Minha irmã mais velha tinha feito aulas na escola local, e minha mãe era amiga da professora. Logo eu estava inscrita em todo tipo de aula de dança que a escola oferecia, jazz, sapateado e dança latina, e consegui um lugar na trupe de dança infantil, o que me permitiu viajar.

— Quantos anos você tinha?

— Quando entrei na trupe? Provavelmente 8. Uma hora, começamos a procurar bolsas para outras escolas de dança. Eu continuei praticando a dança latina e o balé, e comecei na dança de salão e no hip-hop também. — Ela gesticulou para suas curvas. — Claramente não tenho o físico de uma bailarina, não como Natasha, mas era boa o bastante para ser selecionada para fazer audições e entrei numa escola pública no ensino médio que se especializava em artes cênicas. Isso me trouxe mais oportunidades e eu me juntei a outra trupe, então já conseguia trabalhos aos 16 anos.

Ela abriu a boca para continuar, então a fechou. Abaixou o olhar. O que quer que estivesse para dizer, era grande. Ele queria saber.

— O que foi? — perguntou ele, em voz baixa.

— Te conto outra hora. — Ela ergueu os joelhos e os abraçou. — Enfim, era para estarmos falando da época mais importante na *sua* vida.

Ele tirou um shake proteico da bolsa de academia.

— Como você sabe, eu moro no Alasca.

Ela riu.

— Eu lembro.

— Mas minha família nem sempre morou lá. A gente se mudou cinco anos atrás, depois que um incêndio destruiu... bem, quase tudo. Meu pai tinha um amigo que nos colocou em contato com a emissora de *Vida selvagem* e disseram que queriam documentar a mudança e nosso modo de vida.

— Um incêndio? — As sobrancelhas quase saltaram para fora da cabeça dela. — Foi um raio?

— Incêndio criminoso.

Merda. Stone virou-se para a câmera e fez um movimento de corte no pescoço.

— Desculpe, não podemos usar isso. Houve um processo e... Vocês não podem transmitir essa parte.

Jordy assentiu.

— Sem problemas. A gente corta. Continuem.

Os olhos de Gina estavam esbugalhados de curiosidade, mas ela só disse:

— Um incêndio?

— É.

Stone não gostava de lembrar. Tinha sido uma época tão difícil. Um dos vizinhos tinha rancor de Jimmy por causa de uma disputa mesquinha e ateou fogo à casa deles enquanto estavam fora. Tirando algumas coisas em cofres, um pequeno depósito na cidade e os veículos, praticamente todo o resto queimou.

— Depois disso, meu pai quis se mudar para algum lugar ainda mais remoto. Seria difícil, ele disse, mas, se fôssemos todos juntos, a gente conseguiria.

Na verdade, se fossem todos juntos, eles conseguiriam o contrato com a TV.

— Quantos anos você tinha quando isso aconteceu? — Toda a atenção de Gina estava focada nele, e Stone não achava que era só por causa da câmera.

— Eu tinha 25 anos.

E morando sozinho, em Juneau. Fazendo um bom trabalho para a cidade, fazendo uso do seu diploma em engenharia. Mas ele não contou a ela sobre tudo aquilo. Não tinha permissão. Não combinava com a imagem de especialistas em sobrevivência que os Nielson representavam em *Vida selvagem*. O acordo fora todos os Nielson ou nada de programa, então ele se demitiu e foi viver com a família.

— Deve ter sido uma grande mudança — disse Gina suavemente, apoiando uma mão no ombro dele e esfregando círculos suaves.

— Eu tinha uma namorada.

Merda, Stone definitivamente não pretendia dizer aquilo. A mão dela parou.

— Ah, é?

Não havia como recuar agora. Stone captou o olhar de Jordy e balançou a cabeça. Jordy assentiu.

— É. Ela não quis se mudar comigo. Queria deixar o Alasca de vez, na verdade. Então a gente terminou.

Stone não pretendia mencionar Anna, mas conversar com Gina era fácil demais. Ela ouvia, fazia perguntas e demonstrava real interesse por ele. Quando fora a última vez que Stone teve uma conversa genuína a sós com outra pessoa? Em casa, sempre havia mais gente por perto, sem contar as câmeras.

Também havia uma câmera ali, mas a diferença era Gina. Ele já se sentia mais próximo dela do que de alguns dos seus irmãos.

O que era mais um motivo para se sentir culpado.

Gina ficou quieta por um momento, como se estivesse digerindo tudo. Então se levantou e estendeu a mão.

— Ela não sabe o que perdeu — disse ela. — Vamos dançar.

Capítulo 14

Gina encheu a coreografia deles com passos do jive. Stone não estava muito confortável com os movimentos, mas fez o seu melhor, e ela ficou feliz de ver que ele estava em um humor bem mais tranquilo durante a gravação do terceiro episódio do que estivera no segundo.

No Salão do Clarão, todo mundo conversava sobre as histórias pessoais que seriam exibidas, rememorando e mostrando fotos nos celulares.

Stone passou muito tempo conversando com Twyla, que lhe mostrou uma série de fotos de sets nada apropriadas da sua coleção pessoal. Dwayne — outro fã das *Crônicas Élficas* — se juntou a eles.

Gina ficou à parte com Natasha. Apesar de morarem juntas, elas mal se viam depois que a temporada de *Estrelas da dança* começava.

— *¿Qué están haciendo?* — perguntou Natasha, apontando a cabeça para os parceiros delas.

— Eles são fãs — respondeu Gina em inglês. Embora às vezes falasse espanhol com a família, não era tão fluente quanto Natasha e nem sempre tinha o vocabulário para manter uma conversa inteira, especialmente quando estava preocupada. — Ela está mostrando fotos dos bastidores.

— Ah. — Tash lhe deu um empurrão com o quadril. — Como vão as coisas com seu viking gostoso?

Gina revirou os olhos.

— Acho que o público vai gostar da dança de hoje. Não vai ser a melhor de Stone, mas é divertida.

— Eu não perguntei sobre o público, G.

Um dos diretores veio correndo até elas.

— Gina, Natasha, preciso que peguem seus parceiros e fiquem ali com Reggie. Vou pegar Rose e Matteo.

Todos se reuniram com Reggie Kong e pacientemente aguardaram serem chamados.

Reggie virou-se para Gina.

— Como você e Stone são os próximos depois dos comerciais, vamos fazer algumas perguntas para vocês.

— E nós só ficamos aqui sendo bonitos? — brincou Matteo, seu sotaque e charme italiano pesados mesmo após quinze anos nos Estados Unidos.

Reggie riu, as faixas azuis em seu penteado brilhando nas luzes fortes atrás do palco.

— Basicamente. E você e Rose são os próximos, depois deles.

Eles receberam o sinal de Juan Carlos, e Reggie virou-se para Gina com o microfone.

Gina lançou-se em seu discurso com entusiasmo.

— Nós vamos fazer o jive, que é uma dança exuberante, diferente do nosso tango da semana passada. Eu quero que expresse o espírito de exploração e o amor pela natureza de Stone, e que mostre ao público o lado mais divertido dele que vejo todo dia nos ensaios.

— Adorei! — exclamou Reggie. Ela deu um passo para trás e apontou para o corpo de Gina. — Agora me conte mais sobre esse figurino. Está fantástica, claro, como sempre, mas também parece ter saído da floresta.

— É exatamente isso. — Gina fez pose em seu biquíni cintilante coberto de folhas e videiras. Vinhas se entrelaçavam em seus braços, até em seu cabelo, e uma saia verde com babados cobria sua bunda e o quadril. — Sou meio que uma Mãe Natureza sexy.

— Rá! E aposto que *você* está contente com a aparência dela, hein, Stone? — Reggie enfiou o microfone na cara dele.

— Gina está sempre linda — murmurou ele, ficando vermelho.

— Resposta correta! — Reggie virou-se para a câmera e leu o teleprompter. — Vocês verão os dois dançarem, junto com nosso astro do Super Bowl e nossa ex-cientista adolescente, logo depois dos comerciais.

Stone se inclinou para sussurrar no ouvido de Gina.

— Por que eles sempre fazem as perguntas mais constrangedoras?

Ela soltou o ar, rindo, enquanto eles seguiam o assistente de palco escada abaixo.

— Eles são pagos para isso.

A equipe correu para preparar o set deles. Árvores falsas margeavam a pista de dança. Três outros dançarinos — incluindo Joel, que agora tinha saído da competição — esperavam por perto, vestindo um macacão justo e uma camiseta branca, como Stone. Eles iam interpretar os irmãos dele.

Os comerciais acabaram. Como Stone tinha que se mover depressa para chegar no lugar certo, eles esperaram no palco enquanto o vídeo de apresentação rodava em um telão gigante acima.

Começava com uma narração de Juan Carlos e um resumo da dança da semana anterior. Então a voz de Stone estourou no salão de baile.

O período mais significativo da minha vida foi cinco anos atrás, quando minha família decidiu se mudar para o interior do bush no Alasca.

— Vem cá, vamos olhar nos olhos. — Gina segurou o queixo dele, gostando de como a barba arranhou sua palma enquanto direcionava a atenção dele para si. — Ouvir isso sempre me faz sentir estranha.

Nas sombras do palco, ela encontrou o olhar dele.

No telão, eles praticavam o jive, com Gina corrigindo os passos dele enquanto a voz de Stone falava por cima.

É estranho estar sozinho... Sabe, estou acostumado a ter minha família por perto.

A gente se mudou cinco anos atrás, depois que um incêndio destruiu... bem, quase tudo.

— Stone sempre foi um garoto ativo — disse a voz de uma mulher.

— Que porra é essa? — Stone ergueu a cabeça e encarou o telão. — É minha mãe. Não falaram que minha família ia dar entrevistas.

Gina chegou mais perto, sentindo a tensão no corpo dele, e esfregou suas costas para reconfortá-lo.

— É normal. Às vezes eles chamam familiares para acrescentar comentários, e a sua já tinha uma equipe de filmagem ao redor.

A mãe dele — PEPPER, dizia a legenda na parte inferior do telão — estava com o cabelo loiro macio caindo além dos ombros. Seus olhos grandes e azuis eram iguais aos de Stone. Ao lado dela estava um homem com cabelo castanho meio grisalho preso num rabo de cavalo, e uma barba cheia que também estava ficando grisalha — Jimmy, o pai de Stone. Ele falou em seguida.

— Foi uma decisão difícil de tomar, mudar-se para o *bush*. Discutimos por muito tempo, mas, depois do incêndio, pareceu a coisa certa a fazer. E, é claro, foi feita em família.

Stone apareceu no telão, falando com Gina na sala de ensaios. *Eu tinha uma namorada.*

Ao lado dela, o corpo inteiro de Stone se retesou.

Gina fez uma careta. Merda. Merda, merda, merda. Isso ia ser péssimo.

Ela não quis se mudar comigo. Queria deixar o Alasca de vez, na verdade. Então a gente terminou.

Gina apostaria qualquer coisa que aquilo tinha sido ideia de Donna.

— Stone — sussurrou ela. — Stone, olha pra mim.

Ele continuou olhando para o telão. Um segundo depois, uma mulher com cabelo castanho liso e um rosto doce apareceu no telão. Stone pulou de surpresa. Gina lançou os braços ao redor dele, com medo de que saísse correndo do palco.

— Cretinos de merda. — Ele soltou as palavras numa exalação, e Gina soube antes de olhar o que veria na parte de baixo do telão.

ANNA, dizia. EX-NAMORADA DE STONE.

— Stone ama o Alasca — disse Anna, sua voz anasalada soando pelo salão. — Mas eu queria me mudar para Seattle. É uma pena, só não deu certo. Mas ele está fazendo um ótimo trabalho no *Estrelas da dança*. Eu não tinha ideia de que Stone conseguia dançar. Com certeza nunca dançou assim *comigo*.

A plateia riu. Stone se virou para sair do palco.

— Aonde você vai? — sibilou Gina, segurando o braço dele e fincando os calcanhares no chão. — Stone, não deixe eles te abalarem!

Ele parou abruptamente e ela deu de cara nas costas dele, os braços envolvendo-o tanto em busca de equilíbrio como para impedi-lo de ir embora.

— Mas eles me abalaram, Gina. E é exatamente o que pretendiam fazer quando reviraram meu passado e tiraram *ela* de lá. — Ele apontou para o telão. — Todas as minhas entrevistas combinadas eram sobre o incêndio e a mudança. Não sobre ela. Isso não era para ter sido incluído. Até confirmei com Jordy que não seria.

Um dos diretores gesticulava freneticamente para eles e o coração de Gina bateu em desespero. Ela precisava levar Stone à posição dele no palco.

— O que quer que eu diga? Eles são uns cretinos que brincam com as nossas emoções de propósito para criar um bom drama. Sinto muito. De verdade. Você não merece isso. Mas por favor, *por favor*, não vá embora. Se você for agora, vamos perder.

Ele a olhou com firmeza.

— E você quer vencer.

— Eu quero vencer *com você*. — Ela suplicou com os olhos, implorando para que ele entendesse a diferença. — Por favor, Stone.

Por um segundo, Gina não sabia o que ele faria. Mas então ele assentiu, passando por ela para saltar do palco e se juntar aos outros homens na posição inicial. Gina correu para os bastidores e deixou o diretor de olhos arregalados levá-la às pressas até o ponto de onde faria sua entrada das árvores. A plateia se aquietou enquanto a música começava e as luzes se erguiam.

Hora do show.

A performance começava com Stone e os outros três caras trabalhando juntos para fixar uma casa falsa em um canto da pista de dança enquanto uma música animada tocava. Quando terminavam, eles batiam nas palmas uns dos outros, o que era a deixa de Gina para entrar dançando.

Com as mãos na cintura, ela entrou rebolando na clareira na floresta que deveria representar o QG dos Nielson e os "irmãos" de Stone saíram de cena. Enquanto ele fazia os passos, seus movimentos não estavam tão afiados quanto durante o ensaio. A atmosfera da dança deveria ser uma Mãe Natureza atrevida encontrando um especialista em sobrevivência adorador. Em vez de um sorriso largo, os lábios dele estavam fechados em uma careta e, quando eles entraram em posição para dançar juntos, o timing dele estava errado.

— Você consegue. — Gina o puxou, sorrindo largo para o público. — Sabe o que fazer.

Ele não respondeu. Eles se separaram e ele saiu no pé errado. *Na porra do pé errado*. Ele nunca tinha feito aquilo nos ensaios.

— Você sabe os passos. Pare de pensar tanto. — A dança os trouxe juntos de novo e Gina novamente se esforçou para fazê-los entrar no ritmo.

— Sorria! — gritou ela enquanto Stone girava seu corpo entre as pernas e depois no ar. — Não desista de nós, Stone. Fique comigo.

Isso pareceu afastá-lo dos próprios pensamentos, e ele encontrou os olhos dela. Eles completaram a dança, mais ou menos de acordo com a coreografia de Gina, e terminaram em um mergulho com os rostos próximos.

A música terminou. Stone fechou os olhos e baixou a testa suada na dela.

— Sinto muito.

Ela queria beijá-lo, apagar a angústia em seu rosto e derreter a tensão dos seus músculos. Mas estavam ao vivo, com câmeras apontadas para eles, milhões de pessoas assistindo em casa e mais centenas na plateia do estúdio.

— Obrigada — disse ela em vez disso.

Ele franziu o cenho.

— Pelo quê? Eu estraguei tudo.

— Mas não desistiu.

— Eu não faria isso com você.

Ele a colocou de pé e eles seguiram até Reggie, que aguardava ao lado da mesa dos jurados. Gina manteve o braço ao redor da cintura de Stone. A próxima parte não seria divertida.

Estrelas da dança tinha três jurados regulares. O principal era Chad Silver, antigo dançarino do Studio 54 transformado em drag queen internacionalmente conhecida por seu estilo único e suas coreografias exuberantes. Depois vinha Mariah Valentino, dançarina com formação clássica e cantora pop. Era linda, dourada, com cabelo negro comprido e olhos escuros e sedutores. Gina sempre pensava que não se incomodaria em ser como Mariah quando crescesse. Por fim, vinha Dimitri Kovalenko, um ex-coreógrafo do cinema conhecido afetuosamente entre o elenco como "o mal-humorado".

Todos os juízes exibiam caretas compassivas. Eles viram o vídeo de introdução e sabiam o que tinha dado errado, mas ainda tinham que julgar a dança apresentada.

Como esperado, as notas foram brutais. Dimitri deu *cinquenta* para eles, o que abaixou a média das notas para 57 pontos.

Stone ficou em silêncio ao longo da entrevista pós-dança de Reggie, e Gina balbuciou que tinham feito o melhor possível e esperavam tentar de novo na próxima semana. Quando a luz da câmera se apagou, os ombros dela caíram.

— Ai, isso foi terrível. O que foi que eu disse mesmo?

Reggie deu tapinhas no braço dela.

— Estou torcendo por vocês. — E então saiu correndo para retocar a maquiagem.

Stone evitou as câmeras pelo resto da noite, e Gina não o culpava. Finalmente, nos últimos cinco minutos do programa, os diretores empurraram todas as duplas para o palco para a eliminação.

Durante o ensaio geral, Alan e Rhianne foram embora na eliminação falsa. Geralmente, o casal cujo nome era chamado durante o ensaio não era o que ia embora naquela noite. Graças à performance e as notas da semana anterior, Gina pensara que ela e Stone estariam a salvo naquela noite, mas sua confiança ficara abalada.

— Como estamos ficando sem tempo — disse Juan Carlos —, vamos logo revelar quais dos nossos dez pares remanescentes correm o risco de eliminação.

Todos ficaram imóveis enquanto as câmeras davam zoom em seus rostos. Alguns longos segundos depois, as luzes se apagaram, deixando os três pares em risco destacados por holofotes vermelhos.

Incluindo Gina e Stone.

O estômago dela afundou. Stone pôs o braço ao redor dela e a esmagou contra si. Ela respirou fundo, trêmula, e se agarrou a ele.

Não podia ser o fim. Eles tinham uma chance de ganhar o troféu — ela sabia que tinham. Não só isso, mas mal havia começado a conhecer Stone. Ambos dividiram coisas sobre si naquela semana e ela queria continuar trabalhando na amizade deles. Ele era um ótimo parceiro, era um prazer ensinar para ele e dançar com ele, agora que estava levando o programa a sério, sem falar que era um colírio para os olhos. E Gina o via mudando graças à experiência também. No começo, ele nunca a teria abraçado tão livremente ou brincado com os apresentadores ou ficado de papo com Twyla Rhodes. Estar no programa o estava ajudando a se abrir e baixar a guarda. Seria uma pena interromper o progresso dele agora.

Gina olhou ao redor, vendo quais eram os outros holofotes vermelhos. Twyla e Roman também estavam em risco, assim como Farrah e Danny.

Droga. Farrah era jovem, mas uma dançarina incrível. De jeito nenhum iria para casa tão cedo. Os últimos três não eram necessariamente os piores em termos de notas e votos. Às vezes, os produtores colocavam casais em destaque para assustar os espectadores e levá-los a votar, ou então tirá-los da complacência.

Só uma coisa era certa: um dos casais entre os três tinha recebido os piores votos e notas dos juízes combinados e ia para casa. Não seria Farrah, o que significava que estava entre Stone e Twyla.

Twyla, que tinha uma base de fãs que abarcava três gerações.

— Sinto muito — sussurrou Stone de novo.

— O casal que deixa a competição esta noite é…

Juan Carlos fez uma pausa dramática. Gina segurou o fôlego, fechando os olhos com força enquanto o silêncio se arrastava. Stone a abraçou e puxou contra o peito, seu coração martelando no ouvido dela.

— Pare.

Não foi Juan Carlos quem falou. Todo mundo encarou Twyla, que saiu da sua luz vermelha e claramente mancava.

— Está tudo bem, Twyla?

— Não, não está tudo bem. — Ela parou com a cabeça erguida, apoiando-se em Roman para se equilibrar. — Eu machuquei meu tornozelo na dança de hoje. Ia só aguentar, mas quer saber? Porra, estou velha demais pra isso.

Todo mundo arquejou e riu, mas o coração de Gina dobrou de tamanho enquanto tentava ouvir as próximas palavras de Twyla em meio às risadas.

— Eu vou pra casa.

Ela exalou com força, relaxando contra Stone. Ele apertou a bochecha no topo da cabeça dela e correu as mãos pelos seus braços.

— Isso quer dizer que a gente fica? — perguntou ele.

— Sim.

Ela fez outra prece silenciosa para que os espectadores tivessem dó e continuassem a votar neles.

Ele abaixou a voz ainda mais.

— Era para sermos nós?

— Nunca saberemos.

— É melhor chegarmos com tudo semana que vem.

Ela sorriu e deu tapinhas nas costas dele.

— Vamos lá.

Nos bastidores, eles se despediram de Twyla. A atriz mais velha tascou um beijo na boca de Stone, o que deixou o rosto inteiro dele vermelho, mas só diminuiu de leve a tensão em sua postura.

Jordy puxou Gina de lado e estendeu um cartão para ela.

— Sua próxima dança. Imaginei que ia querer começar a planejar o quanto antes. — Ele fez uma careta. — Desculpe pelo vídeo de introdução. Você sabe que foi ideia da Donna.

— Eu sei.

Maldita Donna.

Gina olhou para o cartão e foi tomada pela empolgação. Ah, eles iam arrasar na semana seguinte. Ela segurou Stone antes que ele fosse se trocar.

— Jordy me deu nosso próximo estilo de dança.

— Já?

— Sim, e é um ótimo estilo. — Ela lhe mostrou o cartão. — Vamos fazer o pasodoble.

— O que é isso?

Gina se lançou na explicação com entusiasmo — ela *amava* o pasodoble.

— É uma dança latina enérgica que imita o drama de uma tourada. A pessoa que conduz, que vai ser você, interpreta o papel do matador, e eu vou ser a capa ou o touro.

Stone deu de ombros.

— Certo.

Franzindo a testa para a reação morna, Gina bateu o cartão contra a perna.

— Semana que vem também é a Noite dos Contos de Fada.

— Ah, ótimo, vamos ter que contar outra história. — Stone revirou os olhos, depois suspirou. — Desculpe, não estou bravo com você. Hoje foi só… difícil.

Gina simpatizava com ele. Teria morrido se a produção tivesse contatado qualquer um dos seus ex-namorados para uma entrevista-surpresa. Tentando brincar, ela disse:

— Só espere até a gente ter uma briga. Mesmo se forem só dois minutos da semana inteira, pode apostar que é o que vão mostrar antes da dança.

— Não vejo a hora.

Os olhos de Stone voaram para Jordy e a equipe de filmagem. Jordy encolheu os ombros como que para dizer: *Ei, só estou fazendo meu trabalho.*

Tá, então talvez não tivesse sido uma boa piada.

— Enfim — continuou ela, tentando aliviar o clima —, eu tenho um conceito divertido pra essa dança.

— Ah, é? — Stone esfregou uma mão no rosto, não parecendo nada empolgado para ouvir a ideia dela. — Qual?

— Vamos escolher Chapeuzinho Vermelho como o nosso conto de fadas.

Stone ergueu os dedos indicadores do lado da cabeça como orelhas.

— Eu sou o lobo mau?

Mesmo aquela tentativa de humor soava cansada e triste. Em qualquer outro dia, teria saído com aquele rosnado sensual que a deixava louca. Gina forçou uma risadinha, já que ele estava fazendo um esforço.

— Não, eu vou ser.

— Explique.

— Você vai ser uma combinação de Chapeuzinho e Lenhador. Eu vou ser o lobo.

Ele assentiu, mas seu olhar estava distraído.

— Parece legal.

Jackson veio dizer boa noite e Gina mordeu o lábio inferior enquanto os caras conversavam. Os movimentos de Stone estavam lentos e contidos, a cabeça curvada. Merda. Ele estava realmente chateado. Entre a nota baixa do jive e a entrevista surpresa com a ex, ela não podia culpá-lo. Ainda assim, a dança deles seria fraca se Stone não conseguisse se focar na competição. Cabia a ela reavivar seu espírito competitivo. O pasodoble era a dança perfeita para Stone, e ela precisava que ele estivesse em sua melhor forma.

Em uma sacada genial, ela pensou numa ideia para animá-lo. Depois que Jackson se afastou, falou em uma voz baixa e urgente.

— Nós vamos sair mais cedo amanhã.

Stone ergueu as sobrancelhas.

— Por quê? Depois de hoje, provavelmente preciso de *mais* treino, não menos.

— Você está trabalhando duro. Quero fazer algo legal pra você.

Ele ergueu um canto da boca.

— Outro clube de salsa?

As bochechas dela esquentaram com a lembrança.

— Rá. Não.

— No que está pensando?

— Como nossa última tentativa de comer uma refeição caseira porto-riquenha deu errado, você vai jantar na minha casa. — O estômago dela se embrulhou à ideia de ficar completamente sozinha com ele, mas Gina sorriu mesmo assim. — Espero que goste de carne de porco.

Capítulo 15

A porta do apartamento de Gina estava entreaberta. Stone bateu mesmo assim, embora ela tivesse aberto o portão do prédio um minuto antes.

— Entre — gritou ela.

Ele empurrou a porta e foi recebido com um aroma de alho, temperos e carne de porco assada em forno lento de dar água na boca, e a visão ainda mais apetitosa de Gina em um *cropped* e um short jeans curto fatiando legumes na cozinha. Música pop tocava suavemente no fundo.

O chão era revestido por um carpete bege, então ele tirou as botas e as deixou ao lado da fileira impecável de sapatos femininos junto à porta.

— Chegou bem na hora — disse Gina enquanto ele fechava a porta. — A carne logo vai estar pronta.

— Você tinha dito que levava algumas horas pra cozinhar.

— Leva, se você fizer direito. — Ela jogou rodelas de pepino numa grande tigela de salada. — Isso é pra mim?

Ele ergueu um ramo de tulipas cor de pêssego embrulhadas em plástico e papel.

— Ah, é.

— São lindas. Obrigada. — Ela ergueu o rosto para que Stone pudesse lhe dar um beijinho na bochecha, depois apontou a cabeça para a geladeira. — Pode tirar o vaso ali de cima e botar as flores na água?

Quando terminou, Stone as dispôs no balcão da cozinha e olhou ao redor em busca de algo para fazer.

— Como posso ajudar?

Gina apontou o queixo para uma pilha de pratos no balcão.

— Pode levar isso para a mesa de centro. Temos cadeiras aqui no balcão, mas Tash e eu sempre comemos na frente da TV. É um péssimo hábito, eu sei. Se você ficar mais confortável no balcão, podemos sentar aqui.

— Pode ser na mesinha.

Ele fez o que Gina pediu, observando o apartamento. Era menor do que ele esperava, mas aconchegante. A cozinha era separada da sala de estar pelo balcão, e a sala tinha janelas altas que davam para uma pequena varanda e descortinavam uma vista do prédio atrás do dela.

A mobília, como o carpete, era bege ou branca. Acima do sofá havia uma grande foto emoldurada do horizonte de Nova York ao pôr do sol. No topo de uma estante baixa via-se uma série de porta-retratos.

Ele deixou os pratos na mesinha e voltou à cozinha.

— Certo, me dê mais alguma coisa para fazer.

Ela deu um sorrisinho por cima do ombro.

— Por quê? Está tão acostumado a receber ordens minhas?

— Sou o convidado. Deveria ajudar.

Ela entregou a tigela de salada para ele.

— Stone, fui eu que te convidei. Além disso, gosto de cozinhar e não como *pernil asado* há séculos.

— Como é? — perguntou ele, levando a salada à mesa de centro.

— *Pernil asado*. — Ela soletrou para ele. — É um prato porto-riquenho tradicional, ombro de porco assado em forno lento. Agora vá relaxar. Logo vai estar pronto.

Ele vagou até as fotos e pegou uma por uma enquanto ela trabalhava na cozinha. Havia fotos de Gina e Natasha juntas em várias idades, incluindo uma foto na qual ambas mostravam os aparelhos de dente com grandes sorrisos. Outra parte mostrava Gina com sua família. Stone reconhecia aquelas pessoas de outras fotos que ela tinha mostrado. A mãe dela era linda, e Gina parecia muito com ela. E aí vinham o irmão, a irmã, o cunhado, as sobrinhas e o sobrinho.

Nada do pai.

— Pronto? — Gina se aproximou com copos d'água. — Desculpe, esqueci de oferecer uma bebida. Quer vinho? Cerveja?

— Achei que você não bebia durante a temporada.

— Não bebo, mas Natasha bebe e a gente tem umas coisas em casa para convidados. Não ligo se você beber.

— Cerveja, então.

— Já pego. Senta, por favor. — Ela gesticulou para o sofá e foi até a geladeira.

Stone sentou e olhou de relance para o horizonte cheio de prédios na parede. Outro lembrete das diferenças entre eles, embora ultimamente elas parecessem menos extremas. Ou, pelo menos, pareciam não ter tanto peso.

Gina voltou e lhe entregou uma lager mexicana, depois ergueu seu copo de água com limão e o bateu na garrafa dele.

— Tim-tim — disse ela, encontrando os olhos dele. — À vitória.

— À vitória. — Ele tomou um gole, saboreando a amargura do lúpulo, e reclinou-se no sofá enquanto Gina enchia duas tigelas com salada de espinafre. — Vocês têm muitos lembretes de outra cidade — disse ele entre mordidas.

Ela olhou para a foto na parede.

— Temos. Sinto saudade de Nova York e da minha família, mas ter Natasha aqui deixa as coisas mais suportáveis.

— Sua família é linda.

— Obrigada. — Ela sorriu para a comida, as bochechas ficando rosadas. — Meu irmão está na Marinha e minha irmã faz design de produtos para uma empresa de cosméticos. E minha mãe é uma cantora incrível, mas... coisas aconteceram. Ela nunca teve a carreira que merecia.

O sorriso morreu no rosto dela. Stone sentiu que havia uma história ali e que tinha a ver com o pai ausente nas fotos. Agora que estava longe das câmeras, do estúdio e dos outros membros do elenco, ele queria saber mais sobre Gina, entendê-la. Esperou que ela falasse espontaneamente, não querendo ser insistente.

— Meu pai era meio que um babaca — disse ela com um suspiro, deixando de lado a salada inacabada. — Tinha uma mentalidade antiquada. Queria se acomodar e começar uma família, então eles fizeram isso. Mamãe abandonou sua carreira de cantora bem quando estava para decolar. Eles tiveram três filhos, eu sou a mais nova, e aí ele sumiu quando eu era pequena e construiu uma nova família em Orlando.

Ela recitou a história como se não fosse nada de mais, mas o coração de Stone se partiu por ela. Apesar de suas próprias questões com o pai, Stone não conseguia imaginar Jimmy os abandonando um dia.

— Sinto muito.

— Não sinta. — Ela reuniu os pratos de salada. — Ele não sabe o que perdeu. Somos uma família incrível.

— Você ainda tem contato com ele?

Ela deu de ombros e levou os pratos usados para a cozinha.

— Aniversários e feriados. Ele diz que está orgulhoso de mim, mas...

Ela não terminou a frase, enchendo outros pratos com o conteúdo de uma panela no fogão e uma caçarola que tirou do forno. Os aromas deliciosos se amplificaram.

— Mas o quê?

Ela bufou.

— Ele não tem direito de ficar orgulhoso de mim, sabe? Não fez nada para contribuir. Não ficou economizando para comprar sapatilhas novas para mim. Não se ofereceu para costurar fantasias de recital para eu conseguir a minha de graça. Não preencheu inscrições para todo tipo de bolsa e ajuda financeira que poderia me alavancar para onde estou agora. Então, não, ele não tem direito de sentir orgulho, porque não estava lá quando tudo isso aconteceu.

Ela abaixou os pratos com força na mesinha e fechou as mãos com força.

Com um gesto gentil, Stone a puxou para o sofá junto dele. Abraçá-la tinha se tornado tão natural quanto respirar. Ao longo daquelas semanas, Gina não só lhe tinha ensinado a dançar, mas lhe mostrara a importância do contato humano. Um abraço poderia transmitir incentivo, apoio e empatia. Stone queria que ela tivesse todas essas coisas agora.

Ela apertou a parte de trás da camiseta dele.

— Desculpe. Eu não falo muito sobre isso. Ainda me deixa brava. Não por mim, mas pela minha mãe. Ela o amava, abandonou tudo por ele, e ele a deixou.

— Ele não sabe o que perdeu. — Stone passou a mão pelo cabelo dela, enroscando os dedos nos fios macios. — Se vale de algo, ele *deveria* estar orgulhoso de você, mesmo que não mereça créditos.

Ela se reclinou, rindo e enxugando o canto do olho.

— Pelo quê? Você está sempre resmungando sobre como odeia Hollywood. Não valoriza essas coisas.

Stone balançou a cabeça.

— Não por isso. — Soltando-a, ele gesticulou para a comida diante deles. — Quando nos conhecemos, eu quase te matei de susto. Mas você ficou do meu lado ao longo de cada passo do processo, incluindo aquele jive desastroso, e aí preparou essa refeição para que eu me sinta melhor. Gina, isso vai muito além do seu dever como minha parceira de dança. Eu nunca poderia ter pedido algo assim.

Os lábios dela se curvaram enquanto ela passava um prato para ele.

— Não era para você ter que pedir.

— Exatamente. Você fez tudo por conta própria, porque é uma pessoa boa e gentil. Isso é motivo suficiente para qualquer pai se orgulhar da filha. — Ele deu uma garfada. O sabor salgado delicioso explodiu na língua e seus olhos se ergueram para o teto. A carne de porco estava perfeitamente temperada e cozida. — Ah, céus. Caralho, isso ficou incrível.

— Eu sei. — Ela deu uma pequena mordida. — Eu preparo do jeito da minha mãe e da minha avó.

Stone pegou uma colherada de arroz. Era amarelo, com pequenos feijões esverdeados e azeitonas verdes fatiadas. Tinha um sabor um pouco salgado, um acompanhamento perfeito para a carne.

— Que tipo de arroz é esse?

— *Arroz com gandules* — disse ela. — Um clássico da dieta porto-riquenha.

Stone devorou a comida, não se surpreendendo ao ver que Gina tinha lhe servido três vezes a quantia que pegara para si. A cada poucos bocados, ele parava para repetir como o prato estava delicioso, tanto porque era verdade como porque gostava do sorrisinho contente que recebia em resposta. Quando terminou, ele se recostou no sofá, esfregando uma mão na barriga.

— Gina, você é uma deusa.

Ela mordeu o lábio e tentou esconder seu sorriso.

— Sério. — Stone apoiou a mão na nuca dela, massageando os músculos ali. — Essa noite toda... é exatamente do que eu precisava.

— Fico feliz.

Quando ela se apoiou no seu toque, ele espalmou a mão na pele dela, buscando a curva do pescoço e delicadamente aliviando a tensão. O cabelo dela era um peso quente em sua mão. Ela soltou um suspiro baixo, as pálpebras se fechando suavemente.

Stone tomou uma decisão e limpou a garganta.

— Preciso te contar uma coisa.

— Hmm? — Ela abriu os olhos. — O quê?

— É uma confissão. Algo que não posso falar na frente das câmeras.

Os lábios dela se curvaram.

— Um segredo?

— Mais ou menos. — Ele interrompeu sua minimassagem, mas manteve a mão no ombro dela, esfregando pequenos círculos com o dedão. — Não tinha urso nenhum.

Ela ergueu as sobrancelhas abruptamente.

— *Quê?*

— Não tinha urso. Foi tudo orquestrado pelos meus produtores. Me mandaram levar você até a pilha de lenha, fingir ver um urso e atirar uma bala falsa.

A pulsação de Stone martelou nos ouvidos enquanto ele esperava uma resposta. Gina o encarou boquiaberta, piscando depressa. Então repetiu as palavras dele — "Não tinha *urso nenhum*?" — e irrompeu em risadinhas.

Anos de experiência com suas irmãs ensinaram a ele que risadas não eram necessariamente uma coisa boa. Ele tinha que prosseguir com cuidado.

— Você não está brava?

— Brava? — Ela riu mais ainda. — Céus, não. Estou aliviada.

— Sério?

— Claro. Posso lidar com produtores manipuladores. Na verdade, devia ter percebido. Mas ursos são uma história totalmente diferente.

— Eu me senti horrível por te assustar — admitiu ele.

Gina deu uns tapinhas no joelho dele e disse em voz baixa:

— Eu sei. E não te culpo por isso.

Como ela não estava brava, Stone voltou a massagear os nós na nuca dela.

— Você está tensa — disse ele, mudando de assunto.

Ela fechou as pálpebras.

— Mm, isso é gostoso.

A energia na sala se transformou. Stone estivera ciente dela a noite toda — era difícil ignorar sua roupa, que conseguia ser fofa e sensual ao mesmo tempo —, mas agora uma tensão crepitante o pressionou de todos os lados, e ele só conseguia se focar na sensação da pele de Gina sob sua mão. Ele se ajeitou no sofá, virando de lado para conseguir massageá-la com as duas mãos. Ela abaixou a cabeça para dar melhor acesso.

— Mais? — perguntou ele, a palavra repleta de desejo.

— Sim. — A voz dela estava aguda e ofegante, mas nítida.

Ele empurrou a massa pesada de cabelo escuro por cima do ombro dela e se dedicou à tarefa de fazê-la se sentir bem.

O ar ficou carregado. A respiração dele ficou pesada, o ar preso na garganta a cada suspiro e gemido suave que ela soltava. Ele desceu as mãos pelas costas dela, os dedos se enroscando no tecido da blusa, quando ela o surpreendeu ao — *caralho, caralho* — se inclinar para a frente e puxar a blusa por cima da cabeça.

Stone congelou. As costas de Gina estavam voltadas para ele, agora cobertas apenas pela faixa azul fina do sutiã. Ele já vira as costas dela antes, claro. Os figurinos do programa não deixavam muito espaço para a imaginação, e ele pusera as mãos por todo o corpo dela durante os ensaios. Ainda assim, havia uma grande diferença entre dançar com toda uma equipe de filmagem e plateia e estarem sozinhos, no sofá dela, depois de ela tirar a camiseta por vontade própria.

Ela pegou uma almofada rosa-shocking e a segurou contra o peito, como se esperasse que ele continuasse.

Stone correu um dedo pela sua coluna, em parte para tocá-la, em parte para certificar-se de que aquilo era real.

— Mais?

— Sim. E mais forte.

Ele pressionou as palmas nas costas dela, notando como pareciam grandes e ásperas perto da extensão de pele dourada lisa. Mas ela não estava reclamando, então ele continuou a massagear e apertar. Quando ela puxou o ar bruscamente, ele parou com o dedão na sua lombar.

— Tudo bem?

— Desculpe. Uma lesão antiga.

— Entendido.

Contornando aquele ponto, ele cuidadosamente trabalhou nos músculos adjacentes, usando movimentos mais gentis. Por fim, ela exalou devagar e mais tensão se esvaiu de seu corpo.

Enquanto trazia os dedões coluna acima, Stone saltou o centro das costas dela, onde o sutiã impedia seus movimentos.

— Stone.

— Sim?

— Tire.

De novo, ele parou. Ela tinha mesmo…?

Sim, tinha. Então por que ele ia questionar? A mulher tinha dito para tirar.

Com o coração pulsando na garganta, ele abriu o fecho do sutiã. Mas, só para certificar-se de que não estava lendo errado a situação, perguntou de novo:

— Mais?

Ela deu um aceno espasmódico, e um segundo depois ele recebeu sua resposta:

— Sim.

Afastando as alças dos ombros dela, Stone se aproximou um pouco. Enquanto passava as mãos para cima e para baixo nas costas nuas, curvou-se ao redor do corpo dela e apoiou a bochecha contra o seu ouvido.

— Gina.

Ela estremeceu.

— Sim?

— Mais?

— Céus, sim.

Ela se virou, os lábios buscando os dele. Ele capturou sua boca em um beijo no meio do movimento, a almofada rosa e o sutiã azul abandonados. Sua língua era quente e ela tinha gosto de limão. Seu aroma permeava os sentidos dele como uma droga, enquanto ele se perdia nas carícias da língua dela na sua.

Em um movimento fácil depois de semanas dançando juntos, ele a ergueu e a acomodou no colo, então inclinou-se sobre ela, pressionando-a nas almofadas do sofá. Ela puxou a camiseta dele e tentou erguê-la.

— Tire isso — disse ela, ofegante. — Pelo amor de Deus, tire isso.

Ele recuou para puxar a camiseta e no processo teve o primeiro vislumbre dos peitos dela. Os mamilos eram pequenos e marrons-claros, e ele soltou um grunhido enquanto caía sobre ela, envolvendo com os lábios um cume firme.

Ela gemeu e agarrou um punhado do cabelo dele, que estava solto para secar do banho pós-ensaio. Os sons de prazer o incentivaram a continuar. Stone segurou os seios dela com toda a delicadeza de que foi capaz. Talvez pudesse compensar a aspereza das mãos.

Mas Gina não parecia se importar. Envolveu o quadril dele com as pernas, trazendo seu calor bem próximo ao pau dolorido de Stone.

Ele gemeu, lambendo o outro mamilo enquanto corria as mãos pelas costelas, em um movimento que lembrava a coreografia de tango. Ela jogou a cabeça contra o braço do sofá e arqueou-se contra a sua boca.

Ele tinha que ser a porra do cara mais sortudo do mundo.

Quando ela segurou o rosto dele para puxá-lo para um beijo profundo e intenso, o cérebro dele explodiu. Chega de pensar. Só ia sentir.

O calor da pele dela — lisa e esguia, torneada e firme — deslizando contra a dele. A boca dela — aberta à sua língua e tão, tão doce. As mãos dela — explorando cada centímetro de pele exposta, fincando-se nos músculos e acariciando o abdômen dele.

Ele estava perdendo a cabeça.

— Me toque, Stone — pediu ela, ofegando. — Por favor.

Ele não podia negar. Desde que se conheceram, a dinâmica sempre foi *ela falava e ele obedecia*. Ele desceu a mão pelo corpo de Gina, passando-a pela cintura antes de pressioná-la entre suas pernas. O calor dela emanava através do short, que estava erguido o suficiente para ele enfiar os dedos sob o jeans e a calcinha e tocá-la.

Ela estava quente e molhada e, enquanto ele abria suas dobras úmidas com o objetivo de levá-la ao orgasmo, só conseguia pensar em afundar dentro dela. Tocou o clitóris, fazendo círculos com os dedos.

— Mais?

Gina jogou um braço em cima dos olhos.

— Sim. Cala a boca e me toca.

De novo, Stone obedeceu. Antes que se desse conta, ela estava agarrando seus ombros e gritando em seu ouvido. O corpo inteiro dele se enrijeceu de tesão enquanto o âmago dela se contraía ao redor dos seus dedos. Com a outra mão, ele ergueu a cabeça dela, capturando sua boca para devorar seus arquejos e gemidos com um beijo.

Ele nem notou o zumbido até ela afastar a boca da dele.

— Meu celular. É Natasha.

Ela se esticou sem jeito para pegar o aparelho da mesinha, e só então ele percebeu que o telefone também estava emitindo um uma música em espanhol.

— Oi, Tash. — Gina segurou o telefone no ouvido e afastou o cabelo do rosto. Ainda estava aberta, ainda agarrando os quadris dele com as pernas, ainda sem blusa. — Hã, vendo TV.

Gina colocou uma mão no peito, talvez para controlar sua respiração, e finalmente fez contato visual com ele. Erguendo um dedo aos lábios, articulou com a boca: *Ela não pode saber.*

Franzindo o cenho, Stone assentiu e ficou quieto enquanto Gina recitava uma lista de compras do mercado. Ele se afastou e pegou as roupas de ambos, já que infelizmente estava óbvio que o momento tinha passado. Ignorando o sutiã, Gina enfiou a blusa sem afastar o telefone do ouvido. Stone se enfiou na camiseta e, no segundo em que Gina concluiu a chamada, empilhou os pratos deles.

— Desculpe. — Gina passou uma mão no cabelo, alisando-o. — Ela está vindo do supermercado.

— Não tem problema.

Ele levou os pratos para a cozinha e os deixou na pia. Abriu a torneira, mas ela veio por trás e a fechou.

— Temos uma máquina — disse ela. — Depois eu ponho a louça nela.

— Certo. — O silêncio se estendeu entre eles. Por dentro, Stone era um turbilhão de emoções e não sabia o que dizer em seguida. Eles estiveram perdidos em seu próprio mundinho por um segundo e então foram abruptamente lançados de volta ao mundo real. Ainda estava se situando. Finalmente, disse: — Acho melhor eu ir antes que Natasha chegue.

— É. — Gina se encostou na beirada do balcão e pegou a mão dele. — Stone.

Ele a puxou contra si — devagar, para que ela tivesse uma chance de se desvencilhar se quisesse. Gina pressionou o corpo no dele e ergueu o queixo para um beijo. Esse foi mais lento, menos desesperado, mas não menos assustador em sua intensidade. Na verdade, esse beijo mais suave deixou o corpo dele mais tenso do que tudo que tinham feito no sofá.

Gina rompeu o contato primeiro. Com os olhos fechados, ela soltou um murmúrio baixo de prazer e umedeceu os lábios. Então suspirou e deu um passo para trás, para longe dele.

— Isso é uma má ideia, Stone.

Ele não disse nada. Era mesmo, ele sabia, mas estava duro e tomado pelo desejo e tinha dificuldade em se lembrar por que devia ficar longe dela.

— Eu não… me envolvo… com meus parceiros de dança. Minha carreira é importante demais.

Ah, certo. Era por isso. Ele tinha que manter as mãos longe dela porque, quando tudo aquilo acabasse, ele ia voltar ao Alasca e Gina ia ficar em Los Angeles para subir a escada cintilante da fama.

Não que isso o impedisse de desejá-la.

— Você entende, certo? — Ela ergueu os olhos grandes e escuros para ele, preocupação enrugando os cantos e franzindo seu cenho. — Só… não fica bem.

Ah.

— Sua reputação, quer dizer. — Ela assentiu, e ele encaixou uma mecha de cabelo atrás da orelha dele. — O holofote da fama é sempre mais cruel com as mulheres, né?

— Ora, Stone, isso foi quase poético.

— Eu tenho meus momentos.

Ela bufou e olhou de volta para o sofá, sua expressão ficando melancólica.

— Nem me fale.

Ele seguiu para a porta porque, se ficasse, poderia tentar convencê-la — e a si mesmo — de que *era* uma boa ideia. Uma ótima ideia. A melhor de todas, até.

Mas não era. Ele sabia. Devia ficar contente por ela também saber e pela ligação de Natasha os ter interrompido antes que as coisas fossem longe demais.

Mas não conseguia parar de senti-la na ponta dos dedos, e seu corpo ainda ansiava por Gina. Ele sonharia com ela naquela noite, não tinha a menor dúvida.

Gina se abraçou enquanto ele calçava as botas.

— Estamos bem, certo?

— É claro. — Ele se endireitou e notou como o corpo dela pendeu em direção a ele antes que ela se interrompesse. — Te vejo amanhã.

Ele queria lhe agradecer de novo — pela consideração, pela comida, por achá-lo digno a ponto de querer compartilhar seu corpo com ele —, mas, se fizesse isso, começariam a se beijar outra vez. Então, só ergueu a mão num aceno e foi embora.

Capítulo 16

*E*la tinha mesmo deixado Stone ir embora?

Era só isso que Gina conseguia pensar depois que ele saiu do seu apartamento, nem cinco minutos depois de lhe dar um orgasmo de derreter os ossos, e o pensamento continuava a atormentá-la ao chegar no ensaio do dia seguinte.

Seria péssimo se as coisas ficassem esquisitas entre eles. Eles finalmente tinham construído uma intimidade fácil e sua conexão ficava evidente na pista de dança. Parte do motivo para Gina ter se segurado — além de suas regras pessoais — era porque um casinho tinha o potencial de estragar seu desempenho nas danças. No momento, eles tinham uma chance de ganhar o troféu. Um orgasmo ultrarrápido e superintenso no sofá dela não valia o risco.

Bem, talvez valesse. Tinha sido um clímax excepcional.

Stone chegou enquanto Gina conversava com Aaliyah e prendia um microfone na roupa.

— Sentindo-se melhor? — perguntou ela, então mordeu o interior da bochecha antes de dizer mais alguma coisa estúpida.

Uma prova inegável da ereção de Stone estivera pressionada contra ela menos de doze horas antes. O homem provavelmente ficara frustrado a noite toda, a não ser que tivesse resolvido o problema com as próprias mãos.

Pensar em Stone se masturbando no chuveiro do quarto do hotel a fez conter um gemido. Ela já o vira inteiro nu, exceto pelas poucas partes cobertas pela cueca durante as sessões de bronzeamento semanais, e tinha certeza de que o que estava escondendo ali eram mais do que só alguns centímetros. Pelo que Gina vira na noite anterior, o homem das montanhas era realmente abençoado no departamento peniano.

Pare de pensar no pênis dele, Gina. Só pare.

— Bem melhor.

Ele se inclinou para beijá-la na bochecha, como fazia todos os dias, embora não lhe fosse natural. Fazia isso porque era o que ela fazia.

A barba dele arranhou sua bochecha de leve e ela inspirou o odor de pinheiro que se agarrava ao homem como uma memória. Era o cumprimento normal deles. Talvez a sessão de amassos não o tivesse afetado tanto quanto ela.

Exceto que, quando Stone se afastou, seus olhos se encontraram por um segundo e o calor incandescente em seu olhar a perfurou até o âmago, acendendo uma chama nela que se espalhou pelo corpo como um incêndio descontrolado. Os olhos dele continham um desejo mal abafado e uma intensidade que a empolgou e espantou.

Então ele também tinha sido afetado.

O fogo sumiu um segundo depois, substituído por um interesse amistoso. Stone deixou que Aaliyah prendesse o seu microfone enquanto Gina lutava contra um tremor excitado.

Jordy consultou o laptop.

— Antes de começarem, vamos gravar algumas falas para introduzir a dança da semana que vem.

Enquanto Jordy e Aaliyah ajeitavam os equipamentos, Gina parou ao lado do parceiro, cada centímetro do seu corpo ciente de Stone. Podia sentir o calor emanando dele, e precisou de toda concentração para permanecer imóvel e manter os olhos na câmera. Seria óbvio demais pedir a Jordy para entrevistá-los separadamente? Aí ela não teria que se preocupar que a câmera captasse o rubor de tesão que se espalhava pela sua pele.

E então Donna entrou na sala. Ótimo.

— Bom dia. — Donna se juntou a Jordy atrás da câmera. — Eu assumo a partir daqui.

A presença de Donna teve o efeito de um balde de água fria. Um suor gelado brotou no corpo de Gina, e seus músculos se retesaram. Outra vez, ela quis fazer a entrevista longe de Stone. Será que ele sabia que precisava ser mais cuidadoso perto de Donna? Ela devia ter avisado. A mulher conseguia farejar fraquezas e tinha um sexto sentido para drama. Se Donna tivesse a menor suspeita do que tinha acontecido entre eles na noite anterior, Gina estava ferrada.

Por sorte, Donna manteve a maioria das perguntas focadas no pasodoble, o que era fácil de comentar. Era uma das danças preferidas de Gina para o *Estrelas da dança*, e Stone tinha o potencial de entregar uma performance de arrasar.

Contanto que parasse de olhar para ela como fizera ao entrar na sala. Se continuasse com aquilo, Gina ia explodir em chamas antes de sequer filmarem o quarto episódio. E *isso* seria difícil de esconder de Donna.

— De onde veio a ideia para essa dança? — perguntou Donna.

— Sinceramente? — Gina sorriu para Stone, lembrando da confissão dele sobre o urso. — Me ocorreu depois de conhecer Stone no Alasca.

— Stone, o que acha da coreografia e do conceito?

Ele deu de ombros.

— Confio na visão da Gina. Ela é a especialista. Serei o primeiro a admitir que não sou um dançarino, mas estamos aqui há… — Ele entortou a cabeça e segurou o olhar de Gina enquanto contava nos dedos. — Cinco semanas, agora? E, a cada episódio, ela consegue não só me ensinar a coreografia, mas me fazer demonstrar emoção. Gina merece todo o crédito, e o deslize da semana passada foi totalmente culpa minha.

Donna se agarrou à última parte.

— Parece que você tem algo a provar na semana que vem.

Stone assentiu.

— Com certeza. Eu vacilei. Preciso mostrar do que sou capaz, mostrar aos fãs que estamos à altura das expectativas deles, e eu tenho que me retratar com Gina.

O rosto dela se aqueceu com os elogios. Nem conseguia olhar para ele, temendo ficar completamente vermelha. No começo, Stone tinha sido tão desdenhoso em relação ao trabalho dela, mas agora parecia entender e apreciar o que ela fazia.

Donna virou-se para Gina.

— Parece que vai ser uma dança sensual.

Sempre insistindo no showmance. Naquela dança, porém, Gina podia agradá-la um pouquinho.

— Vai ser — disse ela. — Uma tourada envolve domínio, poder e controle. Na dança de salão, se forem um homem e uma mulher dançando, o parceiro em geral conduz. Mas no pasodoble a mulher pode se impor mais. Torna-se uma dança sexual, o vaivém entre convite e ataque enquanto ambos disputam o controle. Eu adoro essa dança, sua paixão, o poder e a pura dinâmica sexual. Acho que os espectadores vão ficar felizes com o que levaremos à pista.

Donna pareceu satisfeita com as respostas. Ela consultou Jordy por um minuto e seguiu para a porta.

— Continuem o bom trabalho.

Depois que ela saiu, Stone estendeu uma mão para Gina.

— Pronta para dançar? — O sorriso brando dele contrastava com o fogo em seu olhar.

Aquelas malditas borboletas acordaram e dançaram o jitterbug na barriga dela.

— Claro. — A resposta saiu ofegante, e Gina torceu para que o microfone não captasse a nuance.

Ela tomou a mão de Stone e deixou que ele a levasse ao centro da sala.

Como encontrara força para deixar aquele homem sair do seu apartamento na noite anterior, nunca saberia. Da próxima vez, não seria tão forte.

O que significava que não poderia haver uma próxima vez.

*G*ina apertou a mão de Stone ao longo de toda a pausa para os comerciais. Eles ainda estavam ofegantes após apresentar uma coreografia de pasodoble que exalava paixão e sexo. Stone nunca tinha sido tão enérgico e agressivo numa dança. Ele tinha aprendido perfeitamente a coreografia — incorporando o papel do "Lenhador Chapeuzinho", como Gina o tinha batizado — e conquistado o lobo de Gina com toda a energia e autoridade que o paso exigia.

Além do capuz vermelho, Stone usava uma calça preta de "couro" que exibia sua bunda fantástica e um colete vermelho e branco de renda que deixava os braços musculosos à mostra. Era o figurino preferido dela, entre todos os que ele já tinha usado. Stone parecia um herói de fantasia épica trazido à vida.

Gina estava vestida como um lobo sexy, com maquiagem selvagem, presas falsas, garras que dificultavam o uso do celular e um capuz felpudo com orelhinhas. O resto do figurino consistia em um sutiã cinza brilhante e uma calça justa com uma saia longa e rodada, para imitar a capa do matador, típica do programa para o pasodoble. Gina tinha pedido ao departamento de figurino que revestissem a saia de vermelho, para representar a capa da Chapeuzinho.

Stone apertou os dedos dela e ofereceu o mesmo sorriso amistoso e olhar incandescente que vinha dando a semana toda. Isso não a deixava desconfortável — Gina gostava de saber que ele ainda estava interessado. Mas era tentador demais. Todas aquelas emoções confusas e atração não consumada tinham sido canalizadas para a dança. Agora que tinha acabado, ela estava exausta e incrivelmente excitada.

Na mão livre, segurava um machado falso. A peça evocava o primeiro encontro deles, então ela a tinha incluído no começo e no fim da dança. Agora, ela batia a ferramenta na coxa enquanto esperavam.

Lori veio abraçá-la. Do outro lado, Jackson deu a Stone um tapa encorajador nas costas.

— Gina, garota. Aquela coreografia? — Lori bateu palmas devagar. — *Brava*.

Natasha apareceu atrás deles e ecoou os sentimentos de Lori, seguida por Alan, Farrah e Kevin.

Um dos diretores correu até lá para expulsá-los e Reggie apareceu para falar na câmera.

— Antes dos comerciais, Stone e Gina apresentaram um pasodoble sensual com o tema Chapeuzinho Vermelho para a Noite dos Contos de Fada. Os jurados elogiaram sua energia e o conteúdo da dança, mas disseram que Stone precisa trabalhar nos joelhos. Vamos ver como os comentários se traduzem em notas.

Gina apertou os dedos de Stone com ainda mais força sob um ataque de nervos. Tinha sido uma boa dança. Os jurados tinham que ter percebido como ele melhorara. Stone soltou a mão dela e a abraçou em vez disso. Após um momento, a nota deles surgiu na tela.

— Noventa e quatro por cento. — Reggie pôs o microfone na frente de Gina. — Depois da semana passada, deve ser uma sensação ótima. Você está orgulhosa de Stone?

— Estou *tão* orgulhosa dele — disse Gina no microfone. — Nós nos esforçamos muito, semana após semana, para entregar performances que achamos que os fãs vão gostar. Stone está fazendo um trabalho fantástico, especialmente considerando que não é um dançarino. Eu não poderia estar mais orgulhosa.

— E você, Stone? — Reggie ergueu o microfone para que Stone não tivesse que se inclinar. — Como foi ensaiar depois do tropeço da semana passada e receber essa nota?

Com a ajuda de Gina, as respostas de Stone às perguntas de Reggie começavam a ficar mais naturais.

— Quando começamos, nunca achei que conseguiríamos uma nota tão alta, então estou muito feliz. E somos gratos a todos os fãs que continuam votando para o Time Stone Cold ficar no programa. Vamos fazer o nosso melhor para continuar entregando ótimas danças.

Reggie virou-se para a câmera para recitar todas as informações para a votação. Stone e Gina ficaram de lado, esperando sua vez na cadeira de maquiagem.

— Você tinha razão — disse ele. — Desculpe por duvidar dos seus conceitos narrativos. Qual é o tema da semana que vem?

Gina o encarou.

— Ah, você não sabe?

— Sei o quê?

Ela sugou o ar enquanto um abismo oco se abria em seu peito, fazendo-a se sentir vazia ao pensar na semana seguinte.

— É a Semana da Salada Mista.

Ele franziu o cenho.

— Isso é um estilo de dança?

Ela engoliu em seco e sacudiu a cabeça.

— Significa que trocamos de parceiros. O público vota para decidir os novos pares. Vamos descobrir amanhã de manhã, quando aparecermos para o ensaio.

Ele ficou imóvel, os olhos como lascas de gelo, a voz um rosnado baixo.

— Como assim?

— Stone, não vamos dançar juntos semana que vem.

Capítulo 17

Na manhã seguinte, o motorista de Stone o levou a um espaço de ensaio diferente. Alguém prendeu um microfone na roupa dele antes que entrasse na sala, e um produtor de campo o seguiu para dentro com uma câmera.

Lá, ele encontrou Natasha esperando por ele.

— Ei, *guapo*. — Os olhos dela se iluminaram quando o viram, e ela foi lhe dar um abraço. — Isso vai ser divertido.

— O jeito como disse isso me deixa nervoso.

Ela riu como uma vilã de desenho animado.

— Deveria. Eu não vou pegar leve com você.

— Qual é a nossa dança?

— Vamos dançar salsa. Para sua sorte, você já tem certa experiência com ela.

— É, um pouco.

Lembranças de dançar no clube de salsa com Gina cruzaram a mente dele. Stone quase a beijara naquela noite. Quão diferentes seriam as coisas agora se tivesse feito isso?

Não importava. Ele ainda estaria ali com Natasha para a Semana da Salada Mista.

— Vamos fazer uma salsa muito tradicional e sensual — disse Natasha. — E nada de camisa pra você. Não sei por que Gina sempre fica esperando para dar aos espectadores o que eles querem. — Ela estalou os dedos e apontou para o centro da sala. — Vamos fazer vários aéreos também, o que exige muito treino para que os movimentos fiquem fluidos. Ao trabalho.

Pelo resto do dia, Natasha o forçou ao máximo, ordenando que repassasse cada movimento até acertar. Era uma professora severa, mas ele ficou surpreso com quanto se divertiram juntos. Natasha brincava e provocava, mantendo-o empolgado ao mesmo tempo que esgotava seu corpo.

Ao final do dia, Stone estava exausto e sentia saudades de Gina com uma intensidade assustadora. Não só isso: ele gostava de dançar com Gina, mas tinha pensado que era ela a fonte do seu divertimento. Natasha estava mostrando que dançar podia ser divertido mesmo sem Gina, o que era uma revelação estranha.

Claro, ele sentia falta de Gina por motivos que não tinham nada a ver com as danças, mas não era sábio pensar naquilo com a amiga dela ali.

Donna apareceu bem no final do ensaio, depois que já tinham tirado os microfones. Ela dispensou o produtor de campo e a assistente de direção, sentando-se em uma cadeira dobrável enquanto Stone enxugava o rosto com uma toalha. A expressão da mulher estava calma demais. Não inspirava a menor confiança em Stone.

Natasha virou uma garrafa de bebida eletrolítica.

— E aí, Donna?

— Como foi o ensaio? — Donna dirigiu a pergunta a Stone. Ele se focou em ajeitar os conteúdos da bolsa de academia.

— Tudo bem. Estou aprendendo os passos.

Natasha riu.

— Ele não quer dizer que sou uma tirana, mas tudo bem. Sei que sou.

O olhar de Donna ficou afiado.

— Alguma chance de eu convencer vocês dois a agirem como se estivesse rolando algo aqui pelo resto da semana?

Natasha só a encarou, depois lançou um olhar para Stone pelo canto do olho e deu de ombros.

Stone franziu a testa, fingindo não entender.

— Não sei do que você está falando.

— Sabe, sim. — Donna deu um tapinha condescendente no braço dele. — Chama-se showmance. Vocês se deram muito bem hoje. Só exagerem um pouco, ajam como se houvesse alguma atração aí. Os espectadores gostam de química sexual, vivem especulando nas mídias sociais, e isso dá aos sites de fofoca alguma coisa para relatar, o que resulta em um aumento de audiência. Esse episódio marca o meio da temporada e seria bom atrair mais público.

Stone lançou um olhar para Natasha, que esperava com a mão na cintura. Seus olhos estavam arregalados e intensos, como se ela estivesse tentando dizer algo, mas ele não sabia o quê.

— Hã, prefiro não fazer isso — disse ele, tentando não olhar para nenhuma das duas mulheres enquanto o rosto esquentava.

Donna suspirou.

— Achei que ia falar isso. E se eu oferecer um bônus? Você disse que está aqui para ajudar a pagar as contas médicas da sua mãe, certo? Isso pode te ajudar a chegar lá mais rápido.

A manipulação escancarada o gelou até os ossos. Era exatamente o tipo de merda que ele odiava. Antes que Stone pudesse pensar numa resposta, Donna continuou:

— Você ganha mais por cada episódio em que permanecer no programa e um grande bônus se vencer, mas vamos jogar a real. — Donna inclinou a cabeça e seu tom ficou cruel. — Você está enfrentando uma patinadora olímpica que já obteve uma nota perfeita. Não vai vencer.

A fúria ardeu nas entranhas dele, mas Stone cerrou a mandíbula. Graças ao pai, ganhara muita prática em conter sua raiva.

— Vou arriscar — disse ele, expulsando cada palavra por entre dentes cerrados. Então pegou sua bolsa e se levantou. — Tenho que ir. Meu carro está esperando. Até amanhã, Tash.

Ele deixou a sala, amaldiçoando o *Estrelas da dança*, Hollywood e toda a indústria do entretenimento.

★ ★ ★

*E*mbora não houvesse eliminação durante a Semana da Salada Mista, os produtores faziam todos os dançarinos se enfileirarem com seus novos parceiros no final da transmissão. Gina ficou ao lado de Jackson, que manteve um braço ao redor dos seus ombros em um gesto amigável. Ela sorriu para a câmera enquanto batia o pé no chão com impaciência.

— Ansiosa? — perguntou ele.

Gina balançou a cabeça.

— Animada.

— Não vê a hora de voltar pra Stone?

Ela conteve um sorriso. Tinha roubado um total de dois segundos a sós com Stone nos bastidores, durante os quais ele se inclinara e sussurrara "Estou com saudades" no ouvido dela.

Palavras simples, mas vindas dele eram tudo.

Jackson riu.

— Garota, eu cuido da minha vida. Além disso, com você eu tirei noventa e não acho que Lori teria conseguido isso. Você é minha pessoa favorita no momento.

Uma pontada de culpa azedou o humor de Gina. Ela e Jackson tinham se dado muito bem e recebido uma nota mais alta do que os oitenta e quatro de Stone e Natasha.

Só que mais nada na relação deles tinha sido igual. A camaradagem fácil e o bom humor, a disposição de Jackson a aprender e crescer — e sua gana de *vencer* — eram todas características que Gina tinha torcido para encontrar em um parceiro no começo da temporada. Ela devia ter ficado feliz de trabalhar com Jackson.

Em vez disso, só queria ter Stone de volta. Quando dançava com ele, se sentia mais viva. Tinha que se esforçar mais, claro, já que Stone não tinha nenhum treinamento de dança. E dizer que o homem não era naturalmente emotivo era um eufemismo.

Só que o desafio fazia cada sorriso que ela tirava dele parecer uma recompensa por si só. A alegria contida de Stone quando acertava um passo aquecia seu coração cínico.

Jackson era educado e profissional. Quando olhava para ela, era com atenção, do jeito que um estudante ávido se vira a uma professora para perguntar "E agora?".

Quando Stone olhava para ela, era com fogo nos olhos e um controle frágil da conflagração. Se ela se aproximasse demais, seria queimada e consumida.

Depois de uma semana longe, ela estava pronta para ser consumida. Muito pronta.

Quando as câmeras foram desligadas e todos seguiram para tirar os figurinos nos bastidores, Gina procurou Stone.

Antes que pudesse encontrá-lo, Natasha pegou seu braço.

— Vou sair com Kevin e Lori e alguns dos outros. Quer vir?

Gina balançou a cabeça.

— Estou cansada. Vai você.

Natasha assentiu.

— Te vejo depois, *nena*.

Stone era uma cabeça mais alto que a maioria do elenco e, portanto, facilmente encontrado. O coração de Gina deu um pulinho quando o viu. Era ridículo, na verdade. Ela só o conhecia fazia uns dois meses e só ficaram separados por poucos dias. Sim, os dançarinos profissionais se apegavam a seus parceiros depressa, e vice-versa, mas ela nunca sentira uma conexão como aquela com um dos seus parceiros, como se um fio invisível os conectasse.

Ela se deixou ser atraída na direção dele, aumentando a velocidade até estar quase correndo. Ao redor deles, os outros casais estavam se reunindo e ninguém ligou muito quando Gina jogou os braços ao redor do pescoço de Stone.

Ele a ergueu no ar, envolvendo-a no aroma fresco do Alasca enquanto a segurava contra o peito nu. Estava suado, mas ela também. O cabelo dele estava solto e ela apertou o rosto na massa quente. Por dentro, seu coração se acalmou, mas as borboletas na barriga dançaram um chá-chá-chá veloz.

— Também senti saudade — sussurrou ela no ouvido dele.

Quando se afastou, as bochechas se roçaram e os cantos das bocas se tocaram. Ela quase virou a cabeça para beijá-lo antes de se segurar.

Ali não. Estavam cercados pelo elenco e a equipe. Ela tinha que manter as aparências.

— Vocês dançaram uma ótima salsa — disse ela, animada.

— Natasha é uma ótima professora. — Ele abaixou a voz. — Mas não é você.

Ah, porra. O homem com certeza sabia como fazer a pulsação dela acelerar.

— Vai lá em casa hoje. — As palavras saíram num sussurro.

Ele assentiu, os lábios se abrindo para murmurar:

— Em uma hora.

— Ótimo — disse ela, mais alto. — Te vejo amanhã cedinho. O tema da semana que vem é Broadway.

Eles se separaram para continuar se despedindo do resto do elenco.

Enquanto isso, Gina estava prestes a explodir de empolgação. E desejo.

Naquela noite, ia jogar a cautela para o alto.

Capítulo 18

O elevador no final do corredor fez um barulhinho ao parar. Gina puxou uma golfada de ar e o soltou depressa quando Stone apareceu no corredor, sexy demais no seu jeans escuro e camisa xadrez vermelha com as mangas enroladas. O cabelo dele estava molhado do banho, caindo solto sobre os ombros.

Timidez e nervosismo a dominaram — o que era bobo, visto que ele já tinha tocado praticamente todo centímetro dela que existia para tocar.

— Oi — disse ela suavemente.

O fogo abafado nos olhos dele se inflamou, e Stone correu até ela, tomando-a nos braços e entrando com tudo no apartamento. A porta bateu atrás deles, mas sua boca já estava na dela e Gina não dava a mínima para o que os vizinhos pensariam.

Os lábios dele estavam quentes. Sua barba a arranhava, mas era mais suave do que parecia. Ele a devorou, explorando a boca dela com os lábios e a língua como se nada fosse suficiente. Gina agarrou um punhado do cabelo dele com uma mão, a outra acariciando uma bochecha, maravilhando-se com as texturas contrastantes enquanto o deixava conduzir o beijo.

Ela tinha passado semanas ensinando-o a dançar. Estava cansada de conduzir e mais do que pronta para ceder o controle.

Ou talvez não, se isso significasse ir devagar.

— Quero você — disse ela contra os lábios dele, debatendo-se naqueles braços. — Tire a roupa.

Ambos sabiam por que estavam lá. Não havia motivo para timidez.

— Com certeza. — Ele olhou para o sofá, onde as coisas tinham ficado quentes na última vez. — Quarto?

— Ali. — Ela apontou e ele a carregou.

Não era estranho ser carregada por ele. Ele a erguera no dia em que se conheceram e a tinha levantado inúmeras vezes durante os ensaios. Nos braços dele, Gina se sentia segura, protegida, bem cuidada. Ele não a derrubaria.

Cuidado.

Por mais segura que se sentisse nos braços dele, ainda havia uma ameaça de perigo. Não para o seu corpo, mas por todos os motivos pelos quais ainda não tinha dado esse passo com ele.

Gina deixou de lado essas preocupações. Já estava cansada de lutar contra aquele desejo.

Eles entraram no quarto e Stone novamente fechou a porta com um chute. Deitando-a na cama, ele subiu ao lado dela e a puxou para perto. Seu colchão *queen* nunca tinha parecido tão pequeno.

O quarto estava iluminado por um abajur na mesa de cabeceira, mergulhando o espaço em um brilho amarelo suave. Convidava-os a ir com calma, a saborear cada momento.

Foda-se a calma.

Gina sentou-se. Sem dizer nada, Stone ergueu a blusa dela sobre as costelas e a cabeça, murmurando um xingamento reverente quando viu o sutiã preto de renda. Ela sorriu, então arquejou quando ele pressionou a boca contra o seu seio através da renda.

Ela segurou a parte de trás da camisa dele.

— Eu disse pra tirar a roupa.

— Sim, senhora.

Gina ajudou-o a abrir os botões da camisa.

— Por que caralhos você pôs algo tão difícil de tirar?

Ele riu baixo.

— Eu estava pensando mais em tirar as *suas* roupas.

Com um rosnado, ele puxou o cós da calça justa dela. Gina ergueu os quadris para ajudar.

Ele grunhiu quando viu a calcinha de renda combinando com o sutiã.

— Porra, Gina.

— Coloquei só pra você.

Ele beijou o quadril dela.

— Fico feliz em ouvir que não estava usando isso para sua dança com Jackson.

— Ficou com ciúmes?

— Pode apostar. — Ele se ergueu para beijar os lábios dela. — Tudo que eu conseguia pensar nesta semana era na nossa salsa, lá no começo. Fiquei doido pensando em você dançando daquele jeito com Jackson.

— Como acha que eu me senti sabendo que você estava dançando com minha melhor amiga?

Prendendo-a entre os braços, ele a fitou nos olhos.

— Ela não é você.

Um calor se espalhou pelo peito de Gina, e então mais para baixo quando a mão dele deslizou até seu quadril.

— Senti saudade.

O coração dela deu uma cambalhota.

— Já me disse isso.

— Vale repetir. — Os dedos dele puxaram o elástico da calcinha. — Você deixa as coisas mais… fáceis.

Gina franziu o cenho.

— Como assim?

— É mais fácil falar com você. Mais fácil pensar. Mais fácil… sentir.

Os olhos dele eram lagoas azuis sem fundo, ameaçando sugá-la para o fundo. Era mais do que ela conseguia aguentar. Suas próprias emoções estavam próximas demais da superfície, mas *não* era mais fácil para ela senti-las.

Hora de mudar de tática.

— Você ainda está vestido.

Ele deu um puxão na camisa, fazendo o último botão sair voando.

— Eu encontro isso depois. — Gina ajoelhou-se na cama para ajudá-lo a empurrar o tecido sobre os ombros. Arrastando as mãos pelo torso musculoso de dar água na boca, desafivelou o cinto dele. — Nada de interrupções dessa vez.

— Graças a Deus. — Ele grunhiu quando ela abriu o zíper da calça jeans.

Enfiando uma mão na cueca, ela segurou o membro duro e quente. Era aquilo. Não tinha volta. Com cuidado para não o machucar, descobriu o pau dele e encarou.

Sabia que ele era grande. Era impossível não notar nos ensaios. Até o tocara algumas vezes por acidente durante as aulas de tango — e nem sempre de um jeito bom. Ver de perto era uma história completamente diferente. Ele era longo e grosso, duro como uma… não, ela *não* ia fazer essa analogia. Estava duro como uma *rocha*, e os pelos pubianos tinham sido aparados.

Ela devia ter demorado demais, porque Stone soltou um gemido e enfiou os dedos no cabelo dela.

— Querida, você vai me deixar complexado.

— Desculpe, estou só… impressionada.

Ele riu, então jogou a cabeça para trás quando ela apertou a base.

— Gina. Não me provoque. Por favor.

— Não vou.

Ela se inclinou e fechou a boca ao redor dele. Stone soltou um ruído estrangulado, os dedos se contorcendo no cabelo dela.

— Você é… — Ele se interrompeu abruptamente e exalou com força quando ela empurrou a língua contra ele.

Ela ergueu a cabeça e deu um sorriso doce.

— Sou o quê?

Apertando os ombros dela, ele a puxou para cima e deu um beijo firme e desesperado na boca dela.

— Incrível — sussurrou ele. — Absolutamente incrível pra caralho.

Ela sentiu o rosto ficar quente com o elogio, e então deu um passo assustador para ver como ele respondia.

— Eu também gosto de você, Stone.

Os olhos dele examinaram os dela por um momento e Stone a beijou de novo, entrelaçando a língua na dela. Foi a vez de Gina gemer quando ele a esfregou contra si. Ela empurrou o jeans dele e, de alguma forma, Stone tirou a calça sem interromper o beijo. Quando estava nu, ela recuou para admirar a visão completa.

— Caralho. — O ar saiu com força enquanto fitava o corpo dele em toda a sua glória. — Cara, você puxa ferro?

O abdômen dele — Jesus, ela nem sabia que podia ser tão definido — estremeceu quando ele riu.

— Sua vez.

Ela tirou o sutiã com uma mão enquanto a outra puxava a calcinha pelas pernas. Finalmente, ambos estavam nus, sem nada entre eles. A apreciação no olhar dele a deixou em chamas. Gina pressionou todo seu corpo no dele e o beijou, amando sentir o pau dele, quente e insistente, contra sua barriga. Por que ela tinha resistido tanto?

A boca dele deixou a dela para plantar beijos e mordidas leves pelo seu pescoço. Ela se recostou nos travesseiros e fechou os olhos, sorrindo.

Até que ele ficou imóvel e ela abriu os olhos. Stone tinha parado com o rosto no seu pescoço.

— Que cheiro é esse? — perguntou ele.

— *Cheiro*?

— Estou tentando descobrir desde que nos conhecemos. — Ele pegou uma mecha do cabelo dela e deu uma fungada. — Tipo flores ou...

— Hibisco. Meu xampu é de hibisco.

— Mm. — Ele fechou os olhos e levou uma mecha ao nariz. — Eu gosto.

Gina inspirou bruscamente quando ele apertou seus seios e enfiou o rosto entre eles, inalando profundamente.

— Mas não é só isso.

— Óleo de coco. — Ela mal conseguiu falar enquanto os dedões ásperos dele arranhavam seus mamilos sensíveis. — Da cabeça aos pés.

Os lábios dele se fecharam ao redor de um mamilo e seus dedos apertaram o outro.

— É por isso que você é tão macia?

A sucção quente da boca dele, contrastando com o leve arranhar da barba e o formigar provocador do cabelo, a fez gemer e se contorcer sobre os lençóis.

— *Isso*.

Quando ela estava se arqueando sob a boca dele, Stone subiu para sussurrar no ouvido dela.

— Agora eu vou te provar, Gina.

As palavras e o rosnado grave com que foram ditas fizeram Gina se arrepiar. Ela abriu as pernas para Stone se acomodar. Seus olhos, tão azuis na luz quente, ergueram-se para os dela enquanto ele abaixava a cabeça. O resto do seu corpo, bronzeado e torneado, estendia-se até a beirada da cama.

Se ela não fosse paranoica sobre guardar esse tipo de coisa no celular, tiraria uma foto dele naquele exato momento. De toda forma, achava que jamais esqueceria o jeito como ele a estava olhando. Como se seus papéis tivessem se invertido e *ele* fosse o lobo mau.

E ela fosse gostosa o bastante para ser devorada.

Stone abaixou a cabeça entre suas pernas e lambeu de leve. Gina relaxou nos travesseiros e se rendeu à sensação.

Enquanto ele se entregava à tarefa, ela abriu as pernas ainda mais para abrir espaço para os enormes ombros.

— Caralho, você é flexível — murmurou Stone.

Ela ergueu o braço que tinha jogado sobre o rosto e olhou para ele atordoada.

— Você já sabia disso.

— Só comentando. — Ele a abriu com os dedos.

Com cada passada dos lábios no clitóris, ondas de prazer dispersavam os pensamentos de Gina. Cada lambida da língua na sua entrada os transformava no seu único ponto de foco: aquele homem, a boca dele, a boceta dela. Dos seus lábios saía uma única palavra, repetida sem parar como um mantra: *sim, sim, sim.*

O orgasmo cintilava à margem da consciência dela. Com os dedos dos pés se curvando contra a lateral do corpo dele, ela arqueou o corpo e agarrou o seu cabelo, gritando seu nome.

— Stone!

Ele ergueu os olhos para os dela, um divertimento safado nas profundezas azuis. Fez um ruído de concordância com o fundo da garganta, a língua ocupada rodeando o clitóris, como se soubesse que ela estava quase lá.

— Stone, eu vou...

— Hmm?

Fechando os olhos com força, os músculos dela se tensionaram e as mãos apertaram o cabelo dele. A língua dele a atiçou cada vez mais, até que finalmente, ah, Deus, *finalmente*, ela gozou, soltando um gemido agudo. As sensações verteram-se pelo seu corpo, fazendo-a tremer e se sacudir, exaurindo-a até não restar nada exceto um formigamento a percorrendo dos pés à cabeça.

Saciada e exausta, ela desabou nos travesseiros e se esforçou para recuperar o fôlego.

Caralho. O homem sabia usar a boca. Mas agora eles estavam 2 a 0 no quesito orgasmo.

Stone veio sussurrar no seu ouvido.

— Camisinhas, Gina.

— Na mesinha.

Ela apontou na direção da gaveta com as camisinhas roubadas do estoque de Natasha. Suas pálpebras se fecharam conforme Stone vasculhava lá dentro. Uma embalagem foi rasgada, e ela abriu os olhos a tempo de vê-lo descer o látex pelo comprimento grosso.

Que bom que ele a deixou tão preparada.

Gina deixou-se cair de costas como uma boneca enquanto ele se ajoelhava entre suas pernas. Ele pegou o pau na mão e encaixou a cabeça entre as duas dobras.

Seu olhar capturou o dela.

— Pronta, Gina?

— Estou pronta há dois meses. Vem.

Ele abriu um sorriso travesso e, em um movimento suave, deslizou para dentro.

Ela puxou o ar quando ele a preencheu. Ah, *Deus*.

Stone não deu tempo para ela se ajustar. Tomando-a nos braços, ergueu-a até ficar reta.

— O que você...?

Ele se ajoelhou na cama e se apoiou com uma das mãos na parede. O outro braço a segurava para si, montada no seu pau.

— Pronta? — perguntou de novo.

Ela não conseguiu formar palavras dessa vez, então só assentiu. O corpo dele se tensionou, a luz do abajur na mesinha dourando todos aqueles músculos deliciosos.

E então ele deu uma estocada.

Tremores de uma sensação gloriosa se espalharam pelo corpo dela. Gina se agarrou aos ombros úmidos de suor, as pernas envolvendo firme o quadril de Stone. Um arrepio o percorreu.

— Porra, Gina — grunhiu ele, estocando de novo. — Você é tão apertada.

Não havia palavras. Ela gemeu em resposta.

— Gostosa pra caralho. — Ele falou as palavras com reverência, o pau indo para dentro dela a cada palavra, como se para pontuá-las.

— Mais rápido — sussurrou ela.

O olhar dele — fixo no ponto onde estavam unidos — ergueu-se ao dela.

— Tem certeza?

Ela mordeu o lábio e assentiu.

— Tem que me avisar se eu te machucar — disse ele com uma nota de alerta na voz.

— Não vai machucar. Me fode, Stone.

As palavras libertaram algo nele. Curvando o corpo ao redor do dela, seus quadris potentes se moveram como um pistão, para a frente e para trás, mais fundo a cada investida.

Tudo que ela podia fazer era se segurar firme. Ali Gina o deixou conduzir, cedeu o controle completo. Estava se despedaçando e amando cada minuto.

Ele a mudou de posição — ainda com um braço ao redor da sua cintura — e a apertou mais. O ângulo fazia seu pau se esfregar no clitóris dela a cada estocada e Gina arqueou a coluna. Gritou. Gritou de novo. E de novo. Seu corpo pairava às margens do ápice do prazer, a fronteira entre a pele dele e a dela se misturando. Ela se sentia sem ossos, sem peso, inteiramente apoiada pela força e o desejo dele.

Rendeu-se completamente.

O orgasmo a tomou de surpresa. Um prazer tão intenso com certeza não podia ser superado. Mesmo assim...

Ele deu uma metida forte, grudando a pelve à dela. E, no processo, ela se libertou e flutuou além dos limites para um abismo de sensação pura e perfeita que nunca queria deixar.

Ele estremeceu sobre ela, sustentando os dois enquanto soltava um gemido grave. Pulsou dentro dela e Gina arquejou.

Era óbvio que sexo com Stone seria incrível. Ela só não esperava que fosse ser uma experiência religiosa.

Ofegando, ele a abaixou na cama — ainda gentil, ainda controlado — e não a derrubou, embora seu corpo começasse a tremer. Quando Gina estava acomodada, ele desabou ao lado dela e enterrou o rosto no seu cabelo. Passou um braço ao redor da sua cintura e a puxou para perto.

Óin. O homem da montanha gostava de ficar agarradinho. Contente, ela se aproximou mais.

Os lábios dele tocaram seu ombro em um beijo leve. O coração dela derreteu um pouco.

Não faça isso, ela queria dizer, mas parecia ridículo ter medo de um simples beijo depois do que tinham feito.

Após alguns minutos, Stone se apoiou em um cotovelo. Seu cabelo estava uma bagunça, então ela o afastou do rosto. Com um pequeno sorriso, ele se curvou para beijá-la na boca.

O olhar dele era tão doce, tão tenro, que Gina queria desviar os olhos. Só que não podia. Stone a atraía com sua consciência paciente, como se soubesse que ela precisava de alguns minutos para se recobrar e encontrar um jeito de tornar as coisas simples e leves entre eles de novo.

Eles ainda tinham que trabalhar juntos. Ainda tinham que ser parceiros até… até quando ele ficasse no programa. Com sorte, até a final.

E depois? Ele voltaria para o Alasca. Desapareceria como se nunca tivesse estado ali. E ela iria… bem, tudo dependia se ainda teria ou não um emprego no final daquilo.

E ela tinha acabado de transar com seu parceiro.

De novo.

— Pare de pensar — disse ele com um tom leve, correndo a mão pelas suas costelas.

— Não consigo evitar.

— Por quê? — Ele ergueu as sobrancelhas. — Vou achar que não fiz um bom trabalho em te distrair.

Gina riu e apoiou uma mão no peito dele, traçando os contornos definidos dos músculos.

— Você é uma grande distração e fez um *ótimo* trabalho.

— Então por que está fazendo careta?

— Estou? — Agora estava. — Hã.

— Você pode me falar, Gina. O que estiver na sua cabeça. Sou um bom ouvinte.

Ela brincou com as pontas do cabelo dele. Era tão bonito. Talvez Stone a deixasse escová-lo.

Ele esperava uma resposta. Ela exalou devagar.

— Não é um ótimo assunto para discutir depois do sexo.

Ele os mudou de posição para ficarem de costas, encarando o teto. Seu bíceps fez as vezes de travesseiro. Era como se tivessem finalmente terminado o que começaram no Central Park, naquele campo sonolento. Ele estava quente e tinha um cheiro forte e reconfortante.

Mas era um falso conforto. Não havia por que se apegar a alguém que ia embora.

Então podia muito bem contar para ele. Nada como falar sobre um ex para fazer um cara sair correndo.

Capítulo 19

—Tem um motivo para eu não namorar pessoas da indústria — começou Gina. — Eu fiz isso uma vez e... me dei mal.

Stone ficou tenso. Talvez não fosse um ótimo assunto, mas queria que Gina sentisse que podia falar com ele. Ela guardava muita coisa dentro de si, escondendo suas ansiedades e mágoas sob um exterior ensolarado. Ele queria ser alguém a quem ela podia revelar todos os seus pensamentos e sentimentos.

Algum dia, Stone esperava ser capaz de fazer o mesmo.

— Uma vez, namorei um antigo parceiro de dança.

Ele cerrou a mandíbula audivelmente.

— Aham.

Sentando sobre as coxas dele, ela correu as mãos pelo seu peito e deu um sorriso sonolento.

— Não se preocupe. Você é, de longe, o homem mais gostoso com quem já dancei.

— Já dançou ou... — Ele agitou as sobrancelhas para fazê-la rir. — *Dançou?*

Ela deu uma risadinha e apoiou a cabeça no peito dele.

— Ambos.

Stone a abraçou. Estavam tão acostumados a se tocar que não havia nada daquele constrangimento normal após uma primeira transa. Todas as danças os tinham levado àquele ponto.

— Continue.

— Ruben fazia parte da trupe de dança na qual eu entrei quando era adolescente. Eu ainda não tinha construído uma reputação para mim mesma quando começamos a namorar. Ele era mais conhecido... pelo menos, era o que me parecia... e falava muito sobre como a gente ia estourar juntos no mundo da dança. Achei que estava sendo sincero.

— Sinto que está vindo um despertar rude aí.

— Acertou. Entramos numa competição e eu coreografei a dança para a final. Ruben assumiu todo o crédito. Quando apontei que a dança era minha, ele me disse: "A inveja não cai bem em você, Gina". Aí contou para todo mundo na trupe que a gente estava dormindo junto, o que me fez ser tirada da competição porque acharam que atrapalharia minha habilidade para dançar, fosse com ele ou com os outros, e que poderia ser difícil para mim vê-lo com outras mulheres.

Stone exalou, mais um rosnado que um suspiro. Gina deu tapinhas no seu ombro.

— Eu aprendi a lição. Não se envolva com pessoas com quem você trabalha.

Ah. Isso com certeza explicava algumas coisas. Não parecia gentil apontar o óbvio, mas ele fez isso mesmo assim.

— Você quebrou essa regra por mim.

Gina desviou os olhos.

— Sim.

Ele segurou o rosto dela e a virou gentilmente para encará-lo.

— Por quê, Gina? — Ele queria saber.

Os olhos dela estavam escuros, como se a luz do abajur não pudesse penetrar em suas profundezas.

— Eu te quero tanto. — Ela engoliu em seco. — E não acho que você vai me trair. Além disso, você é só adjacente à indústria.

Ele ergueu as sobrancelhas.

— Somos parceiros de dança.

— Eu sei, mas... — Gina deu um peteleco no ombro dele.

— Sim, eu quebrei minha regra por você e não me arrependo. Tá feliz? Mas não quero que ninguém saiba sobre nós.

Em um nível, fazia sentido que Gina quisesse manter aquilo em segredo. Em outro, Stone estava tão exultante que queria contar para todo mundo. Exceto que nenhum dos dois tinha o luxo do anonimato, por enquanto.

Isso o lembrou de algo, embora ele não soubesse bem como abordar o assunto.

— Falando nisso... Donna mencionou algo para mim sobre um relacionamento falso?

Gina revirou os olhos.

— Maldita Donna. É uma *bruja* intrometida.

— Ela fez parecer que nos garantiria mais votos. Estamos tentando vencer, não é?

A boca de Gina se apertou numa linha fina.

— Não assim. Eu não vou fingir que está acontecendo algo entre nós por votos.

— Mas *está* acontecendo algo entre nós.

— Minhas sobrinhas assistem ao programa, Stone. Que tipo de exemplo eu daria para elas? Que tipo de reputação eu construiria nessa indústria se fingir dormir com meu parceiro, ou dormir de fato com ele, por votos do público? — Ela se sentou, gesticulando enquanto ficava mais agitada. — Estaria caindo direitinho no estereótipo que estou tentando tanto quebrar: a latina promíscua que ninguém leva a sério. Não vou fazer isso. Sim, uso figurinos sensuais e faço danças sensuais, porque é parte do trabalho. Mas há uma linha tênue entre ser *sexy* e ser *sexualizada*. Quem eu sou de verdade transparece nos vídeos de introdução e compensa as personagens que interpreto nas danças. Quero ser conhecida como alguém que trabalha duro e trabalha bem com os outros, não por ultrapassar limites e comprometer minha integridade para vencer. — Ela o encarou por um longo momento, implorando com os olhos. — Você entende a diferença?

Ele assentiu e passou a mão no cabelo dela. Odiava que Gina tivesse que andar nessa corda bamba, mas o argumento fazia sentido.

— Perfeitamente.

— Ótimo. — Ela pôs a cabeça de volta no peitoral dele e se contorceu. — Agora, a gente pode ficar de conchinha um pouco antes que eu precise te expulsar? Natasha não vai ficar longe a noite toda e não quero que ela saiba que você esteve aqui.

Ele a abraçou e a segurou apertado. Era suficiente que Gina tivesse quebrado sua regra por ele. Ele não tinha direito de pedir mais.

Ainda que quisesse.

*S*tone esperou o táxi diante do prédio de Gina. Ele preferiria caminhar, para dispersar a inquietude, mas ninguém caminhava em Los Angeles.

Além disso, ele tinha que ensaiar pela manhã.

As palavras de Gina o atormentavam. Ele estava fazendo exatamente o que ela disse que não faria: comprometendo sua integridade por dinheiro.

Bem, não por dinheiro, exatamente. Pela sua família. Ainda assim, era quase a mesma coisa.

Ele sempre tinha feito tudo que a família pedira. Quando lhe disseram para largar tudo e se mudar para uma pequena clareira no interior do Alasca sem nada exceto uma equipe de filmagem, ele tinha se demitido, terminado seu relacionamento e deixado o cabelo e a barba crescerem para o papel. Quando os produtores perceberam, o que foi rápido, a dificuldade de Stone em atuar, reduziram suas entrevistas de bastidores e o faziam tirar a camisa sempre que possível. E ele tinha aceitado tudo.

Ele já tinha contado a Gina sobre o urso falso, mas estava morrendo de vontade de contar sobre o resto. Sobre como *Vida selvagem* era tudo uma mentira. Ele e a família estavam promovendo uma imagem de si mesmos fabricada para a TV e que escondia as dinâmicas disfuncionais que eles nunca discutiam. O problema com drogas de Reed. A luta de Winter e Raven contra a ansiedade social. Wolf e seu… bem, na verdade, o hiperativo Wolf se adequava melhor à vida na natureza selvagem e, quando não estavam filmando, ele corria pela pousada gerando caos.

Stone só queria sua vida normal e tranquila de volta. Queria a paz que sentia quando estava sozinho, realmente sozinho, no Alasca. E Violet e Lark também mereciam uma chance de ter uma vida normal. Elas estavam crescendo no mundo estranho e surreal dos realities shows. Não tinha como a fama e as mentiras serem boas para elas.

Eram essas merdas que mantinham Stone acordado de noite, as merdas que ele não podia discutir com ninguém. Filmando em uma locação remota ao redor de pessoas que não davam a mínima sobre o que estavam fazendo, a família tinha conseguido manter tudo isso em segredo por quatro temporadas. Mas havia um custo. Não existiam relacionamentos reais fora da família. Especialmente para Stone, já que tinha tanta dificuldade em esconder a verdade. E agora, quanto mais ele se aproximava de Gina, mais queria contar tudo a ela.

Será que ela o respeitaria depois? E que diferença faria? No final do *Estrelas da dança*, quando quer que isso fosse para ele, Stone voltaria para o Alasca. Ele tinha um contrato para cumprir. Sequer se importava com o que Gina achava?

Claro que sim. Stone se importava muito com o que Gina achava dele. No momento, ela o respeitava o suficiente para quebrar suas próprias regras e o receber na sua cama, no seu corpo. Era um presente que ele não encarava de forma leviana.

O que ela pensaria se soubesse a verdade?

Não importava. Ele não podia contar mesmo que quisesse. O melhor que podia fazer era ser ele mesmo — seu eu verdadeiro — e evitar falar sobre o resto.

Ele torcia para que fosse suficiente.

O carro parou junto ao meio-fio e ele entrou.

Pelo menos a semana seguinte tinha o tema Broadway. Ele não sabia nada sobre musicais, então nisso não teria que fingir.

Agora, como caralhos ele fingiria não ter sentimentos por Gina?

*N*o primeiro ensaio deles, Gina dissera a Stone para colocar tudo que sentisse na dança e, pelas duas semanas seguintes, foi isso que ele fez. Ele e Gina roubavam momentos para ficar juntos sempre que possível — longe das câmeras e quando Natasha saía. Na frente das câmeras, canalizavam sua química incandescente nas danças. Era uma coisa física, uma terceira entidade dançando com eles na sala de ensaios — além das entidades físicas de Jordy, Aaliyah e às vezes Donna.

Para a noite Broadway, Gina preparou uma coreografia contemporânea emocional com muitas elevações. Stone ficou sem camisa pela segunda semana seguida, vestindo apenas uma calça cinza de pijama enquanto Gina usava um top bege e uma saia rodada. Era o figurino mais simples de todos até então, mas permitia a maior gama de movimentos. O tema da música era perdão, o que o tocava profundamente.

Se Gina descobrisse a verdade sobre ele e seu programa um dia, Stone esperava que o perdoasse.

Talvez ela tivesse razão sobre as emoções transparecerem na dança, porque foi a preferida dele entre todas que fizeram. Os jurados amaram e deram a primeira nota máxima de Stone. Elogiaram sua intensidade e força e disseram que queriam vê-lo tentar uma dança mais veloz e animada, para mostrar seu lado mais jovial e compensar o jive horrível do terceiro episódio.

Ganhar um 100 inflamou Stone. Ele e Gina intensificaram os ensaios e passaram mais tempo juntos longe das câmeras. Uma noite quase foram pegos por Natasha, que voltou para casa enquanto estavam aconchegados em um êxtase pós-coito. Numa discussão sussurrada, Stone argumentou que Natasha provavelmente já tinha adivinhado que eles estavam juntos, mas Gina lhe entregou seus sapatos e o empurrou pela porta no segundo em que ouviram o chuveiro ligar.

A semana seguinte foi a Noite do Cinema. Eles dançaram uma valsa animada e jovial com a trilha de um musical clássico, pensada para enfatizar a forma de Stone e sua melhora nos movimentos de pés.

Incrível como se apaixonar por alguém como Gina o deixava com um passo mais leve.

Para a valsa tradicional, eles usaram roupas formais combinando, em cinza e azul-gelo. A performance satisfez os jurados, que deram 90 para ele e o marcaram como um candidato às semifinais, mas ainda alegaram que queriam ver mais.

Enquanto isso, uma dupla ia para casa toda noite. Na noite da Broadway, foram Beto e Jess. Então, na Noite do Cinema, para a surpresa de todos, Dwayne e Natasha foram eliminados.

E aí sobraram seis: dois atletas olímpicos, dois jovens atores de televisão, a estrela do rock e o especialista em sobrevivência.

Stone ainda tinha que sobreviver a duas eliminações antes da final, incluindo a eliminação dupla depois das semifinais, e era de longe a celebridade menos famosa que restava no programa.

Ele queria que Gina vencesse. Ela era a melhor dançarina, na sua opinião. Não que fosse parcial.

Okay, ele era parcial, mas se importava com Gina e não queria que ela perdesse o emprego porque ele não era bom o bastante.

E o incomodava não conseguir parar de pensar na ideia de showmance. Não que seria só para as telas, claro. Havia um afeto genuíno entre eles, mesmo que nenhum dos dois tivesse expressado isso em voz alta.

Só que isso não era exatamente verdade. Ele lembrou da noite que passaram juntos.

Eu também gosto de você, Stone.

Bem, o sentimento era mútuo. E a palavra "gosto" era terrivelmente inadequada para tudo o que ele sentia por ela.

Capítulo 20

—Ele vai ficar tão surpreso. — Natasha deu um sorrisinho e estendeu a mão para o saquinho de chips de banana que Gina segurava.

Gina ajudou os chips a descer tomando uma água com gás. Na noite anterior, Natasha e Dwayne tinham sido eliminados, então Tash estava livre para se juntar à dança de trio no episódio da semana seguinte.

— Ele disse que você foi uma boa professora, então agora vai poder experimentar a alegria de ser instruído por nós duas ao mesmo tempo.

— Uma marmita de casal — disse Tash com uma risada.

Gina deu uma olhada para a câmera e cobriu a boca para conter um riso pelo nariz.

— Isso não significa o que você acha que significa.

— Talvez sim. — A amiga ergueu as sobrancelhas de forma sugestiva.

Naquele momento, Stone entrou na sala de ensaios e Gina irrompeu em risadinhas.

Ele congelou.

— Espere, eu vou dançar com vocês duas na semana que vem?

— Você estava dormindo quando Juan Carlos explicou que essa é a Semana de Equipe? — provocou Tash.

— Eu só... — Ele olhou de uma para outra. — Merda, estou ferrado, né?

Tash assentiu e foi pulando até ele.

— E pegamos um samba, ainda por cima.

— O que isso significa?

— É uma dança divertida — explicou Gina. — Tem uma atmosfera festiva. Originalmente é uma dança afro-brasileira, mas o samba de gafieira é diferente.

— Um dos movimentos principais é o puladinho — acrescentou Tash.

Stone pulou na ponta dos pés como se fosse jogar uma bola de basquete.

— Tipo assim?

— Mais ou menos. Você está se empurrando com os dedos, mas é mais uma subida e descida. — Gina chamou Tash e segurou as mãos dela. Ela contou e as duas demonstraram alguns passos, dando pulinhos enquanto dançavam pelo chão.

Stone ergueu as sobrancelhas.

— Não sei se consigo.

— Claro que consegue. — Tash segurou os quadris dele e marcou o ritmo.

— Domine o puladinho e você vai dominar o samba — disse Gina.

Tash apontou para ela com um dedo.

— Junto com uma rodada a três.

Stone grunhiu e Gina balançou a cabeça.

— De novo, isso não significa o que você acha que significa.

Tash deu uma piscadela.

— De novo, talvez sim.

Elas acabaram mais cedo, depois de passar a maior parte do dia ensinando os passos básicos da gafieira para Stone. Além da dança a três, Gina e Stone foram colocados com Lauren e Kevin para uma dança em equipe — e não tinham muito tempo para coreografá-la ou praticá-la.

Quando estava sem o microfone, Tash puxou Gina para a minúscula cozinha enquanto Stone ia ao banheiro.

Ela puxou o cordão do microfone de Gina e o desconectou.

— Ei, o que você...?

Tash levou um dedo aos lábios e gesticulou para Gina chegar mais perto. Gina pôs a cabeça próxima à da amiga, olhando de relance para a porta.

— O que foi? — sussurrou ela.

— Há quanto tempo você está transando com ele? — sibilou Natasha.

Gina recuou depressa, o coração martelando. *Merda*.

— Hã...

Natasha sacudiu um dedo para ela.

— Nem tente negar.

— Tá bom. Não vou. — Embora tivesse acabado de checar, Gina olhou ao redor de novo. Não adiantava perguntar como Tash sabia. Eram amigas desde os 14 anos. — Não conte pra ninguém.

— Psssh. Eu sei guardar segredo. *Você* sabe?

Com as sobrancelhas erguidas a uma altura perigosa, Tash saiu tranquilamente da cozinha com um "Tchauzinho!" casual.

Gina encontrou Stone no corredor. Ele estava prestes a prender seu microfone na roupa de novo, mas ela segurou sua mão para impedi-lo.

— Natasha sabe — disse em voz baixa.

Ele só deu de ombros, o que não ajudou em nada a aliviar a ansiedade de Gina.

— E daí? Ela não é sua amiga?

— Claro. E não vai contar a ninguém.

Ele sorriu e ergueu as mãos para segurar o rosto dela. Gina deu um passo para trás e ele franziu o cenho.

— Então, qual é o problema?

— O problema é que estamos sendo indiscretos de alguma forma.

Ele deu de ombros outra vez.

— Talvez Natasha só conheça você bem demais.

— Talvez. — Gina não estava convencida. — Vamos lá. Lauren e Kevin estão nos esperando.

Quando os dois entraram na outra sala de ensaios para encontrar os colegas de equipe, as primeiras palavras que saíram da boca de Lauren foram:

— Ui, eu vou dançar com *ele*?

Kevin deu uma gargalhada.

— Acho que podemos coreografar uma troca de parceiros?

Gina ficou tensa, a pele esquentando. *Sobre o meu cadáver.*

— Veremos — disse ela, orgulhosa do modo como soou amistosa e nem um pouco como alguém que quisesse arranhar os belos olhos azuis de Lauren.

Gina examinou o grupo deles. Ela não era nada sedentária, mas Lauren, com seus ombros largos e pernas musculosas de patinadora no gelo, parecia capaz de carregar lenha nos ermos do Alasca ao lado de Stone e dos irmãos. Eles teriam bebês loiros com olhos azuis como o céu e fariam atividades ao ar livre, como caçar e cortar árvores.

Uau, espere aí. Ela não ligava para coisas desse tipo — nem bebês *nem* cortar árvores. De onde tinha vindo aquele pensamento?

Ah, porra. Ela estava com *ciúme*.

Isso não era bom. Nada bom.

Para esconder sua reação, Gina deu as costas para Stone e Lauren — os dois estavam discutindo rafting em corredeiras — e aproximou-se de Kevin.

— Então, a dança em equipe — começou ela.

Kevin lançou-se numa explicação de suas ideias para a coreografia, que ele vinha remoendo fazia semanas. Uma gratidão imensa a tomou — por Kevin e seu profissionalismo, sua obsessão com coreografias inteligentes e seus *fãs*. Kevin manteria a equipe deles — o Time Ice Cold, uma combinação do Time Stone Cold e do Time Freeze Ray* — focada na dança.

Se alguém queria vencer mais do que Gina, era Kevin. E ele sempre vencia a dança em equipe. Contanto que sobrevivessem à próxima eliminação, havia uma boa chance de que as notas na Semana das Equipes ajudassem Stone e ela a chegar na final.

Hora de rezar. E trabalhar duro.

Jordy entrou com a música deles.

— Cá está — disse ele, entregando um cartão. — Gina, você vai amar essa.

Ele falou sem qualquer traço de sarcasmo. Curiosa, Gina pegou o cartão, leu o nome no topo e deu um gritinho.

Stone estava ao seu lado em um segundo.

— O que foi? Que gênero a gente pegou?

— Não um gênero, mas uma pessoa. — Gina empurrou o cartão na cara dele. — É um medley da Meli!

—*H*ein? — Stone examinou a lista de músicas. Algumas soavam familiares, mas nada que pudesse admitir conhecer, então só perguntou: — Quem é Meli?

Gina o encarou boquiaberta e arrancou o papel dele.

— Você tá brincando, né?

Ele lhe deu um empurrãozinho amigável com o quadril.

— Não ouvimos o Top 40 no interior do Alasca.

— Não acredito que você não sabe quem é Meli.

— Melissa "Meli" Mendez — interrompeu Kevin, pegando a lista de canções da mão de Gina. — Cantora e atriz.

— Ela é muito mais do que isso — protestou Gina.

Lauren olhou para a lista sobre o ombro de Kevin.

---

* Ice Cold tem um significado similar a Stone Cold, "muito frio", fazendo referência às ocupações de Stone e Lauren, e Freeze Ray significa "raio congelante". [N.E.]

— Ah, legal. Eu faço aquecimento com algumas dessas músicas.

Gina virou-se para Stone, seus olhos cintilando de animação.

— Meli é minha *ídola*. Ela é uma garota porto-riquenha do Bronx, do *meu bairro*, que começou como dançarina. Depois lançou alguns álbuns pop, teve umas canções de sucesso e passou a atuar em filmes. E aí pegou outros trabalhos, incluindo lançar sua própria coleção de moda, e também foi jurada e apresentadora de programas de TV.

— Ah.

Era óbvio o motivo para Gina a idolatrar. Elas tinham a mesma origem e Meli tinha sido bem-sucedida na indústria do entretenimento de todos os jeitos que Gina aspirava ser.

O humor de Stone azedou. Era mais um lembrete nítido de como as metas deles eram diferentes.

— Você sabe como é raro para uma mulher porto-riquenha alcançar esse nível de fama e reconhecimento? — perguntou Gina.

Stone não sabia, mas isso claramente era importante para ela.

— Não?

Ela piscou, as sobrancelhas caindo como se estivesse decepcionada.

— Raro. Ela é *a única* que chegou nesse nível.

— Vamos começar com essa coreografia — interrompeu Kevin. — Só temos duas horas.

Kevin era um coreógrafo que gostava de pôr a mão na massa. Stone sentou-se à beira do palco com Lauren enquanto Gina e Kevin tentavam definir a dança. Seus movimentos eram precisos e fluidos, como da vez em que dançaram juntos no clube de salsa. Mestres em ação.

— Como vai sua dança de trio? — perguntou Lauren, chegando mais perto de Stone.

— Ficamos com Natasha.

— E a gente com Matteo. Um italiano gostoso para uma dança e você para outra? — Lauren olhou para ele sob as pálpebras pesadas. — Sou uma mulher de sorte esta semana.

O rosto de Stone aqueceu, e ele manteve os olhos em Gina e Kevin enquanto tentava descobrir o que dizer.

Então os deuses da dança sorriram para ele — Gina o chamou para tentar um passo aéreo.

Ela não tinha ouvido, mas as palavras de Lauren ainda o deixavam desconfortável. Stone não queria que Lauren dissesse algo assim quando Gina pudesse ouvir, especialmente porque ele não podia dizer que estava comprometido.

Espera, estava? Ele não sabia que porra estava acontecendo com Gina. O relacionamento deles existia só no momento, sem espaço para pensar sobre o futuro, dedicados a extrair cada gota de divertimento e prazer que podiam de toda aquela experiência esquisita.

E depois? Aonde iam com aquilo? Porque, não importava o que acontecesse, ele ia voltar para o Alasca, e não só para *Vida selvagem*. O Alasca era o seu lar, o lar da sua alma. Ele se sentia mais em paz lá do que em qualquer outro lugar em que já estivera.

E Gina tinha deixado claro que seu futuro estava em dois lugares: Nova York e Los Angeles. O Alasca não fazia parte dos seus sonhos.

Onde ele entraria nisso?

Tinha medo de perguntar, medo de não gostar da resposta.

Seguindo as instruções de Kevin, Stone ergueu Gina sobre a própria cabeça. Ele manteve seus olhos em Kevin, enquanto seus pensamentos voltavam à sua situação com Gina. Ele a girou como Kevin orientou.

E então a deixou cair.

Capítulo 21

O instinto tomou conta e Stone segurou Gina antes que a cabeça dela batesse no chão. Porém, ele não contou com os reflexos dela. Gina abriu os braços para se apoiar e o fez tropeçar no processo.

Eles caíram em um emaranhado de membros, desabando no piso de madeira da sala de ensaios.

Alguém gritou.

Stone se virou no último segundo para lidar com o impacto, caindo com força no joelho e no antebraço. Kevin e Lauren correram até eles, mas Stone os ignorou. Gina era a única que importava.

Ele a tinha derrubado.

— Gina?

Com uma careta, ele se sentou e pegou Gina no colo enquanto o joelho latejava com força.

Sem fôlego, ela correu as mãos pelo corpo dele.

— Você está bem?

— Eu? — Ela não podia estar falando sério. Ele tocou seus cotovelos, joelhos, mãos, conferindo suas articulações. — Eu ouvi você gritar.

— Fui eu. — Lauren se ajoelhou ao lado deles. — A queda pareceu *horrível*. Stone, você consegue se mexer?

— Gina, me diz que está bem.

Ele correu as mãos sobre a cabeça dela, o pescoço, a coluna. Atrás dele, Jordy gritou para alguém chamar o médico.

— Estou *bem*, Stone. Eu nem encostei no chão.

Piscando, ele ignorou a dor latejante e se focou no rosto dela. Gina o encarava com preocupação evidente.

— Não? — Mas ele a tinha derrubado. *Derrubado*. Caralho. Como parceiro dela, ele só tinha *um* trabalho e…

— Não. Você me pegou. Foi *você* que bateu no chão.

— Foi incrível, cara. — Kevin estava com as mãos na cintura. — Já vi umas quedas feias, até derrubei minhas parceiras algumas vezes. Acontece. Nunca vi alguém pegar a pessoa desse jeito.

Lauren se aproximou um pouquinho mais enquanto Gina cuidadosamente subia a calça de moletom de Stone sobre o joelho.

Jordy chegou com uma bolsa de gelo.

— Ele precisa de um médico.

Stone se reclinou e se apoiou nos braços. Seu antebraço esquerdo reclamava, mas, como não estava tão ruim quanto o joelho, ele ignorou. Deixou Gina e Jordy cuidarem da sua perna, fechando os olhos e inclinando a cabeça para trás enquanto a adrenalina percorria seu corpo.

Lauren esfregava as costas dele. Ele gostaria que ela parasse. O toque de Gina no seu joelho, cuidadoso mas confiante, já o estava reconfortando.

— Stone?

A voz de Gina. Ele abriu os olhos.

— Hmm?

O olhar dela estava cheio de preocupação.

— Seu joelho está doendo muito?

Ela queria que ele dissesse não. A mentira estava na ponta da língua. Stone abriu a boca, mas ela apertou um dedo contra os lábios dele.

— Não minta — disse ela em voz baixa. — A verdade. Está doendo?

Ele soltou o ar devagar.

— É. Meio que sim.

Ela firmou a boca e assentiu.

— Vamos te levar para o hospital. Você consegue andar? — Ela olhou para Kevin, que deu de ombros. — Stone, você é a maior pessoa neste prédio. Acho que não tem ninguém que conseguiria te ajudar a andar.

Aaliyah se ergueu num pulo.

— Um dos produtores é um cara grandão. Eu chamo ele.

Stone balançou a cabeça.

— Eu consigo andar.

Ele se levantou, fazendo uma careta quando pontadas de dor dispararam nos pontos onde o joelho e o braço bateram no chão duro. Quando ficou de pé, sentiu-se um pouco melhor. Tudo bem que ainda precisava dar um passo, então isso poderia mudar, mas pelo menos conseguia se sustentar com as próprias forças. Gina ainda parecia preocupada, então ele segurou o rosto dela e se inclinou para beijar sua testa.

— Não se preocupe, querida. Eu vou conseguir dançar na segunda.

Gina arquejou. Stone congelou, percebendo o que tinha feito. Ele a beijara no rosto, na frente de Lauren, Jordy e das *câmeras*.

Lauren apoiou as mãos nos quadris.

— Desde quando vocês estão todos apaixonadinhos? Estão dormindo juntos, por acaso?

O jeito relaxado de Kevin veio ao resgate.

— Ei, Lauren. Isso não foi legal. Não é o momento para brincadeiras.

Lauren bufou.

— Tudo bem. Mas como vamos praticar a dança de equipe se um quarto do time não pode se mover?

Era uma boa pergunta. E como Stone ia dançar samba com um joelho lesionado, porra?

— Kevin, continue trabalhando na coreografia — disse Gina. — Eu vou com Stone ao médico.

Stone balançou a cabeça.

— Não, fique aqui. Faça sua magia, coreografe a dança com Kev. Aí você pode me ensinar depois.

— Eu não quero te deixar...

— Gina. — Ele manteve a voz gentil. Se apenas pudesse beijá-la até acabar com seus receios... A expressão assustada dela o estava matando, esmagando a determinação de manter as mãos longe dela quando as câmeras estavam ligadas. — Eu já tive ferimentos bem piores, em locais onde não havia um médico em quilômetros. Posso ir a um pronto-socorro de Los Angeles para ser examinado.

Ela mordeu o lábio como se estivesse contendo um argumento, mas assentiu.

— Vá pra casa depois do hospital. Amanhã a gente vê como está a situação.

Havia algo no olhar de Gina, algo que estava tentando comunicar a ele. Stone não conseguia decifrar a mensagem. Apesar das palavras calmas, seu joelho doía horrores. Com um aceno para o resto do Time Ice Cold, Stone se apoiou no ombro de Jordy e saiu mancando do estúdio.

*N*ão era nada — só um hematoma feio. Mas significava que Stone estava de cama, apertando gelo no joelho e zapeando canais a cabo. Não tinha nada passando. Ele não podia se exercitar, nadar, correr ou fazer trilha.

Estava entediado.

Seu laptop estava na escrivaninha do quarto, mas ele não estava a fim de se mexer para pegá-lo. Podia assistir a um filme, talvez. Tinha perdido todos os últimos filmes de super-herói enquanto filmava *Vida selvagem*.

Alguém bateu na porta do quarto de hotel.

Ele franziu o cenho. Tinha pedido alguma coisa?

Não. Não tinha batido a cabeça; ele se lembraria se tivesse ligado para o serviço de quarto.

— Quem é? — gritou da cama.

— Sou eu.

A voz estava abafada, contida, mas era inconfundivelmente Gina.

— Espera aí.

Desligando a TV, ele jogou o controle para o lado e trocou a posição da enorme bolsa de gelo no joelho. Enquanto tinha parecido transtorno demais pegar o laptop, a voz de Gina lhe deu um arroubo de energia. Ele mancou até a porta e a abriu.

Sem hesitar um segundo, Gina cruzou o umbral e o envolveu num abraço apertado. Ele retribuiu com um só braço, já que o outro ainda segurava a porta aberta.

— O que está fazendo aqui?

Paparazzi rondavam aquele hotel, e era por isso que sempre se encontravam no apartamento dela.

— Eu tinha que ver você — disse ela, o rosto escondido na camiseta dele. Inclinando a cabeça para trás, deu um sorriso trêmulo. — Quando te ouvi bater no chão...

Ele afastou mechas soltas do rosto dela, deliciando-se com a liberdade de um gesto tão simples. Era tão difícil se segurar perto das câmeras.

— Não se preocupe. Precisaria de bem mais que isso para me tirar de ação. Eu estava mais preocupado com você.

Ele mancou alguns passos para trás e ela fechou a porta. Quando ficaram de fato sozinhos, finalmente, maravilhosamente sozinhos, ele se encostou na parede e a puxou para um beijo demorado e profundo.

O aroma já familiar de coco e hibisco o envolveu com sua doçura.

Interrompendo o beijo, ele curvou a cabeça e inalou a área sensível atrás da orelha dela.

— Mm, você está com um cheiro delicioso.

Ela deu uma risadinha.

— Faz cócegas.

— Posso fazer cócegas em outro lugar, se quiser.

A risada dela se tornou rouca. Gina se apertou contra ele.

— Céus, Stone, fiquei com tanto medo por você. Achei que tinha batido a cabeça.

Passando um braço ao redor do ombro dela, ele foi mancando até a cama — e só apoiou um pouquinho do seu peso nela. Gina o ajudou a sentar no colchão e acomodar a bolsa de gelo no joelho de novo.

— Amanhã já estarei bem. — Ele bateu na cama, e ela tirou as sandálias e se aconchegou ao seu lado. — Vamos dançar na semana que vem e conseguir uma nota ótima, e vamos chegar à final. Você vai manter seu emprego.

Uma vozinha na cabeça dele o interrompeu com um *E depois?* zombeteiro.

Ele a afastou. Mesmo se não chegassem à final e Gina fosse demitida do programa, ela ainda seguiria seus sonhos. Não deixaria isso impedi-la.

Mais importante que aquilo, Gina não abandonaria a indústria, não importava quantos reveses sofresse. Era talentosa e trabalhadora demais para desistir de si mesma.

Era uma das coisas que ele amava nela.

Sim. Aí estava. Droga. Ele a amava.

Stone arquivou o pensamento por ora. Só ia complicar as coisas.

Ela o abraçou e pressionou o rosto no peito dele.

— Eu não estava pensando só no meu emprego.

O coração idiota dele bateu mais rápido.

— Não?

— Não. — Gina relaxou. — Eu estava com medo por *você*. Me importo com você, sabe.

Ele engoliu em seco. Ela nunca teria quebrado sua regra por ele se não se importasse.

— Eu sei.

Ela correu um dedo pela linha da barba dele.

— Como a gente chegou aqui?

— Aqui?

— Não neste quarto de hotel. Você sabe o que quero dizer.

— Parece inevitável.

— Não me venha com essa. Não pode dizer que não achou que eu fosse uma garota fresca de Los Angeles quando nos conhecemos.

Ele mordeu o canto da boca.

— Bem…

Ela riu.

— Sei como eu parecia. Meus produtores não tinham me dado nenhuma indicação do local aonde íamos, exceto que eu devia me vestir para o frio.

Ele ficou curioso.

— Aonde você achou que estava indo?

— Achei que eu ia ficar com a versão masculina de Lauren. Tinha sonhos de um patinador no gelo medalhista de ouro, que já soubesse dançar e tivesse uma base de fãs estabelecida. Uma aposta segura de vencer o troféu do *Estrelas da dança*.

— Em vez disso você ficou com um homem das florestas sem treinamento de dança e com habilidades sociais terríveis.

Ela franziu o cenho.

— Não tem nada de errado com suas habilidades sociais.

Ele revirou os olhos.

— Gina, eu mal falava no começo.

Ele ainda tinha medo de dizer algo que revelaria os segredos da família, mas não tinha mais medo de falar. Gina, com sua doçura e naturalidade, o fizera se abrir. Não tinha que ser "o calado" perto dela, podia ser ele mesmo.

Era a única coisa que ela esperava dele e um presente que ele nunca conseguiria retribuir.

— Não acredito que derrubei você — sussurrou Stone.

Ela esfregou a palma em círculos na barriga dele.

— Já me derrubaram antes. Acontece.

— Mas *eu* nunca fiz isso. Estava distraído.

A mão dela parou.

— No que estava pensando?

A verdade, ela tinha dito no estúdio de dança. Estava falando do joelho na hora, mas não merecia mais honestidade além de um relatório de lesão?

— Eu estava pensando no que vai acontecer quando eu voltar para o Alasca.

Próximos como estavam, era impossível não notar como o corpo dela se tensionou.

— Ah.

Ele esfregou suas costas.

— Tenho que concluir meu contrato com *Vida selvagem*.

Ela virou o rosto.

— Eu sei. — Sua voz soava pequena.

— Você trabalha aqui em Los Angeles.

Quem ele estava tentando convencer, porra?

— Eu sei.

Ele a segurou e ela o segurou, tocando-se com gestos cuja intenção era reconfortar em vez de atiçar.

— Me diga o que está pensando, Gina.

Ela tinha perguntado, e ele tinha respondido. Era justo retribuir o favor.

Ela soltou um suspiro alto.

— Não era para isso acontecer.

— Sua regra.

— Não é só a regra. — Gina puxou um fio solto na bainha da camiseta dele. — A regra é proteger minha carreira. Eu não preciso de uma regra para proteger meus... sentimentos, porque normalmente não me envolvo a esse ponto.

O coração dele acelerou de novo. Se a interrompesse agora, Gina podia mudar de assunto; mas, se não mostrasse que estava ouvindo, ela poderia parar. Acabou dizendo apenas:

— Mm-hmm.

— Eu... tenho alguns sentimentos, Stone. Por você.

Ele precisava ver aquilo. Precisava saber a verdade. Ajeitou-a até que ela estivesse sentada em seu colo e a fitou diretamente. Ela entendeu rápido, sabendo o que ele queria.

Eles se olharam nos olhos. Dessa vez, não houve risadinhas. Só emoção nua e crua.

Um buraco se abriu no estômago dele, um enorme abismo de desejo. Stone o viu espelhado nela, mas havia uma pontada de medo, o suficiente para que ele também precisasse fazer algo assustador antes de poder beijá-la.

— Eu também. — Sua voz estava rouca, áspera de emoção. — Por você.

Ela deu uma risada trêmula e encostou a testa na dele.

— Que porra a gente faz, Stone? Isso não vai funcionar. Eu não posso... Não vou... Stone, minha mãe abandonou todos os seus sonhos por um homem que a deixou para criar três filhos sozinha. E, na única vez que me envolvi com alguém próximo do meu trabalho, isso me custou muito. Não posso repetir esses erros.

Não ajudaria apontar que um desses erros era da mãe dela, não dela. De toda forma, ele não tinha um bom contra-argumento. A carreira era importante para ela e eles se conheciam fazia poucos meses. Ele não ia pedir a Gina que mudasse de vida por ele.

Mas ele também cometera erros. Se apaixonara — e tinha sido deixado — por uma mulher que não queria a vida que ele imaginava para si mesmo. E estava se colocando numa situação em que isso aconteceria de novo.

Ele estaria errado? Valia a pena abandonar sua própria visão de paz e felicidade para explorar o que poderia ter com Gina?

Ela nunca pediria isso dele. Talvez porque nunca faria isso por ele.

Era tarde demais, de toda forma. Stone já tinha sentimentos demais por ela. Aceitaria o que pudesse e sofreria as consequências mais tarde.

Então se inclinou para beijá-la.

Capítulo 22

Beijar Gina era uma experiência que dominava todos os seus sentidos, e Stone não queria que acabasse nunca mais. Ela se entrelaçou ao redor dele como uma videira, fundindo a boca à dele e retribuindo o beijo com ardor. Tinha gosto de bala de gengibre e um toque de desespero. Foi a última parte que o fez recuar e correr os dedos pela sua bochecha.

— Shh. Vai com calma. — Ele roçou o dedão pelo lábio inferior dela, que tremia. — Você está sempre indo a cem por hora.

Ela balançou a cabeça.

— Não posso ir devagar. Senão...

— O que vai acontecer?

Derretendo contra ele, ela apertou o rosto em seu pescoço e sussurrou:

— Meus pensamentos vão me alcançar.

O que estava acontecendo entre eles era aterrorizante, mas também necessário. Ambos precisavam tirar algumas coisas do peito. Talvez isso importasse mais do que o futuro: criar um espaço seguro onde podiam dizer as coisas que tinham medo de falar, sentir o que tinham medo de sentir.

— Por que isso é ruim? — perguntou ele.

— Porque são mensagens conflitantes. Fique. Vá embora. Não sei o que fazer.

Ele entendia. O mesmo conflito rugia dentro dele, mas em uma escala maior.

— O que você quer, Gina?

Ela ergueu a cabeça e o encarou de frente.

— Eu quero ficar.

— A noite toda?

Eles nunca tinham feito isso. Ela não permitira, no apartamento.

Ela assentiu. O coração dele se apertou. Finalmente, poderia passar a noite inteira com ela nos braços.

Ele soltou a presilha que prendia o cabelo dela em um coque bagunçado. A massa escura e lustrosa cascateou pelos ombros de Gina. Correndo os dedos pelos fios com aroma de hibisco, ele tomou a nuca dela e a puxou para um beijo.

Manteve o ritmo lento, mordiscando-a com leves carícias e lambidas suaves. Ela suspirou na sua boca e o deixou conduzir.

— O que estamos fazendo, Stone? — Ela soava ofegante, a questão retórica.

Ele respondeu mesmo assim.

— Nos beijando. — Ele arrastou a língua pelo lábio inferior dela e foi recompensado por um gemido suave. — Não é suficiente?

Ela mordeu o lábio e assentiu. Inclinando-se, apertou a boca na dele.

Em suas vidas exteriores, eles estavam separados por um abismo de responsabilidades e metas conflitantes. Ali, as únicas coisas entre eles eram alguns pedaços de tecido — e era hora de retificar essa situação. Se aquele momento fosse tudo que ele tinha, Stone não queria nada entre os dois.

A maior parte do tempo, eles se moviam depressa. Naquela noite, Gina ia ficar. Eles tinham tempo. Ninguém ia interrompê-los.

Ele manteve o beijo leve e provocador enquanto passava de leve os dedões sob a bainha da blusa. A pele de Gina estava quente e macia. Ele queria virá-la e percorrer o caminho dos seus dedos com a língua, mas o movimento tiraria a bolsa de gelo do joelho. Em vez disso, a ergueu para montar em cima dele.

Ele estava duro desde o primeiro beijo na porta, mas, com a bunda quente dela no colo, não tinha mais volta. Ergueu o quadril de encontro a ela, então se encolheu quando o movimento fez seu joelho doer.

Foi a vez de Gina silenciá-lo.

— Eu cuido de tudo hoje.

Ela se esfregou nele, sua coluna e quadris ágeis ondulando em um ritmo que o enlouqueceu. Ele gemeu e apertou as coxas dela.

— Lembra quando você me fez segurar sua bunda num ensaio? — disse ele com um rosnado, enfiando o rosto no pescoço dela.

— Como vou esquecer? Minha calcinha ficou molhada o resto do dia.

Ele ergueu a cabeça para olhá-la com surpresa.

— Sério?

— Eu não imaginei o quanto me afetaria.

— Também me afetou.

— Acredite, eu sei. Sua ereção com certeza não ajudou a minha situação.

— Eu queria ter sabido. — Com um gemido, ele a puxou contra a virilha, mas isso não ajudou em nada a aliviar a excitação inebriante tensionando seu corpo.

— Agora sabe. Além disso, está acontecendo de novo.

— Ah, é? Deixa eu ver.

Ele passou uma mão sobre o quadril dela e esfregou o dedão entre suas coxas, traçando a costura da calça legging. Arquejando, ela se curvou em direção ao toque. O movimento empurrou seus peitos para perto da cara dele.

Envolvendo um braço ao redor dela para apoiá-la, ele mordeu de leve os mamilos que despontavam no tecido da blusa.

Moveu o dedão em círculos mais rápidos, e ela começou a subir e descer os quadris.

— Ai, Deus, isso.

Um gemido alto cresceu no fundo da garganta dela, e Gina puxou a camiseta para expor os seios. Stone sorriu e lambeu seu mamilo esquerdo através do sutiã de renda, rosa-choque dessa vez.

— Me diga que está usando calcinha de renda rosa.

— Claro que... estou! — Ela gritou quando ele rosnou e sugou o mamilo direito, aumentando a velocidade com que esfregava seu clitóris através da calça.

— Tá quase gozando, querida?

— Com você? *Sempre*.

A sinceridade nas palavras o deixou em chamas. Ele passou ao seio esquerdo e arrastou a renda para baixo com os dentes, para poder prová-la sem nada no caminho.

Sobre ele, o corpo inteiro dela se tensionou. Ele observou o rosto de Gina, deliciando-se com o puro abandono que tomava suas feições. Os olhos apertados, a boca aberta num grito rouco até que, diante dos olhos dele, ela se despedaçou. Aquilo — dar-lhe prazer, vê-la com a guarda baixa — valia toda as merdas necessárias para chegarem ali. Os quadris dela deram um espasmo contra sua mão, a coluna se arrepiou junto ao braço dele, e os seios balançaram no rosto de Stone enquanto ela atravessava o orgasmo. Ao longo de tudo aquilo, ele manteve o dedão se movendo e não parou até ela desabar no seu peito, respirando pesadamente, o coração batendo rápido contra o dele. Stone alisou seu cabelo e esperou que ela se recobrasse.

— Mm. — Gina inclinou a cabeça para olhá-lo com as pálpebras pesadas e um sorriso sonolento. — Você é tão bom pra mim.

Tinha muito mais que ele queria fazer, mas daquela vez eles iriam devagar. Ele estava cansado de correr. Cada episódio podia ser o seu último. Por ora, eles tinham a noite toda. Ele faria tudo que pudesse para prolongar o seu prazer mútuo.

Ela se remexeu, então abaixou a mão entre os dois e a fechou ao redor do pau de Stone, que tinha levantado o short folgado de basquete que ele usava.

— Quero te chupar — disse ela.

Ele latejou na mão dela, completamente duro. Stone grunhiu em resposta, sem conseguir falar enquanto ela descia do colo dele e tirava a camiseta e o sutiã. Então desceu a legging e a calcinha, que de fato era rosa.

Quando estava nua, ela o despiu da camiseta. O short foi mais problemático. Ele se ergueu com as mãos e Gina arrastou o cós do short e a cueca, libertando-o. Puxou o short sobre o joelho com a bolsa de gelo com cuidado antes de jogá-lo de lado.

E deu um sorriso sensual para ele.

— É assim que eu gosto. Só você e eu, totalmente nus e sozinhos.

Ele jogou a bolsa de gelo para fora da cama e estendeu uma mão para ela.

— Vem cá.

Ela engatinhou entre as pernas dele. Stone tirou o joelho bom do caminho para abrir espaço para ela. Acomodando-se com o rosto no colo dele, Gina correu a ponta dos dedos de leve sobre a cabeça do seu pau.

As últimas semanas tinham mostrado a Stone que Gina gostava de lambê-lo antes do sexo penetrativo. Em certo ponto, ele tentara dizer que ela não precisava fazer isso, embora sua libido tivesse tentado impedi-lo.

— Você não gosta? — tinha perguntado ela, soando incrédula. — *Eu* gosto. Fico excitada com seu pau na boca.

— Não, eu... — As palavras deram um nó na sua língua e ele quase disse que amava. — Claro que gosto. É incrível pra caralho e eu não acredito como sou sortudo, então estou só questionando minha sorte.

— Então tudo bem. Nós dois gostamos. Cala a boca.

E foi isso.

Agora, ela arrastava a língua de baixo para cima, começando nos testículos.

Os olhos dele se reviraram.

— Jesus, Gina.

— Vou tentar te pôr mais fundo dessa vez — disse ela, antes de fechar a boca ao redor da cabeça e chupar com força.

Um raio de sensações percorreu o corpo dele, com a ação e as palavras. Sua cabeça bateu na cabeceira e ele fechou os olhos enquanto ela se movia.

Alguns dias antes, ela tinha dito que estava cansada de só abarcar metade do seu pau e queria praticar para levá-lo mais fundo. Ele quase morreu na hora.

Graças a Deus pelo espírito competitivo de Gina.

Ele tinha que manter os olhos fechados. Se olhasse, se a visse metodicamente o lubrificando com a língua e então engolindo-o na caverna quente e úmida, perderia o controle e gozaria ali mesmo.

Às vezes ela o chupava até ele gozar. Tinha feito isso uma vez com ele sentado no sofá da sua sala de estar, em plena vista da porta, embora Natasha pudesse ter entrado a qualquer momento. Aquela vez foi como ter fogos de artifício explodindo nos testículos. Ele ainda sonhava com aquilo.

Mas na maioria das vezes, como naquela noite, ele estava ansioso demais para entrar nela. Para senti-la abraçando seu pau como uma luva, seu corpo todo envolvido ao redor dele enquanto ela gemia no seu ouvido e fincava as unhas nas suas costas. Eles estavam nas cidades dos anjos e Gina era o paraíso na terra e ele não conseguia se fartar.

A boca dela se moveu para cima e para baixo, o ritmo dos lábios e da língua em perfeita harmonia.

Paraíso.

Era demais. Cedo demais. Ele colocou uma mão no cabelo dela e puxou com gentileza.

— Gina.

Ela acelerou os movimentos, apertando-o mais com a boca. Um tremor sacudiu o corpo dele conforme o prazer espiralava pelos seus nervos.

— *Gina*.

— Hmm? — O murmúrio vibrou no pau dele, fazendo um arrepio percorrer sua coluna.

Stone apertou os ombros dela e a ergueu.

— Estou quase gozando. — Ele puxou-a para perto e deu um beijo na boca dela. — Está pronta?

Antes que ele pudesse conferir com os dedos, Gina montou no seu colo e esfregou a boceta molhada e aberta no pau dele, cobrindo-o com sua umidade.

— O que acha? — perguntou ela, a voz rouca. — Estou pronta pra você?

Ele não conseguia nem pensar. Apertou as mãos na cintura dela, parando o movimento.

— As camisinhas estão no meu...

— Eu quero te sentir, Stone.

Ele congelou quando absorveu as palavras.

— Tem certeza?

Ela respirou fundo e soltou o ar.

— Tenho. Eu tomo anticoncepcional e tenho a pílula do dia seguinte em casa. E nós dois fizemos os exames antes das filmagens.

Ele sabia que ela tomava anticoncepcional. Quer dizer, a tinha visto tomar durante os ensaios quando o alarme tocava no celular. Mas nunca tinha transado sem camisinha antes. Ser um de sete filhos o tinha ensinado sobre a importância da proteção.

A vontade de estar dentro dela o impelia, mas o convite o deixou deslumbrado. Senti-la, pele a pele, seria o fim dele. E queria isso mais do que sua próxima respiração.

Assentindo, ele tomou a boca dela em um beijo profundo e penetrante. Gina apertou os ombros dele, mudando de posição para ele se encaixar na sua entrada. Ela estava molhada e pronta.

Ele sentiu uma pontada de dor no joelho enquanto deslizava para dentro do calor dela, empurrando até estar inteiramente acomodado no seu âmago.

Ela suspirou no ouvido dele. Pressionados peito a peito, o coração dela batia contra o dele.

Sem nada entre os dois. *Paraíso*.

Cumprindo sua promessa, Gina fez todo o trabalho. Ela girou os quadris, gemendo toda vez que ele a preenchia. Ondulou a coluna, rebolou no seu pau e estabeleceu um ritmo lento e quente que atiçou o fogo entre eles.

Cara a cara, ele a beijou devagar e fundo, sem parar de se mover dentro dela, o emaranhado de línguas tinha outro nível de conexão, de proximidade.

A pressão cresceu, mas ele queria que ela gozasse primeiro. Adorava vê-la se despedaçar ao seu toque.

Enfiando uma mão entre os dois, ele correu a ponta dos dedos pelas suas dobras, que se abriram ao seu redor. Ela estava molhada e macia, tão macia. Quando gemeu, ele esfregou o clitóris com a ponta do dedão, e o gemido se tornou um soluço.

— *Stone*. Sim. *Sim*. — Ela agarrou os ombros dele e bateu os quadris com mais força. — Deus, sim, não pare!

Ele levou a boca de volta à dela para um beijo incandescente. Com a outra mão, segurou um dos seios, esfregando o mamilo com o dedão do mesmo jeito que fazia com o clitóris.

No começo, Stone se preocupara com a aspereza das mãos. Mas ela tinha jurado que gostava da textura, e ele acreditou.

A prova estava no jeito como ela se contraía ao redor do pau dele. Stone se empurrava para cima, encontrando-a toda vez que ela trazia os quadris para baixo. Seu joelho latejava, mas a dor não era suficiente para distrai-lo da sensação do calor sedoso.

— Vamos, querida. — Ele chupou o lábio inferior dela. — Goza no meu pau.

Falar sacanagem funcionou. Os joelhos dela se apertaram nos quadris dele, a coluna dela se curvou e, com um grito agudo, Gina estremeceu e sacudiu nos braços dele.

Com seu gemido ecoando nos ouvidos e as contrações rítmicas ao redor dele, Stone perdeu o controle.

— Gina, posso…?

— *Sim.*

Ele bateu os quadris contra ela, as estocadas mais curtas à medida que o orgasmo o tomava. Ele se prendeu nela, segurando-a apertado nos braços. Com o rosto apertado na curva de seu ombro, ele se esvaziou dentro dela.

*G*ina não queria se mexer. O quarto estava completamente escuro e ela estava tão relaxada que mal conseguia sentir os membros. Pela primeira vez em semanas, seus pensamentos não disparavam para a frente e para trás. Naquele momento, meio deitada sobre o corpo nu de Stone em uma pilha de travesseiros na cama *king-size*, ela experimentou a paz total.

Inspirou o aroma do seu suor, tão familiar quanto o seu próprio, e qualquer que fosse o sabonete com cheiro de árvore de Natal que ele usava, e fechou os olhos para voltar a dormir.

Um segundo depois, o alarme dele tocou.

Ela enterrou o rosto no peito firme dele e soltou um resmungo.

— Que jeito de estragar o momento.

Ele estendeu um braço e estapeou o relógio. Era um milagre o negócio não se esmigalhar em um milhão de pedaços sob a força daquela mão. Então ele rolou, puxando-a para perto e envolvendo-a em seus braços.

— Que horas são? — perguntou ela.

— Cinco. Volte a dormir.

— Por que seu alarme toca tão cedo?

— Academia. Trilha. Qualquer coisa. — Ele beijou a testa dela. — Durma.

Novamente, a sensação de paz recaiu sobre ela. Gina se derreteu contra ele e dormiu.

Algumas horas depois, Stone a acordou aconchegando-se entre seus seios. Eles tomaram um banho juntos — o que não era fácil com alguém tão grande quanto Stone bloqueando o jato d'água — e ele a ergueu e prendeu contra os ladrilhos com a pelve.

Ela ofegou quando ele deslizou para dentro.

— Seu joelho.

— Estou bem.

Ele lhe deu um beijo duro e breve, e então a fodeu até Gina ver estrelas.

Depois de ajudá-la a se lavar de novo, Stone a embrulhou numa toalha e a carregou de volta para a cama.

— Alguém acordou com o pé direito hoje — disse ela, emburrada, enquanto corria o pente dele pelo cabelo molhado.

Pelo menos o cara tinha bons produtos de cabelo.

— Você só está brava porque ainda não bebeu seu café. — Ele se ocupou na pequena cozinha, vestindo apenas uma toalha branca do hotel amarrada na cintura. — Vou fazer pra você agora.

Ela umedeceu os lábios enquanto o observava. Queria que pudessem só ficar aconchegados na cama, mas os dois estavam sendo esperados no estúdio e seria suspeito se aparecessem atrasados e juntos.

Não, eles não podiam chegar juntos. Um carro vinha pegá-lo toda manhã; seria ainda mais suspeito se ele cancelasse.

Caçando suas roupas, Gina fez uma careta ao pensar em colocá-las de volta.

— O que foi? — perguntou Stone.

— Minha bolsa da academia, com desodorante e uma troca de roupas, está no meu carro.

— Ah, eu pego pra você. — Ele trouxe uma caneca para ela. — Muito leite e uma colher de açúcar, certo?

— É. Como você sabia?

— Já te vi muitas vezes na cozinha do estúdio.

Ela cheirou a caneca, enchendo as narinas com o aroma rico e cafeinado, e tomou um gole.

— Bom trabalho.

Ele puxou a toalha, dando uma bela vista para ela antes de entrar em uma cueca verde-floresta e um short cargo cáqui.

— Cadê a chave do seu carro?

Ela apontou para a mesa de cabeceira.

— Na minha bolsa.

Depois de vestir uma camiseta e o boné dos Mariners que comprara em Nova York, ele apanhou a chave e deu uma piscadela.

— Já volto.

Quando ele saiu, Gina se jogou de costas na cama. O que estavam fazendo? Quando ela não pensava sobre o futuro, tudo com ele era ótimo. O sexo era incrível, Stone era gentil e atencioso, e ela gostava de como se sentia perto dele. Stone a *ouvia*. Gostava de escutar seus pensamentos e sentimentos.

Ruben nunca tinha escutado. Ele só falava — sobre si mesmo, seus planos, seus contatos. Quando eles falavam sobre ela, era em relação aos planos e contatos dele.

E os últimos três... ou cinco... caras que ela tinha namorado por mais de algumas semanas não eram os melhores ouvintes também, mas Gina os escolhera especificamente porque não estavam muito interessados na vida dela. Queria manter os relacionamentos românticos o mais longe possível da sua carreira, por isso acabava namorando caras em quem não estava especialmente interessada.

Ela sabia daquilo sobre si mesma. Seu *modus operandi* era sair casualmente com um homem sempre que se sentia solitária, ao mesmo tempo que mantinha a carreira como prioridade. Ela tendia a ir atrás de homens que também eram dedicados ao seu trabalho. Empreendedores, atletas — até namorou um advogado porque ele passava a maior parte do tempo no escritório ou na academia. Em outras palavras, homens que não faziam demandas sobre o seu tempo e que não a tentavam a mudar seus objetivos. E, quando era hora de seguirem caminhos separados, ela não se importava.

Stone era o primeiro homem em muito tempo que a fazia se perguntar se poderiam dar certo.

Pena que ela não tinha uma resposta.

Capítulo 23

— Eu te acompanho até o carro.

— Não precisa, sério. — Gina conferiu o reflexo no espelho do banheiro de Stone. O cabelo ainda estava molhado, mas pelo menos ela não parecia ter passado a noite no quarto de hotel do parceiro de dança, transando feito doidos. Ainda bem que ela mantinha uma bolsa de academia com tudo que precisava no porta-malas. — Te vejo daqui a pouco no estúdio.

Stone se apoiou no batente com os braços cruzados sobre o peito largo. Embora tivesse passado a noite inteira com ele, Gina queria mais. Mais conversas, mais chamegos, mais beijos. Esticando-se na ponta dos pés, ergueu o rosto para um beijo. Com os olhos fechados, inalou profundamente o aroma de floresta dele. O cheiro também se agarrava a ela.

— Por que a gente está cheirando como árvores de Natal?

Ele apontou o queixo para a banheira.

— Minha irmã faz sabonete com óleos essenciais. Você usou hoje.

— Você usou em mim — corrigiu ela. — Eu não lembro de ter energia para tomar banho hoje de manhã depois que *alguém*, que deveria estar descansando o joelho, me comeu contra a parede do box.

Ele abriu um sorriso, os dentes brancos contra a barba. Ela adorava quando ele sorria assim — sensual, brincalhão e um pouco safado.

— Você gostou.

— Claro que gostei. — Ela passou a alça da bolsa sobre o ombro. — Te deixaria fazer de novo se não estivessem nos esperando no trabalho.

Ele apanhou a bolsa de academia antes que Gina pudesse fazer isso.

— Me deixe ser antiquado e acompanhar minha dama até o carro.

Minha dama. A expressão lhe deu um frio agradável na barriga.

— Tá, tudo bem.

Gina tinha estacionado em uma vaga paga no estacionamento fora do prédio. Stone tomou a mão dela enquanto caminhavam e ela sorriu. Quando viraram um canto, veio um grito.

— Lá estão eles!

Gina piscou, o estômago desabando.

— Ah, *não.*

Os paparazzi tinham formado um muro do outro lado da cerca do estacionamento. Os flashes brilharam. Sujeitos com um ar perverso e olhos famintos gritaram o nome dela e o de Stone.

Stone pôs um braço ao redor dela, virando-a para o outro lado. Fuçando na bolsa, Gina pegou e pôs os óculos de sol.

— Merda, como eles sabiam? — Ela tirou a chave do carro da bolsa. — Normalmente ficam postados na entrada da frente.

Stone deu de ombros.

— Tinha alguns aqui de manhã. Não sei de onde veio o resto.

Ela congelou.

— Espere, eles te viram indo até meu carro e pegando uma bolsa?

— Como sabem que o carro é seu?

— Porque aqueles que acampam no estacionamento atrás do estúdio de ensaios conhecem minha placa.

— Ah. — A compreensão se assentou no rosto dele. — Eu nem pensei nisso. Não temos paparazzi no Alasca.

Ignorando os gritos, Gina obrigou-se a acalmar a respiração, embora seu coração batesse como um tambor. Stone não sabia como aquilo funcionava. Ela, sim. Era tudo culpa sua.

Nunca deveria ter dormido ali.

Erguendo a voz na esperança de justificar a situação e evitar um desastre completo, ela bateu no ombro de Stone e deu um sorriso largo para ele.

— Que bom que seu joelho está melhor. Te vejo depois.

Gina entrou no carro e saiu em disparada do estacionamento, deixando-o lá. Por algum milagre, não havia trânsito e ela chegou ao estúdio em tempo recorde. A primeira coisa que fez foi caçar Donna.

Donna deu um olhar alarmado quando Gina entrou no escritório do tamanho de um armário e desabou numa cadeira, respirando pesadamente.

— O que foi? — Donna ergueu-se num pulo e fechou a porta, então sentou-se ao lado de Gina. Pela primeira vez, ela parecia realmente preocupada. — Tá tudo bem? O que aconteceu?

Gina engoliu em seco. O choque ainda não tinha passado.

— Preciso que você fabrique uma matéria.

Donna franziu ainda mais a testa.

— Como assim?

— Uns paparazzi me pegaram saindo do hotel de Stone esta manhã.

Fechando a boca bruscamente, Donna pegou o laptop da mesinha e o abriu.

— Pegaram mesmo.

Gina apertou os dedos nos olhos.

— Não negue demais, só ria da especulação. Stone se machucou ontem. Diga que eu estava vendo se ele estava bem. Só isso.

Assentindo, Donna digitou algo no laptop.

— Pode deixar. — Ela deu um olhar para Gina por baixo dos cílios. — Foi por *isso* que você estava lá?

Inicialmente? Sim, foi o que a tinha impelido a visitá-lo. Na noite anterior. Então não era uma mentira completa.

— Sim.

Donna ergueu as sobrancelhas.

— Se você está dizendo.

— Obrigada. — Gina ergueu-se para sair, então parou com a mão na maçaneta. — Por favor, não fale de nada disso com Stone.

A expressão de Donna era calculista.

— Se usarmos outro ângulo nessa matéria, talvez prolongando o mistério, isso pode ajudar suas chances de chegar à final.

— Pode prejudicá-las também. E não estou disposta a arriscar.

Gina abriu a porta e saiu.

*— C*omo está o seu joelho? — perguntou Jackson.

Ele e Stone estavam nos bastidores antes da transmissão da Noite de Equipes.

— Tudo bem. — Stone esticou a perna, virando-a de um lado a outro. — Ensaiar o samba foi difícil no começo, mas a gente conseguiu.

Jackson assentiu.

— Eu distendi um músculo nas costas na terceira semana. Não tem o que fazer, só seguir em frente.

Juan Carlos veio até eles, os olhos se iluminando quando avistou Stone.

— Stone! Justo o homem que eu procurava. Cadê a Gina?

— Acho que na maquiagem. — Ele não a vira o dia todo (nem a maior parte da semana, fora os ensaios) e estava começando a suspeitar que Gina o estava evitando. — O que foi?

Juan Carlos o chamou para segui-lo e saiu correndo. O apresentador era trinta centímetros menor que Stone, mas andava depressa.

— Temos boas notícias pra ela no episódio de hoje — disse Juan Carlos por cima do ombro. — Queremos filmar sua reação.

Stone resistiu ao impulso de revirar os olhos.

Eles recrutaram uma equipe de filmagem no caminho e saíram no estacionamento, seguindo até o trailer de maquiagem. Gina ergueu a cabeça quando todos entraram.

— O que aconteceu? — perguntou ela.

Juan Carlos orientou Stone a se sentar em uma cadeira vazia ao lado de Gina, então entrou no modo apresentador.

— Gina, conte para gente da sua dança em equipe esta noite.

Ela sorriu para a câmera sem sequer olhar para Stone.

— Nós nos juntamos a Lauren e Kevin para dançar um medley de canções da minha cantora favorita, Melissa Mendez, também conhecida como Meli.

Juan Carlos sorriu.

— Gina, temos uma grande surpresa para você esta noite… e para os espectadores em casa.

O queixo de Gina caiu. Com os olhos arregalados, ela agarrou os braços da cadeira.

— Não brinque comigo, Juan Carlos. É o que eu acho que é?

— Depende. O que você acha que é?

As mãos de Gina voaram ao rosto, cobrindo a própria boca.

— Ela vem *pra cá*?

Com um aceno de cabeça, Juan Carlos virou-se para a câmera.

— Isso mesmo. A atriz, cantora e sensação internacional Meli vai se juntar a nós como jurada convidada esta noite.

Gina berrou.

Aparentemente, era exatamente a reação que eles queriam. Juan Carlos deu mais algumas informações e então ele e a equipe de filmagem os deixaram.

Gina virou-se para Stone e segurou as mãos dele. Seus olhos estavam do tamanho de pires e ela mostrou os dentes cerrados de empolgação.

— Stone. — Ela apertou os dedos dele. — Tipo assim, eu nunca estive tão nervosa e animada neste programa antes. Meli é minha ídola. — O peito de Gina se erguia e caía rapidamente.

Stone franziu o cenho.

— Gina, você está hiperventilando?

Ela se esforçou para respirar fundo. Tentou de novo. Balançou a cabeça.

— Acho que sim.

Um dos maquiadores passou uma garrafa de água para ela.

— Você conhece celebridades o tempo todo — apontou Stone. — Já está acostumada.

— Ela é minha *ídola*, Stone! Minha ídola. Eu queria *ser* ela quando era criança. Ainda quero. — Gina quase derrubou a água ao abrir a garrafa. — Espera, as pessoas dizem para nunca conhecer seus ídolos.

— As pessoas quem?

— Não sei. As pessoas. — Ela abanou a mão livre no ar. — Tenho que ligar pra minha mãe. E minha irmã. E Tash.

— Natasha está nos bastidores, podemos só ir até lá.

— Não importa, ainda vou ligar pra ela. — Gina deu um olhar para ele. — Você não está entendendo a magnitude dessa notícia.

Ela estava agindo de forma estranha, mas havia gente demais ao redor para mencionar e Stone não queria ser estraga-prazeres. Só se levantou.

— Por que eu não vou encontrar Natasha e falo para ela vir pra cá?

— Sim. Faça isso. Eu vou ligar pra minha mãe. — Gina segurou o celular no ouvido. — *Ma? Ay, Dios mío. No vas a creer esto.*

Ela deu as costas para ele, continuando a falar com a mãe em espanhol. Ele esperou um momento e então saiu.

Estresse, era só isso. Com sua lesão, duas danças para aprender e dançarinos extra envolvidos, os ensaios foram exaustivos e eles mal tiveram um momento a sós.

Só que ele sentia falta dela. E não sabia como lhe contar.

★ ★ ★

Gina nunca tinha medo do palco. Naquela noite, porém, saber que ia dançar as músicas de Meli *na frente da própria* a deixou com os nervos à flor da pele.

Ela pôs uma mão na barriga exposta pela roupa de samba verde-limão.

— Eu vou vomitar.

— Não vai, não. — Natasha rolou o celular. — Ah, droga, achei mais uma.

Gina só abanou a mão. Natasha estava procurando matérias de tabloide sobre a visita dela ao hotel de Stone. As fotos estavam correndo a internet, conectadas a histórias repletas de especulação, incluindo uma que sugeria que eles se casaram em segredo. Felizmente, Donna tinha concordado em deixar o ocorrido fora do vídeo de introdução — já tinham gravações suficientes com a queda de Stone e Gina surtando por causa de Meli — e a justificativa do departamento de publicidade tinha dissipado a maior parte dos boatos. Se Stone não tivesse se ferido, a história teria sido dez vezes pior. Por enquanto, Natasha era a única que sabia com certeza que Gina e Stone estavam ficando.

Era estranho chamar assim, mas até o momento "ficando" era a extensão dos relacionamentos românticos de Gina. Ela *não* queria nada mais que aquilo, e por bons motivos.

Ser pega a fez perceber que estava brincando com fogo, e não só com a sua carreira. Por mais que tivesse adorado o contato pele a pele com Stone, tinha sido arriscado, mesmo com o anticoncepcional e a pílula do dia seguinte.

Ela também não podia negar seu apego emocional crescente. Mas ele tinha deixado perfeitamente claro que, quando seu tempo no *Estrelas da dança* acabasse, voltaria ao Alasca. Se ela não queria se queimar, precisava pôr distância entre eles.

Naquela semana foi fácil. Entre as duas danças e os parceiros extra, mal tiveram um segundo a sós. No seu tempo livre, Gina disse a sua agente para agendar mais entrevistas e audições. Ela não ficava sozinha com Stone desde aquela noite no hotel dele.

Sentia uma saudade terrível. Do sexo, mas também do companheirismo. E a irritava que Stone a tivesse feito perceber como se sentira solitária antes de ele entrar com seu passo pesado na vida dela.

Não, aquilo não era justo. Ele era um homem surpreendentemente gracioso para alguém tão grande, como evidenciado pelo progresso deles no programa.

Natasha bateu na tela do celular.

— Essa aqui está dizendo que vocês vão fugir para o Alasca juntos.

Gina bufou.

— Como se isso fosse acontecer. Eu, no Alasca? Sem chance.

— Por que, ursos demais? — perguntou Stone, chegando atrás dela.

Ela pulou. Merda. Não teria dito aquilo se soubesse que ele estava lá. Ele amava o Alasca e ela não queria fazê-lo se sentir mal depreciando o lugar.

— Mesmo um só urso já é urso demais. — Ela manteve a voz leve. — Vamos, vamos treinar aquele giro do samba em trio mais uma vez antes de sairmos.

Dançar mantinha sua mente longe de Stone, dos paparazzi e, mais importante, do seu iminente encontro cara a cara com Meli.

Quando foi a vez deles, saíram e fizeram a dança. A coreografia era simples — muitos passos de samba de salão combinados com uma música divertida e os floreios de pé aperfeiçoados de Stone. Gina e Natasha dançavam juntas havia anos e Stone ficava confortável com as duas. Ele arrasou na performance.

Assim que a dança acabou, Gina bateu no ombro dele.

— Acho que você nunca dançou essa coreografia melhor que agora.

— Eu sabia que era importante para você.

Colocando os braços sobre as duas mulheres — algo que ele nunca teria feito dois meses antes —, Stone as levou para ouvir as notas.

Seu apoio — e o empurrãozinho na direção da mesa dos jurados — foi necessário, já que Gina estava com dificuldade em respirar. Meli, perfeita e elegante em um vestido prateado, estava sentada entre Chad Silver e Mariah Valentino. Seu cabelo castanho caía em ondas soltas e seu sorriso agradável estava pronto para as câmeras.

— Fique calma, G — disse Natasha baixinho.

— Estou calma.

Gina não estava calma, nem um pouco. Mas sabia fingir.

Meli era tudo que ela aspirava ser. Ela tinha conseguido sair do Bronx, construir uma carreira e obter fama e fortuna, e fizera a maior parte disso nos próprios termos.

Claro, também tinha se divorciado quatro vezes, mas nunca foi algo relevante para Gina antes. Por que estava pensando naquilo agora?

Juan Carlos se aproximou com o microfone. Ele fez alguns elogios bem-humorados e adequados para a classificação do programa sobre o samba sensual deles, mas Gina não conseguia tirar os olhos de Meli.

Até que Juan Carlos enfiou aquele maldito microfone na cara dela e disse:

— Gina, não é segredo que você é uma enorme fã de Meli. Como é estar cara a cara com alguém que para você é um exemplo de vida?

— Hã... — Gina engoliu em seco. — Estou sem palavras.

Era um dos truques da assessora de imprensa dela. Em uma entrevista difícil, alegue estar sem palavras ou chocada até conseguir pensar direito.

Juan Carlos riu e falou com os jurados.

— Meli, já que você é nossa jurada especial, vamos ouvir o que achou primeiro.

Um leve tremor dominou o corpo de Gina quando Meli se virou para ela com um sorriso gentil, e Gina ficou grata pela presença de Stone. Eles estavam suados e quentes, mas a força e o aroma familiar dele a acalmaram. Atrás das costas de Stone, Tash fincou as unhas na palma de Gina. A dor aguda a distraiu e ajudou a se focar.

— Antes de tudo — começou Meli —, como uma porto-riquenha de Nova York, estou muito orgulhosa de ambas por terem chegado tão longe em suas carreiras.

Gina mordeu o lábio inferior e tentou não chorar.

— Eu amei a dança — continuou Meli. — Vocês equilibraram os passos e a terceira parceira com maestria. Stone, nunca teria pensado que conseguiria dançar tão bem um samba, mas você arrasou.

— Tive ótimas professoras — disse Stone no microfone de Juan Carlos.

Juan Carlos disse alguma coisa, mas Gina não ouviu.

Meli estava orgulhosa dela.

No Salão do Clarão, Reggie a pressionou para falar mais sobre o encontro com Meli, mas Gina lançou um "Ainda estou em choque" e ele a deixou em paz. O trio recebeu a nota — uma média de 95, incluindo notas perfeitas de Meli e Dimitri — e elogiaram Natasha por sua ajuda durante a semana, antes de correr para se trocar para a dança de equipes.

Gina estava tão exultante que nem interferiu quando Lauren apalpou Stone fora da sala de figurino. Kevin interveio com uma piadinha, dando a Stone uma oportunidade de escapar.

— A mulher parece um polvo — reclamou Stone quando um diretor chamou Lauren e Kevin para outro lugar. — Mãos por toda parte.

— Eu conheci Meli. — Gina não conseguia pensar no outro assunto o bastante para sentir ciúmes. — Sinto que estou sonhando.

— Gina! — Jordy veio correndo, o boné torto. Soava frenético. — Preciso avisar. Donna incluiu as filmagens dos tabloides de vocês dois no hotel no vídeo de introdução.

— *Quê?* — Gina congelou com a boca aberta. — Ela disse que não ia fazer isso.

— Você conhece Donna.

Maldita. Donna.

Gina puxou o ar, mas não conseguiu soltá-lo exceto em arquejos curtos. Stone bateu em suas costas e ela tossiu.

— Hã, obrigada por avisar, Jordy.

— Por que nenhum de nós recebeu perguntas sobre isso? — Stone estreitou os olhos para Jordy, mas o produtor de campo só deu de ombros.

— Meu palpite é que acrescentar o vídeo foi uma decisão de última hora, talvez quando ela descobriu que Meli estaria aqui. — Ele jogou as mãos para o alto. — Não sei. Não é o tipo de coisa que a gente inclui, em geral. Tentei discutir, mas ela impôs sua autoridade. Pensei que devia avisar vocês para não prejudicar a dança.

— Obrigada, Jordy. — Quando ele saiu, Gina se virou para Stone. — Caralho.

Ele esfregou os braços dela através do tecido preto elástico do figurino.

— É tão ruim assim? Eles só têm umas fotos da gente num estacionamento.

— Sim, é ruim. Eu não preciso que todo mundo pense que estamos dormindo juntos.

Ele a encarou.

— Nós *estamos*.

— Minha família não sabe disso — disparou ela, se irritando. — Meus colegas de trabalho não precisam saber. Os milhões de pessoas assistindo a esse programa também não. Muitas não acompanham as fofocas, mas várias sim, e algumas delas podem desdenhar de mim por causa disso e não votar.

Stone apertou a ponte do nariz.

— Isso é tão complicado.

— Eu *sei*. É por isso que não transo com colegas de trabalho.

Stone recuou como se ela o tivesse estapeado. O estômago dela afundou com a mágoa e o choque no rosto dele.

— Ah, Deus. Sinto muito. — Ela jogou os braços ao redor da cintura dele e o apertou com força, mas não se surpreendeu por ele continuar rígido. — Eu não... eu não estou brava com você. E você não merece que eu desconte em você. Desculpa, Stone.

Depois do que pareceu uma eternidade, ele ergueu os braços e a apertou de volta.

— Provavelmente vão mostrar depois do clipe de nós caindo — disse Stone em voz baixa. — Tem um monte de takes meus dizendo como fiquei assustado por te derrubar. Quando Reggie e Juan Carlos nos perguntarem depois, a gente diz que você foi ver como eu estava.

— Foi isso que eu falei para a Donna dizer depois que aconteceu.

Ele recuou e franziu a testa para ela.

— Falou? Quando?

— Fui vê-la logo depois que te deixei no hotel naquela manhã.

A boca dele se apertou numa linha fina.

— Queria que tivesse me envolvido nessa decisão.

— Eu tive que chegar nela depressa, antes que os sites de fofoca a influenciassem. — Ela soltou o ar e cruzou os braços. — Alguns estão dizendo que a gente se casou em segredo.

Uma assistente veio correndo até eles, sem fôlego.

— Tenho uma mensagem de Jordy. Ele disse que resolveu tudo e que você deve uma pra ele.

A pulsação de Gina bateu forte nos ouvidos.

— Quê? — Quando a jovem começou a repetir, Gina fez um aceno. — Não, eu te ouvi. Ele deu um jeito no vídeo?

A assistente deu de ombros.

— Desculpe, foi só isso que ele disse.

Assentindo, Gina murmurou um agradecimento. A montanha-russa de adrenalina e o caos da noite tinham abalado suas emoções e a deixaram exausta, mas ela ainda tinha uma apresentação a fazer, e a dança precisava ser perfeita.

— Bom, está resolvido — disse Stone em tom brando.

— É.

Gina olhou ao redor, mas havia pessoas demais para o que tinha em mente. Segurando a mão de Stone, ela o puxou pelo corredor até a doca de carga para onde as pessoas escapavam para fumar.

Atipicamente, estava vazia. Assim que a porta se fechou atrás deles, ela segurou sua nuca e o puxou para um beijo ardente.

— Estou com saudades — sussurrou contra os lábios dele. — Vem em casa hoje à noite? Tash sempre sai depois da gravação do episódio.

Ele apertou a testa na dela e fechou os olhos. Um segundo depois, assentiu.

— Okay.

— Sei que temos coisas para discutir. — Ela o beijou de novo. — Agora não é a hora ou o lugar. Mas vamos conversar. Prometo.

Ele ergueu uma sobrancelha.

— Isso não parece bom.

Ela deu uma risada desesperada.

— Não é nada ruim. Esta semana embaralhou minhas emoções. Não consigo organizá-las.

Ele beijou o topo da cabeça dela e estendeu a mão para a porta.

— Vamos conseguir juntos.

Capítulo 24

Os quatro membros do Time Ice Cold estavam parados no escuro no meio do salão, esperando o intervalo comercial acabar. O público estava quieto, animado para ver a última dança em equipe. A poucos metros dali, Meli estava sentada na mesa dos jurados.

Assim que as primeiras notas tocaram, a mente de Gina desanuviou. Como sempre, a dança tomou o controle, arrastando como uma onda todas as suas esperanças e receios sobre Meli, *Estrelas da dança* e Stone.

A batida se intensificou. O Time Ice Cold se moveu em sincronia, girando e deslizando. Então partiram para os aéreos, que levariam ao passo final: o lançamento.

Como Stone era muito forte e Lauren estava acostumada a voar em skates, Kevin e Gina tinham feito uma coreografia que combinava acrobacias, passos de dança latinos e hip-hop para acompanhar as músicas eletrônicas mais famosas de Meli.

Gina e Lauren giraram para longe dos homens, dançaram alguns passos juntas e trocaram de parceiros. Kevin ergueu Gina, Stone ergueu Lauren e, logo antes da música acabar, eles lançaram as mulheres um para o outro.

Não era um lançamento difícil — não tiveram tempo para praticar nada mais impressionante. Mas, em pleno ar, Lauren e

Gina batiam as palmas das mãos. Os dois as pegavam, giravam em círculo, e todos acabavam em uma pose triunfante.

Gina estava orgulhosa da dança. Lauren era uma cretina nos bastidores, mas assumia uma pose profissional assim que colocava os pés na pista de dança. E Stone tinha se esforçado mais do que nunca naquela semana para aprender as duas danças e compensar o tempo perdido devido à lesão.

Dessa vez, Gina estava preparada para a crítica de Meli.

— Eu amei. — Meli jogou suas anotações na mesa. — Poderia ficar falando sobre os detalhes aqui… vocês acertaram demais na musicalidade e na vibe e levaram a dança a outro nível. Mas, sério, eu só amei. Achei que foi perfeito. E estou tão impressionada. Nunca conseguiria fazer aéreos assim!

Gina quase desmaiou. Só o aperto de Stone em seus ombros a lembrou de respirar.

O Time Ice Cold recebeu uma nota perfeita.

Durante a eliminação, Gina não conseguia parar de sorrir.

— Era para você parecer preocupada — sussurrou Stone no ouvido dela.

— Não consigo. Meli nos deu duzentos de nota. Nada pode arruinar esta noite.

Rick Carruthers acabou deixando o programa no final do episódio. Gina ficou triste de vê-lo ir embora — embora não tanto quanto Stone —, e eles o abraçaram ao final.

Mas então Gina viu Meli contornando a mesa dos jurados e vindo diretamente até ela. Seu coração acelerou, e ela se afastou do grupo para cumprimentar sua estrela.

Elas tinham a mesma altura, o que surpreendeu Gina. Meli sempre tinha parecido mais alta nos filmes.

— Gina, quero dizer que foi um prazer te ver dançando esta noite. — Meli se inclinou para lhe dar um beijo na bochecha. Ela cheirava a rosas. — Eu tenho que correr para pegar meu voo, mas entrarei em contato. Fique bem.

— Obrigada. — Gina retribuiu o aceno de Meli, pasma. *Entrarei em contato*. O que caralhos aquilo queria dizer?

Os olhos de Gina encontraram os de Stone por cima do grupo de dançarinos cercando Rick e sua parceira Mila. O calor estava refletido no seu olhar. Naquela noite, eles discutiriam o que quer que houvesse entre eles.

A perspectiva a aterrorizava. Ela não queria nada sério, não queria falar sobre seus sentimentos ou medos sobre relacionamentos.

Mas Stone tinha razão. Ele merecia uma chance de falar o que sentia e saber por que ela tinha se afastado.

A ideia de estar perto dele de novo a encheu com sentimentos quentes e deliciosos. Ela o queria. Sentia falta dele. E talvez tê-lo na sua cama de novo, estar perto dele, ser segurada por ele, valeria o desconforto de abrir o coração.

— Quer me contar por que tem me evitado a semana toda?

Gina sentou-se ao lado de Stone na beirada da cama, virada para ele. Ainda estava com as extensões de cabelo e a maquiagem completa das gravações. Na verdade, Stone provavelmente ainda estava usando maquiagem também. Ele mantinha uma postura rígida, os lábios apertados numa linha fina.

Ela começou a cutucar a colcha. Era o último assunto que queria discutir. Seria tão mais fácil se pudesse dizer que o tinha superado — que fora um casinho divertido, mas era hora de voltar ao trabalho.

Só que não era verdade. Mesmo naquele momento, com todas as suas dúvidas se acumulando, ela ainda o queria. Não só por diversão ou sexo, e sim por algo mais. Pelo modo como ele a ouvia e respeitava. Pelo jeito como seus dedos fortes encontravam todos os nós nas suas costas e aliviavam os músculos, simplesmente porque queria ajudar. Pelo jeito como a fazia rir com seus momentos de bobeira inesperada.

Um desejo profundo se revirou dentro dela, fazendo-a querer se inclinar para ele até cair naqueles braços. Talvez então aquela vontade incessante se aquietasse.

Mas o que aconteceria quando Stone fosse embora?

Ele estava esperando uma resposta, a mandíbula cerrada e os olhos cautelosos.

Ela engoliu em seco e contou a verdade.

— Você me assusta pra caralho.

Os lábios dele se curvaram.

— Idem.

Com um grunhido, ela se rendeu e diminuiu a distância entre eles, aconchegando-se no abraço dele.

— O que fazemos? Para onde vamos agora?

O que eu vou fazer quando você for embora? Mas ela não disse aquilo em voz alta. Revelaria demais, e não estava pronta para pensar tão longe.

Ele a segurou contra o peito e esfregou suas costas com as mãos grandes e ásperas. Tudo nele era grande e áspero, até você perceber que era o homem mais doce e carinhoso que poderia encontrar.

— Continuamos tentando vencer — disse ele. — O resto… vamos descobrir depois. Temos tempo.

Mas não tinham. Faltava só algumas semanas antes de a temporada terminar e então ele iria embora. O que mais havia para descobrir?

Gina ergueu a cabeça, focando-se nos lábios dele.

— Stone?

A grande mão se interrompeu nas suas costas.

— Sim?

— Eu não quero conversar.

Ela pressionou a boca à dele com ímpeto, adorando como os braços dele se fecharam ao seu redor. Grunhiu enquanto a língua dele lambia a sua boca.

Eles caíram de lado na cama, puxando as roupas um do outro.

— Stone, preciso de você. *Agora*.

Era o máximo que Gina estava disposta a admitir. A necessidade — necessidade física — era algo com que ela estava confortável. Já o resto? Sentimentos e tudo o mais? Eles atrapalhavam, bagunçavam as coisas.

Gina interrompeu o beijo, arquejando.

— Droga. Ainda não tomamos banho.

Stone deu um olhar incrédulo para ela.

— Quem se importa?

Ela o encarou.

— Ah. Acho que você tem razão. Desculpe, não costumo namorar dançarinos.

— Não sou dançarino, lembra? Sou *adjacente à indústria*. — Ele desceu a língua pelo pescoço dela, plantando beijos sobre seu colo até chegar ao decote. — Enfim, suor não me incomoda. Gosto de você suada, limpa, vestida, pelada… — Ele puxou a camiseta e o sutiã dela. — Só gosto de você.

As emoções a sobrecarregaram. Ela empurrou tudo para baixo enquanto tirava a legging. Claro que Stone diria algo assim quando ela estava tentando trancar os sentimentos numa caixa onde não interfeririam.

— Nunca imaginei que você fosse romântico — sussurrou ela, tentando quebrar a tensão.

— Sou cheio de surpresas.

Ele pegou as costas da camiseta e a puxou sobre a cabeça.

— No começo eu mal conseguia tirar duas palavras de você que não fossem um suspiro ou uma reclamação.

— O que eu queria dizer não teria sido apropriado. — Ele afastou as coxas dela e a esfregou com a ponta dos dedos. — Você já está molhada.

— Eu sei. — Ela se inclinou para o colo de Stone e puxou seu short. — Tire.

Quando estavam ambos nus, ele sentou-se na beirada da cama.

— Como quer fazer? — perguntou ela.

— Você vai ver. — Seu sorriso sensual fez a pele dela formigar e seu âmago se contrair com desejo. Ele deu tapinhas no colo. — Senta.

Ela foi montá-lo, então notou que ele estava de frente para o guarda-roupa. O guarda-roupa, cujas portas deslizantes continham espelhos do chão ao teto.

— Ah. Entendi.

Ele assentiu e ela se acomodou no colo dele, encarando os dois no espelho. Ele apertou a cintura dela e a guiou sobre seu pau. Gina sibilou enquanto ele afundava nela, esticando-a do jeito delicioso pelo qual passara a ansiar. O calor era abrasador, inflamando-a de dentro para fora.

Os reflexos no espelho observaram seus movimentos. Ele envolveu a cintura dela com um braço para receber mais do seu peso e abrir suas pernas. No espelho, o membro grosso podia ser visto desaparecendo dentro dela.

Sexy. Pra. Caralho.

Ele empurrou os quadris, e o movimento enviou ondas de choque pelo corpo dela. Estremecendo, ela subiu e desceu os quadris, aumentando o ritmo. Seus reflexos repetiam os movimentos. Stone entrava e saía dela, a imagem hipnotizante. Ela lhe contou com o corpo o que não conseguia pôr em palavras.

Quero você. Preciso de você. Não me deixe.

Atrás dela, Stone grunhiu e pressionou o rosto na curva do seu pescoço. Seus olhos se encontraram no espelho. Sustentando o olhar, a mão dele abaixou e fez pressão no clitóris dela. Gina quase pulou quando chamas percorreram suas veias.

— Isso. Me toca. Me fode. *Isso.*

— Gina. — A voz dele era um rosnado, as sílabas arrancadas de algum ponto profundo. — Você está me matando.

— Não pare. — Uma nota de súplica tingiu a voz dela. Arrepios a percorreram. — Por favor, Stone. Não pare.

— Mais?

— Deus, sim. Mais. *Mais*.

Stone deu o que ela queria. Duro. Forte. Estava consumindo-a de dentro para fora. Seu pau entrava nela, incansável e exigente, irradiando prazer pelos membros dela. Os braços dele a apoiavam, prendendo-a ao colo e erguendo-a quando ela perdia as forças. Seus quadris se moviam, fodendo como se suas vidas dependessem disso. Ele a cercava, invadia, e ela só queria *mais*.

Nunca seria suficiente. Ela queria *para sempre*.

Uma pressão cheia e intensa a distraiu, e ela se rendeu à sensação. O prazer cresceu. A paixão atingiu o ápice. Ela cravou as unhas nas coxas dele, cerrou os dentes e deu a ele tudo que tinha para dar, gritando seu nome enquanto gozava.

Stone a colocou na cama. Ela caiu de bruços, mas não se mexeu. Após o orgasmo, seus sentimentos estavam sensíveis e expostos. Ela o queria tanto, mas não podia tê-lo. Não de verdade, não para sempre. Precisava tomar cuidado.

Ela acenou com uma mão antes que ele pudesse penetrá-la de novo.

— Camisinha.

Ele parou.

— Quê? — Sua voz soava estrangulada.

— Camisinha. Estamos brincando com fogo.

Ele não respondeu. Em vez disso, houve o som familiar da gaveta da mesa de cabeceira sendo puxada. Uma revista frenética, um xingamento murmurado, um rasgar de embalagem e então Stone estava de volta sobre ela, empurrando um dos seus joelhos para cima e deslizando para dentro dela por trás.

Era a menor das barreiras e partia o coração dela pedir por isso. Precisar daquilo entre eles, por motivos práticos e emocionais.

Ele começou a fodê-la de novo. Do novo ângulo, entrava tão fundo que tirava um grito abafado dela a cada estocada. Seu corpo não parecia mais só dela. Era dele, e dela, assim como o corpo dele era agora dele e dela. Ela era uma massa de pura sensação, e não poderia ter se mexido nem se quisesse.

As estocadas assumiram um ritmo mais rápido e brusco. Os dedos de uma mão se cravaram no quadril dela enquanto a outra acariciava sua bunda com força.

— Deus, Gina — grunhiu ele. — Eu... caralho. Você... puta merda. Vou gozar.

No fundo da mente, ela queria saber o que Stone ia dizer. Mas seu próprio corpo estava se inflamando, as investidas intensas do pau dele levando-a para outro clímax. Haveria tempo para conversas depois.

— Eu também. — As palavras saíram dela num arquejo. — Não pare!

Ele rosnou.

— Nunca.

Ele bateu os quadris contra ela, e o orgasmo a devastou. Seus membros estremeceram. Suas paredes internas se contraíram. Ela apertou o rosto no colchão e gritou enquanto tudo se tornava demais.

Demais. Stone era simplesmente demais. Acabaria com ela.

Ele grunhiu, o corpo se tensionando. Um segundo depois, apoiou uma mão na cama. As pontas do cabelo roçaram os ombros dela e então Stone desabou ao seu lado. Quando a puxou contra si, ela se aconchegou.

Escondendo o rosto no pescoço dela, ele sussurrou:

— Não me afaste, Gina. A gente vai descobrir o que fazer juntos.

Ela exalou. Por mais que tivesse tentado se fechar para ele, aquela noite a tinha exaurido, demolido suas defesas e deixado seu coração aberto. Ainda assim, ela queria acreditar nele e pensar que podiam ter algum tipo de futuro.

Entrelaçando os dedos nos dele, ela assentiu.

— Juntos.

Mas a que custo?

Capítulo 25

Quando o pequeno avião pousou na modesta cidade costeira no sudeste do Alasca que servia de base para a equipe de filmagem de *Vida selvagem*, Stone sentiu-se mais leve do que em meses. Desembarcando na pista, ele parou e respirou profundamente, enchendo os pulmões com o ar limpo e fresco. Estava mais frio que em Los Angeles, mas Alasca em junho era lindo.

Ele se virou para ajudar Gina a descer os degraus. O resto da equipe de produção saiu atrás dela.

— Tudo bem aí? — perguntou ele.

— Eu gosto de aviões. — Ela deu um olhar duro para Jordy. — *Não* de hidroaviões.

Jordy jogou as mãos para o alto.

— Vamos de helicóptero dessa vez. Relaxe.

Alguns membros da equipe de *Vida selvagem* esperavam para acompanhá-los à Pousada Geleira do Vale e então ao QG Nielson, onde Gina finalmente conheceria a família de Stone para gravar alguns takes para o episódio das semifinais.

Por mais que amasse sua família, Stone não queria que Gina a conhecesse. Não ali, não na frente das câmeras, não como as personas que tinham fabricado para a televisão. Às vezes, Stone nem sabia mais quem eles eram de verdade.

Miguel, o produtor de *Vida selvagem*, puxou Stone de lado.

— Algum deles sabe?

Stone balançou a cabeça.

— Ótimo. — Miguel deu um tapa nas costas dele. — Continue assim.

Uma sensação de desconforto o envolveu como uma nuvem. Fora um erro trazer Gina ali. Tinha sido um erro da primeira vez, mas ele não tivera escolha na ocasião. Dessa vez, Stone poderia ter insistido. Talvez, em vez disso, alguns dos seus irmãos poderiam ter voado a Los Angeles para as gravações das semifinais. Então *Vida selvagem* poderia ter feito um episódio especial também, *Vida selvagem em Los Angeles* ou algo assim.

Talvez seu próprio egoísmo o tivesse feito pensar que aquilo era uma boa ideia. Ele sentira falta do Alasca e queria que Gina visse o lugar com os olhos dele, sem as surpresas ou os estratagemas da última viagem. Queria lhe mostrar o lugar que amava, como quando ela o levara para um passeio no Central Park.

Agora que estavam ali, esses desejos pareciam ingênuos. Gina era linda e enérgica, forte e determinada, mas não era feita para o Alasca. Ela queria coisas que ele nunca poderia lhe dar, e o tipo de vida que era impossível ali. Stone nunca poderia pedir que se mudasse para lá, e tudo o que ele queria era voltar para casa.

E Gina. Sim, ele queria Gina também. Exceto que não havia como ter ambos.

Ela ergueu a cabeça como se sentisse seus olhos nela e sorriu. Tão doce. Mas não para ele.

Qual era o problema dele, caralho? Devia ser capaz de abrir mão do seu sonho idiota de viver ali em seus próprios termos. Mas o Alasca estava no seu sangue, o tinha invadido ao ponto que não conseguia mais largá-lo. Mesmo agora, estando de volta só por alguns minutos, ele absorveu o ar, a paisagem, a sensação de calma. Sabia que Los Angeles o tinha exaurido, só não tinha percebido o quanto.

Estrelas da dança lhe deu seu próprio quarto na pousada. Era estranho, já que um quarto diferente já abrigava o resto dos seus pertences, mas ele não podia contar isso aos produtores. Harry, um dos donos do hotel, viu Stone saindo do seu novo quarto e deu um aceno amistoso. Stone congelou e conferiu se ninguém de *Estrelas da dança* estava por perto.

— Oi, Stone — disse Harry, se aproximando. Era um homem atarracado de 60 e poucos anos com pele bronzeada, um sorriso fácil e o cabelo grisalho rente à cabeça. — Bem-vindo de volta. Marnie e eu votamos em você. É bom te ver indo tão bem.

Stone apertou a mão do homem.

— Obrigado, Harry. Agradeço mesmo.

Nesse momento, Gina saiu do seu quarto no final do corredor e parou quando os viu.

Os olhos de Harry se iluminaram.

— Ah, aí está Gina. Espero que vocês dois não se incomodem em posar para uma foto depois. Marnie está no mercado, mas sei que vai ficar muito feliz de ver os dois.

— Seria um prazer.

Gina abriu um sorriso radiante para Harry, mas, quando ele não estava olhando, ergueu uma sobrancelha para Stone.

Ele se apressou em fazer as apresentações antes que Harry revelasse o que não devia.

— Harry e sua esposa Marnie são os donos do hotel. Minha família os conhece há muito tempo, e eles são fãs de *Estrelas da dança*.

— Votamos em vocês toda semana — repetiu Harry, com uma nota de orgulho na voz.

— Ah, obrigada. — Gina envolveu um braço ao redor do homem. — Adoraria conhecer sua esposa quando ela voltar.

— Vamos fazer isso, sim. Tchau por enquanto. — Harry acenou e foi embora.

Gina lançou um olhar curioso para Stone.

— Por que você parece tão tenso?

— Pareço? — Ele relaxou os ombros. Não tinha nem notado a tensão que se acomodara no pescoço e nas costas. Por mais que amasse o Alasca, a preocupação em deixar algo escapar na frente de Gina ou do resto da equipe de *Estrelas da dança* o deixara ansioso. — É estranho estar de volta.

— Você deve estar animado para ver sua família de novo.

— Estou.

— Então por que está com essa careta?

Ela pressionou os dedos entre as sobrancelhas dele e esfregou o vinco ali.

— Vai ser bom vê-los, claro. Foi estranho ficar longe.

Merda. Ele voltou a soar como um robô, como fazia sempre que alguém perguntava sobre sua família.

— Mas...?

Ele moveu a mandíbula para a frente e para trás. Qual era o problema?

— Parece diferente. Não sei como explicar.

— Bem, quando descobrir, sou toda ouvidos. — Ela puxou as próprias orelhas e deu um sorriso bobo e adorável para ele. — Você já me ouviu tagarelar sobre minha família várias vezes. O mínimo que posso fazer é retribuir o favor.

Fodam-se as equipes de filmagem. Os produtores no saguão podiam esperar.

Stone puxou Gina para um longo beijo. A fusão de dois mundos — sua vida no Alasca e sua rotina com Gina e a equipe dela — estava tirando Stone dos eixos, mas, quando a beijou, o chão se firmou. O coração assentou-se num ritmo confortável e familiar, como se estivessem em sincronia.

Ela interrompeu o beijo primeiro, balançando o dedo para ele como se fosse um garoto travesso.

— Não onde a gente possa ser pego — disse ela, lembrando--o de uma de suas regras.

Ela tinha tantas regras. Ele gostava, mas também queria tentar Gina a quebrá-las.

Ela passou um dedão sobre a boca dele, provavelmente para limpar seu batom.

— A equipe está esperando.

Eles seguiram pelo corredor, mas Gina parou antes de chegarem ao final.

— Stone?

Ele parou.

— Sim?

— Sua família sabe sobre nós?

Ela estava franzindo a testa e parecia que ficaria brava se a resposta fosse sim.

— Não. Não contei a nenhum deles.

— Ah, que bom.

O alívio que inundou as feições dela fez o peito dele doer. Os segredos estavam se acumulando. Ele não podia contar a Gina e ao *Estrelas da dança* que *Vida selvagem* era uma fraude. Não podia contar aos outros dançarinos ou à sua família que ele e Gina tinham um lance. Não podia deixar a mídia descobrir *nada*, mesmo que pessoas estivessem constantemente enfiando microfones na cara dele e fazendo perguntas pensadas de propósito para pegá-lo desprevenido. Estava tudo se confundindo na sua cabeça, e estar ali, de volta no lugar em que tudo podia explodir, o deixava apreensivo.

Então Gina sorriu e a tensão se aliviou. Às vezes, ele pensava que o sorriso dela era a única coisa real na sua vida.

— Vamos — disse ela. — Vamos encontrá-los.

A ansiedade de Stone se intensificou à medida que se aproximaram do QG Nielson. Gina estava com botas de caminhada dessa vez, e eles pegaram o caminho mais fácil, mas ele ainda ficou por perto.

— Seria péssimo se você torcesse o tornozelo — apontou ele.

Ela deu um meio-sorriso.

— Jordy disse a mesma coisa a primeira vez que viemos aqui.

Jordy parou à frente deles antes que entrassem na clareira para dar as instruções.

— Gina, vamos apresentar você aos Nielson em grupos. Eles são muitos e não dá para as câmeras pegarem tudo de uma vez. Certifique-se de que as câmeras captem suas reações. Stone, você vai fazer as apresentações. Aja como se não estivéssemos aqui e você não soubesse que seus pais estão esperando.

As câmeras se espalharam e Jordy deu o sinal para prosseguirem.

O estômago de Stone se embrulhou quando finalmente percebeu que estava levando a mulher que amava para conhecer os pais. *Na frente das câmeras.* Deus, a vida dele podia ficar mais estranha? Ele forçou um sorriso e passou um braço ao redor de Gina, conduzindo-a adiante.

Um calafrio desceu pela sua espinha quando viu Jimmy e Pepper na frente da grande casa que a família construiu na segunda temporada. Merda. Esse tempo todo, ele só tinha pensado em esconder a verdade sobre os Nielson de Gina e dos produtores do *Estrelas da dança*. Manter seu relacionamento com Gina escondido dos colegas de elenco era difícil, mas escondê--lo da mãe? Ele era como um livro aberto para a mulher. Ela perceberia e teria perguntas, e então Gina iria matá-lo.

Cada passo amplificava o seu terror. Os pais esperavam com grandes sorrisos. Gina retribuiu com seu próprio sorriso largo e alegre.

Os dentes de Stone estavam à mostra, mas ele tinha certeza de que a gravação mostraria mais uma careta do que um sorriso. Viu Jordy fazendo um sinal com a mão. Droga, ele tinha falas. Odiava aquela merda.

— Mãe, pai, gostaria que conhecessem minha parceira de dança, Gina. Gina, esta é minha mãe, Pepper, e este é meu pai, Jimmy.

A mãe falou primeiro.

— Gina, estamos tão felizes de te conhecer.

— O prazer é meu, sra. Nielson. — Gina tomou as mãos de Pepper e se inclinou para beijar a bochecha dela. — A senhora criou um dançarino e tanto.

Pepper deu uma risadinha.

— Por favor, me chame de Pepper. Nós fomos até a cidade toda segunda para ver vocês dançando. Foi tão divertido.

Jimmy estendeu a mão para apertar a de Gina, mas ela lhe deu um beijo na bochecha também.

— É um prazer, sr. Nielson.

— Ah, Gina, sei que estamos nos vendo pela primeira vez, mas espero que me chame de Jimmy. Como pode ver, não ficamos de cerimônia por aqui. Além disso, sentimos que já te conhecemos, graças ao programa e às poucas vezes que Stone ligou para casa.

Stone abaixou a cabeça. Era verdade — ele não tinha ligado tanto quanto planejara. Com o cronograma de gravação da família e sua própria agenda de ensaios, era difícil achar horários para conversar com eles.

A mãe apertou as mãos dele e o pai lhe deu um tapa nas costas.

— Estou orgulhoso de você, filho — disse Jimmy em uma voz áspera. — Nunca imaginei que tivesse aquele gingado.

— Obrigado, pai. — Ignorando o fato de que o pai só pensaria em elogiá-lo na frente das câmeras, Stone olhou ao redor fingindo procurar algo. — Cadê os outros?

— Ah, eles saíram de barco.

"Saíram de barco" significava que estavam se escondendo em algum lugar longe das câmeras até serem trazidos para as gravações.

— Devem voltar logo — continuou Jimmy. — Gina, gostaria de um tour do QG Nielson? Não é muita coisa, mas é nosso humilde pedacinho de liberdade.

— Adoraria.

Pepper levou Gina em direção à casa principal, que continha as camas dela, de Jimmy e das garotas. Stone seguiu com o pai. Eles ficaram quietos, para não criar uma conversa paralela e interferir na captação de áudio enquanto Pepper mostrava a Gina cada um dos quartos, contando como tinham construído a casa e alguns dos obstáculos que enfrentaram. A maior parte tinha sido filmada, então isso daria aos editores oportunidades de inserir takes antigos.

Miguel chamou Stone e Jimmy para fora. Eles o seguiram até a casinha que Stone dividia com Reed, esperando Miguel organizar as câmeras.

Jimmy puxou um cigarro e o acendeu. Deu um longo trago, então inclinou a cabeça para trás e soprou um anel de fumaça.

— Como está indo de verdade, filho?

Stone deu de ombros. Ele e o pai não conversavam muito. Além de ser "o calado", Stone simplesmente não concordava com Jimmy em muitas coisas. E, sendo um de sete filhos, nunca tinham passado muito tempo juntos, exceto para discutir coisas como caça ou construção.

Jimmy atuava bem para as câmeras, mas não gostava de falar sobre sentimentos.

— Não achei que você fosse durar tanto. — Jimmy deu um trago no cigarro. — Pensei que estaria de volta em um mês.

Bom saber que o pai tinha confiança nele.

— É, quem teria imaginado?

— Meu filho, um dançarino. — Jimmy balançou a cabeça. — Suas irmãs estão encantadas. Seus irmãos estão com ciúme. Reed e Wolf querem participar da próxima temporada.

— Talvez *Vida selvagem* e *Estrelas da dança* possam fazer um *crossover*. Caralho, nós podemos preencher o elenco inteiro sozinhos.

A piada saiu antes que Stone pudesse pensar melhor, e era estranho, porque ele e o pai não tinham esse tipo de relação.

Jimmy deu uma gargalhada.

— Imagina só! Podemos todos competir para ver quem é o melhor dançarino na família. — Stone deu um meio-sorriso. — Miguel vai ficar puto de ter perdido isso. Devíamos falar de novo para as câmeras.

Contendo um suspiro, Stone assentiu. Aquela era a vida dele: finalmente ter um momento de conexão real com o pai, então o repetir como um papagaio para as câmeras. Normal pra caralho.

Miguel se aproximou.

— Vamos filmar vocês dois falando sobre os últimos meses.

Stone enfiou as mãos nos bolsos da jaqueta.

— Tipo o quê, especificamente?

— Fale sobre os desafios — sugeriu Miguel.

— Fizemos uma piada ótima agora sobre os Nielson irem ao programa de dança — disse Jimmy, soltando o cigarro e o apagando com o calcanhar. — Vamos contar de novo.

Um assistente correu para pegar a bituca do chão com um lenço. Miguel revirou os olhos, mas deu o sinal para prosseguirem.

Jimmy virou-se para Stone, imediatamente no "modo gravação". Ele tinha se acostumado a atuar melhor que todos eles. Melhor do que Stone, certamente.

— Filho, não sei nem dizer quanto sentimos sua falta — começou Jimmy, batendo no ombro de Stone. — Estamos tão felizes de te ver.

— Senti saudades deste lugar — admitiu Stone.

As palavras soavam falsas. Ele tinha sentido falta de casa, mas isso era menos verdade agora do que fora em abril. Quanto mais tempo passava com Gina, mais em casa se sentia, embora Los Angeles ainda não combinasse de verdade com ele. Porém, talvez fosse diferente se ele não tivesse o programa para ocupar seu tempo.

Além disso, o QG Nielson tecnicamente não era sua "casa".

— Não imagino que Los Angeles chegue aos pés do que temos aqui no Alasca. — Jimmy abriu os braços e inspirou fundo. — Sinta o cheiro de liber…

Uma tosse forte interrompeu a frase de efeito. Anos fumando tinham deixado Jimmy com uma tosse que muitas vezes arruinava os takes. Como não parecia que ia acabar, Stone bateu nas costas do pai. Jimmy cuspiu no chão, Miguel revirou os olhos de novo, e eles continuaram.

Jimmy retomou de onde tinha parado, embora tivesse aberto os braços com menos vigor do que antes.

— Sinta o cheiro de liberdade!

Os músculos dos ombros de Stone se tensionaram de irritação.

Aquilo. Era. Uma. Merda. Se ele conseguisse só sobreviver às próximas horas, podia voltar ao que agora era considerado normal na sua vida: aprender a dançar.

Jimmy se afastou para encantar Gina, e Pepper veio até Stone.

— Então, Stone, o que está rolando entre você e Gina? — perguntou a mãe, cruzando os braços.

Merda. Não, a mãe não tinha acabado de dizer aquilo na frente das câmeras. Só que, quando Stone se virou, viu ela sorrindo para ele e nada menos que três câmeras os cercando.

Gina ia surtar.

— Somos parceiros de dança. — A voz dele saiu em um ronco baixo, aproximando-se de um rosnado.

Pepper fez um aceno, dispensando a desculpa imediata.

— Stone, não sou idiota. Sei que tem algo entre vocês dois. Você pode me contar.

Ele deu de ombros.

— Não há o que contar.

Deus, ele mentia *tão* mal.

Miguel interveio.

— As garotas estão vindo para a próxima cena.

Stone aproveitou a oportunidade para sair de perto da mãe, mas aquela conversa ia acabar no próximo vídeo de introdução, ele tinha certeza.

Ou talvez não. Talvez houvesse takes úteis o suficiente. Talvez um dos irmãos dele fizesse algo tão absurdo e constrangedor que seria o foco do vídeo.

Ele podia ter esperança. E, no meio-tempo, não ia contar a Gina até saber que era um problema.

Capítulo 26

Na manhã seguinte, Stone acordou em meio a uma tempestade torrencial. Ainda tinha algumas horas antes de partir, então fez as malas e seguiu até a pequena academia da pousada para treinar um pouco.

Quando voltou ao próprio quarto, tomou um banho rápido. Enquanto enxugava o cabelo, alguém bateu na porta.

— Quem é? — Se fosse Jordy, pediria para voltar mais tarde.

— Sou eu.

Gina.

Stone abriu a porta para ela. Seus olhos se arregalaram ao vê--lo sem nada, exceto uma pequena toalha ao redor dos quadris, e seu olhar viajou pela extensão do seu corpo. O escrutínio o inundou com calor.

— Posso ajudar? — perguntou ele em voz baixa.

Ela fechou a boca bruscamente e encontrou seus olhos.

— Hã...

Ele ergueu uma sobrancelha, divertindo-se com a reação.

— Vim te dizer alguma coisa.

— Certo.

— Não consigo lembrar o que era agora... ah! — Ela estalou os dedos. — Estamos presos aqui. Está chovendo demais, o aviãozinho não pode voar com este tempo e, mesmo se pudesse, eu não arriscaria. Então estamos presos. Aqui.

Ela engoliu em seco e olhou para a ereção marcando a toalha úmida.

— Entre antes que alguém te veja.

Ela hesitou, então deu um passo à frente.

No segundo em que a porta se fechou, ela arrancou a toalha. Uma risada profunda saiu do fundo da garganta dele, interrompida bruscamente quando Gina caiu de joelhos e tomou seu pau na boca.

Caraaaaalho.

Ver os lábios dela engolindo seu pau fez um choque descer pelas costas de Stone. A pele dele se arrepiou toda.

Ela o libertou com um *pop* e inclinou a cabeça.

— Está com frio?

— Não. — Ele afundou os dedos no cabelo dela, que estava preso em um coque desleixado. — É você. Você me deixa arrepiado.

Os lábios dela, molhados e brilhantes, se alongaram em um sorrisinho.

— Ótimo. Você faz o mesmo comigo. — E então ela abriu a boca e o tomou outra vez.

Jogando a cabeça para trás, ele se entregou ao boquete inesperado. Sensações o atravessaram como raios, fazendo seus dedos dos pés se curvarem e sua pulsação martelar na garganta. Quando ela segurou os testículos com uma mão e o tocou com a outra, ele firmou os joelhos para não desmoronar.

Suas preocupações desapareceram, substituídas pela esperança de que a disposição de Gina de burlar suas regras por ele logo se estendesse a admitir publicamente o relacionamento deles. Ele estava cansado de se esconder, cansado de fingir que não se sentia como se sentia. Ele a amava e não queria mais mentir.

Ela sorriu para ele, doce e sexy e absolutamente perfeita. Stone cerrou os dentes e seu corpo se tensionou, o orgasmo chegando sem aviso. Sem hesitar, Gina fechou a boca sobre a ponta e engoliu.

Quando ela terminou de chupar tudo, as pernas dele finalmente cederam. Cambaleando até a cama, ele caiu pesadamente na beirada e sentou-se por um tempo, recuperando o fôlego. Gina sentou-se ao lado dele, afastando o cabelo do rosto dele antes de levar os lábios ao seu ouvido.

— Bom dia, Stone.

Ele bufou, rindo, e passou um braço ao redor dela.

— É mesmo. — Quando ela se aconchegou, ele beijou o topo de sua cabeça. — Estamos presos aqui, então?

Ela suspirou.

— É, mas não podemos passar o dia todo na cama, por mais agradável que seja. Esse lugar tem um salão de festas. Eles estão instalando um piso de dança para podermos praticar, mas é um negócio tão improvisado que Jordy nem vai se dar ao trabalho de filmar. Ele está dando um dia de folga para todo mundo.

— Ensaiar sem câmeras? — Imagens de dançar nu com Gina cruzaram a mente dele. — Pode ser divertido.

Ela estreitou os olhos.

— Ainda precisamos trabalhar. Temos duas coreografias para aperfeiçoar para as semifinais.

— E vamos. — Ele se ergueu e pegou a toalha jogada no chão. — Não se preocupe, Gina. Eu vou te levar para a final.

Ela sorriu, mas não respondeu.

*S*tone entrou no pequeno salão de eventos e encontrou Gina olhando pelas grandes janelas, que ofereciam uma vista da chuva desabando na enseada. Árvores altas balançavam no vento forte e nuvens cobriam o céu.

— Entendo por que você ama esse lugar — disse Gina, olhando por cima do ombro para ele. — É lindo, mesmo desse jeito.

— Mais ainda quando você está aqui.

Ele veio por trás dela e enfiou o rosto no seu cabelo.

— Você vai me deixar com dor de dente sendo tão doce.

Sorrindo, ela tomou a mão dele e o conduziu pelo piso de dança de seis metros de comprimento disposto sobre o carpete.

— O que achou da minha família? — perguntou ele antes que Gina pudesse se lançar na explicação da coreografia de jazz.

— Gostei deles — disse ela. — Eu também tenho uma família grande. Embora só tenha dois irmãos, cresci com muitos primos. Os feriados e aniversários eram sempre uma bagunça de parentes amontoados numa casa pequena demais para todos nós.

— É, eu sei mais ou menos como é.

Ela apertou os olhos.

— Vocês nove realmente moraram naquela cabaninha durante a primeira temporada?

Merda. Uma pergunta direta. Era para ele mentir. Era para dizer "Sim, moramos, mas os Nielson sempre ficam juntos", ou alguma bobagem do tipo.

Exceto que estava cansado de mentir para Gina.

— Bem, não. Na verdade, não.

Ela arregalou os olhos.

— Não?

Ele balançou a cabeça.

— Onde ficavam?

Se estava na chuva, era para se molhar. A vontade de confessar cresceu como uma onda enorme. Stone olhou para a porta e se certificou de que estavam realmente a sós.

— Bem aqui, na cidade — disse ele.

A mão de Gina voou à boca. Ela o encarou.

Era isso. Seus medos concretizados. Ela não entenderia e o julgaria. Gina, tão íntegra que se recusava a fingir um relacionamento com ele — apesar de estar em um —, embora quisesse, *precisasse*, vencer.

— Desculpe. Queria te contar desde o começo. — Ele estava tropeçando nas palavras, mas não conseguiu impedi-las de sair.

— Mas não podia. Há contratos e acordos de confidencialidade.

Minha família, eles estão contando comigo. Tenho que manter segr...

Gina balançou a cabeça e ele se calou. A mão caiu da boca e ele viu o princípio de um sorriso.

— Só estou chocada porque... isso faz muito sentido. Todas as perguntas que fiz para minha TV, ou para Natasha, enquanto assistíamos a episódios de *Vida selvagem* fazem sentido agora. — Seus olhos brilharam de animação. — Onde vocês moraram, se não naquela cabana?

Ele estendeu os braços.

— Bem aqui na Pousada Geleira do Vale.

— Não brinca. — Ela deu uma risada encantada e bateu palmas. — Sério?

— Aham. É o segredo mais mal guardado da cidade.

— Adoro fofocas dos bastidores. Então, espere, nada daquilo é verdade?

— Bom, ficamos lá às vezes, se estamos filmando de noite. Ainda construímos e carregamos coisas por aí.

Era um alívio ter finalmente alguém que sabia a verdade, e ainda melhor que fosse Gina. Stone estivera tão preocupado com sua reação, mas Gina estava lidando com a revelação melhor do que ele poderia ter esperado.

Ela lhe deu um olhar contemplativo.

— Sinto que estou te conhecendo de novo.

Ele engoliu em seco.

— Eu queria te contar. Odeio mentir. É por isso que sou terrível em entrevistas. Tenho medo de escorregar. Minha família... Os produtores fizeram uma proposta fechada. Todos os nove Nielson ou nada de programa. Eu tive que me juntar a eles.

— Entendo. — Ela uniu os dedos atrás do pescoço. — Então, quem é você, Stone Nielson? Se é que esse é seu nome real.

Ele riu e apoiou as mãos nos quadris dela.

— É. Meus pais realmente amam a natureza, e Nielson é um nome sueco.

Ela sorriu para ele.

— Queria saber tudo sobre você. Estava vendo o programa para tentar te entender melhor, mas agora posso só perguntar.

— Me sinto como eu mesmo pela primeira vez em… anos — admitiu ele. — Eu tive que cortar relações com todos os meus amigos quando começamos o programa.

Gina franziu a testa em compaixão.

— Deve ter sido difícil.

— Foi. — Ele puxou a barba. — Eu nem tinha isso antes de o programa começar. Ou o cabelo comprido.

Os olhos dela cintilaram.

— Quero ver fotos.

— Tenho algumas. Não muitas, porque o incêndio que destruiu a casa da minha família foi real. Eu só não estava morando aqui na época. Estava em Juneau.

— Fazendo o quê?

— Eu era engenheiro e trabalhava para a cidade. Tive que me demitir para entrar no programa.

Ela ergueu as sobrancelhas.

— Por que isso me dá tesão? Talvez porque esteja te imaginando com um cinto de ferramentas e nada mais.

Ele encostou a testa na dela.

— Isso pode ser providenciado. Eu tenho alguns cintos de ferramentas.

Quando os olhos dela ficaram escuros e sonhadores, ele cedeu à vontade de beijá-la. Contar a verdade tinha aliviado o fardo que ele vinha carregando desde a estreia de *Vida selvagem*. Ele e Gina ainda eram de mundos diferentes e ainda tinham uma competição de dança para vencer, mas talvez, só talvez, pudessem desenredar a bagunça que os realities shows tinham feito e encontrar uma espécie de final feliz.

E talvez a pergunta intrometida da mãe dele não acabaria no vídeo de introdução.

A verdade parecia ter libertado algo em Gina também. Ela o beijou com ardor e entrelaçou os dedos no seu cabelo. Sua boca estava quente e com gosto de gengibre. Ela estava desesperada por ele, e ele não podia negar-lhe nada. Agarrou sua bunda, puxando-a apertado contra o corpo, e ela gemeu.

Um barulho suave fez os olhos dele se abrirem bem a tempo de ver a lente de uma câmera desaparecer antes que a porta do salão de baile se fechasse sem fazer barulho.

O corpo dele enrijeceu, mas Gina ainda o beijava. Ela não tinha notado.

No segundo seguinte, Stone decidiu não contar a ela.

Capítulo 27

O escritório de Donna era minúsculo. Stone sentou-se em uma cadeira dobrável e curvou os ombros, tentando ocupar menos espaço.

Batendo uma caneta na beirada da mesa, Donna ergueu as sobrancelhas escuras em um convite.

Stone resistiu à vontade de se remexer. O olhar direto e o silêncio de Donna eram inquietantes. Mas ele estava ali por um motivo: tinha que descobrir se a produtora sabia sobre o beijo.

— Você já assistiu às gravações do Alasca? — perguntou ele.

Sem tirar os olhos dele, ela assentiu.

— A maior parte.

Stone esfregou a nuca. Um tique nervoso, mas não conseguiu evitar.

— Imagino que tenha visto nosso ensaio na pousada.

De novo, Donna assentiu. Sua expressão não mudou.

— Está planejando passar no programa?

Agora, um sorriso frio e calculista se espalhou pelo rosto dela.

— Claro que sim. Jordy interferiu da última vez que vocês me deram algo bom.

Caralho.

— Tem algo que eu possa dizer para te persuadir a não mostrar aquilo?

— Não.

— Vai realmente aborrecer Gina. E nos disseram que não seríamos filmados.

— Gina sabe como essa indústria funciona. Nada permanece secreto aqui. — Donna inclinou a cabeça. — Você vai contar para ela?

Era a grande questão, não era? A pergunta com que ele vinha se debatendo desde que deixaram o Alasca. Ele tivera muitas oportunidades de confessar, mas se convencera de que estava errado sobre o que tinha visto. Não havia por que incomodar Gina com algo que não estava confirmado.

Agora ele sabia a verdade. Donna ia transmitir a gravação.

Se ele contasse para Gina, ela ficaria magoada. Triste. Se afastaria de novo e isso poderia afetar a dança. Estavam tão perto do fim, e ele queria que vencessem.

— Você disse a Gina que a demitiria se ela não chegasse à final.

Donna assentiu.

— Eu gosto de Gina. Ela ficou sob minha tutela desde que se juntou ao programa. Quero que ela vença. Mas, mesmo se chegar à final, nada está garantido.

Stone estreitou os olhos.

— O que garantiria o lugar dela na próxima temporada?

— Acho que você sabe.

— O primeiro lugar. — Ele fez a pergunta para a qual não queria resposta. — Você realmente acha que essa gravação, essa narrativa, vai ajudar Gina a vencer?

— Acho isso desde o começo. Foi por isso que a pareamos com você. — Donna largou a caneta na mesa e entrelaçou os dedos. — Escute, eu não sou a inimiga aqui. Você, Dwayne e Twyla estavam sob minha supervisão. Eu esperava que Natasha e Dwayne fossem o showmance reserva se Gina se recusasse, mas Natasha está saindo com outra pessoa do elenco e Dwayne nunca foi um dançarino bom o suficiente para levar o troféu. Você é o único que resta. Quero que vençam, que derrotem

Lauren e Kevin. O produtor dele nunca vai me deixar em paz se Kevin vencer de novo.

Stone não dava a mínima para o que Donna queria. Só se importava com o que ajudaria Gina.

— E você acha que mostrar um take em que estou beijando Gina vai nos fazer vencer?

— Sei que vai. Os espectadores amam uma história com um final feliz. Vocês ainda têm quatro danças no programa. As estatísticas provam que podem ir mal pelo menos uma vez e ainda vencer, contanto que tenham os votos do público.

Não era assim que Gina queria vencer. Mas, àquela altura, não era mais importante garantir que ela ganhasse? Sua carreira estava na linha, e era a coisa mais importante para ela.

Stone tinha começado aquela jornada por dinheiro e, embora fosse levar uma bolada para casa se vencesse, o dinheiro era menos importante para ele agora do que Gina conseguir o que queria. O que merecia.

Gina merecia vencer.

Além disso, Donna tinha as gravações e já fora impedida uma vez. Ela não era o tipo de pessoa que deixaria isso acontecer de novo.

As opções dele eram contar para Gina ou não.

Ainda tinham uma semana para aperfeiçoar duas coreografias de alta intensidade. Não havia nada que pudessem fazer para impedir Donna, e Gina não precisava de mais pressão. Já estava estressada. Se algumas fotos de paparazzi que não mostravam nada de mais já a tinham deixado em furor, ele nem conseguia imaginar como gravações de um beijo a afetariam.

Esse foi o ponto decisivo; ele não ia contar. Além disso, ela tinha ido falar com Donna sobre as fotos do estacionamento sozinha, sem envolvê-lo. Aquilo era a mesma coisa.

O relógio estava avançando. O tempo deles como parceiros logo chegaria ao final. Talvez deixar o relacionamento às claras também os ajudaria a ser honestos sobre o que estava acontecendo num nível pessoal e eles pudessem entender para onde estavam indo.

Gina entenderia. Ela entenderia que Stone estava lhe poupando o estresse e tentando ajudá-los a vencer.

Mesmo assim, ele saiu do escritório de Donna com o estômago embrulhado.

*S*tone andava de um lado para o outro enquanto o vídeo de apresentação passava antes da dança contemporânea que eles puderam escolher. Após duas semanas ensaiando para as semifinais, ele queria que aquilo acabasse logo.

— Nunca fomos os primeiros a dançar — comentou ele em voz baixa.

Gina sorriu.

— Às vezes é bom tirar isso do caminho e só se divertir assistindo a todo mundo. Mas temos outra coreografia hoje, se quiser ficar obcecado com alguma coisa.

Ele grunhiu e apertou a ponte do nariz.

— A dança de stripper.

Eles receberam uma música do filme *Boylesque*, uma comédia romântica musical sobre um grupo de professores que criam uma trupe burlesca masculina para levantar fundos para sua escola. Stone tinha assistido ao filme na semana anterior e podia admitir, no íntimo, que era bem divertido. Apesar disso, não estava animado para a dança.

Gina cobriu a boca para suprimir uma risadinha.

— Eu já te disse, é *boylesque*.

— Nunca pensei que ia tirar as roupas para o entretenimento de um salão cheio de gente.

— É um emprego como qualquer outro.

— Eu sei. Mas tenho dúvidas sobre aquele figurino.

— Não tenha. Ficou ótimo em você. E, enfim, está tarde demais para mudar.

No telão acima deles, eles reviveram o encontro de Gina com os Nielson. Então a voz da mãe dele ecoou pelo salão:

— O que está rolando entre você e Gina?

Ao lado dele, Gina congelou.

A resposta dele veio em seguida, falada pela sua imagem na tela gigante:

— Somos parceiros de dança.

O coração de Stone martelou no peito. Talvez parassem por aí. Por favor, Deus, que parassem por aí.

Nos braços dele, Gina começou a tremer.

A imagem mudou: a mãe dele, no interior da pousada, na sala onde *Vida selvagem* fazia suas entrevistas.

— Acho que está acontecendo algo entre eles. — Pepper tocou o lado do nariz e deu um aceno cúmplice para a câmera. — Sou a mãe dele. Eu sei essas coisas.

Gina arquejou.

— O que...?

— Shh. Não assista.

Os olhos dela cintilaram na luz refletida do telão enquanto o encarava.

— *Não assista*?

Na tela, o pior pesadelo de Stone se desdobrou, aquele que vinha esperando por duas semanas. Ele e Gina, na sala de ensaios improvisada. Se beijando.

Nos bastidores, Gina começou a tremer nos braços dele, os olhos colados à tela. Quando se virou para ele, sua expressão estava completamente devastada.

— Stone? — A voz dela estava rouca. — Você sabia?

Ele sentiu gelo se assentar nos ossos e um suor frio brotar na pele.

Tinha feito a escolha errada.

Se contasse a verdade agora, provavelmente esmagaria o que quer que estivesse crescendo entre eles. Porém, se mentisse, isso aconteceria também.

A verdade, então.

— Quando vi a câmera, já era tarde demais. Eu não queria te chatear.

Ela não respondeu. Só cobriu os olhos com as mãos e deu um passo para longe dele.

— Gina...

— Não. — Ela ergueu uma mão para impedi-lo. A outra permaneceu sobre os olhos, protegendo-a dele. — Não diga nada. Preciso de um segundo.

O coração dele se contorceu, chamando pelo dela mesmo enquanto ele ficava longe, concedendo-lhe o espaço pedido.

Um dos assistentes de palco se aproximou hesitante.

— Hã... está na hora.

Gina abaixou as mãos. Seus olhos estavam límpidos, o rosto sem qualquer expressão. Ela tomou a mão de Stone e fitou seus olhos brevemente.

— Vamos arrasar nesta dança.

A música começou, melancólica e sombria. A voz de um homem, pesarosa e envolvente, se impôs sobre a melodia. Gina dançou num holofote até que Stone veio em sua direção e a puxou contra si. Ela se debateu em seus braços. Era parte da coreografia, mas a cada movimento que faziam, o coração dele afundava mais.

Gina envolveu um pedaço de corda no braço dele e se lançou para fora do seu alcance. Quando se juntaram de novo, foi igual. Ao longo da dança, eles se uniam e separavam, e toda vez Gina acrescentava mais uma parte do arnês que o ergueria no ar. Cada corda caía sobre ele como o peso das expectativas familiares.

Toda vez que ela corria dele, parecia que era o fim.

Mais dançarinos apareceram das sombras, jogando outras cordas ao redor dos seus braços e pernas. Então puxaram, arrastando-o para trás enquanto ele se esforçava para alcançar Gina, que dançava na luz.

A música entrou num *crescendo*. Stone deu um passo com a perna direita. As cordas caíram. Outro passo. Suas pernas estavam livres. Quando a música atingiu o ápice, ele dobrou os braços e todas as cordas que não estavam presas ao arnês arrebentaram.

Correndo pela pista de dança, ele pulou e o arnês o ergueu, então fez seus movimentos em pleno ar, girando e balançando. Quando seus pés tocaram o chão, ele puxou Gina para perto. As cordas os ergueram, e eles fizeram a coreografia no ar que não tinham conseguido ensaiar tanto quanto ele gostaria.

Durante os ensaios para conferir o posicionamento das câmeras, quando ele expressara suas preocupações — principalmente de que Gina não estaria usando um arnês e ele era a única coisa que a mantinha suspensa —, ela tinha sorrido calorosamente para ele e dito três palavras que o atingiram até o âmago:

— Confio em você.

Agora ele a segurava enquanto eles lutavam no ar. Por mais perto que estivessem fisicamente, havia uma distância entre eles que não existia antes.

Ele queria falar alguma coisa, dizer "Gina, sinto muito", mas estava preocupado em derrubá-la. Ela era profissional e não tinha dado um único passo em falso em toda a dança. Se ele falasse, talvez quebrasse o feitiço. Talvez quebrasse a concentração frágil evidente na tensão ao redor dos olhos dela.

Depois de todo aquele tempo, e próximos como eles tinham se tornado, ele passara a conhecê-la bem. Ela estava aguentando firme porque era seu trabalho, porque levava a dança mais a sério do que qualquer outra coisa, e porque eram as semifinais.

Por dentro, estava se despedaçando.

Confio em você, ela tinha dito.

Não mais.

Ele não a derrubou. Os dois realizaram a sequência perfeitamente. Quando as cordas os abaixaram, a música reduziu de intensidade. Agachados juntos no chão, Gina virou-se para ele e desamarrou o arnês. As cordas se ergueram e desapareceram no teto.

A dança contava uma história sobre libertar-se dos laços que amarravam alguém à pessoa que costumava ser. Para Stone, durante o ensaio, simbolizava seus sentimentos em relação à família. Depois de visitá-los com Gina, ele não podia mais ignorar a insatisfação e o sufoco que era ser parte de *Vida selvagem*. De estar preso como um de nove. De ser rotulado como "o calado".

Ele encontrara sua voz com Gina. Lembrara quem era.

Quando as cordas sumiram, Gina se afastou depressa do holofote. Stone se levantou, a cabeça abaixada e os braços apertados junto ao corpo. Enquanto as últimas notas tocavam, ele os jogou para o alto em triunfo. O holofote se apagou, deixando todo o salão no escuro.

Ele manteve a pose por um segundo, respirando pesadamente. A dança tinha acabado. Eles foram bem, mas aquele vídeo teria consequências.

As luzes se acenderam de novo e Gina se juntou a ele para irem até a mesa dos jurados. Ela disse "Bom trabalho", mas não o olhou nos olhos.

Um enjoo se espalhou pela barriga dele e comprimiu seu peito. Quando terminavam uma dança, ele geralmente se sentia energizado e jubilante, e eles não conseguiam manter as mãos longe um do outro.

Naquela noite, os nervos dominaram todos os outros sentimentos. Ele tinha feito uma cagada. Grande.

Juan Carlos estava esperando por eles. O apresentador sorria, mas havia uma centelha de apreensão em seus olhos.

— Isso foi intenso — disse Juan Carlos quando eles o alcançaram. — Stone, estou surpreso que não tenha se arranhado com as cordas.

Stone passou uma mão sobre o peito nu.

— Um pouquinho.

— Certo, vamos ouvir dos jurados. — Juan Carlos se virou para eles sem mais piadas. — Mariah, começamos com você.

Os comentários dos jurados entraram por um ouvido e saíram por outro. Ao lado dele, Gina assentiu e sorriu, então a crítica devia ter sido positiva. Ele precisou de todo seu esforço para não interromper a programação caindo de joelhos e implorando por perdão.

Nos bastidores, Reggie esperava por eles no Salão do Clarão. Natasha estava lá, tendo sido uma das dançarinas que os auxiliaram durante a coreografia. Ela puxou Gina para um grande abraço. Alguns dos outros profissionais se reuniram para elogiá-los pela dança. Era tradição parabenizar e abraçar cada par logo que saíam da pista de dança. Mesmo em meio a outras pessoas, era difícil não ver como o sorriso de Gina ficou trêmulo diante da atenção. Stone fez contato visual com Jackson, que ergueu uma sobrancelha. Kevin deu um olhar duro para Stone antes de se virar.

— Gina, Stone, aqui — chamou Reggie, gesticulando para que se juntassem a ela na frente da câmera.

Telas atrás deles repassavam a dança sem som.

Eles tomaram seus lugares ao lado de Reggie. Quando Stone pôs um braço ao redor de Gina, ela não o empurrou. Já era alguma coisa, pelo menos.

Reggie se inclinou com o microfone e um grande sorriso. As faixas azuis no seu cabelo cintilavam na iluminação intensa dos bastidores.

— Vimos umas gravações interessantes, hein? Algo que vocês dois queiram nos contar?

Gina ficou tensa, mas manteve o sorriso tranquilo.

— Nada a contar. Era uma parte da coreografia que decidimos descartar.

— Stone, e você? Alguma fofoca escandalosa que queira compartilhar?

Ele deu de ombros.

— Quando no Alasca, faça como o povo do Alasca.

Reggie só encarou em silêncio.

— Não sei o que isso significa, mas acredito em você. Vamos ver suas notas.

Um noventa e quatro gigante surgiu no telão. Nos bastidores, todo mundo aplaudiu. Reggie se virou de novo para a câmera.

— Gina e Stone receberam um noventa e quatro. Eles têm outra chance hoje de ganhar mais pontos com uma coreografia mista, mas ainda precisam de seus votos. Não se esqueçam de visitar nosso site.

Ela passou o resto das informações e, alguns segundos depois, o diretor de palco indicou que eles tinham terminado.

Enfiando o microfone sob o braço, Reggie tomou a mão de Gina.

— Desculpe. Disseram que eu tinha que perguntar.

— Eu sei. — Gina apertou as mãos de Reggie. — Não tem problema.

Natasha apareceu atrás deles.

— Vou roubá-la por um minuto.

Ela pôs o braço ao redor de Gina e a levou às pressas do Salão do Clarão.

Kevin parou ao lado de Stone quando as mulheres saíram.

— Vocês estão com Donna, né?

— É, e com Jordy.

— Jordy é bom, mas não tem muito poder. Mas Donna? — Kevin balançou a cabeça. — Maldita Donna. Depois que venci pela segunda vez, eu pedi uma troca de produtor. Eles deixaram, já que ameacei me demitir se implicassem.

Stone não disse nada. Alguém chamou o nome de Kevin. Ele deu um tapa amistoso nas costas de Stone.

— Apenas sobreviva à próxima dança, cara. Só falta um episódio.

Kevin parecia dar como certo que Stone estaria na final. Talvez estivesse ali por tempo suficiente para adivinhar esse tipo de coisa. Mas a final não era suficiente — eles tinham que vencer. E Stone tinha que provar a Gina que podia confiar nele.

Um dos diretores de palco surgiu ao lado dele.

— Você tem que trocar de figurino para a próxima dança.

A próxima dança. O striptease inspirado em *Boylesque*. Gina tinha coreografado a dança para ser sexy de um jeito engraçado, para exibir não só o corpo dele, mas seus passos de *breakdance* e sua habilidade de rir de si mesmo.

Naquela noite, diante de milhões de espectadores, ele iria usá-la para seduzi-la.

Capítulo 28

Como eles ousam?

Um tremor leve tomou o corpo de Gina, uma combinação de medo e adrenalina e pura raiva fervilhante.

Como ousavam brincar com a carreira dela assim? Com sua reputação, com seus desejos, com a porra da sua *vida*? Será que podia processá-los? Provavelmente não, mas sua agente receberia uma ligação assim que aquela bagunça toda acabasse.

Natasha sentou-se com ela, garantindo que bebesse de uma garrafa d'água. Elas estavam escondidas em um dos escritórios vazios.

— Você é uma boa amiga, Tash.

— Continue bebendo.

— Tá. — Gina deu um golinho. — Ainda tenho que sobreviver a outra dança.

— Só na segunda hora do programa. E também não precisam de mim até lá. Por enquanto, ficamos aqui.

Natasha não fez nenhuma pergunta, o que era parte do que a tornava uma ótima amiga. Ela não bisbilhotou nem aborreceu, não perguntou "Você está bem?". Qualquer uma dessas coisas provavelmente teria feito Gina chorar, mas o apoio silencioso de Natasha era exatamente do que precisava para aguentar firme.

Quando os tremores diminuíram do nível de terremoto para trem chegando no metrô, Gina abaixou a garrafa d'água.

— Ele sabia.

— Sabia o quê?

— Sabia que tinham aquela gravação. E não me contou.
Natasha chupou as bochechas.

— *Qué jodienda, coño.*

Gina massageou as têmporas. Uma dor cercava as beiradas
da sua cabeça.

— Ele deve estar procurando por mim.

— E daí? — Natasha cruzou os braços. — E por quê? Para
explicar por que agiu como um babaca? Que pena.

— Ele pode ter tido um bom motivo.

— Não o defenda. O que fizeram foi escroto. Você tem o
direito de ficar brava.

As palavras de Natasha chacoalharam na cabeça de Gina. Sim,
ela estava brava. E era justificado. Ela tinha toda razão para ficar
brava por ver um momento privado gravado. Sem microfones,
num dia em que as filmagens supostamente tinham sido cancela-
das e ela não sabia que havia uma câmera presente. Os produtores
não eram melhores do que os paparazzi, esgueirando-se por aí
para achar algum segredo e então o transmitindo no programa
sem seu conhecimento ou consentimento.

E Stone sabia que eles tinham a gravação e não contara para
ela. Ele estivera presente quando os paparazzi os confrontaram
fora do seu hotel. Ela não escondera isso dele. Claro, tinha ido
falar com Donna sozinha, mas depois que ele ficou puto por
causa disso eles concordaram em lidar com as coisas juntos.

— Aposto que isso é culpa da Donna, caralho. Maldita
Donna. — Gina se levantou para andar de um lado a outro
do escritório. — Quantas vezes falei pra ela que não queria os
produtores inventando esse tipo de narrativa pra mim, porra?

— Até nossa agente falou isso pra eles.

— É! A porra da minha agente! — Gina soltou o ar, furiosa, cerrando as mãos. — E quem se importa se estou tendo…
relações… com Stone? É a minha vida. Somos ambos adultos

e foi tudo consentido. E não era para sermos filmados durante aquele ensaio.

Natasha estalou os dedos em concordância.

— *Hablou*. Transe com quem quiser transar. Não é da conta de ninguém.

Gina estreitou os olhos.

— Você transou com Jackson, né?

— Com certeza. E foi *incrível*. Mas você não viu eles tentando criar uma história comigo.

— Eles tentaram com Dwayne. E com Stone.

Tash abanou a mão, dispensando o argumento.

— Eu não tinha química com Dwayne. Não ia dar certo. Você e Stone, por outro lado… Eu já previa há tempos.

Gina caiu de novo na cadeira da escrivaninha e cobriu o rosto com as mãos.

— Sério?

— É, garota. Você é óbvia pra caralho.

— Eu tentei tanto esconder.

— Eu moro com você. E aquele homem tem muitas qualidades.

— Mas como ele pôde esconder isso de mim?

Natasha mordeu o interior da bochecha.

— Você perguntou pra ele?

— Não. Eu não queria conversar logo antes da coreografia contemporânea. Precisava estar focada para não cair na parte aérea.

— Que ficou incrível pra caralho, aliás.

— Não ficou? — Gina se inclinou para trás, esticando as pernas. — A gente treinou tanto.

— E conseguiram uma nota ótima. Eu vou comer minha sandália se você não conseguir uma nota perfeita na próxima.

Gina apertou com força a mão de Natasha.

— Estou feliz que você vai estar lá comigo.

— Pra ver Stone tirar a roupa? Eu faria isso de graça. Quer dizer, talvez leve um dólar para enfiar no shortinho dele. — Ela balançou as sobrancelhas. — Ou até mais. Acha que a gente consegue convencê-lo a fazer um bis nos bastidores?

— Sem chance. Tive que brigar para ele sequer concordar com o número, para começo de conversa. — Ela sorriu. — Talvez a gente tenha praticado alguns movimentos de strip no quarto de hotel dele.

— Você é uma garota de sorte.

Gina calou-se. Sentar ali para conversar com Natasha a fez se sentir normal, como se os eventos da noite — como se aquele maldito vídeo — não tivessem acontecido. Mas aconteceram. Todo mundo vira. Era bom que seu celular estivesse no Salão do Clarão, porque a mãe e a irmã provavelmente tinham mandado um bilhão de mensagens.

— Achei que era.

— Ainda é. — Natasha se ergueu e puxou Gina da cadeira. — Chega de choro. O show tem que continuar. Depois da segunda dança, você dá uma bronca nele. Deixe que se arraste de joelhos. E então transem para fazer as pazes e se preparem para a final. Vou sair com Jackson de novo, então volto tarde. — Ela deu uma piscadela.

Gina sorriu, mas a traição pesava, fazendo seus membros parecerem cimento.

Donna sabia como ela se sentia, e a vadia tinha inserido aquela filmagem mesmo assim.

Mas Stone também sabia. E não tinha contado para ela.

*P*or mais brava que estivesse, Gina ainda estava empolgada para a dança de vários estilos, que combinava dança latina, jazz e passos de *breakdance*. Gina nunca tinha se divertido tanto coreografando algo para o *Estrelas da dança* e, com as habilidades de *break* de Stone, tinha ficado satisfeita com os resultados.

Ele tinha resistido, é claro. O cara parecia ter sido esculpido por Michelangelo — melhor ainda, na verdade —, mas era modesto como uma senhorinha pudica. Mesmo que os jurados não amassem, Gina estava apostando que os fãs adorariam.

Era a última chance para o país votar. Na semana seguinte, um vencedor seria coroado. Tudo que fizessem naquela noite determinaria quantos votos receberiam, então estavam entregando o seu melhor.

A final estava ao alcance deles. Era uma tortura saber que o destino já estava traçado e só não sabiam qual seria. Naquela noite, dois pares seriam enviados para casa, mas eles não saberiam quem até a eliminação no final do episódio. Na final, três duplas competiriam pelo troféu.

E todos que estavam na competição — Alan Thomas, Farrah Zane, Jackson García e Lauren D'Angelo — eram potenciais candidatos ao primeiro lugar.

Não adiantava pensar nisso. Se já houve um momento para ficar presente, para viver pelo momento, era agora. Gina não fazia ideia quais seriam as repercussões desta noite em sua carreira. Ela estava brava, mas também muito perto do final daquela jornada.

Finalmente, chegou a hora de ela e Stone saírem na pista. O vídeo de apresentação os mostrou discutindo sobre Stone fazer um striptease durante a dança.

A voz incrédula dele soou pelo salão.

— Você quer que eu *tire a roupa*?

— Chama-se *boylesque*. Tipo burlesco, mas com caras.

— Não ligo pro nome. Vou ficar ridículo.

— Ah, vá. Por favor? — As súplicas dela eram intermeadas por acessos de risadinhas incontroláveis. — Vai ser pelos fãs!

Doía assistir àquilo agora, ouvir-se tão feliz e despreocupada. O tempo todo, ele sabia o que estava por vir e tinha escondido dela.

As luzes se apagaram. Eles assumiram seus lugares.

Um palco tinha sido instalado no meio do salão, uma longa plataforma retangular que parecia uma passarela de moda. Gina estava em uma ponta, com outras dançarinas. Quando a música iniciou, ela começou a dançar, fazendo caras e bocas para a câmera. Então a câmera se afastou, e Stone apareceu na passarela.

Ele saiu com o rebolado de um campeão, como se soubesse que todos os olhos estavam nele e adorasse isso. O homem que não a encarava nos olhos durante o ensaio de tango, o homem que mal dissera uma palavra durante a viagem a Nova York, não existia mais. Esse Stone era forte e confiante e dominava o palco.

Gina e as outras dançarinas fingiram se derreter na beira da passarela, estendendo as mãos para ele conforme fazia seus passos. Stone puxou Gina para cima, erguendo-a do chão com um braço só. Por mais que tivessem praticado o movimento, pareceu mais fácil agora do que jamais tinha sido. Havia um brilho no olhar dele que a fez se sentir inteira quente, ciente de cada centímetro da sua pele. Ela não conseguia tirar os olhos dele.

Stone girou e posou, ondulando o corpo tão perfeitamente que faria um stripper real chorar lágrimas de orgulho. Ele correu as mãos pelo corpo dela, realizando os movimentos em par com um nível de força e domínio que era raro para uma celebridade masculina no programa.

Ele estava realmente conduzindo, em completo controle da dança — e dela. Embora Gina tivesse orquestrado a coisa toda, só podia acompanhá-lo. Quando chegou a hora, ele tirou a camisa. Ela a pegou e fingiu desmaiar, caindo do palco para os braços de Matteo e Joel.

Quando Stone chegou à ponta do palco, a música ficou mais animada. Ele começou a fazer os passos de *break* que tinham guardado para este momento, e a plateia enlouqueceu.

E então Stone rasgou a regata que usava por baixo da camisa.

Se as pessoas estavam gritando antes, agora perderam a cabeça de vez. Os gritos atingiram níveis ensurdecedores. Stone pareceu recebê-los com prazer, no personagem como nunca estivera antes.

E, durante todo o tempo, seus olhos voltavam aos de Gina.

O fogo em seu olhar, o desejo nu — tudo isso combinava com a dança. Combinava com o personagem. Mas era tudo por ela. Gina conhecia aquele olhar; o via toda vez que ele empurrava os quadris para preenchê-la.

Ela nunca tinha ficado tão excitada durante uma performance com literalmente *milhões* de pessoas assistindo.

Pelo resto da dança, Stone também exibiu todos os seus atributos. Pulou do palco improvisado para dançar com Gina, seduzindo-a com o corpo, as mãos, os olhos e, o mais impactante de tudo, sua habilidade de condução. Puxou-a contra si, esfregou seu corpo no dela e os girou, o tempo todo ondulando os quadris de um jeito que fez a boca dela ficar seca.

Natasha se juntou a eles por alguns momentos, ela e Gina forneceram acompanhamento para Stone, que era o verdadeiro astro da dança.

Quando elas rasgaram a calça dele, a plateia perdeu a cabeça de novo.

Ele finalizou a dança com uma sunga dourada de lamê e tênis de cano alto dourados e brancos para combinar. As dançarinas que interpretavam membros da plateia foram à loucura e, quando a música acabou, Stone fez a pose final e deu um sorrisinho sedutor para a câmera.

Ele tinha sido perfeito. Melhor, na verdade, do que em qualquer um dos ensaios. Quando abraçou Gina, ela permitiu que a puxasse e lhe entregou o short dourado de basquete, conforme o combinado, para ele não ter que receber as notas praticamente nu.

Ele estava gostoso pra caralho naquela sunga dourada. Tinham brincado que Stone guardaria a peça para usá-la no quarto com ela.

Mas ela não podia pensar nisso agora. Bem, podia, na verdade. Podia imaginar tudo com muita facilidade. Só que não era suficiente.

Seu cérebro já estava empurrando o desconforto do que tinha acontecido para longe. Ela já estava tentando se convencer de que aquilo era normal.

Mas não era. Pela primeira vez queria mais de um homem do que só um relacionamento físico casual. Tinha colocado seu coração em risco, sabendo que Stone ia embora, sabendo que homens arruinavam carreiras — como seu pai fizera com sua mãe. Assim que as câmeras parassem de filmar naquela noite, ela teria que enfrentar as consequências.

Nos bastidores com Reggie, as notas deles apareceram na tela. Noventa e sete. Dimitri foi o único que não deu cem para eles.

— Estamos felizes com o resultado — disse Gina no microfone. — Trabalhamos duro nessas coreografias e só esperamos poder mostrar para todo mundo o que temos planejado para a semana que vem.

Enquanto Reggie dava as informações de votação para a câmera, Gina e Stone ficaram de lado.

Os outros correram para parabenizá-los, mas Gina não estava no clima. Todos eles tinham visto as gravações. Todos sabiam que ela e Stone estavam dormindo juntos. Era o pior pesadelo dela tornado realidade.

Podia lidar com as provocações bem-humoradas dos colegas, mas será que mais alguém na indústria a levaria a sério depois disso? Os produtores, os executivos, futuros diretores de elenco… Era o tipo de coisa que causava drama em sets. Eles a respeitariam agora que sabiam que tinha se envolvido com um parceiro?

E o momento era uma merda. Mesmo que não chegassem à final, eles ainda tinham que fazer a entrevista do *Encontro matinal* juntos no dia seguinte, e Stone teria que voltar a Los Angeles para o último episódio. Depois disso, ele iria embora. Ela sempre soube que essa relação entre eles tinha um prazo para acabar, e foram expostos bem a tempo de terminarem o relacionamento.

Lauren D'Angelo se aproximou dela.

— Eu sabia que você estava transando com ele — sussurrou no ouvido de Gina.

Após uma piscadela e um sorriso maldoso, a mulher seguiu em frente. O sangue de Gina ferveu.

— Não ligue. — Natasha apareceu do lado de Gina, pronta para a batalha. — Aquela *comemierda* está com ciúme, você sabe disso.

Embora não quisesse, Gina procurou Stone na multidão e o viu conversando com Jackson e Alan. O comentário de Lauren a tinha irritado, mas também deixara um gosto estranho e amargo na boca.

— Eu me sinto péssima — confessou Gina a Natasha.

— É o estresse. — Natasha esfregou as costas dela. — Só mais uma semana, então tudo isso acaba.

— Meio que quero me esconder até o programa acabar.

— Eu fico com você. Bem, até a segunda dança de Alan. Eu participo da abertura.

Então Gina se escondeu nos bastidores, mas logo chegou a hora de voltar ao palco para a eliminação.

Stone lhe deu um olhar que conseguia ser tanto cauteloso como cheio de paixão. As emoções emaranhadas de Gina não conseguiam suportar. Ela engoliu em seco e desviou os olhos.

Eles assumiram seus lugares no palco com os outros quatro pares remanescentes — Jackson e Lori, Lauren e Kevin, Alan e Rhianne, e Farrah e Danny.

Juan Carlos falou alguma coisa. Gina não escutou a maior parte.

Lauren e Kevin estavam a salvo. Ugh.

Jackson e Lori estavam a salvo. Bom para eles. Jackson era um ótimo dançarino, e a coreografia de Lori forçava os limites da dança de salão, aproximando-a da arte performática.

Sobraram três celebridades: Stone, Farrah e Alan.

Gina segurou o fôlego. Atrás dela, Stone a envolveu com os braços e apoiou o queixo na cabeça dela.

Como o toque dele podia fazê-la se sentir tão segura se Stone tinha traído a sua confiança? E por que seu coração idiota ansiava por se aconchegar ainda mais nos seus braços? Em vez disso, ela deveria se afastar. Faltava uma semana. Melhor começar o processo de separação agora.

— A última dupla a ir à final é...

Juan Carlos fez uma pausa. Alongou-a. A tensão cresceu enquanto a música baixa e percussiva tocava.

— Stone e Gina!

Stone deu um grito e a girou, erguendo-a nos braços. Gina abraçou seu pescoço e irrompeu em lágrimas.

Tudo estava fodido e confuso e ela não devia abraçá-lo, mas, *caralho*, ela ia para a final! Pela primeira vez! E seu emprego estava garantido!

O pensamento a fez hesitar. Seu emprego, ali no *Estrelas da dança*, com uma produtora que agia pelas suas costas para desenterrar segredos e transmiti-los na TV. Porra, fizeram aquilo com Stone também, passando uma entrevista com a ex dele no terceiro episódio.

Gina abafou sua compaixão. A entrevista com a ex-namorada deveria ser mais um motivo para Stone contar o que sabia. Ele tinha experimentado aquela traição e humilhação em primeira mão, e ainda deixara que fizessem o mesmo com ela.

A noite toda, ela tinha contido seus sentimentos. E agora, sabendo que eles estavam seguros, que dançariam mais um dia, não aguentou mais. Lágrimas escaparam pelo canto dos olhos e sua respiração falhou.

Stone a pôs no chão, mas não a soltou.

— Céus, Gina, sinto muito. Sinto muito por não ter te contado. Donna disse...

— Cala a boca — sussurrou ela. — Não faça isso aqui.

Escondendo-se no abraço, ela enxugou as lágrimas antes de se virar. Dirigiu-se direto para os bastidores, pulando a parte da noite em que tirava selfies com os fãs. Queria sair daquele figurino, lavar o rosto, tirar a peruca e afundar num sono profundo e sem sonhos.

Exceto pelo fato de que Donna esperava por ela nos bastidores, com um sorrisinho satisfeito.

Gina queria estrangulá-la, mas havia câmeras por toda parte.

— Gina, tem alguém aqui que quer te conhecer. — Donna apontou para o homem ao lado dela. Ele tinha pele marrom-clara, um físico esguio e cabelo curto grisalho. — Este é Hector Oquendo.

Hector deu um sorriso largo para ela e apertou sua mão.

— É um prazer conhecê-la, Gina.

Com um aceno, Donna se virou e desapareceu. Covarde. Stone ficou ao lado de Gina.

— Obrigada — disse ela. Nunca tinha ouvido falar de Hector Oquendo. Será que deveria saber quem ele era? — Você estava na plateia hoje?

— Estava. Vocês dois foram fantásticos. — Ele estendeu o sorriso para Stone. — Eu estava esperando para ver se iam à final antes de fazer o convite.

Gina franziu a testa.

— Para…?

— Ah, desculpe. Estou tão empolgado depois do programa… e com um pouco de jet lag, admito… esqueci de me apresentar. — Ele puxou a carteira do bolso e entregou um cartão. — Eu sou o produtor de *Garota do Bronx*, o musical autobiográfico de Meli Mendez, que vai ser exibido na Broadway. Queremos que você venha a Nova York e faça uma audição para o papel principal. Depois da final, claro.

Espere. Ele tinha dito o que ela achava que tinha dito?

Gina encarou o cartão na mão, as letras impressas se borrando enquanto repassava as palavras do homem na cabeça, tentando entender seu sentido. Enquanto isso, Hector continuou:

— Meli foi toda elogios depois de ter sido jurada, e sua produtora disse que você vai estar em Manhattan no dia após a final. Você é originalmente de Nova York?

Gina levou um segundo para achar a voz.

— Do Bronx — respondeu. — O mesmo bairro que Meli.

O rosto de Hector se iluminou.

— Melhor ainda. Vai ser ótimo para o marketing. Vou te contar, estávamos preocupados em achar alguém para interpretar Meli. Mas, quando ela te viu, voltou e disse: "É ela". Ainda não abrimos as audições para mais ninguém.

Gina piscou enquanto absorvia as palavras. Um sorriso se abriu no rosto e ela apertou as mãos nas bochechas, que se encheram de calor.

— Isso é… é mais do que eu poderia ter sonhado. Obrigada.

— Então topa a audição?

— Sim, claro.

— Excelente. Ah, e sabe cantar? — Ele abanou a mão antes que Gina pudesse responder. — Não que seja um impeditivo se não souber. Isso pode ser ensinado.

— Eu trabalho com um professor de canto.

Hector sorriu de novo.

— Perfeito. Certo, bem, tenho que pegar um voo. Aguardo você semana que vem. — Ele acenou para Stone. — Espero que vocês ganhem. Boa noite.

Enquanto ele se afastava às pressas, Stone esfregou o ombro de Gina gentilmente. Por mais incrível e maravilhosa que tivesse sido a conversa com Hector, ela nunca deixou de perceber a presença de Stone ali, sólido e forte ao seu lado.

Teria sido mais fácil odiá-lo, desejar que ele sumisse ou fosse expulso dali. O fato de que ela o queria ali, e que estava feliz por ele estar presente para compartilhar do seu momento maravilhoso com Hector, só ia dificultar a conversa por vir.

Ela engoliu em seco.

— Precisamos conversar.

Capítulo 29

Depois de um trajeto para casa tenso e silencioso, com o corpo grande de Stone espremido no banco do passageiro do seu carro, Gina estava vibrando de estresse e prestes a explodir. Ao chegarem ao seu apartamento, ela seguiu direto para o quarto, por hábito. Um erro idiota. Stone a seguiu e fechou a porta atrás dela.

— Então, foi uma boa notícia, certo?

Stone cruzou os braços e curvou os ombros, algo que fazia quando tentava parecer menor e menos intimidador. Ela queria dizer a ele para não se dar ao trabalho.

— Foi. — Merda, foi *mesmo*. Era mais do que ela jamais sonhara ser possível. Mesmo quando ousava sonhar tão alto, pensava que seria num futuro distante. — Mas não foi isso que eu te trouxe aqui para discutir.

Stone veio até ela e segurou seus ombros.

— Gina.

Só isso. Só o seu nome. Como sempre, o jeito como ele falou fez os joelhos dela fraquejarem e abalou sua determinação de manter a guarda erguida. Nos últimos meses, ele tinha descoberto como contornar todas as defesas dela e acessar seu coração.

Agora, ela desejava ter deixado alguns muros intactos.

Ele esfregou os braços dela, aquecendo-a, relaxando-a.

— Você merece celebrar um pouco — disse ele. — Isso é incrível.

— É só uma audição. — Por dentro, sob a mágoa, Gina estava pulando de alegria. — Pare de me distrair enquanto estou puta com você.

— Não posso. — Devagar, ele curvou a cabeça e roçou os lábios nos dela. — Estou feliz demais por você.

Ela tremeu. Tremeu, caralho. Todos os motivos para ficar brava desmoronaram e ela se jogou nele, retribuindo o beijo com a mesma intensidade.

As coisas se moveram depressa depois disso, o que para Gina estava ótimo. Se reduzissem o ritmo, pensaria no que estava fazendo. Se pensasse, pararia.

Ela deveria parar. Estava brava com ele. E triste. E brava. Ou mais triste?

Céus, *ambos*. E nem era por causa do erro dele. Stone a estava *abandonando*, e imaginá-lo embarcando num avião para o Alasca partia seu coração. Ela nunca devia ter se envolvido com ele a ponto de doer tanto quando ele fosse embora.

Ela precisava parar de pensar naquilo e só sentir. Deixá-lo apagar tudo com seu toque.

As roupas quase não eram uma barreira. Ela estava usando uma saia, o que facilitou para ele puxar sua calcinha. Ela abaixou o zíper do short cargo dele e puxou seu pau enquanto ele abria uma camisinha. Em segundos, Stone se sentou na beirada da cama e ela subiu no colo dele. Montando nele, afundou, sibilando enquanto o acomodava.

Nada de preliminares. Nada de falar sacanagem. Nada de suspirar ou gemer. Só havia rosnados e grunhidos e o bater de pele contra pele. Ela cravou as unhas nos ombros dele, amassando o tecido da camiseta. Ele roçou as mãos sob a sua saia e apertou sua cintura para erguê-la e abaixá-la nele. Sem o nível habitual de preparação, a sensação de ser preenchida foi mais poderosa do que nunca. Ele a encheu, o pau enterrando-se assim como ele se insinuara na sua vida e abrira um espaço para si mesmo.

Exceto que era como se Stone sempre tivesse estado lá.

Era difícil lembrar uma época antes dele.

Era assim que funcionava com os parceiros em *Estrelas da dança*. A natureza intensiva do cronograma de ensaios e gravações forçava uma intimidade diferente de tudo que existia no mundo real. Por mais especial que parecesse agora, ele ia voltar para o Alasca em uma semana. E agora parecia que ela ia voltar para Nova York.

Era isso, então. A última vez.

Pressionar o rosto no pescoço dele, inspirar seu aroma de pinheiro e ar fresco, esfregar a bochecha em sua barba — seria a última vez de tudo aquilo.

Gina envolveu o pescoço dele com os braços e apertou com força, sem querer soltá-lo. Mas estava se enganando. Sempre soube que ele ia embora.

Stone os levou mais para cima da cama sem sair de dentro dela. Erguendo-se sobre ela, prensou-a ao colchão com a força dos quadris — vez após vez, até que ondas de prazer roubaram o juízo e a voz dela. Gritos roucos saíram da sua garganta, e ela ainda se aferrava a ele com tudo que tinha.

Quando ele tocou seu clitóris com o dedão, ela explodiu. Enquanto tremia e se sacudia sob ele, Stone a puxou mais para perto. Seu corpo grande se tensionou, seus músculos se enrijeceram, e ele gozou com um arquejo. O próprio orgasmo dela continuou e a arrastou consigo, deixando um vazio avassalador em seu lugar.

Ofegando com força, ela não se moveu até Stone sair dela e cair de lado. Então ela rolou para fora da cama e pegou uma caixa de lenços da mesa de cabeceira para limpá-los.

Se as coisas ficassem mais constrangedoras, ela ia sair correndo e gritando do quarto.

Depois de vestir a calcinha de novo e endireitar a roupa, ela sentou-se na beirada da cama, olhando para qualquer coisa que não ele. Stone jogou a camisinha fora e se enfiou no short de novo. Quando puxou o zíper, esticou-se no colchão e apoiou a cabeça nos braços, olhando para o teto.

— E agora? — perguntou.

Melhor ir logo ao ponto e aproveitar o pretexto que ela tinha recebido.

— Eu não posso só ignorar o que aconteceu e fingir que tudo está normal. Estou puta por eles terem conseguido aquelas gravações da gente para começo de conversa, porque eu devia ser mais esperta que isso. Mas Donna ter transmitido no programa sem nem me avisar? E aí descobrir que você sabia e não me contou? Não consigo superar isso.

— Donna disse que, mesmo que você chegasse à final, não havia garantia de que teria um lugar na próxima temporada e que o vídeo aumentaria suas chances de vencer e manter seu emprego. Além disso, você foi falar com Donna sozinha depois do incidente com os paparazzi.

— Mas você sabia disso. Eu não sabia que Donna tinha as gravações. Eu não sabia que você teve uma conversa com ela. E, nessa altura do campeonato, talvez eu não queira trabalhar num programa que me respeita tão pouco. O fato de que eles estão insistindo no ângulo do romance há meses, sabendo que eu não quero fazer isso, mostra que não se importam comigo. Não gosto como fazem parecer que eu não tenho autorrespeito.

Ele ergueu as sobrancelhas.

— Uau. Sério? — Ele soava ofendido.

Ela odiava machucá-lo assim, odiava minimizar algo que tinha passado a ser tão importante para ela. Mas precisava terminar aquilo.

— Não leve para o lado pessoal. Eu não quero ninguém pensando que estou transando com meu parceiro. Não você, especificamente. Qualquer cara.

Os olhos dele se estreitaram.

— Agora eu sou qualquer cara.

— Caralho, Stone. Pare de fazer a situação girar ao seu redor.

— Como posso evitar?

Ele jogou as mãos para o alto e se levantou para andar na frente dos espelhos. Parecia que tinha um gêmeo furioso, como se o quarto estivesse duplamente cheio dele. Ela se abraçou, aferrando-se à sua raiva e dando voz a ela. Era o único jeito de aguentar aquilo.

— Tá bom. É sobre você. Você aceitou porque achou que isso te ajudaria a ganhar.

Ele congelou e deu um olhar incrédulo para ela.

— Achei que ajudaria *você* a ganhar.

— Eu não quero ganhar assim. Além disso, você leva para casa trinta e cinco mil dólares se vencer. Realmente espera que eu acredite que isso não teve nada a ver com sua decisão de esconder isso de mim? Você deixou claro desde o começo que estava aqui pelo dinheiro.

Com o peito arfando, a boca dele se abriu de indignação.

— Não acredito que você vai jogar isso na minha cara. Minha mãe teve que *colocar um quadril novo*. Você sabe o tipo de conta que chega depois de uma cirurgia dessas? Quanta fisioterapia ela precisou fazer? Não tenho vergonha dos meus motivos iniciais para entrar no programa, mas, depois que você me disse que seu emprego estava em risco, eu só me foquei em *te* ajudar.

O argumento era lógico demais. Acabaria com a determinação dela se Gina não tomasse cuidado, então ela se esquivou e deu um golpe direto.

— Só porque você não se importa em mentir na TV não significa que eu também não ligo.

— Jesus Cristo, Gina. Você e eu *não estamos* mentindo. Temos algo aqui. — Ele esfregou o rosto e voltou a andar de um lado para o outro. — Caralho. Estou me apaixonando por você e quero gritar isso dos telhados, e tudo o que *você* quer fazer é fingir que eu não existo a não ser que estejamos na cama. Quer saber a verdade? Isso machuca. Sabe quantas pessoas deram em cima de mim desde que cheguei em Los Angeles?

O queixo dela caiu e uma faísca de raiva ciumenta explodiu no seu peito. Era mais fácil lidar com aquilo do que a admissão dele, focar-se em sua própria mágoa do que aceitar a responsabilidade de machucá-lo.

— O que caralhos você quer dizer com *isso*?

— Quero dizer que esperava que você fosse capaz de olhar para além de *tudo isso*. — Ele fez um gesto vago para si mesmo. — E me conhecer por quem eu sou. Não pela minha aparência ou pelo personagem que interpreto na TV.

O impulso de reconfortá-lo pulsava nela, mas Gina mordeu o interior da bochecha para se conter. Tinha que se ater ao ponto e ir até o fim.

— Independentemente do que estamos fazendo, você sabia que eu queria manter minha vida particular *privada*. Perdoe-me por não querer que milhões de pessoas saibam sobre minha vida sexual. Não posso nem olhar meu celular agora porque está cheio de perguntas da minha família. O elenco e a equipe do programa sabem. Vai aparecer em toda a internet e nos tabloides, junto àquelas fotos fora do seu hotel. Eu vou ser bombardeada nas mídias sociais e nas entrevistas. Futuros empregadores vão saber disso, e vai afetar a impressão que as pessoas têm de mim.

De novo, o rosto dele se torceu de mágoa.

— Eu não entendo por que é tão ruim as pessoas saberem que estamos juntos.

— É ruim porque a reputação conta muito nessa indústria, e a minha acabou de ser destruída! Vai mudar o tipo de emprego que me oferecem e o que as pessoas vão pensar que podem me pedir. — Ela fechou os punhos no edredom e lançou sua carta final, o argumento que ele não podia persuadi-la a ignorar porque era a força motriz por trás da "regra" dela esse tempo todo. — Você faz ideia de quanto minha agente brigou com eles sobre a questão do showmance quando eu fui contratada? Muito. E, porque sou porto-riquenha, lutei contra o estereótipo da latina "sexy e promíscua" a minha carreira toda, algo que já é difícil quando você é uma dançarina. Você sabia disso quando começamos a sair, e é exatamente por isso que eu não me envolvo com parceiros. Então, não, você não tem o direito de tornar isso sobre você, e não tem o direito de me falar que fez isso por mim. Acabou, Stone.

Pânico cruzou o rosto dele.

— Gina, espere.

Ela deu as costas para ele, de modo que não pudesse ver suas lágrimas.

— Te vejo no ensaio amanhã. Você sabe onde fica a porta.

*S*em conseguir dormir, Gina se revirou na cama pela maior parte da noite. No dia seguinte, acordou com a aurora e estava encarando sonolenta a máquina de *espresso* no balcão da cozinha quando Natasha se arrastou pela porta do apartamento. Seu longo cabelo encaracolado estava todo frisado, a maquiagem borrada, dando-lhe a aparência de um guaxinim desgrenhado.

Elas se encararam em silêncio por um momento. Gina falou primeiro.

— Noite divertida com Jackson?

Natasha tirou as sandálias prateadas e balançou a cabeça.

— Fui pra casa do Dimitri.

Gina se recostou no balcão.

— Achei que ia largar ele por ser um mau hábito?

— Tive uma recaída. — Tash desabou no sofá e jogou o braço em cima dos olhos. — Pode me fazer um café também?

Gina pegou uma segunda xícara. Quando as doses de *espresso* estavam prontas, levou-as ao sofá. Natasha puxou os pés para ela poder se sentar.

— Qual de nós vai primeiro? — perguntou Tash, rouca.

— Acho que eu. — Gina franziu o cenho para a xícara enquanto mexia. — Terminei com Stone ontem à noite.

Isso fez Natasha se endireitar um pouco. Ela ergueu o café ao nariz e inspirou fundo, os olhos se revirando para o teto. Deu um gole e assentiu.

— Agora que sou humana de novo, preciso notar que *terminar* implica que vocês estavam juntos.

— Sim, porra. Estávamos juntos. E eu sou uma idiota por ter deixado as coisas chegarem tão longe quando não iam para lugar nenhum.

— Você gosta dele.

— Claro que gosto dele. — Gina deu um gole e queimou a boca. Soprou o café e tentou de novo, o sabor rico e escuro explodindo na língua. — O que tem para não gostar? O homem é quase perfeito.

— Quase. Exceto por detalhezinhos como não te contar que Donna tinha um vídeo de vocês se beijando.

— E o fato de que ele falou com ela sobre isso pelas minhas costas.

Parecia mesquinho guardar rancor disso, já que ela fizera a mesma coisa depois que os paparazzi os pegaram no estacionamento, mas era mais fácil do que admitir que ela estava usando isso como uma desculpa para terminar antes que os compromissos profissionais deles os forçassem a dizer adeus.

— Ele explicou por quê?

— Disse que foi para eu poder vencer e manter meu emprego.

— A audácia!

Gina ignorou o sarcasmo.

— Mas agora nem sei se quero isso, sabe? Ah! — Ela segurou o braço de Natasha. — Eu não te contei o que mais aconteceu ontem à noite.

— Ah, merda, tem mais?

— Meli quer que eu faça uma audição para o musical da Broadway dela!

Natasha gritou tão alto que Gina quase derrubou a xícara. Elas puseram os cafés de lado rapidamente para Tash poder lhe dar um abraço apertado.

— Essa é a melhor notícia do mundo! — gritou Natasha no ouvido dela. — Estou tão feliz por você! Menina, é melhor me indicar se precisar de uma substituta.

— Você não sabe cantar.

— Fico no coro, então. Eu canto bem o suficiente para o coro. — Natasha se reclinou no braço do sofá. — Você vai arrasar na audição e aí mandar o *Estrelas da dança* à merda.

Gina afastou o cabelo do rosto.

— Não posso pensar tão longe, pelo menos até a gente passar pela final.

— Mais uma semana.

— É. Mais uma semana.

Mais uma semana, e então Stone sairia de sua vida para sempre.

Aquilo teria acontecido mesmo sem todo o fiasco da gravação do beijo. Ele tinha que voltar ao Alasca para retomar as gravações. Ela tinha que continuar construindo sua carreira. Era tudo que já quisera.

A carreira vinha primeiro. Sempre.

Gina pegou as xícaras delas e as levou até a pia.

— Quer me contar o que está rolando entre você e Dimitri? De novo?

Natasha grunhiu e cobriu o rosto com uma das almofadas coloridas que alegravam o sofá bege.

— Não muito.

— Consigo adivinhar?

— Provavelmente. — A palavra saiu abafada.

— Vocês beberam demais na balada, ele virou aqueles olhos castanhos de chocolate sexy pra você e disse naquele sotaque grave do Brooklyn: "Ei, Tash, quer ir pra casa comigo?".

— Ela abaixou a voz para imitar o barítono de Dimitri. — E aí você tropeçou e caiu no pau dele.

Tash jogou a almofada de lado e fez uma careta.

— Foi exatamente o que aconteceu.

— Foi bom, pelo menos?

— É sempre bom. É esse o problema. — Tash levantou para fuçar a geladeira. — Você teve uma última rodada com Stone?

Gina suspirou.

— Sim.

— Foi bom?

— Claro. Mas só tornou o resto pior.

— Só mais uma semana.

— Eu sei.

Capítulo 30

Depois de um treino especialmente intenso na academia do hotel que não o ajudou em nada a manter os pensamentos longe de Gina, Stone retornou ao quarto bem a tempo de atender uma chamada da recepção.

— Sim? — Ele manteve o telefone longe, já que estava pingando de suor.

— Olá, sr. Nielson. É Omar, da recepção. Temos uma mensagem para o senhor. Sua mãe ligou e pediu que fizesse uma chamada de vídeo.

O celular de Stone estava desligado desde as semifinais por esse exato motivo. Ele conteve um resmungo e agradeceu a Omar.

Desligando, Stone tirou a regata molhada que se agarrava ao seu peito. Estava encharcado. A família teria que esperar ele tomar um banho.

Stone gostaria de protelar mais um tempo. Desde que visitara o Alasca com Gina, o ressentimento pela família emergia em momentos inesperados. Ele se lembrava de alguém da faculdade, aí lembrava que não podia contatar ninguém da sua antiga vida. Ou alguém do *Estrelas da dança* fazia *qualquer* pergunta e ele tinha que mentir ou ficar calado.

E depois de tudo que tinha acontecido com Gina… merda, ele só não queria falar com ninguém.

Estava chateado, podia admitir. E bravo. E ainda tinha que dançar com ela, porra, e fingir que estava tudo bem. Era uma merda.

Olhou para o laptop. Por mais que quisesse ignorá-los, a atração familiar era forte demais. Depois de uma ducha rápida, ele se sentou na frente do laptop e ligou para a mãe.

O rosto de Pepper apareceu na tela, enrugando-se um sorriso quando ela o viu. Ele podia ver o quarto dela na pousada no fundo.

— Oi, querido.

Stone não conseguiu evitar e sorriu de volta. Sim, estava bravo com ela por perguntar sobre Gina na frente das câmeras e falar mais a respeito na entrevista, mas era sua mãe. Ele a amava e sempre amaria.

— Oi, mãe.

— Você chegou na final. Estamos tão orgulhosos.

— Obrigado. Onde está todo mundo?

— Seu pai está numa reunião com Miguel e os outros estão tomando café da manhã. Eu fiquei aqui esperando você ligar.

Se ela queria fazê-lo se sentir culpado, funcionou.

— Desculpe, estava na academia.

— Não acha que tem músculos suficientes?

— Tenho que manter minha aparência de forte e calado, não?

As palavras saíram com um gosto amargo. Não parecia mais uma piada, mas um insulto, um sufocamento do seu eu verdadeiro.

— Todos temos nossos papéis — respondeu Pepper em um tom brando. — Falando nisso, vi o vídeo de apresentação ontem.

Claro que viu. Por que mais estaria ligando?

— Aham.

— Achei que você tinha dito que não estava acontecendo nada entre você e Gina.

— Não está. — *Não se depender de você.* Mas ele não podia dizer isso. Não para a mãe. — São só os produtores tentando criar uma história baseada em nada. Você sabe como funciona.

— Ah. — Os cantos da boca de Pepper se curvaram. Ela parecia... decepcionada. — Que pena. Você parecia tão feliz perto dela, eu torci para que... Bem, deixa pra lá. Você é um homem adulto e é da sua conta.

A verdade estava na ponta da língua. Ele quase contou o que tinha feito e como Gina tinha reagido, quase confessou como estava arrasado. Mas de que adiantaria? Nada disso importava. Em uma semana, ele estaria em casa e Gina provavelmente se mudaria para Nova York. Ela nunca largaria tudo para viver com ele, e a distância entre Manhattan e Alasca era grande demais para um relacionamento à distância — não que Gina sequer fosse querer um relacionamento agora.

A mãe mudou de assunto, atualizando-o sobre o que estava acontecendo com os irmãos e o que os produtores tinham planejado para a volta de Stone.

— Estamos todos tão ansiosos para te ver de novo — disse ela. — O que falo sobre a semana que vem? "Merda"? Não posso falar isso ao meu próprio filho.

Ele riu baixo.

— Te amo, mãe.

Ela ficou corada e sorriu.

— Bem, eu também te amo, Stone. Te vejo em breve.

Ele desligou e deixou a cabeça cair nas mãos. Se pudesse, partiria naquele mesmo instante. Iria ao aeroporto de Los Angeles e embarcaria num avião para Juneau, e talvez até ficasse lá e retomasse sua antiga vida — deixaria tudo para trás, inacabado, para evitar a dor e o desconforto. Se nunca visse o QG Nielson de novo, já seria tarde.

Todos queriam que ele ficasse calado — a família sobre o passado deles, Gina sobre o seu relacionamento. O protetor silencioso, guardando segredos e colocando suas próprias necessidades de lado. Bem, ele estava farto de ser o cara quieto e reservado. Através da dança, encontrara sua voz.

A bolsa de academia que ele levava para os ensaios todo dia estava no seu lugar ao lado da cômoda, provocando-o. *Vai realmente deixar a patinadora do gelo vencer sem uma briga?* Pegando-a, Stone saiu do quarto.

Talvez sua vida pessoal estivesse em frangalhos, mas foda-se — ele tinha um troféu de dança feioso para ganhar.

S tone entrou na sala de ensaios com o estômago embrulhado e os passos impelidos pela determinação. Tudo bem, Gina estava brava e ele não sabia como consertar a situação, mas tinha se comprometido com aquilo. A linha de chegada estava à vista e ele se esforçaria até o final.

Não importava o que acontecesse, ainda queria que ela ganhasse.

— Bom dia. — Gina não o cumprimentou com seu beijo na bochecha de sempre. Seus olhos estavam cansados, pesados com olheiras escuras.

— Oi.

Por mais que quisesse segurá-la apertado para conversarem sobre toda aquela bagunça entre eles e chegarem numa solução, Stone também estava bravo. Gina tinha pensado que ele estava fazendo aquilo pelo dinheiro — e, sim, tinha sido o caso no começo —, mas, desde que ela falara que precisava dele para chegar à final, e do seu desejo de vencer, essas se tornaram as metas que o impeliam também. Ele queria fazer isso por Gina, como quisera se juntar à competição para ganhar dinheiro para a mãe, e como se juntara ao *Vida selvagem* para ajudar a família.

Ele tinha passado tanto tempo dos últimos anos fazendo coisas por outras pessoas que não fazia ideia do que queria para si mesmo. E ver Gina jogando isso na cara dele fora um choque.

Por um acordo tácito, eles não mencionaram nada do que tinha acontecido — nem a gravação do beijo, nem o relacionamento, nada. Mais do que nunca, ele se ressentia das câmeras; mas, em outro nível, estava grato por elas. Não sabia como falar com Gina depois da briga, e o ensaio lhes dava um roteiro para lidar com o dia.

Gina abanou o cartão que informava a nova dança deles.

— Temos duas coreografias para a final — disse ela. — A dança de redenção, que é escolhida pelos jurados, e mais um estilo que ainda não fizemos. — Ela bateu o cartão na coxa, os dedos se flexionando como se estivesse resistindo ao impulso de amassá-lo e jogá-lo nele. — Nossa dança final é a rumba, uma dança… romântica.

Sua voz falhou e ela desviou os olhos.

Céus, ele era um babaca. Ela estava chateada e tudo que Stone fizera era se focar em seus próprios sentimentos feridos. Mas como podia não fazer isso? Ele tinha se apaixonado e Gina não o queria. Pensamentos racionais estavam além das suas capacidades no momento.

Mesmo assim, teria tentado reconfortá-la se pensasse que havia a menor chance de ela permitir.

Em vez disso, Gina se virou, perfeitamente sob controle, e continuou como se nunca tivesse parado.

— Vamos fazer a rumba no estilo americano, que é ensinada com um quadrado simples. Os passos são lento-rápido-rápido, em um, três, quatro. Pronto?

A voz dela soava vazia enquanto explicava os passos e sua demonstração parecia rígida enquanto ela lhe ensinava o que devia ser uma dança suave e fluida.

— Ei, Gina, você está bem? — perguntou Jordy, o rosto enrugado de preocupação.

Ela deu um sorriso tenso para ele.

— Estou, sim.

Mas Stone sabia que não estava. Se ele fosse uma pessoa diferente, talvez se sentisse melhor por saber que Gina estava tão arrasada quanto ele, mas isso só o fazia se sentir péssimo.

No meio do dia, Chad Silver entrou na sala de ensaio. O jurado principal sempre usava ternos feitos sob medida, estampados em cores fortes. O paletó do dia era ciano, sobre uma camisa listrada laranja e branca. Stone não conseguia se imaginar usando algo do tipo, mas Chad, com sua pele marrom-clara, cabeça careca e confiança abundante, fazia o traje brilhar.

— Olá, meus amores! — chamou o jurado em sua voz rica e exuberante. Ele foi direto até Gina e a puxou para um abraço apertado. — Como está se sentindo, minha querida?

Ela o apertou por um momento, e o coração de Stone se contorceu. Porém, quando recuou, seus olhos estavam límpidos.

— Bem — disse ela. — Estou bem. Qual é a nossa dança de redenção?

Seu sorriso era uma sombra de seu brilho normal. A culpa revirava o estômago dele.

Chad acenou para Stone se aproximar.

— Como vai, bonitão?

Stone deu de ombros e disse a resposta esperada:

— Animado para a final.

— Eu também. — Chad bateu uma palma. — Vamos falar sobre sua dança de redenção. Semana passada vocês nos mostraram uma combinação de jazz sexy e descolada, além de intensidade e força com a dança contemporânea. Na rumba, vão nos apresentar algo suave e romântico, mas ainda queremos ver mais do seu lado mais leve e divertido. Sabemos que você consegue dançar rápido, especialmente depois do *breakdance*, mas queremos te ver tentar o jive da terceira semana outra vez. — Chad fez uma careta compassiva. — Sabemos que o vídeo de introdução influenciou aquela dança e vimos como você evoluiu desde então, já que o vídeo de ontem teria afetado qualquer um e mesmo assim vocês dois entregaram ótimas performances. Gostaríamos de te dar outra chance de mostrar aos espectadores o que podem fazer.

Stone assentiu.

— Jive. Certo. Qual é essa mesmo?

Chad riu.

— Aquela em que você construiu uma casa no bosque.

— Ah. Aquela.

O episódio em que os produtores tinham ressuscitado a ex dele, surpreendido Stone com aquela entrevista e então o empurrado para a pista de dança.

Merda. Eles estavam na mesma situação agora. Gina tinha sido pega desprevenida pelas filmagens na semana anterior, em parte porque Stone não dissera nada. Ele achou que estava lhe poupando o estresse, mas agora podia ver que parecia ter ficado do lado dos produtores. Não era à toa que ela estivesse furiosa.

Chad ajudou Stone com os passos de jive, que tinham sido tão difíceis da primeira vez. Ajudava ter um homem demonstrando como deveria ser e, dessa vez, foi mais fácil acertar. Não só isso — Chad tornou o ensaio mais fácil de forma geral, com uma energia animada e atitude positiva. Ele pareceu especialmente atencioso com as necessidades de Gina e elogiou as habilidades de coreografia e a ética profissional dela.

Quando Chad saiu, Gina foi até a caixa térmica e tirou uma bebida isotônica. Stone pegou uma toalha e enxugou o rosto.

— Eu vou indo — disse ela, sem olhar para ele. — Estou com dor de cabeça. Trabalhamos na rumba amanhã.

Ela o estava evitando. Ele provavelmente não podia culpá-la.

— Acho que vou ficar e praticar o jive.

Ela ergueu as sobrancelhas em surpresa.

— Isso… é bom. Quer que eu veja se Natasha está livre para ensaiar com você?

Uau, Gina *realmente* não queria ficar perto dele.

— Tanto faz. Pode ser.

— Vou mandar uma mensagem para ela. Até amanhã.

Dez minutos depois, Natasha entrou com um olhar cauteloso.

— Você está ensaiando o jive?

— É. Gina estava com dor de cabeça e foi embora.

— Eu sei. Ela me contou. — Natasha se curvou sobre o laptop aberto de Aaliyah. — Pode me mostrar a coreografia que eles vão fazer?

Depois de ver as gravações de ensaio de Stone da terceira semana algumas vezes, Natasha assentiu.

— Entendi. Vamos, *guapo*.

No centro da sala, Stone entrou em posição e tomou Natasha nos braços. Antes de começar a contagem, ela estreitou os olhos para ele.

— Você errou feio. Não pense que vou pegar leve.

Merda. Natasha sabia o que ele tinha feito.

O ensaio ia ser *brutal*.

*G*ina chegou para o ensaio no dia seguinte determinada a se lançar na coreografia e criar a melhor rumba possível. Se aquela seria sua última temporada no programa, queria se despedir com tudo. Os fãs se lembrariam dessa dança e a colocariam nas suas listas de "Top 10" por anos a fio.

Mais do que isso, ela queria esfregar sua habilidade na cara de Donna. E de Lauren. E, porra, até de Kevin. E de Stone. Mostraria a todos eles do que era capaz, que ela valia muito mais do que truques baratos.

Ela parou na porta, uma onda de ansiedade minando suas forças.

Donna esperava por ela, sentada em uma cadeira dobrável com o laptop nos joelhos. Ela deu um sorrisinho satisfeito para Gina.

— Bom dia, Gina.

A mão dela formigava para estapear a cara convencida da produtora. Caralho. *Controle-se, garota*. Ela se empertigou e entrou na sala com um grande sorriso.

— Oi, Donna.

— Estivemos acompanhando as mídias sociais em múltiplas plataformas nos últimos dias.

Gina ainda não tinha aberto suas contas, com medo dos comentários dos fãs.

— Ah, é?

— Houve um pico de comentários sobre você e Stone na noite do episódio, embora Lauren e Kevin ainda estejam liderando em interesse de forma geral.

Obrigada por isso, pendeja.

— Ah.

— A resposta tem sido principalmente positiva. As pessoas querem saber se vocês estão namorando.

Gina se manteve imóvel. Se se mexesse, faria algo de que se arrependeria.

Talvez Jordy tivesse notado sua aura, porque interrompeu mostrando algo para Donna no laptop dele.

Quando Donna desviou o olhar, Gina saiu da sala e topou com Stone no corredor.

— Sua melhor amiga está lá dentro. — Ela passou por ele pisando duro, dirigindo-se à pequena cozinha no final do corredor.

— Quê? — Stone parou com a mão na porta. — Quem?

— A maldita Donna — Gina cuspiu as palavras, descontando nele a raiva que tinha contido na sala de ensaios. — Talvez vocês dois possam bolar mais estratégias para arruinar minha vida.

Stone deixou cair a bolsa da academia e a alcançou na cozinha, onde ela começou a fuçar nos armários, batendo as portas. Nem estava procurando nada, só precisava se afastar de Donna e fazer um pouco de barulho.

— Gina, fala sério. Você sabe que não era o que eu estava tentando fazer.

Ela sabia, mas...

— Sua intenção não importa. Para alguém que diz odiar mentiras, você usa várias. Veja o programa da sua família.

— Eu estava tentando *ajudar*. — O tom dele ficou mais sombrio. — E não fale da minha família. Você sabe o que acho do *Vida selvagem*.

Gina parou de vasculhar os armários e se apoiou na beirada da pia, respirando com força.

— Quer saber? Espero que a gente não ganhe. Se ganharmos, vamos ter que dar um monte de entrevistas e seremos sempre lembrados. Se ficarmos em segundo ou terceiro lugar, ninguém vai dar a mínima para nós.

— Você não está falando sério.

Ela cobriu o rosto enquanto todas as emoções dos últimos dias ameaçavam sobrecarregá-la.

— Estou. Só quero esquecer tudo isso e quero que todo mundo esqueça também. Esse programa acabou para mim. Não posso trabalhar num lugar que faz esse tipo de coisa comigo.

— A gente trabalha com realities shows. Escolhemos nos expor para o público. Faz parte.

Ela abaixou as mãos e olhou furiosa para Stone, a raiva e a mágoa dando força às palavras.

— Um de nós escolheu exibir sua vida na TV e mentir a respeito disso. Eu não exponho minha vida privada e não trabalho em um programa focado nela. Sou uma dançarina. É isso que deixo as pessoas verem. Você sabia que tinham nos gravado e escolheu não me contar.

— E o que teria acontecido se eu tivesse te contado? — Stone cruzou os braços e encostou o quadril no balcão. — Hein? Você teria marchado até o escritório de Donna e exigido que ela cortasse a gravação?

Gina mordeu o lábio.

— Sim.

— E depois? Acha que ela teria dito: "Sim, Gina, você tem toda razão, eu não vou transmitir as gravações"?

— Tenho que dizer que esse seu lado sarcástico não é muito atraente.

Stone ignorou a alfinetada e continuou.

— Deixa eu te dizer o que teria acontecido. Donna teria te atropelado, porque ela é a produtora e você é só uma dançarina. Ela teria simplesmente se recusado a tirar a gravação e Jordy não teria conseguido ajudar dessa vez. Você teria passado a semana inteira estressada por causa disso, o que afetaria nosso ensaio, sua paz de espírito e nossas danças.

Stone soava sensato, mas Gina não queria ser sensata no momento. Queria ficar brava e queria discutir, porque tudo parecia fora de controle e não havia nada que ela pudesse fazer a respeito.

— Você devia ter me contado mesmo assim.

Soava teimoso e infantil até aos seus ouvidos. Mas era a única defesa que ela tinha se não quisesse deixar toda a questão de lado e implorar a ele que não voltasse ao Alasca.

Ela nunca faria isso. Assim como não deixaria ninguém atrapalhar seus sonhos, não interferiria nos de Stone. E ele tinha deixado perfeitamente claro, desde o começo, que quando tudo aquilo acabasse voltaria para casa.

Ela devia ter ouvido.

Stone jogou as mãos para o alto.

— Tem razão. Eu devia. Sinto muito por não ter feito isso. Da próxima vez vou te contar para você poder se sentir ansiosa e impotente a semana toda.

Ela lançou um olhar gélido para ele.

— Eu teria envolvido minha agente.

— E Donna apontaria que uma gravação real da gente se beijando não conta como um showmance inventado. Você não vai ganhar contra ela.

— Você nem me deu a oportunidade de tentar! — retrucou ela. — E o fato de que não entende por que estou chateada só piora tudo.

— Eu *entendo*. E sinto muito. Talvez você devesse tentar entender por que *eu* estou chateado.

— Você não tem motivo para estar chateado.

— Então é isso. — Os lábios dele se apertaram numa linha fina. — Só os seus sentimentos importam. — Ele deu um passo para trás e ergueu as mãos. — Eu entendo. Não é sobre mim e nunca foi. Volte para a sala quando terminar de dar seu chilique.

Ela puxou ar pela boca, mas Stone já estava se afastando. Engolindo em seco, Gina se virou para a pia. Ela *não* ia chorar, ela *não* ia chorar, ela…

Lauren apareceu na porta, fazendo Gina dar um pulo.

— Deus, Lauren, você me assustou.

Ela pôs uma mão no peito para acalmar o coração disparado.

— Problemas no paraíso? — perguntou Lauren com um sorrisinho malicioso.

Gina expirou e tentou passar por ela.

— Não vou discutir isso com você.

Lauren segurou o braço dela e Gina virou com fogo nos olhos.

— Lauren, tire as mãos de…

— Eu sei o segredinho sujo do seu namorado.

O sussurro cantarolado embrulhou o estômago de Gina.

— Me. Solta.

— Ah, você já sabe? — Lauren inclinou a cabeça e arregalou os olhos, piscando como uma coruja desvairada. — Não se preocupe. Eu não vou contar… a não ser que ache que vocês vão vencer. Para sua sorte, acho que sua aposta de "amor verdadeiro" vai ser um tiro no pé. Torça para eu não mudar de ideia.

Gina cerrou a mandíbula para esconder uma pontada de medo.

— Não tenho tempo para trocar farpas com você. Tenho uma rumba para coreografar.

Lauren a soltou e Gina saiu às pressas da cozinha.

— Te vejo na final, Gina — disse a outra com uma garga-lhada.

O primeiro instinto de Gina foi contar a Stone que Lauren sabia a verdade sobre *Vida selvagem*, mas ela hesitou ao chegar à porta.

Será que *deveria* contar? Ele tinha escondido algo grande dela, alegando que a estressaria. A notícia muito provavelmente arruinaria a semana dele, e quem sabe assim Stone não entenderia como ela se sentia.

A voz da mãe cruzou a mente dela. *Não seja mesquinha.* Ela dizia isso toda vez que Gina ou os irmãos reclamavam sobre algo que os outros tinham ou não tinham feito.

Não. Seu impulso inicial estava certo. Ele precisava saber.

Abrindo a porta da sala de ensaio, Gina enfiou a cabeça para dentro.

— Stone, pode vir aqui fora um segundo?

Ele lhe deu um olhar frio, mas devolveu o microfone portátil para Jordy. Que bom que ainda não tinha prendido na roupa.

Gina olhou por cima do ombro para certificar-se de que Lauren não estava por ali, então puxou Stone quando chegou à porta. Ela a fechou e falou rápida e suavemente:

— Acho que Lauren sabe sobre sua família. A verdade.

— Jesus. — Stone fechou os olhos, enrugando o rosto em irritação. — E o que eu posso fazer sobre isso?

— Não sei. Mas queria te contar para você não ser pego desprevenido.

Ela lhe deu um olhar significativo.

Stone esfregou os olhos.

— Certo. Você tem razão. Eu devia ligar para os meus produtores, só para garantir. Posso pegar seu celular emprestado? Deixei o meu no hotel.

Gina estendeu o celular para ele.

— Vou trabalhar na coreografia. Não tem pressa.

Enquanto ela entrava na sala de ensaio, sua pulsação voltou ao normal e seus nervos se acomodaram. A raiva ainda estava lá, mas era temperada por...

Determinação. Não importava o que acontecesse na sua vida, focar-se no trabalho sempre a fazia superar tudo. Ela se dedicaria à coreografia e aos ensaios. Ela e Stone retomariam sua parceria de professora e aluno. Ela mostraria a Donna e a todos o que podia fazer, com base em seu próprio mérito. E então a vida retornaria ao normal.

Estava tudo terminado entre eles e não havia mais o que dizer.

Capítulo 31

Stone parou de enxugar o corpo quando alguém bateu na sua porta no hotel. Seria demais torcer que fosse Gina. Ele enfiou a cabeça para fora do banheiro e gritou:

— Quem é?

— Serviço de quarto.

Hã. Ele ainda não tinha pedido nada. Jackson e Alan o tinham convidado para sair, mas, como a final seria gravada ao vivo no dia seguinte, ele pensou que seria melhor voltar para seu quarto de hotel solitário.

Envolvendo uma toalha na cintura, Stone ficou de lado e abriu uma fresta na porta para espiar.

— Surpresa!

Em vez de um funcionário entediado, a família dele estava parada no corredor. Metade dela, pelo menos.

O estômago de Stone deu um salto e sua mão se apertou na porta. Seria rude batê-la na cara deles, mas a chegada inesperada era simplesmente a última coisa de que precisava agora.

— Uau. Hã, oi. — Ele limpou a garganta. — O que estão fazendo aqui?

— Você não vai nos deixar entrar? — perguntou a mãe.

Stone fez uma contagem rápida. Pepper, Reed, Violet, Lark e Wolf, além de uma pequena equipe de filmagem.

— Não estou vestido — disse ele. — E vocês trouxeram câmeras.

Pepper gesticulou para os câmeras esperarem.

— Stone, me deixe entrar.

Como era sua mãe, ele deixou.

Quando estavam a sós, Pepper sentou-se na poltrona do outro lado da cama.

— Esse quarto é confortável — disse ela, olhando ao redor. — Maior do que aqueles na pousada.

A pousada era *a casa* deles, já que não viviam de fato no QG Nielson, mas Stone não a corrigiu.

— Eu já volto.

Ele entrou no banheiro e se arrumou às pressas, caso a mãe começasse a fuçar suas coisas. Não que ele tivesse algo a esconder, exceto… Merda, havia uma caixa gigante de camisinhas na gaveta da cômoda, o primeiro lugar onde ela olharia.

Ele quase caiu na pressa de erguer os jeans, mas quando voltou a mãe não parecia ter se movido.

— Onde está Gina? — perguntou ela.

Ou talvez tivesse fuçado. Ele pegou um pente e o passou pelo cabelo molhado.

— No apartamento dela, imagino. Amanhã é um grande dia.

— Estou animada para assistir a tudo da plateia. Lark quase explodiu quando ficou sabendo que a gente vinha. E ainda temos lugares VIP, bem do lado do palco.

— Imagino. — *Ele* quase tinha explodido quando os viu no corredor.

— Estávamos esperando que você… e Gina… pudessem se juntar a nós para jantar.

Claro que estavam.

— Com câmeras?

A mãe corou.

— É o preço que a gente paga. Eles nos mandaram aqui para poderem nos filmar agindo como caipiras na cidade grande.

Era ridículo. Pepper tinha morado em St. Louis quando era mais nova, e a família vivia em Seattle antes de se mudar para o Alasca, depois que Winter nasceu. Stone coçou a barba.

— E eles estão querendo mais takes de Gina e eu.

— Você conhece o jogo.

Ele conhecia. E odiava. Mas concessões precisavam ser feitas. *Vida selvagem* o tinha emprestado ao *Estrelas da dança* por enquanto, mas ainda eram os donos dele.

— Não vou chamar Gina, mas junto com vocês.

— Ótimo. — Pepper se ergueu. — Já temos uma reserva. Agora que está apresentável, venha cumprimentar os outros. Vamos ter que regravar você abrindo a porta. Tente parecer surpreso e feliz, tá bem?

Ele grunhiu.

— Farei o meu melhor.

*D*epois do jantar, quando as câmeras foram desligadas, Stone puxou a mãe de lado antes que ela pudesse entrar no SUV à espera junto com os irmãos dele.

— Miguel falou para você que eu liguei? Uma das outras participantes ameaçou nos expor.

Ela assentiu, a expressão ficando séria.

— Ouvi dizer.

— O que vai acontecer se ela abrir o bico?

Pepper suspirou e colocou o cabelo atrás da orelha.

— Sempre foi uma possibilidade. Alguns blogs menores já postaram a história, o que é provavelmente como sua rival descobriu, embora não tenha afetado a audiência. Seu pai não gosta de pensar nisso, mas estamos vivendo com um prazo. O programa não vai durar para sempre. Eles nunca duram.

Por mais que Stone odiasse ser parte dele, *Vida selvagem* tinha sido uma boa fonte de renda para todos os Nielson.

— Aquele programa dos *Caçadores do pântano* está na décima temporada.

Pepper deu tapinhas no braço dele.

— Eu só queria ganhar o suficiente para ter uma vida confortável, nos nossos próprios termos, e ajudar a mandar as garotas e Winter para a faculdade.

Stone era o único com um diploma de graduação. Reed fizera um curso técnico numa faculdade comunitária, e Wolf dizia que a universidade não era para ele. Depois veio o programa, e Winter e Raven adiaram os planos de estudar. Todo mundo fizera sacrifícios para gravar *Vida selvagem*, mas o dinheiro tinha sido bom demais para recusar.

Gina teria dito que o custo superava os benefícios. Ela não venderia sua integridade por dinheiro ou fama, embora quisesse ambos.

Era difícil culpá-la por isso, especialmente porque ele estava tão orgulhoso dela. Gina conseguiria participar do musical em Nova York, ele tinha certeza.

E então estaria mais longe dele do que nunca.

— Temos suas contas médicas também — lembrou ele à mãe.

E a si mesmo. Era o motivo pelo qual viera a Los Angeles para começo de conversa. O dinheiro.

E então conhecera Gina. Não conseguia se arrepender disso.

— Vamos chegar lá. Vocês são mais importantes. E você tem seus próprios empréstimos estudantis para pagar primeiro. Gostaria que fizesse isso antes.

Stone deu a ela o que esperava ser um sorriso reconfortante.

— Se eu vencer, vou conseguir fazer ambos e ainda vai sobrar um pouco. Como está seu quadril?

Pepper bateu no lado que fora substituído.

— Melhor que o antigo.

Ele se inclinou para abraçá-la.

— Te amo, mãe.

— Ah, de onde veio isso? — balbuciou ela, mas o abraçou de volta.

— Só senti sua falta.

— Todos nós sentimos sua falta também. Agora vá, você tem um grande dia amanhã. É melhor subir e dormir. — Ela entrou no carro. — Estaremos na plateia, torcendo por você.

Isso deveria ser reconfortante, mas não foi. Os mundos dele estavam se fundindo. A família — e *Vida selvagem* — o estava arrastando de volta. A pessoa que ele se tornara no *Estrelas da dança* não se encaixava na dinâmica dos Nielson, que fora estabelecida décadas antes, só mudando um pouquinho com o acréscimo de cada filho ou roteiro do programa.

Ele não queria voltar a ser a pessoa que era. Só que já estava acontecendo. Tinha ficado quieto ao longo do jantar, enquanto Reed e Violet dominavam a conversa. Andava mais quieto nos ensaios, já que não estava mais brincando com Gina.

A antiga vida estava chamando. O que lhe custaria se espremer de volta no seu papel de *Vida selvagem*? E valeria a pena?

Mais um dia, e então ele descobriria.

*G*ina bateu uma palma na de Stone depois que eles terminaram o jive de redenção.

— Foi ótimo — disse ela, em um tom brando. — Bom trabalho.

Eles tinham alcançado uma paz provisória, na qual conseguiam ao menos trabalhar juntos. Apesar da distância, Stone estava dançando melhor do que nunca. Estava se dedicando aos ensaios com uma garra que fazia seus esforços anteriores parecerem preguiçosos.

Gina, por outro lado, sentia-se frágil como um vidro soprado. Por meio de pura força de vontade, conseguira sorrir e interpretar o papel da finalista empolgada, mas seu controle estava por um fio.

Stone assentiu, um brilho de determinação ainda no olhar.

— Só mais uma dança — disse ele.

— Mais uma.

Será que aquela noite nunca ia acabar?

Eles se juntaram a Reggie para receber a nota. Stone papeou com a apresentadora, o que era ótimo porque Gina mal estava seguindo o que eles diziam. Uma semana antes, ela teria ficado orgulhosa de como ele estava lidando com as perguntas. Ele tinha evoluído muito desde o primeiro encontro deles, e estava mais à vontade com as câmeras e na própria pele. A dança de *boylesque* parecia ter sido um ponto de virada para Stone e, embora ela estivesse feliz de vê-lo se abrindo e se divertindo na frente das câmeras, também doía. A separação iminente seria mais fácil se ele ainda fosse o mesmo gigante fechado e recalcitrante que ela conhecera no começo.

A nota explodiu na tela. Cem.

Caralho. A primeira dança deles na final e receberam a nota máxima.

Com um grito, Stone a pegou e girou num círculo.

Mesmo enquanto se agarrava a ele, o peito dela se apertava. Embora sua raiva tivesse diminuído ao longo da semana, no lugar restou só desespero e culpa pelas coisas de que ela o acusara. Depois de explodir com ele na cozinha, seu alerta sobre Lauren tinha estabelecido uma espécie de trégua entre eles, mas estar tão próxima de Stone todo dia, sentindo sua falta e desejando-o enquanto fingia que as coisas estavam bem, era uma tortura.

O show tem que continuar.

O resto da noite foi um borrão. Cada minuto os trazia mais perto da rumba, e Gina temia aquele momento. A dança continha tudo que ela sentia por ele, mas não ousava dizer.

Todo o desejo, a paixão e a enorme gratidão. Stone tinha aberto seu coração e a feito *sentir*. Ele a *enxergara* e a ajudara a ficar confortável em ser vista. Com Stone, ela não precisava se esconder ou se resguardar. Sentira-se segura.

E, apesar do erro idiota dele, ainda se sentia.

Gina que era besta. Ele partiria em breve, como ela sempre soube que aconteceria.

Depois de vestir seu traje de rumba — um collant bege com brilhos, com uma saia branca transparente jogada sobre os quadris —, Gina passou um tempo no Salão do Clarão. Aplaudiu os outros dançarinos, fez dancinhas engraçadas para as câmeras antes da pausa para os comerciais e jogou conversa fora com as celebridades que tinham voltado para a final.

Por mais que repetisse as palavras *só mais uma dança* para si mesma, não caía a ficha de que era o fim. Ela nunca tinha chegado à final antes. Queria vencer havia tanto tempo. Agora, estava mais perto do que nunca, mas... não se importava.

Talvez algumas coisas fossem mais importantes que vencer.

Gina se virou e pegou Stone olhando-a do outro lado da sala. Seu olhar angustiado revirou a saudade que ela sentia dele. Ambos estavam sofrendo. Ela balançou a cabeça e deu de ombros. O que Stone queria que ela dissesse?

Havia algo no jeito como ele cerrou a mandíbula que a fez pensar que ele se aproximaria para reconfortá-la. Mas ela não aguentaria sua doçura agora, não com o fim tão próximo. Em vez disso, abriu caminho pela multidão e encontrou Kevin. Ele falaria e ela fingiria ouvir. Era disso que precisava.

Finalmente, chegou a hora de entrar na pista pela última vez.

Gina tomou seu lugar com Stone, ouvindo distraidamente o vídeo de apresentação. A narrativa enfatizou a preocupação dela com a coreografia, seu compromisso com a perfeição, a determinação de Stone em ganhar e sua jornada desde o começo. Não fez menção ao beijo revelado na semana anterior nem à briga deles na cozinha.

Pequenas bênçãos.

A música cresceu e a última dança deles começou.

Gina abaixou no primeiro movimento, curvando-se e envolvendo-se com os braços. Stone a puxou de volta para ele e a conduziu pelos passos da rumba.

Ela não teria conseguido manter os olhos longe dos dele nem se quisesse. Stone tinha uma expressão intensa e aflita, algo próximo do luto brilhando nos olhos azuis. Toda vez que a puxava para perto, o coração dela partia de novo. Quando dançava para longe dele, era como nadar em melaço. Tudo que ela queria era deixar que Stone a segurasse. Ela lhe ensinara bem demais — ele sabia conduzir agora, e o que quer que a atraísse a ele era forte demais para ser negado.

O que você tem a perder?, dizia a música tocada ao vivo no estúdio.

Tudo.

Eles fluíram com a melodia, separando-se e juntando-se, suplicando com mãos e corpos. Pelo quê?

Me veja. Me entenda. Me ame.

O corpo dela se regozijava quando ele a segurava contra si. Seu coração se apertava ao se afastar.

Era a última vez que sentiria as mãos dele. Ela estimou cada momento.

Eles congelaram imóveis quando o último verso da música soou. *O que você vai fazer quando não tiver nada a perder?*

Gina irrompeu em lágrimas.

Ela já perdera as coisas que tentara proteger com tanto afinco: sua vida privada, seus relacionamentos, sua reputação.

Seu coração.

O que restava?

Ela fizera tudo que podia para ganhar o troféu. Agora, estava nas mãos dos jurados.

Capítulo 32

A coreografia terminava com Stone segurando Gina contra o peito. O coração dele batia tão forte que Stone não conseguia recuperar o fôlego.

Ele não queria soltá-la. Nem agora, nem nunca.

Gina cobriu o rosto. Seus ombros se curvaram e ela começou a tremer.

— Gina? — Stone virou-se para ela, segurando sua nuca.

— Estou bem. — Ela se afastou e enxugou os olhos com cuidado. — Vamos lá.

Eles seguiram até a mesa dos jurados para receber os comentários deles. Os jurados pareciam preocupados. Era como um flashback da semana anterior, depois das gravações invasivas do Alasca.

Juan Carlos interveio e puxou Gina para perto.

— Como você está, Gina? Tudo bem por aí?

Ela assentiu.

— Foi só uma dança muito emotiva, e uma jornada emocional também. Não consigo acreditar que acabou.

— Foi sua última dança com Stone.

Ela mordeu o lábio e assentiu.

— Eu sei.

Uma sensação de impotência inundou Stone, junto da necessidade de reconfortar Gina. Ela estava sofrendo e ele queria aliviar sua dor, mesmo que estivesse na mesma situação.

Em vez disso, precisava ficar parado ali, assistindo a ela se esforçando para controlar sua reação. Era uma merda.

Tudo aquilo era uma merda. Ele estava cansado de manter distância dela, mas um abismo tinha se aberto entre eles e não havia um jeito fácil de atravessá-lo.

Dimitri Kovalenko foi primeiro.

— Não sei bem o que dizer. — Ele jogou a caneta no ar. Ela caiu na mesa e saiu rolando. — Isso foi perfeito.

Juan Carlos sorriu.

— Um elogio e tanto, vindo desse cara. Mariah, nos diga o que achou.

Mariah Valentino enxugou o canto dos olhos com um lencinho e então se inclinou para a frente, dando à câmera uma visão do decote do seu vestido justíssimo.

— Vocês dançaram bem a temporada toda, mas nunca os vi tão conectados quanto agora. Era como se fossem um único ser em duas partes, conectados por um cordão invisível e um elo telepático. Foi realmente deslumbrante e emocionante. E Gina, acho que essa é a melhor coreografia de rumba que já vimos no programa.

Piscando rápido, Gina apertou as mãos no peito e sussurrou:

— Obrigada.

Juan Carlos apontou para Chad Silver, na esquerda da mesa.

— Chad?

Chad abriu um sorriso gentil para Gina.

— Sei que os últimos meses foram uma montanha-russa emocional, mas vocês dois enfrentaram cada desafio com graça e determinação. — Ele se virou para Stone, os olhos escuros intensos. — Stone, você era o azarão da temporada, mas se envolveu em toda dança com confiança na sua parceira e um comprometimento em acertar. Talvez nunca tenha dançado antes de vir aqui, mas espero que continue depois que for embora. Você é um verdadeiro talento e estamos muito felizes de tê-lo tido aqui.

As palavras de Chad o atingiram com força. Stone engoliu em seco e assentiu.

— Obrigado.

Como se pressentisse vulnerabilidade, Juan Carlos entrou na frente dele com o microfone.

— Stone, tem algo a dizer sobre isso?

Tirando o fato de que era o tipo de coisa que Stone gostaria de ouvir o pai dizer algum dia?

— Ah, bem, é muito importante para mim ouvir isso. Respeito a experiência dos jurados, então... é muito importante. Obrigado.

— Certo, agora vão encontrar Reggie para receber sua nota pela última vez.

Stone não tentou segurar a mão de Gina nem pôr um braço ao redor dela enquanto corriam de volta ao Salão do Clarão. Ela parecia tão frágil quanto ele se sentia. Nada o tinha preparado para as emoções avassaladoras daquela noite.

Nos bastidores, eles se juntaram a Reggie na frente da câmera.

— Foi uma dança tão romântica — derreteu-se a apresentadora. — Eu estava aqui atrás em lágrimas. Ainda bem que temos o departamento de maquiagem, né? Stone, como foi ouvir comentários como esses dos jurados, depois de meses de críticas?

Isso era fácil de responder.

— É tudo graças a Gina — disse ele. — Ela foi a professora e parceira mais incrível que eu poderia ter tido, paciente e generosa. Se não fosse por ela, eu nunca teria chegado tão longe, e ainda seria só um fanático por natureza sem nenhuma inteligência emocional. — Todo mundo ao redor riu, mas Gina o observou por cima do ombro com lágrimas cintilando nos olhos. Ele falou as próximas palavras diretamente para ela. — Eu sou muito... muito grato, por tudo que Gina fez por mim.

Então ele pôs de fato o braço ao redor dela, e ela o apertou de volta.

— Obrigada. — A voz dela era suave, assim como sua expressão.

— Tão fofo. — Reggie sorriu e se virou para a câmera. — Vamos ver sua nota.

Cores rodopiaram no telão. O coração de Stone disparou no peito. Ao lado dele, Gina ficou tensa.

Uma nota cem gigante brilhou no telão.

Reggie celebrou.

— Outra nota perfeita!

Stone abraçou Gina apertado. Quando as câmeras se afastaram, ele a soltou. Queria beijá-la, mas não ousava. Os olhos dela ainda estavam marejados.

Ela deu um passo para trás, desviando o olhar.

— Venha. Vamos ver a rumba de Lauren e Kevin.

— Não vai chegar aos pés da nossa.

Orgulho — dela, da dança deles — fez Stone se sentir gigante. Kevin e Lauren não tinham a menor chance. A rumba era uma dança de amor, e Stone estava completamente apaixonado por Gina. Vinha se apaixonando por ela desde o momento em que ela entrara na clareira do QG Nielson e o ensinara a dançar valsa na varanda. Ele tinha tentado lutar contra aquilo por um tempo, mas não podia mais mentir para si mesmo.

Porra, e a mãe e quatro dos irmãos dele estavam na plateia. Com certeza iam dizer alguma coisa. Stone teria que aguentar muita zoação quando voltasse ao Alasca.

A ideia de voltar para casa deveria tê-lo animado, mas não animou. Voltar ao Alasca significava deixar Gina, o que se tornara a última coisa que ele queria fazer.

Eles assistiram à dança de Lauren e Kevin pelas telas no Salão do Clarão. Em termos técnicos, a rumba foi perfeita. Kevin era um ótimo coreógrafo, e Lauren executou cada movimento com precisão. Mas Stone vinha dançando — e assistindo aos outros — por tempo suficiente para ver como a rumba deles era diferente da que ele dançara com Gina.

Havia algo forçado no modo como Lauren transmitia sentimentos. Como alguém que fingira emoções para as câmeras nos últimos quatro anos, era gritante para ele. Ela fazia as expressões certas, sorrindo quando devia sorrir e franzindo o cenho quando o estilo exigia, mas estava atuando, não sentindo.

E ainda havia o fato de que ela e Kevin não tinham absolutamente nenhuma química sexual.

Dançar envolvia intimidade e vulnerabilidade, conexão e comunicação. O treinamento de Stone com Gina lhe mostrara isso, e não só por causa do relacionamento físico que desenvolveram. Gina insistira que ele entrasse em contato com suas emoções, o que fora difícil no começo, mas ele tinha que admitir que fazia diferença. Uma boa dança contava uma história de duas pessoas que se conectavam em um nível mais profundo do que o permitido por palavras.

Kevin e Lauren não tinham isso. Nem um pouco. Assim, embora Lauren não errasse um passo sequer, Stone teve certeza de que, se ele não estava sentindo nenhuma reação emocional enquanto assistia, os jurados provavelmente também não sentiriam.

A dança acabou. Stone aplaudiu e ouviu atentamente enquanto Lauren e Kevin recebiam os comentários dos jurados. Ele conteve um sorriso convencido quando Mariah apontou que a dança deles não a fez sentir nada.

O telão se iluminou, mostrando as notas combinadas para a noite para os três pares. O coração de Stone deu um salto. Ele estava no topo, com uma nota perfeita. Jackson estava três pontos abaixo, e Lauren em terceiro lugar, com uma média de noventa e quatro.

Puta merda. Talvez ele pudesse ganhar.

Gina apareceu ao lado dele e falou em voz baixa.

— Os votos dos espectadores da semana passada. É isso que vai decidir.

— Eu acredito na gente.

Ela não respondeu, mas crispou os lábios. O *eu não* implícito o magoou profundamente.

Tudo dependia da aposta de Donna. Transmitir o beijo tinha virado os espectadores contra eles, como Gina temia, ou feito o público se interessar em sua história de amor?

Quando Stone tinha chegado em Los Angeles, jurou evitar o drama e o circo midiático a todo custo. Agora estava mergulhado em tudo aquilo e jogando para vencer.

Mas será que valia a pena? Mesmo se ganhassem o troféu, ele tinha perdido Gina. Em certo ponto, esperara que pudessem tentar uma espécie de relacionamento a distância, mas, depois da sua mancada com a gravação do beijo, ela tinha deixado claro que estava tudo acabado entre eles.

Um dos onipresentes diretores de palco apareceu para acompanhá-los de novo até lá. Eles tinham feito essa parte no ensaio geral. O terceiro lugar seria anunciado primeiro, depois fariam uma pausa para os comerciais, então o vencedor seria anunciado e o horrível troféu brilhante seria entregue ao campeão da 14ª temporada.

Se Stone vencesse, um dia teria sua própria casa e colocaria aquele negócio cafona sobre a sua lareira, bem no meio da sala.

Pensando bem, isso só o faria lembrar de Gina. A mãe dele podia ficar com o troféu.

Eles assumiram seu lugar no palco sob os holofotes. Stone pôs um braço ao redor dos ombros de Gina, segurando-a contra si. Será que estava tão nervosa quanto ele? Enquanto Juan Carlos falava, Stone fechou os olhos e pressionou a testa no cabelo de Gina. Encheu o nariz e os pulmões com seu aroma tropical.

— Gina?

— Agora não.

— Quando?

Ela não respondeu. Isso significava nunca?

Juan Carlos apontou um braço na direção do palco.

— E com isso nosso terceiro lugar é... — Ele prolongou o momento. A música ficou grave e ameaçadora. — Jackson e Lori!

A música se ergueu em triunfo, a plateia aplaudiu, e Gina e Stone foram abraçar Jackson e Lori antes de eles saírem correndo do palco.

— Eu te disse — murmurou Gina quando assumiram seus lugares de novo. — Sempre foi Lauren e Kevin.

Stone deu um beijo no topo da cabeça dela.

— Não desista de mim agora.

Os ombros dela se tensionaram, e a voz saiu ofegante e frágil.

— Por favor, não torne isso mais difícil do que tem que ser.

Quando o programa cortou para os comerciais, Gina se afastou para abraçar Lori de novo.

Dessa vez, quando os holofotes foram ligados de novo, Stone apoiou as mãos nos ombros dela, precisando se ancorar.

— Não estou tentando deixar as coisas mais difíceis para você. Só estou... estou nervoso, sabe?

Ela cobriu uma das mãos dele e apertou.

— Não fique. Não importa o que aconteça, você vai sair dessa como um astro.

— Não se Lauren acabar com meu programa.

— Você vai se recuperar. Os homens sempre se recuperam.

Ela estava falando sobre o impacto que o relacionamento deles poderia ter na sua carreira. O arrependimento pesava na alma dele.

A música ficou séria outra vez. Juan Carlos anunciou:

— E os vencedores do primeiro lugar e os campeões da 14ª temporada de *Estrelas da Dança* são...

As câmeras estavam bem na frente deles. Stone fechou os olhos e apertou os ombros de Gina com força.

—... Stone e Gina!

Stone abriu os olhos.

Sob as mãos dele, Gina deu um pulinho.

— Quê?

A palavra foi ecoada à esquerda deles, onde Lauren os encarava com olhos arregalados e descrentes.

— Vocês venceram! — gritou Kevin.

Gina parecia estar em choque. Todo mundo correu até eles enquanto Juan Carlos gritava para Lauren e Kevin o acompanharem para uma entrevista. Stone ergueu Gina nos braços. Ela se agarrou a ele, tentando recuperar o fôlego.

A voz dela tremia.

— Eu ouvi certo? A gente venceu?

— Vencemos. — Ele beijou sua têmpora.

Quando ela se afastou, seu sorriso estava triste.

— Você estava certo. Parabéns.

Merda. Stone não queria estar certo. Ele queria *Gina*.

Os outros os alcançaram, enchendo-os de abraços, beijos e parabéns. Era demais. Para onde quer que olhasse, ele via rostos sorridentes. Perdeu Gina na multidão e, depois de um minuto, ouviu Juan Carlos gritando o nome dele.

— Gina?

Stone a procurou em meio às pessoas brilhantes e cintilantes. Abrindo caminho, ele pegou a mão dela e a puxou para fora do palco. Quando passaram por Kevin e Lauren, ele parou para desejar tudo de bom para os dois. Lauren agarrou a bunda de Stone e ele pulou para trás, surpreso.

— Deixa isso, Lauren — rosnou ele, mas a patinadora só deu uma piscadela descarada para ele.

— Parabéns — disse ela, através dos lábios pintados. — Aproveite os holofotes, enquanto durarem.

Então ela foi levada pela multidão e Stone e Gina chegaram até Juan Carlos. O apresentador segurava o troféu do *Estrelas da dança*.

— Vocês dois mereceram — disse Juan Carlos. — Parabéns!

Stone pegou o troféu dourado e incrustado com strass espelhados formando a silhueta de um casal dançando. Era horrendo. Ele o guardaria para sempre.

— Aqui — disse ele, virando-se para Gina. — Segure.

O rosto dela se iluminou quando o tomou, mas a luz ainda estava temperada por tristeza. Enquanto Gina segurava o troféu, Stone a tomou pela cintura e a ergueu para apoiá-la em um dos ombros. Ela soltou uma risadinha surpresa, e então, sorrindo largo, ergueu o troféu acima da cabeça e deu um grito de triunfo.

Devia ter sido lindo. Devia ter sido o momento mais maravilhoso da vida dele, entregar essa vitória à mulher que ele amava, ajudá-la a realizar seu sonho.

Em vez disso, era o fim.

Capítulo 33

As doze horas seguintes foram um turbilhão. Entre cumprimentar fãs, posar para fotos, correr de uma entrevista a outra e embarcar no jatinho privado do *Estrelas da dança* para um voo noturno até Nova York, Gina não teve um segundo para respirar. Espremer-se no pequeno avião com os outros finalistas e quatro dos outros dançarinos profissionais — incluindo Natasha, graças a Deus — não deixava muito espaço para sondar seus sentimentos ou ruminar seus próprios problemas.

Uma espécie de delírio a dominou no meio do voo. Gina não se lembrava do pouso nem do trajeto de ônibus do aeroporto até o estúdio do *Encontro matinal* — mas houve muitas selfies e vídeos postados nas mídias sociais, então ela montaria o quebra-cabeça mais tarde.

Depois de desembarcar, ela assinou autógrafos para os fãs reunidos fora do prédio do estúdio, então entrou às pressas para vestir um traje de dança. Após uma rápida coreografia em grupo, colocou sua roupa de TV: calça preta justa, uma regata prata com lantejoulas e salto alto.

A exaustão repuxava seus membros, mas a euforia e a adrenalina a mantiveram focada. Ela riu quando deveria rir, respondeu a perguntas com charme e humor e exibiu o troféu.

A última vez que estivera ali, ela estava tão animada. Agora, não via a hora de aquilo acabar.

Então, claro, a conversa deu uma guinada.

— Gina — disse um dos apresentadores. — Você e Stone tiveram um momento interessante antes das semifinais. Temos o clipe aqui.

No telão atrás deles, a gravação do beijo foi repassada. O estômago dela se revirou, mas Gina manteve o sorriso no lugar.

O apresentador abriu um sorrisinho.

— Quer nos contar o que foi isso?

Gina recitou a história que tinha inventado.

— Estávamos ensaiando uma ideia para uma dança. Obviamente, decidimos não usar.

Os apresentadores soltaram um murmúrio, e uma delas se inclinou com um brilho no olhar.

— Vamos, Gina, você pode nos contar. Stone beija bem ou o quê?

O braço que Stone tinha jogado ao redor dos ombros dela se tensionou. Usando toda sua força de vontade, Gina continuou a sorrir.

— Sim, com certeza. — Ela ergueu as mãos quando todo mundo começou a rir. — Que foi? Eu devia ter mentido?

Stone cobriu o rosto com as mãos.

Satisfeitos, os apresentadores passaram ao próximo segmento.

Gina virou-se para Stone, que a estava encarando. Ele balançou a cabeça, dando um sorrisinho para ela.

O coração dela batia forte. Ela queria provocá-lo e brincar com ele. Queria saber que podiam se encontrar depois daquilo e discutir toda aquela experiência absurda, como tinham feito toda semana, após cada episódio.

Mas não podiam. Qualquer que fosse a magia da TV que os cativara tinha acabado. O feitiço estava quebrado, e agora eles eram só duas pessoas muito diferentes com vidas muito diferentes. Era hora de voltar às esperanças e aos sonhos que os tinham impelido na direção do *Estrelas da dança* em primeiro lugar.

Mais algumas entrevistas e estaria acabado.

*D*epois que concluíram seus compromissos com o *Encontro matinal*, Gina esperou na calçada com Stone e os outros membros do elenco. Ele entraria num ônibus até o aeroporto para pegar uma carona no jatinho do programa até Los Angeles, e de lá um voo para o Alasca. Suas malas tinham sido encaminhadas para Juneau.

Era difícil aceitar a verdade, mas era realmente o fim. Sempre era um choque terminar uma temporada, mas não daquele jeito. Ela nunca tinha chegado tão longe — à final, à vitória — nem ficado tão próxima do seu parceiro.

Nunca tinha se apaixonado por nenhum deles.

Gina odiava essa palavra e a evitara por toda a vida adulta. No entanto, lá estava ela, com 27 anos e sem conseguir pensar em nenhuma outra que englobasse a profundidade dos seus sentimentos por Stone.

Adiando a despedida deles, ela se focou em todos os outros. Finalmente, Natasha deu um passo à frente e lhe deu um grande abraço.

— Queria que você fosse comigo — disse Gina.

Natasha bufou, exasperada.

— Se minha mãe quisesse me ver, ela responderia às minhas mensagens. Não vou aparecer no apartamento dela sem avisar. E pra quê? Pra gente brigar? *No, gracias*.

— Minha mãe e minha irmã adorariam te ver.

Tash deu um sorriso.

— Manda um beijo pra elas.

— Mando.

Elas se abraçaram de novo e Natasha entrou no ônibus.

Gina se virou e encontrou Stone parado atrás dela. Ele abriu os braços. Antes que pudesse questionar a sabedoria do ato, ela se jogou no abraço e o apertou com força.

Mais um não ia fazer mal.

Mas, ah. Fez. Como fez mal. Seu peito ficou apertado e seus olhos esquentaram como se quisessem verter lágrimas. Ela respirou fundo, enchendo o nariz e os pulmões e a memória com o aroma fresco e selvagem dele, que de alguma forma Stone não tinha perdido após três meses em Los Angeles. Ele era tão quente, o peito firme sob a bochecha dela. Seus braços, grandes e fortes ao redor do seu corpo, a apertaram com força. Prontos e dispostos a protegê-la de tudo.

Exceto da distância que ele estava prestes a pôr entre eles. Ela sempre soube que era inevitável e tinha sido idiota por se permitir uma paixão tão intensa e profunda.

Gina se afastou devagar. Com um grande esforço, encontrou os olhos dele.

— Tenha uma boa viagem de volta ao Alasca.

Stone lhe deu um olhar demorado e firme. Abriu a boca, mas aí balançou a cabeça — como se fosse dizer alguma coisa, mas tivesse mudado de ideia.

— *Merda*. Quero dizer, para a audição.

— Sei o que você quis dizer. — Ela lutou contra o sorriso ansioso que repuxava seus lábios. Tentou pensar em outra coisa para dizer. Não encontrou nada. — Acho que... é isso.

De novo, Stone abriu a boca, hesitou e a fechou. O silêncio desconfortável se estendeu entre eles, retesando-se, tentando arrastá-los na direção um do outro. O estômago dela se tensionou contra a necessidade de diminuir a distância. De abraçá-lo mais uma vez. De beijá-lo, embora estivessem cercados por pessoas.

Por que era tão difícil resistir, caralho?

Stone exalou, os ombros enormes subindo e descendo.

— Tchau, Gina. — A voz dele era baixa, quase triste.

— Tchau, Stone.

Ela conteve tudo que queria dizer a ele e reuniu os pedaços do seu coração partido enquanto subia no ônibus.

Bem, o show tinha que continuar.

Depois de se certificar de que os óculos de sol e o boné dos Yankees estavam no lugar, Gina ergueu seus escudos emocionais, pegou a alça da mala e dirigiu-se ao estúdio onde faria a audição.

*A*o longo de sua carreira, Gina tinha participado de inúmeras audições. Quer dizer, tinha até feito audições no exato espaço de ensaios no Garment District onde se encontraria com Hector Oquendo e a equipe de *Garota do Bronx*. Então era bobo ficar ansiosa. Apesar disso, sua pele zumbia de antecipação enquanto ela subia de elevador e seus dedos apertavam a alça da mala de rodinhas como se fosse uma boia salva-vidas.

Quando o elevador se abriu, ela conferiu o mapa na recepção em busca do número da sala que sua agente tinha mandado por e-mail. Com o coração acelerado, abriu caminho através de um labirinto de corredores que cheiravam a cera de piso e desviou de pessoas que usavam roupas de dança e de ginástica e liam falas, tentando agir como se também não estivessem nervosas e intimidadas. Pela primeira vez, Gina não precisava se preocupar com nenhuma delas. Ela era a única fazendo a audição para aquele papel. Só ela poderia perder.

Sem pressão.

Quando encontrou a sala certa, fechou os olhos por um momento e inspirou fundo. Todo o estresse da semana anterior — lidar com Donna, terminar com Stone, ganhar o *Estrelas da dança* e desviar de golpes verbais no *Encontro matinal* — a deixara completamente esgotada. A verdade era que queria dormir por uma semana. Ou seis. Mas esta era uma oportunidade única. Exatamente o que ela queria desde que era criança. Se conseguisse esse papel, e se *Garota do Bronx* fizesse sucesso, Gina estava feita. Não podia deixar sua mente ser consumida por... tudo o mais.

Stone.

Era agonizante pensar nele. Ele ainda não estaria no avião. Em um filme, este seria o momento em que ela largaria tudo e correria até o aeroporto para impedi-lo de embarcar.

Mas aquilo era Nova York. Você não *corria* até o aeroporto. Ficava preso no trânsito, ou espremido no metrô ou no ônibus, abraçando sua mala com os joelhos e rezando para que a fila da segurança não estivesse insana.

Enfim, ele tinha que retornar à própria vida. Assim como ela tinha que voltar à sua. Como sempre, sua carreira vinha primeiro. E ela estava prestes a dar o próximo grande passo.

Gina abriu a porta.

Puta que p…

Meli!

O queixo de Gina caiu. Meli estava com outras pessoas no fundo da sala de ensaios, ao redor de uma mesa dobrável retangular. Seu cabelo castanho estava preso em um rabo de cavalo alto, e ela usava uma blusa branca, calça jeans brilhante e sandálias de plataforma.

Nem em seus sonhos mais loucos Gina teria imaginado que poderia interpretar Meli na Broadway, e agora estava prestes a fazer uma audição na frente da própria. Por algum motivo, nunca lhe ocorrera que Meli estaria presente. Os nervos que antes tinham zumbido inócuos agora ameaçavam sobrecarregá-la.

Como ninguém tinha reparado na sua chegada, Gina tirou um momento para se controlar, inspirando fundo e soltando o ar devagar. Não era como se nunca tivesse visto Meli. Elas tinham conversado rapidamente poucas semanas antes. Ela só estava ali porque a mulher acreditou nela.

E precisava parar de pensar ou ia acabar ficando tão nervosa que desistiria. Melhor acabar logo com isso antes que a ansiedade pudesse dominá-la.

Dando um passo à frente, Gina fixou um sorriso largo no rosto.

Hector, o produtor, a avistou primeiro.

— Ah, Gina chegou.

Os outros ergueram os olhos e, enquanto Hector fazia as apresentações, Gina guardou na memória o nome de todos. A diretora, a roteirista, o diretor musical, a pessoa responsável pela coreografia, a diretora de elenco — merda, *todo mundo* estava ali. Toda a equipe de produção. Mais incrível ainda era que todo mundo era latino. A roteirista, a diretora e a diretora de elenco eram mulheres, e ê coreógrafe era uma pessoa não binária.

Mas então Meli contornou a mesa e envolveu Gina em um abraço com aroma de rosas, e Gina esqueceu todos os outros.

— Gina, estou tão feliz que você pôde vir.

— Claro que vim. — Os pensamentos dela eram uma litania de *ai meu deus ai meu deus ai meu deus*, mas tentou parecer calma. — Obrigada por pensar em mim para esse papel.

Meli abanou a mão.

— Assim que te vi, eu soube. Eu queria te convidar ali mesmo, mas tinha que correr para o aeroporto. Foi por isso que mandei Hector.

Gina sorria tanto que o rosto doía. A coisa toda era como um sonho.

Depois que a equipe se sentou ao redor da mesa, ela ficou surpresa quando Meli pediu que se sentasse também.

— Você é a primeira atriz com quem estamos falando — informou ela. — Como vai me interpretar, será a pessoa mais importante no musical. Obviamente. — Ela jogou o rabo de cavalo para trás e todos riram.

Gina só assentiu e mordeu a língua antes que deixasse escapar que ainda não tinha recebido o roteiro. Aquela era a audição mais estranha que já tinha feito, mas, se eles queriam agir como se já fosse parte da equipe, por ela tudo bem.

A roteirista explicou a premissa básica da história, que seguiria a ascensão de Meli ao estrelato, começando no Bronx e terminando com a residência dela em Las Vegas. O diretor musical entregou uma lista de canções para Gina. Cerca de metade eram os maiores hits de Meli e o resto eram novas, escritas para avançar a narrativa.

— O tema da história é se encontrar — acrescentou Meli. — E o custo da fama. Não tem exatamente... um final feliz tradicional. — Ela ergueu o dedo anular nu da mão esquerda. — Mas é uma história universal. E eu estou feliz com a minha vida, então acho que é um final feliz, no fim das contas.

Depois de discutir mais alguns detalhes com a diretora sobre a encenação e a produção, o diretor musical finalmente pediu a Gina que cantasse.

— Se tiver canções preparadas, pode cantá-las, mas também gostaríamos de ver o que você faz com algumas das músicas de Meli.

Ele passou uma folha para Gina, que deu uma risada estrangulada.

— Ah, não preciso da letra. Cantei isso com a minha escova mais vezes do que poderia contar.

Quando Meli abriu um sorriso enorme, Gina achou que ia desmaiar. Em vez disso, assumiu seu lugar, respirou como o instrutor de canto lhe tinha ensinado e começou a cantar. E, como era uma música de Meli, e Meli estava *bem ali*, Gina também fez alguns passos de dança.

Quando terminou, Meli aplaudiu e gritou:

— *Uepa!*

Eles pediram que Gina cantasse mais um pouco e, em determinado momento, Meli levantou para cantar e dançar com ela. Gina quase morreu no ato.

Ê coreógrafe se envolveu nesse ponto e, quando perguntou a opinião de Gina sobre os passos, ela quase chorou de animação. A equipe realmente pretendia deixá-la pôr sua marca pessoal no musical.

Sonho. Realizado.

Depois que a diretora de elenco fez Gina ler parte do roteiro, Meli pediu uma pausa. Um dos assistentes veio trazer água, café e uma bandeja de frutas.

Gina sentou-se no chão para se alongar e Meli a seguiu e jogou-se ao seu lado.

— Você é ótima. Vamos te oferecer o papel. Hector vai vir oficializar, mas eu queria que você soubesse.

Tremores de empolgação correram sob a pele de Gina.

— *Obrigada* — disse ela, dando ênfase à palavra em um esforço vão de expressar a profundidade dos seus sentimentos. — Sério. Do fundo do coração. Obrigada.

Meli sorriu para ela.

— O musical vai ser um sucesso. Espero que esteja pronta.

— Ah, estou pronta.

Estava finalmente acontecendo. Tudo para o que tinha trabalhado, por tantos anos. Sua carreira estava melhorando, mais rápido e mais alto até do que ela, com seus grandes sonhos, tinha imaginado.

No entanto, algo a deixava pesada.

Provavelmente exaustão. Ela não tinha dormido no voo noturno de Los Angeles e estava correndo de um lado para o outro sem parar fazia dias. A empolgação a atingiria mais tarde, depois que absorvesse tudo aquilo.

— Como está seu parceiro? — perguntou Meli. — Do *Estrelas da dança*. Vocês filmaram um programa ao vivo hoje de manhã, né? Achei que ele talvez viesse junto.

E, assim, a bolha de empolgação estourou.

Era isso. Não exaustão nem estresse, mas Stone. A ausência dele era como um peso de chumbo no peito de Gina.

Ela esforçou-se para manter o tom leve quando respondeu.

— Ele vai voltar ao Alasca. O programa dele ainda está sendo gravado.

Meli assentiu como se compreendesse mais do que Gina estava dizendo e se inclinou, abaixando a voz:

— Eu entendo. É difícil manter um relacionamento nessa indústria. — Com um sorriso triste, ela gesticulou para a equipe, que discutia animadamente ao redor do roteiro. — Eles estão debatendo se vamos escalar quatro homens diferentes como meu marido. Mas, pensando em você, sugeri que escalassem um sujeito só e colocassem roupas e perucas diferentes nele. Aí você pode desenvolver a química com uma pessoa e a plateia pode se conectar com ele também.

— Acho que é uma boa ideia. — Gina hesitou, mas então perguntou: — É difícil colocar tudo isso no palco? Ser franca sobre sua vida amorosa?

Meli se apoiou nas mãos e fez um biquinho enquanto pensava. Finalmente, disse:

— Não tanto quanto você imaginaria. É constrangedor? Um pouco. Mas é a minha vida. Eu não vou ficar com alguém só por causa do que os tabloides possam dizer, mas também não vou me conter pelo mesmo medo. Entende?

Gina assentiu devagar.

— Acho que sim.

Meli tinha um bom argumento, mas era fácil para ela falar isso agora — era uma superestrela internacional. Será que tinha a mesma filosofia quando estava começando a construir seu nome?

Reunindo coragem, Gina perguntou:

— Você já quis que as coisas tivessem sido diferentes?

Meli a olhou fundo nos olhos.

— Não. Eu fui atrás do que era importante para mim. Teria sido bom ter um parceiro com quem dividir tudo isso? Uma família? Claro. E talvez aconteça um dia. Eu sou otimista. Mas fui atrás do que queria, e consegui.

A fama. Sim, Meli tinha a fama. Chegara no topo e vivera a vida em seus próprios termos. *Garota do Bronx* tinha a visão criativa de Meli e, embora ela deixasse os profissionais fazerem seu trabalho, era óbvio quem estava no comando ali. Tudo naquilo era inspirador.

Mas havia uma tristeza em seus olhos quando falava sobre os casamentos fracassados. E quando Gina leu o roteiro mais tarde no táxi, a caminho do Bronx, seu coração partiu toda vez que um dos relacionamentos de Meli entrava em combustão. Ela tinha tentado quatro vezes, e quatro vezes os casamentos explodiram espetacularmente. Os homens iam embora e Meli ficava sozinha. Mas ainda tinha a carreira — a fama, a fortuna e os fãs.

Talvez Gina não devesse ter perguntado a Meli se queria que tivesse sido diferente. Talvez uma pergunta melhor seria: foi suficiente?

*T*oda vez que Gina entrava no apartamento da mãe, era recebida pelo cheiro de casa, uma mistura do lustra-móveis com aroma de limão usado na antiga mobília de madeira, o pot-pourri caseiro de rosas em tigelas decorativas no peitoril das janelas e o *sazón* tão usado na cozinha porto-riquenha.

Gina ainda tinha as chaves da casa, então entrou e arrastou a mala pela sala e pelo corredor até o segundo quarto, que antes dividia com o irmão e a irmã. Depois de deixar a mala junto à parede, ela desabou na cama de solteiro, coberta com uma colcha feita pela bisavó.

O custo de estar acordada por um dia e meio a deixou sonolenta. Antes que desmaiasse, seu celular zumbiu com uma mensagem da sua agente, Penélope.

Quantas entrevistas devo agendar pra você?

Ai. Ela estava falando do *Estrelas da dança*. Gina tinha vencido e todo mundo ia querer entrevistá-la. Ela escreveu sua resposta antes que pudesse se convencer do contrário.

Nenhuma. Preciso de uma folga. Vou ficar com a minha família por uns dias.

Sério? Você precisa maximizar a publicidade pra ficar no coração e na mente dos espectadores — e dos diretores de elenco.

Gina não se deu ao trabalho de dizer que já tinha garantido o próximo trabalho. Jogando o telefone de lado, ela apoiou a cabeça no travesseiro. Sim, sabia tudo sobre planejamento, momento, exposição. Só não se importava. De que adiantaria? Eles só queriam perguntar a ela sobre Stone. E se essa era a coisa mais interessante sobre Gina… de que servia tudo aquilo?

Por três anos, sua meta tinha sido vencer o *Estrelas da dança*. Agora tinha conseguido — e era o momento ideal para transformar essa vitória em oportunidades. Porém, por mais que estivesse animada em relação a *Garota do Bronx*, não conseguia reunir o entusiasmo para correr por aí tendo mais reuniões, fazendo contatos. Era trabalho. Gina estava *cansada*.

E, tudo bem, sentia-se sozinha também. Sentia saudade de Stone. Sentia saudade de bolar uma estratégia com ele e explicar seu raciocínio. Ele sempre queria saber o *porquê* por trás das decisões dela. Não para questioná-la, mas para entender melhor e poder ajudar.

Ela tinha perdido seu porquê. Tudo que a tinha impelido esse tempo todo tinha desaparecido. Ela quisera vencer o *Estrelas da dança*, pensando que isso satisfaria alguma necessidade. Mas, agora que tinha vencido, ainda não se sentia satisfeita.

O que estava faltando?

Stone.

Não, não podia ser tão simples.

*G*ina acordou com um susto quando a mãe entrou no quarto.

— Ah, não sabia que você estava dormindo. — Benita recuou pela porta. — Vou te deixar descansar.

— *No, mami, está bien.* — Gina esfregou os olhos. — Que horas são?

— Cinco. Saí do trabalho mais cedo porque sabia que você ia chegar. Durma, se precisar.

— Não, vou levantar. Tive uma boa soneca.

— Aposto que estava precisando. — A mãe sentou-se na beirada da cama e a puxou para um abraço. — Senti saudades, *mi hija*.

— Eu também.

E, como era sua mãe, e os abraços de mãe eram melhores que todos os outros, Gina deixou as lágrimas caírem.

Benita arquejou e então a apertou mais forte.

— *¿Qué pasó, Gigi?* — perguntou ela, retomando o apelido de infância de Gina.

Gina fungou e enxugou o rosto.

— Você sabe.

— Não sei, porque você não retornou minhas ligações a semana toda. Só mandou mensagens e ignorou minhas perguntas sobre aquele rapaz.

— O problema é "aquele rapaz".

— Stone? O que você beijou?

Gina deu uma risada embargada.

— Estou tão envergonhada.

— Mas por quê?

Gina foi poupada de responder graças ao som de chaves na porta da frente. Um segundo depois, a voz da irmã, Araceli, flutuou pelo corredor.

— Ô de casa! Tem alguém aqui?

— *Aquí*! — chamou Benita.

Araceli apareceu na porta do quarto.

— Gina, você está chorando?

Benita respondeu por ela.

— *Si*. Estamos falando daquele homem que ela beijou na TV.

Grunhindo, Gina escondeu o rosto num travesseiro.

— É, eu estava curiosa sobre isso. — Celi se juntou a elas na cama e arrancou o travesseiro de Gina. — Desembucha.

Gina soltou o ar e puxou os joelhos para o peito, explicando em frases breves o que tinha acontecido com Donna e as gravações do beijo.

Araceli e Benita se entreolharam.

— Onde está Stone agora? — perguntou Celi.

— A essa altura? Provavelmente num avião, voltando ao Alasca.

Outro olhar compartilhado.

Gina bufou.

— Eu estou *bem* aqui, viu? Parem de falar sobre mim com os olhos.

— Tenho mais algumas perguntas antes de te julgar. — Celi ergueu um dedo. — Primeiro, o que está rolando de verdade entre você e Stone?

— A gente… — Normalmente, Gina não se incomodava em falar sobre homens com a irmã. Tudo bem que a mãe também estava lá, mas Gina só não conseguia encontrar as palavras. — A gente meio que estava saindo?

— Vocês estavam dormindo juntos.

— Ah, céus. — Gina caiu na cama e cobriu o rosto. — Sim. Estávamos.

— Gina, eu sei que você é uma mulher adulta — disse a mãe.

— *Mami*, poderia não fazer isso?

Araceli bufou.

— Levanta e para de agir como uma criança. Se eu quisesse lidar com pirralhas, iria encontrar as minhas.

Gina se sentou.

— Cadê elas, aliás?

— Na casa da *abuela*. Não mude de assunto. Como se sente em relação a Stone?

Caraaaaalho.

— Hã…

— De verdade, Gina. Não minta.

Gina esfregou os olhos de novo.

— Acho que eu estava me apaixonando por ele.

Silêncio.

Quando ela ergueu a cabeça, a mãe e a irmã estavam se encarando com olhos arregalados, sobrancelhas erguidas e lábios apertados.

— Ei, o que eu disse sobre conversas silenciosas com os olhos? Araceli balançou a cabeça.

— Desculpe, mas essa é nova. Acho que nunca te ouvi usando a palavra "apaixonada" em relação a um cara antes.

— É porque *nunca usei*. — O estômago de Gina se embrulhou ao pensar no que estava perdendo, e seu lábio tremeu em resposta. — Com Stone é diferente de tudo que já senti antes.

— E ele não sente o mesmo? — perguntou Celi, o tom ficando mais gentil.

— Não sei. Ele disse algo sobre estar se apaixonando por mim.

Celi bateu a mão na testa.

— Tá de brincadeira? Homens não dizem coisas assim se não for verdade.

— Ele sabia como eu me sentia sobre deixar nosso... relacionamento ou o que quer que fosse... vir a público. Devia ter me contado o que sabia.

— O quê, para você poder ficar obcecada feito uma doida? Gina deu um olhar irritado para a irmã.

— Não, para eu poder convencer Donna a não transmitir a gravação.

— Como? — O olhar de Araceli ficou desafiador. — Você me contou tudo sobre aquela mulher. E se ela tivesse ignorado completamente seus desejos?

— Eu teria envolvido minha agente.

A discussão era incrivelmente parecida com a que tivera com Stone na cozinha. O ponto de vista oposto soava mais racional cada vez que ela o ouvia.

— E depois? Se Donna não recuasse, você teria desistido estando tão perto de vencer?

— Eu não sabia que ia vencer — retrucou Gina. — Não quero ter minha vida pessoal exposta. Quem sabe o que as pessoas vão pensar de mim?

— Por que você se importa?

— Lembra da história com Ruben?

— Foda-se o Ruben. — Celi dispensou o assunto com um aceno de mão. — Você está jogando na primeira divisão agora. Ruben não era nada. Além disso, você tinha o quê? Uns 18 anos?

— Dezessete.

— Erros cometidos na adolescência contam como experiência de vida. Aprenda a lição e siga em frente.

— Eu *aprendi* a lição. Nunca me envolver com alguém com quem estou trabalhando.

E nunca me envolver com alguém que não vai ficar.

Celi balançou o dedo.

— Não, a lição não é essa. A lição é não namore cretinos egoístas.

Benita assentiu com um ar sábio.

— É uma boa lição.

— Além disso — continuou Celi —, nem foi tão terrível assim. Mostraram o beijo e o que aconteceu? Nada. Vocês ainda venceram.

— Mas eu não queria que fosse esse o motivo para eu vencer. Queria que fosse meu talento e minha habilidade como coreógrafa, e…

— Bobagem. — Celi enfiou um dedo na cara dela. — Você sabe que não é assim que o *Estrelas da dança* funciona. Fama e personalidade são uma parte enorme do programa. A questão é que sua relação já estava te ajudando antes que o beijo sequer fosse transmitido. Você e Stone tinham o que faltava em Kevin e Lauren: química real, personalidades reais. Sei que todo mundo e a mãe ama o Kevin, mas ele é uma boneca de plástico, falso pra caralho. Claro, é engraçado e simpático e tudo o mais, mas é falso. Tem algo rolando por trás daquela superfície de bom garoto em que eu não confio.

Gina suspirou.

— De toda forma, não importa, porque eu não queria tudo isso. Não queria me apaixonar por alguém… por qualquer pessoa… agora. Ou nunca. Especialmente não por um cara que vive no meio do nada do outro lado do país. Ainda tenho trabalho demais a ser feito para construir minha carreira, e um homem só vai atrapalhar.

— *Esperate.* — A mãe ergueu a mão para interromper. — Isso é por causa de mim e do seu pai?

Gina apertou os lábios, mas não conseguiu ficar calada sob os olhares afiados da mãe e da irmã. Quando respondeu, sua voz saiu baixa e envergonhada.

— Sim, é por causa de *papi.*

— *Ay, mi hija.* — Benita acariciou a bochecha de Gina. — Esse tempo todo, você estava carregando isso no coração? A ideia de que um homem vai atrapalhar sua carreira?

— Foi o que aconteceu. Você teria tido uma grande carreira de cantora se não fosse pelo *papi.* E aí ele foi embora.

— Você não sabe disso. O sucesso é uma coisa volúvel, e a indústria do entretenimento não é tudo isso que dizem. Não se esqueça de que eu concordei em desistir. Ele não me obrigou.

— Você já se arrependeu?

Só de perguntar, Gina se sentiu pequena e jovem. Era algo que sempre se indagara, e parte dela sempre quisera construir uma carreira maior e mais forte para que o sacrifício da mãe não fosse em vão.

Benita balançou a cabeça.

— Nem um pouco. Minha família é o maior presente que já ganhei. O sucesso não é tudo, *mi hija.*

Gina refletiu.

— Mas eu ainda quero ter sucesso. Isso é ruim?

— Nem um pouco. Você pode querer o que quiser. E pode querer *tudo*, mesmo as coisas que acha que não deveria ou não pode ter.

A mãe a puxou para um abraço e sussurrou no ouvido dela:

— Ele não é seu pai, Gina. Nem todos os homens vão embora. E, mesmo se ele for, você vai sobreviver. — Ela se ergueu e deu um tapinha no ombro de Araceli. — Venha me ajudar com o jantar.

Antes de sair do quarto, Araceli parou na porta.

— Como foi a audição?

— Hmm? — Perdida em pensamentos, Gina tinha se esquecido completamente disso. — Ah, foi bem. Me ofereceram o papel principal.

Celi fez um sinal de joinha.

— É isso aí.

Capítulo 34

No seu primeiro dia de volta às filmagens de *Vida selvagem*, Stone realizou a proeza de bater o dedão na porta do seu quarto na Pousada Geleira do Vale. Quando a unha começou a ficar preta, tiveram que encenar um evento parecido no QG Nielson para explicar. No mesmo dia, ele caiu pelo lado do barco — o que *não foi* encenado — e ficou de cama com uma sinusite feia por uma semana.

Ele rolou da cama e foi tropeçando até o banheiro. A febre tinha finalmente diminuído, mas ainda se sentia péssimo. Urinou e jogou água fria no rosto, o que não foi a melhor ideia. Tremendo de frio, cambaleou de volta para a cama e se enrolou nos cobertores feito um burrito.

Por mais horrível que se sentisse, estava feliz de ter ficado doente, porque não tinha a menor vontade de voltar para *Vida selvagem*. Nunca quisera fazer aquele programa idiota para começo de conversa. Mas, como sempre, a família tinha precisado dele e Stone havia deixado os próprios desejos de lado para ajudá-los.

Na época, ele não esperava que fosse durar. Era uma ideia tosca. Quem iria querer assistir a um bando de caipiras com nomes bobos vivendo no bosque? Imaginou que estaria de volta à sua velha vida em Juneau dentro de um ano.

Inexplicavelmente, o programa tinha sido um sucesso imediato e os contratos deles foram estendidos.

Depois da quinta temporada, porém, seu contrato acabaria. Ele só tinha que terminar de filmar esta, então suportar mais uma...

Não. Stone não conseguiria.

Seu estômago se revirou, rejeitando a ideia de fazer sequer mais um episódio, que dirá uma temporada inteira. Rolando de costas, encarou o teto branco como pipoca da pousada, iluminado apenas pela fina luz do sol infiltrando-se pelos cantos das cortinas. Em termos de conforto, a cama não chegava aos pés daquela em que tinha dormido em Los Angeles, e não era nada comparada à de Gina — com ela aconchegada contra ele, seus dedos frios pressionados na sua panturrilha.

A saudade era uma dor física no seu peito. Ele a amava. Podia admitir ali, longe dos momentos que eles tinham compartilhado em Los Angeles e até mais longe da casa dela, em Nova York. Ela provavelmente ainda estava lá, dando grandes passos em sua carreira.

Stone puxou o laptop para a cama. Em um delírio induzido pela febre, havia começado a assistir às entrevistas de Gina no YouTube. Seu coração doía de vê-la, mas ele precisava da sua dose diária de Gina.

Depois de encontrar um novo vídeo de talk show, ele deu play. O rosto sorridente dela apareceu na tela. O desejo floresceu no seu peito, enchendo-o de uma dor agridoce.

— Gina, conta para a gente do seu estilo de coreografia — pediu o apresentador no vídeo.

Stone ouviu distraído enquanto ela respondia, a voz o atravessando como uma onda reconfortante.

Gina era incrivelmente talentosa e trabalhava duro. Ela chegaria longe. Não havia espaço em sua vida para um cara com um diploma de engenharia e um péssimo reality show no currículo que queria morar no Alasca, de todos os lugares. Nem a ex dele, que tinha nascido e crescido em Juneau, quisera ficar ali. Por que Gina faria isso? Não havia nada para ela ali.

Exceto Stone. E ele não era suficiente. O tempo todo, Gina quisera manter o relacionamento deles em segredo. Talvez porque soubesse que Stone nunca se encaixaria na vida que ela queria.

— E como você começou? — continuou o apresentador. — Nos conte sobre sua vida como dançarina.

Quando eles se conheceram, Stone tinha pensado a mesma coisa: que ela nunca se encaixaria ali, na vida dele. No fim, porém, o contrário era verdade. Ele nunca atingiria a altura a que ela aspirava. Gina tinha valores que governavam suas decisões e, como havia apontado, ele vendera sua integridade para reduzir a dívida familiar e cumprir seu dever como protetor silencioso. Lá estava ele, de volta ao rebanho, mas nunca se sentira tão sozinho. Um espaço na forma de Gina tinha sido entalhado na sua vida e agora estava vazio.

Stone esperava que o buraco fosse preenchido por todas as coisas do Alasca de que sentira falta — o silêncio, o ar fresco, a paz e a simplicidade. Exceto que era tudo mentira. Não havia nada simples na vida dele aqui. Tudo que sua família fazia na frente das câmeras era roteirizado. O tempo todo que passou em Los Angeles, ele tinha ansiado por retornar para algo que sempre foi uma fantasia, a ideia de uma existência silenciosa e tranquila na natureza selvagem. Ele nem morava de verdade no interior do Alasca, e não havia nada silencioso ou tranquilo em participar de um programa de TV e morar numa pousada.

— E Stone? — perguntou o entrevistador. — Vocês dois pareceram muito… próximos, durante o tempo dele no *Estrelas da dança*.

Stone segurou o laptop e encarou a tela com os olhos turvos, toda sua atenção fixa nas próximas palavras de Gina.

Na tela, Gina hesitou. Seus olhos voaram para a câmera, então para o próprio colo. Ela mordeu o lábio.

— Sim — respondeu ela por fim. — Éramos mesmo. Parceiros de dança sempre ficam próximos, mas aquilo… foi diferente.

— O que aconteceu?

Gina endireitou os ombros e jogou o cabelo para trás. Seus lábios fechados se curvaram em um sorriso apertado, e Stone soube que o que quer que estivesse prestes a dizer esconderia uma profusão de sentimentos.

— Digamos apenas que deixá-lo voltar para o Alasca foi uma das coisas mais difíceis que já fiz. — Ela retorceu as mãos no colo. — Sinto como se…

— Como se? — incentivou o apresentador, quando Gina deixou a frase no ar.

Stone esmoreceu. Nunca que ela ia responder. Era boa demais no jogo da publicidade.

Mas ela continuou:

— Sinto como se… algo estivesse faltando. — Gina soltou as mãos e deu uma batidinha no peito, depressa, um gesto involuntário. Então balançou a cabeça e fez um aceno com a mão. — Deixa pra lá. Acho que são só muitas mudanças de uma vez e…

Stone fechou a tela do laptop com força.

Ele tinha visto algo ali — uma vulnerabilidade nua que se revelara por um segundo antes de ela se lembrar onde estava e esconder. Mas ele tinha passado todo dia ao seu lado por três meses e conhecia seus tiques. Conhecia a expressão quando ela sentia mais do que conseguia pôr em palavras, mais do que queria revelar. Ela mordia o lábio, batia no peito, apertava a boca como se para esconder o que realmente sentia.

Deixá-lo voltar para o Alasca foi uma das coisas mais difíceis que eu já fiz.

Ele precisava encerrar aquele contrato.

Assim que pensou isso, algo mais próximo de uma paz verdadeira recaiu sobre ele. Sim. Essa era a resposta. Vencer *Estrelas da dança* tinha resolvido os problemas financeiros que o mantinham no *Vida selvagem*. Se ele pudesse negociar com os advogados do programa, talvez contratar um bom advogado só para ele…

Alguém bateu na porta.

Ele limpou a garganta.

— Quem é? — Sua voz saiu arranhada.

— A mamãe.

Em vez de procurar uma cueca, Stone arrastou os cobertores consigo até a porta. Quando a abriu, o rosto de Pepper se encheu de preocupação.

— Ah, querido. Você ainda está doente?

— Mm-hmm.

Ele caiu de volta na cama enquanto ela enchia uma jarra de água na pia do banheiro.

— Reed disse que estava, mas você sabe como ele é. Gosta de brincar.

— A febre passou, pelo menos. Acho.

Pepper lhe trouxe a água e puxou uma cadeira para perto da cama. Depois que ele pegou a xícara, ela pressionou as costas da mão à testa dele.

— Você ainda está meio suado, mas não quente.

— Devo ficar bem amanhã — disse ele, ainda rouco. — Talvez.

Ela abaixou a mão.

— Stone… vim te contar uma coisa.

— O quê?

— Aparentemente, aquela patinadora no gelo fuçou demais. — Os ombros dela caíram. — Seu pai e eu acabamos de ter uma reunião. A próxima temporada vai ser cancelada.

— Espera, sério? — Ele se esforçou para sentar. — Esta é a última?

— Receio que sim. — Com um tapinha na perna dele, Pepper se levantou. — Sempre soubemos que isso podia acontecer. Estou surpresa por termos chegado tão longe, se quer saber a verdade. E não se preocupe, seu pai já está propondo ideias para um novo programa.

Stone só a encarou.

— Melhoras, filho. — A porta se fechou com um sussurro atrás dela.

Ele ficou sentado na cama em um emaranhado de cobertores, encarando a porta do hotel.

Estava livre.

—*E*u posso alugar meu quarto — disse Gina enquanto Natasha servia duas taças de vinho.

— A gente dá um jeito. Você decidiu se vai ou não voltar para o *Estrelas da dança*?

— Ainda não. — Gina pegou a taça que Tash lhe entregou. — Sei que o mundo do entretenimento é assim e sempre vai ter alguém tentando me manipular. Mas, se voltar, não quero ter nada a ver com Donna.

— Eu não te julgaria por mandar todos eles à merda, mas vou sentir falta de ter você lá.

— Vai ser estranho ficar sozinha em Nova York enquanto estiver fazendo o musical. Me acostumei com Los Angeles.

— E mora com uma amiga incrível aqui. — Tash bateu a taça na dela. — Você vai ficar com sua mãe?

— Não, quero encontrar um lugar em Hell's Kitchen ou algum outro lugar de Manhattan de onde possa ir e voltar do teatro com mais facilidade. O que você vai fazer entre as temporadas?

— Enquanto você estava fora, consegui um papel numa série que vai ser gravada neste verão. Nada muito grande. Vou interpretar uma adolescente, acredita?

Gina riu.

— Uma garota malvada?

Tash fez um beicinho e deu de ombros.

— Eu interpreto uma vadia atrevida tão bem.

— Se as pessoas soubessem como você é fofa...

— Não conta a ninguém, senão te mato.

Gina bufou e bebeu mais vinho. Era um Pinot Noir gostoso e doce, algo de que tinha sentido falta durante as gravações.

— Vivemos num mundo de temporadas, né? Podemos estar vivendo vidas diferentes a cada poucos meses.

Natasha abriu seu sorriso astuto para ela.

— Quer dizer que você poderia encaixar uma temporada no Alasca?

— Talvez. — Gina tentou reprimir um sorriso. — No verão, claro.

— Isso significa que o perdoou?

Ela girou a taça, vendo o vinho bater nas laterais do vidro. O aroma rico e frutado encheu suas narinas. Ela sentia falta do cheiro de pinheiro.

— Minha irmã apontou que provavelmente foi melhor Stone não me contar, considerando como eu poderia ter reagido.

— Quer dizer que teria te deixado completamente surtada?

Gina deu um olhar irritado pelo canto do olho.

— Sim.

Tash sorriu.

— Continue.

— E minha mãe… — Gina hesitou. Pais ausentes eram um assunto delicado naquele apartamento. — *Mami* pensa que não quero me aproximar de Stone porque…

— Porque seu pai foi embora?

— É. E eu sabia que Stone iria embora.

Tash deu de ombros.

— Eu sei que tenho problemas mal resolvidos com meu pai. Estava me perguntando quando você admitiria os seus.

— Comecei a pensar: e se eu só não quiser ficar sozinha? Alguns meses atrás, isso não parecia um objetivo de vida bom o suficiente. Mas agora…

— Agora você conheceu alguém com quem não seria ruim *não* estar sozinha.

— Exatamente. — Gina tomou outro gole, então apoiou a taça na mesa de centro ao lado do seu troféu, que era um pouquinho menor do que aquele que o *Estrelas da dança* dava à celebridade vencedora, mas não menos cafona. — Acho que eu gostaria de não ficar sozinha com Stone. Não sei como a gente faria isso funcionar, mas estou disposta a tentar.

Tash deu um risinho e ergueu sua taça.

— Óin, olha só você, parecendo uma adulta racional.

— Ah, também encontrei isso no meu celular.

Gina abriu um vídeo e apertou play. Natasha se inclinou para assistir.

O rosto de Stone apareceu na tela, perto demais e lançando olhares ansiosos por cima do ombro. Ele estava no corredor do estúdio de ensaios do *Estrelas da dança*.

— Gina, eu... Merda, nem sei por que estou fazendo isso. Espero que nunca encontre este vídeo. Ou, pelo menos, que só encontre quando eu já estiver de volta no Alasca. — Ele soltou um suspiro e passou a mão no rosto. — Eu só queria dizer que acho que você é o máximo. É inteligente e engraçada, linda e determinada. Por meses, me incentivou a melhorar como dançarino, como pessoa. Me ajudou a aprender muito sobre mim mesmo ao longo do caminho. Tenho que agradecer a você por isso.

Ele balançou a cabeça e murmurou algo como "que coisa mais brega". Seu rosto estava vermelho-vivo. Quando olhou de volta para a câmera, porém, seus olhos estavam escuros e cheios de dor.

— Estou chateado, Gina. Muito. Eu esperava que a gente pudesse... Bem, não importa mais. Entendo por que você está brava e sinto muito. Se eu pudesse voltar no tempo e fazer diferente, voltaria, mas... Eu não quero me esconder. Quero te amar abertamente. — Ele engoliu em seco. — Se um dia você... Bem, você sabe onde me encontrar. Pousada Geleira do Vale, quarto um-zero-sete.

O vídeo acabou.

Natasha deu um grito estridente.

— Quando você encontrou isso?

— Hoje de manhã, enquanto esperava meu voo pra cá.

Gina ainda sentia uma onda de calor toda vez que assistia ao vídeo, embora o tivesse rodado sem parar durante o voo para Los Angeles, sorrindo como uma boba o tempo todo.

— Isso é coisa de comédia romântica! — Natasha abriu o laptop na mesa de centro e sentou-se no chão na frente dele. — Sabe, acho que é verão no Alasca agora. E se eu só procurasse uns voos?

Gina sorriu.

— Eu tenho uma semana antes que os ensaios comecem...

— Aeroporto mais próximo?

— Procure por Juneau.

Uma batida forte soou na porta do apartamento.

Tash se ergueu, dando um olhar interrogativo para Gina. Ela deu de ombros. Não estava esperando ninguém.

Depois de espiar o olho mágico, Tash virou com um sorriso enorme.

— É ele — articulou sem som, então pegou a taça de vinho e foi para o quarto dela na ponta dos pés.

Ele? Ela queria dizer *Stone*?

Com as mãos trêmulas, Gina apoiou a taça na mesa e foi até a porta. Respirou fundo e abriu.

Stone estava parado do outro lado, usando uma calça jeans escura e uma camisa azul-marinho que fazia seus olhos quase brilharem. O cabelo estava preso num coque desleixado e ele carregava uma mala de mão por cima do ombro.

O coração de Gina bateu com esperança no peito. Antes que ela pudesse cumprimentá-lo ou perguntar o que Stone estava fazendo ali, ele falou:

— Estive assistindo a suas entrevistas.

— Ah. — Apesar do que ela tinha dito à sua agente, seu senso de obrigação era forte demais e ela tinha feito o circuito de todos os talk shows matinais. Se estava ali, devia ter visto a entrevista mais recente, em que ela tinha escorregado e admitido que queria que ele tivesse ficado. — Vi seu vídeo no meu celular.

Ele corou.

— Quando?

— Hoje de manhã.

— Você estava falando sério? — perguntaram os dois ao mesmo tempo.

Stone franziu a testa.

— Claro que sim. Cada palavra. Eu não teria dito, se não fosse verdade.

E essa era a verdade dele. Sim, tinha mentido pela família, mas Gina nunca duvidara que os sentimentos dele por ela fossem genuínos.

E como ela tinha retribuído? Com acusações injustas. Dissera coisas cruéis para afastá-lo, só porque tinha medo demais do que via quando ele olhava para ela, e do que sentia quando olhava para ele.

Só porque tinha medo demais do que aconteceria quando ele a deixasse.

Ela estava prestes a pedir desculpas quando Stone se lançou num discurso.

— Gina, por favor, tente entender. Minha família sempre exerceu uma grande influência sobre mim. Eu sempre fui o cara responsável que largava tudo para ajudá-los, e estou cansado disso. Odeio participar de *Vida selvagem*. Achei que ia odiar *Estrelas da dança* também, só que foi a coisa mais divertida que já fiz.

Ela não conseguiu conter um sorriso bobo.

— Sério?

Um pouco da tensão se esvaiu dele.

— Você me deu um novo ânimo. Me ajudou a lembrar quem eu era antes e a ver claramente quem eu sou agora e quem quero ser.

— Eu gosto de quem você é — interrompeu ela. Queria tê-lo tranquilizado em relação a isso na primeira vez que Stone abordou o assunto, mas estava ocupada demais terminando com ele na ocasião. — Desde o começo. Em toda dança, o objetivo era mostrar quem você realmente é, mesmo que ainda não soubesse.

Os olhos dele estavam límpidos e francos.

— Você me viu. Você é a primeira pessoa que me vê em muito tempo. Eu queria te ajudar a vencer porque você merecia, mas também estava tentando carregar seus fardos. Devia ter te contado o que Donna estava fazendo e te incluído na decisão sobre como lidar com isso. Talvez parte de mim quisesse que todos soubessem sobre nós, mas foi do jeito errado. Eu deveria ter respeitado seus limites.

Quando Stone fez uma pausa, Gina entrou com a desculpa que devia a ele.

— Me desculpe por isso.

Ele pareceu confuso.

— Pelo quê?

— Por ter sido tão inflexível sobre esconder nosso relacionamento. Eu não tenho vergonha de você, Stone, nunca tive. Estava com medo. Era mais fácil focar nas nossas diferenças e dizer a mim mesma que nunca daria certo do que tentar achar um jeito de fazer isso funcionar.

Os lábios dele se curvaram.

— Enquanto isso, eu fiquei me dizendo que não éramos a pessoa certa um para o outro, porque nossas vidas e objetivos eram diferentes demais. Aí percebi que era eu quem não era certo para você. Entendo por que quer estar no mundo do entretenimento. Você é boa nisso e não precisava daquele beijo para conseguir votos. Merece ser uma estrela e merece um homem que te ajude a tornar seus sonhos realidade, aonde quer que esses sonhos te levem.

Tudo que ele dizia era mágico e perfeito, mas Gina também tinha cometido erros e precisava admiti-los.

— E você merece alguém que não tente te esconder nos bastidores. Eu estava com medo do que as pessoas iam pensar de mim, mas a vida é minha e não posso viver pensando no que as pessoas podem dizer. Não só isso, eu fiz essa temporada ser sobre mim. Devia estar mais focada no seu crescimento do que em vencer. Meus medos e ambições me dominaram, mas o sucesso é insignificante se exigir que eu fique sozinha.

— Gina. — Os olhos azuis de Stone continham tudo pelo que ela vinha ansiando nos dias que passaram separados. — Você não tem que ficar sozinha. Não vou te fazer escolher. Te amo e vou te seguir aonde quer que você queira ir, até o fim do mundo, se necessário. Vamos atrás do seu sucesso.

Do quarto, Natasha deu um grito triunfante.

Stone ficou todo vermelho — ainda mais do que no final da temporada.

— Não sabia que Natasha estava em casa.

— Ignora ela.

Gina o arrastou para dentro do apartamento. Fechando a porta com o pé, ela o puxou para um beijo ardente. Ele ainda cheirava a pinheiro e ar fresco e limpo, e seus braços ainda eram fortes e protetores. Como ela o tinha deixado ir embora? Era um erro que não cometeria de novo.

— Você aparou a barba? — perguntou ela, acariciando suas bochechas.

— Tirei tudo no dia em que saí de *Vida selvagem*.

Ela estreitou os olhos, tentando imaginá-lo sem pelos no rosto.

Stone fez uma careta.

— Ficou esquisito. Não estou acostumado a me ver sem barba, então estou deixando crescer de novo.

Ela esfregou as unhas no queixo dele.

— Eu sempre gostei.

— Isso significa que me perdoa?

Em resposta, ela o levou até a mesa de centro e virou o laptop, mostrando as passagens de avião que Natasha tinha pesquisado.

— Eu posso aprender a fazer concessões.

— Eu também.

Eles riram juntos e foi o som mais maravilhoso que ela já ouviu.

Gina fechou o laptop.

— Por onde começamos?

— Por onde quisermos. A próxima temporada de *Vida selvagem* foi cancelada, graças a Lauren D'Angelo. Você ouviu que ela foi expulsa da última competição de patinação por usar drogas que aumentam o desempenho?

— Kevin me contou. Não posso dizer que estou surpresa.

— Enfim, consegui me livrar desta temporada também, já que fiquei longe pela maior parte das filmagens. Estou *livre*, Gina.

Os olhos dele estavam radiantes, sem qualquer tensão. Mas uma coisa a preocupava.

— Você ama o Alasca. Não posso te pedir que deixe tudo para trás.

— Eu te amo mais. Consigo sobreviver com visitas. Estava torcendo para que você fosse comigo um dia, para eu te mostrar o que amo naquele lugar. Sem uma equipe de filmagem dessa vez. Comprei um terreno lá, para construir uma casa para mim... para *nós*, se você quiser que seja sua também. Não para já, mas...

— Eu te ajudo. — Ela jogou os braços ao redor de Stone. Aquilo era um grande passo para ele. Tinha recuperado sua vida e aparecido na porta dela com o coração nas mãos, e estava disposto a viajar com ela para onde quer que sua carreira os levasse. O mínimo que ela podia fazer era dar uma chance ao lugar onde Stone mais se sentia em casa. — Vou te ajudar a construir a casa. Não sei como, mas vou aprender. É meio longe para uma viagem de fim de semana, mas damos um jeito.

Os ombros dele relaxaram, e Stone sorriu.

— Obrigada.

— Aliás, acho que te amo — sussurrou Gina no ouvido dele. Ele congelou.

— Sério?

— Eu disse "acho".

Com um rosnado, Stone a ergueu e carregou até o quarto.

— Vou ter que te convencer, então, até que não reste sombra de dúvida.

Gina uniu os dedos na nuca dele.

— Não vejo a hora. — Ela se afastou quando outra coisa lhe ocorreu. — Mas o que você vai fazer enquanto eu estiver trabalhando?

Ele a abaixou na beirada da cama e sentou ao lado dela.

— Descobri que vencer um programa com milhões de espectadores gera todo tipo de oferta de trabalho interessante.

— Ah, é? Tipo o quê?

As bochechas dele coraram.

— Tudo, desde posar nu com um salmão-vermelho sobre a virilha para uma campanha nacional de outdoors até ser um "embaixador de barba" para produtos de cabelo.

Ela deu um olhar avaliador para ele.

— Acho que devia fazer o negócio do salmão.

— Sinceramente, fiquei tentado. É *muito* dinheiro.

— Bem, se não vai tornar salmão sustentável sexy, *o que* vai fazer?

A expressão dele se suavizou, e Gina percebeu que nunca o tinha visto parecer tão à vontade.

— Um grupo de conservação do Alasca me convidou para me juntar a eles. Eu vou conseguir combinar meu diploma com a pequena fama que tenho atualmente para retribuir ao lugar que me deu tanto.

— Seu diploma de engenharia?

Ele assentiu.

— Meu foco era em engenharia civil e ambiental. Meu papel vai ser mais de consultoria, o que posso fazer remotamente, além de promover a causa e fazer a ponte com grupos de energia verde e iniciativas de preservação.

Gina acariciou a bochecha dele.

— Parece o emprego perfeito pra você.

— Eu amo o Alasca e quero fazer minha parte para preservar sua beleza e cultura. Entre a mudança climática e as pessoas tentando explorar os recursos naturais, tem muita coisa a ser protegida.

E ele sempre se colocara no papel do protetor. O coração dela cresceu de orgulho.

— Mas não é só isso — acrescentou Stone, e ela ergueu as sobrancelhas.

— Tem mais?

— Alguns designers amaram tanto a rotina de *boylesque* que estão me implorando para ir à Fashion Week. Sua agente disse que está acontecendo uma espécie de leilão. — Ele pareceu um pouco envergonhado, mas também lisonjeado.

— Minha agente? Penélope?

— Ela entrou em contato depois do fim do programa e eu fechei um contrato com ela. Graças a Deus, porque não sei se conseguiria administrar tudo isso sozinho. E ela disse que, se um dia eu quiser uma grana extra, me consegue uns trabalhos em Nova York e Los Angeles, onde quer que você esteja.

— Mas você odeia estar na frente das câmeras. Vai ficar feliz sendo modelo?

— Acho que sim. *Estrelas da dança* me mostrou que não ligo muito para as câmeras se não tiver que mentir. E a publicidade que vier dessa visibilidade vai ajudar a impulsionar meu trabalho de conservação.

Era incrível como todas as peças da vida deles estavam se encaixando, mas Gina precisava ter certeza.

— Você estava tão determinado a voltar para o Alasca.

A expressão dele ficou pensativa.

— Sabe, quando voltei, percebi que, embora amasse o lugar, minha imagem da vida no Alasca não era real. *Vida selvagem* era uma mentira, e a vida que eu tinha em Juneau não existe mais. Eu estava me enganando.

Conhecendo a verdade sobre a família dele, Gina entendia o que ele queria dizer.

— Mas você vai ser feliz em Nova York? Em Los Angeles? Está virando sua vida de cabeça para baixo só para ficar comigo.

Ele segurou o rosto dela e focou profundamente em seus olhos.

— Você vale a pena, Gina.

As palavras, e o pequeno rosnado na sua voz, fizeram o coração dela dar uma cambalhota.

— Acha mesmo?

Ele lhe deu um beijo leve.

— Não importa onde estejamos, Nova York, Alasca ou Los Angeles. Ficarei feliz contanto que esteja com você.

Ela o abraçou apertado.

— Estou tão animada para não estar sozinha com você, Stone.

— Hein?

— Deixa pra lá. Me beija.

Ele obedeceu.

Epílogo

Gina inalou o cheiro dos *pasteles* fervendo numa panela no fogão.

— Finalmente está com cheiro de casa aqui, em vez de tinta e madeira nova.

Ela descobriu que Stone adorava a culinária porto-riquenha, e pediu à mãe e à irmã que a ajudassem a fazer *pasteles* para a casa que ela e Stone tinham construído — com a ajuda dos Nielson — no sudeste do Alasca. O freezer extra estava completamente abarrotado com pacotinhos de *malanga*, *calabaza* e bananas verdes embrulhados em folhas de plátanos.

— *Pasteles* não cozinham sob vigilância. — Stone pegou Gina pela mão e a levou à sala de estar. Ele se sentou no sofá e a puxou para o colo, enfiando o rosto no pescoço dela para inspirar fundo. — Além disso, casa para mim cheira a coco e flores.

Ela se aconchegou nele.

— Eu não ia deixar meu xampu para trás.

Ele esfregou o nariz no seu cabelo.

— Eu gosto. Você é a única flor tropical no Alasca e é toda minha. — Erguendo a cabeça, ele cheirou o ar. — Que bom que você não jogou aquilo na panela enquanto minha família estava aqui. Eles nunca teriam ido embora.

— Teriam que ir. Vão filmar amanhã.

A família de Stone tinha conseguido um novo programa em que ensinavam técnicas de sobrevivência para pessoas normais. Stone não participava, nem Raven e Winter, que tinham ido fazer faculdade em Seattle.

— Acredite, eles teriam ficado pela comida.

Gina apoiou a cabeça no peito de Stone e fechou os olhos, ouvindo seu coração bater.

— Hoje foi divertido.

— Estou um pouco preocupado com quão bem você sabe disparar uma arma.

Ela bufou.

— Não se preocupe. Caçar não é pra mim.

— Graças a Deus. — Ele ficou quieto por um momento. — É horrível que eu esteja feliz por você não participar da próxima temporada do *Estrelas da dança*?

— Não, não é horrível. Mas por que você está feliz?

— Porque sei quanto tempo consome e sou egoísta. — Ele a apertou. — Quero passar mais tempo com você.

— Um musical da Broadway também ocupa bastante tempo.

— Eu sei, mas conheci seus colegas de elenco e todos eles têm medo de mim. Como vou saber que o *Estrelas da dança* não vai te colocar com um cara jovem e bonitão…

— Tipo como me colocaram com *você*?

— Exatamente.

— Eles fizeram isso porque eu estava solteira. Agora sabem que não estou mais. O mundo inteiro sabe que não estou mais.

— Meu pai tentou me vender a ideia de um reality show sobre nós dois morando juntos. — Stone revirou os olhos. — Eu respondi que ia pensar, mas, se ele te falar disso um dia, a resposta é não. Estou farto de câmeras acompanhando cada passo nosso.

— Pelo menos não há paparazzi no Alasca.

— Por que acha que eu gosto tanto desse lugar?

— Rá.

Gina o abraçou e calou-se, ouvindo os sons do vento fora da casa, a água fervendo no fogão e o fogo crepitando na lareira diante do sofá. O aroma de pimentas e cebolas misturava-se com o odor enfumaçado e terroso da lenha queimando na lareira — Stone saberia qual era o tipo de madeira, e quem sabe um dia ela também —, mas por baixo de tudo havia o aroma de pinheiro e ar fresco.

O novo cheiro de lar.

O calor do corpo de Stone a envolveu, e o tecido da camiseta cinza era macio sob sua bochecha. *Garota do Bronx* era um sucesso e o contrato de Gina fora estendido. Sua substituta estava fazendo o papel agora para Gina poder passar um tempo no Alasca organizando a casa antes do inverno. Stone tinha avisado que a estação começava cedo ali. Eles voltariam a Nova York dali a alguns dias, para Gina poder continuar interpretando Meli no palco — ainda era um sonho realizado, e ela amava cada minuto — e para Stone poder desfilar nas passarelas para a Fashion Week de outono. No fim das contas, todo aquele treino de dança o tinha tornado um modelo incrível, e a atenção amplificava o alcance do trabalho de conservação dele.

— Eu te amo — murmurou Gina no peito dele.

— Perdão, poderia dizer isso de novo? — Stone a mudou de posição para olhá-la nos olhos. — Acho que não ouvi direito.

Ela fez uma careta para ele.

— Não faça drama.

— Não, eu vou fazer drama. Minha namorada finalmente parou de qualificar a palavra "amor" com "eu acho". Vou comprar um anúncio na droga do *The New York Times*.

Ela deu um peteleco no peitoral firme dele.

— Pare com isso.

— Não. — Stone segurou o rosto dela e a beijou devagar, até o corpo dela se aquecer com mais do que o fogo crepitante. — Você me ama. Eu vou me lembrar desse dia pelo resto da minha vida.

— Só lembre quem a gente tem que agradecer.

Gina olhou para o par de troféus cafonas incrustados com glitter e strass apoiados no centro da lareira, refletindo brilhos dourados à luz do fogo e dos raios do sol de fim de tarde que entravam pelas grandes janelas atrás deles.

Stone ergueu uma taça imaginária em brinde.

— À maldita Donna.

Gina riu e ergueu a mão para brindar também.

— De fato. Tim-tim, maldita Donna.

Eles bateram as taças imaginárias, fingiram beber e então foram testar o novo sofá.

Quase esqueceram os *pasteles*.

Estrelas da dança

Guia de episódios da 14ª temporada

Episódio 1: Estreia
Conheça o novo elenco de onze celebridades e os dançarinos profissionais que serão seus parceiros na competição
pelo troféu do *Estrelas da dança*!
Sem eliminação

Episódio 2: Noite da *Fiesta*
Os onze pares se enfrentam pela segunda vez, apresen-
tando uma variedade de danças latinas, incluindo tango,
samba, salsa e muito mais.
Dupla eliminada: Keiko & Joel

Episódio 3: Grandes momentos da vida
Pegue seus lencinhos! As duplas vão apresentar danças
comoventes inspiradas na época mais significativa de
suas vidas.
Dupla eliminada: Twyla & Roman (devido à lesão)

Episódio 4: Noite dos Contos de Fada
Atenção, atenção! Esta noite, as nove duplas vão apresen-
tar danças com temas de contos de fada clássicos.
Dupla eliminada: Rose & Matteo

Episódio 5: Noite da Variação

Em uma guinada inesperada que vai fazer os sapatos de dança tremerem, as celebridades restantes vão trocar de dançarinos profissionais por uma semana.

Sem eliminação

Episódio 6: Noite da Broadway

O show tem que continuar! As duplas se preparam para apresentar coreografias com canções populares de musicais da Broadway.

Dupla eliminada: Beto & Jess

Episódio 7: Noite do Cinema

Pegue a pipoca e se prepare para uma série de danças que evocam clássicos filmes de Hollywood.

Dupla eliminada: Dwayne & Natasha

Episódio 8: Equipes

A jurada convidada Meli se junta ao programa e as seis duplas remanescentes apresentam coreografias em trios e em equipe no que sem dúvida será uma noite agitada.

Dupla eliminada: Rick & Mila

Episódio 9: Semifinais

As cinco celebridades restantes apresentam uma dança escolhida por seus parceiros profissionais, junto com uma coreografia que vai misturar dois ou mais estilos, tudo antes da temida eliminação dupla!

Duplas eliminadas: Alan & Rhianne, Farrah & Danny

Episódio 10: Final

As celebridades eliminadas retornam para se divertir enquanto os três casais restantes apresentam uma dança de redenção escolhida por um dos jurados e uma segunda dança em um estilo que ainda não apresentaram. Depois da combinação das notas dos jurados e dos votos dos espectadores, os vencedores da 14ª temporada serão coroados!

Primeiro lugar: Stone & Gina

Segundo lugar: Lauren & Kevin

Terceiro lugar: Jackson & Lori

Agradecimentos

Obrigada por passar um tempo com Stone e Gina e o elenco de *Estrelas da dança*. Sou incrivelmente sortuda por ter conseguido publicar a versão atualizada de *Como conduzir (um romance)* que está nas suas mãos agora, e espero que alegre seu dia. E a todos que leram o original quando saiu, obrigada por dar uma chance a uma autora estreante. Vocês foram meus primeiros leitores, e nunca vão saber o quanto isso foi importante para mim.

É preciso muita gente para criar um livro, e o meu começa com a minha incrível agente, Sarah E. Younger, que tica todos os itens na lista de desejos para uma agente e mais um pouco. Fico tão feliz por ter te encontrado naquele evento na biblioteca. Obrigada por ser uma defensora maravilhosa deste livro e de mim como autora.

Também devo um enorme agradecimento à minha equipe original de St. Martin's — Jennie Conway, Holly Ingraham, Titi Oluwo, Lizzie Poteet, Kerri Resnick e Marissa Sangiacomo — e à minha nova equipe — começando com a incrível Tiffany Shelton, sem a qual essa nova versão não teria saído, assim como Kejana Ayala, Gail Friedman, Gabriel Guma, Hannah Jones, Erica Martirano, Melanie Sanders e Ervin Serrano. Obrigada a todos vocês por acreditarem nesses personagens e no seu amor, e por me ajudarem a levar esse livro ao mundo não só uma, mas duas vezes! E a linda ilustração da capa é de Chloe Friedlein, que capturou perfeitamente Stone e Gina e a química deles. Eu não poderia ter ficado mais feliz com a atualização!

Aprecio muito a ajuda de Sarah Daniels, Fallon DeMornay, Elizabeth Mahon e David Nierenberg por oferecerem seus conhecimentos sobre vários assuntos, como audições, bronzeamento spray, dança de salão e hidroaviões. Quaisquer erros são meus. Um agradecimento especial a Ana Coquí e Keara Rodriguez, por serem as primeiras leitoras do manuscrito atualizado; a Lindsey Faber, que trabalhou nas duas versões; à incrível Kristin Dwyer do marketing; e a todas as comunidades de escrita de que eu já fui ou ainda serei parte. A arte não acontece num vácuo e o apoio e incentivo desses grupos foram vitais para minha jornada como autora.

Nesse sentido, agradeço a Robin Lovett, C. L. Polk e Kimberly Bell, que apareceram na minha vida no momento perfeito e sem as quais este livro nunca teria sido escrito.

Por fim, sou eternamente grata a meu namorado, que me apoiou nos altos e baixos da carreira de escrita e como artista; aos pais dele, que apoiaram minhas empreitadas criativas; e aos meus pais, que instilaram em mim um amor precoce por histórias.

Obrigada a todos vocês. ♥

Este livro foi impresso pela Gráfica Terrapack,
em 2023, para a Harlequin. O papel do miolo é
pólen natural 70g/m² e o da capa é cartão
250g/m².